KNAUR

ANDREAS FÖHR

Herzschuss

Jedes Verbrechen hat seine Geschichte

KRIMINALROMAN

KNAUR

Besuchen Sie uns im Internet:
www.knaur.de

Aus Verantwortung für die Umwelt hat sich die Verlagsgruppe Droemer Knaur zu einer nachhaltigen Buchproduktion verpflichtet. Der bewusste Umgang mit unseren Ressourcen, der Schutz unseres Klimas und der Natur gehören zu unseren obersten Unternehmenszielen.
Gemeinsam mit unseren Partnern und Lieferanten setzen wir uns für eine klimaneutrale Buchproduktion ein, die den Erwerb von Klimazertifikaten zur Kompensation des CO_2-Ausstoßes einschließt.
Weitere Informationen finden Sie unter:
www.klimaneutralerverlag.de

FSC www.fsc.org MIX Papier | Fördert gute Waldnutzung FSC® C014496

Originalausgabe November 2022

Ein Imprint der Verlagsgruppe
Droemer Knaur GmbH & Co. KG, München

Redaktion: Gisela Klemt
Covergestaltung: Carola Bambach
Coverabbildung: Collage unter der Verwendung von Motiven von Shutterstock.com
Satz: Adobe InDesign im Verlag
Druck und Bindung: GGP Media GmbH, Pößneck
ISBN 978-3-426-22670-4

2 4 5 3 1

Für Monika Pech

1

12. Oktober

Auf Wallberg und Fockenstein schien das Licht der letzten Sonne, als ein warmer Herbsttag im Voralpenland seinem Ende zuging. Die Almen lagen ruhig und verlassen, denn das Vieh war schon im Tal, nur der Schrei einer Bergdohle hallte ab und an durch die Stille. Drunten der Tegernsee, dessen Wasser vorbei an Riederstein und Neureuth, am ehemaligen Kloster und der Kapelle des heiligen Quirin nach Norden strebte, um als Mangfall in Gmund das liebliche Tal zu verlassen und durch ein anderes, dunkles Tal zu fließen. Hier unten, weit ab vom Rest der Welt, stand das Wirtshaus zur Mangfallmühle, wo sich Menschen zusammenfanden, denen die schattigen Niederungen gerade recht waren, denn viele von ihnen scheuten das Licht und hielten sich lieber an die dunklen Orte des Lebens.

An diesem Abend führte einer von ihnen, der Schrottplatzbesitzer und mehrfach vorbestrafte Hehler Johann Lintinger, das Wort vor seinen Kameraden, denn was er gerade gehört hatte, erboste ihn.

»Mei – manchmal geht's net anders. Da muaßt einfach hing'langa. Sonst wirst bled.« Johann Lintinger nahm einen kräftigen Schluck Bier, um sich für seine weiteren Ausführungen zu stärken. »Weil, die hören net auf. Die – hören – nicht – auf. Des geht ewig so weiter, wennst nix machst. Wiwiwiwiwiwi…« Lintinger imitierte mit der ihm verbliebenen Hand einen auf- und zugehenden Schnabel. »Ohne

Ende. In so am Fall sag ich: A Trum Schell'n und guat is. Aber a Frau grundlos zum schlagen – des geht ja gar net.«

Lintinger erntete zustimmendes Nicken von seinen Zuhörern. Mit solchen Ansichten galt man in seinen Kreisen schon als ziemlich woke – hätte man in diesen Kreisen gewusst, was das bedeutet.

Sie standen zu dritt zusammen vor dem Tresen des Wirtshauses zur Mangfallmühle. Der alte Lintinger, der sich vor ein paar Jahren seine rechte Hand mit der Schrottschere amputiert hatte, denn sie war ihm seit seiner Kindheit fremd gewesen. Ferner Sennleitner und Leonhardt Kreuthner, beide Polizisten, heute Abend in Zivil. Hinter dem Tresen: Harry Lintinger, Johann Lintingers Sohn und Wirt der Mangfallmühle.

»Ich tät sagen, da braucht's amal wieder ein zünftiges Haberfeldtreiben«, schlug Sennleitner vor und löste eine Welle lautstarken Zuspruchs aus. Das Haberfeldtreiben war ein alter Brauch, bei dem man sich nachts vor dem Haus einer missliebigen Person versammelte und ihre diversen Verfehlungen verlas. Nach jedem Anklagepunkt fragte der verlesende Haberer: »Manna – is wahr?«, worauf alle zusammen: »Wahr is!« zu antworten hatten, ehe der erste Haberer ein: »Nachad treibt's zua!« in die Nacht rief. Es folgte ohrenbetäubender Lärm, den die Haberer mit Ketten, Peitschen, Ratschen, Kuhglocken und dergleichen Gerät vollführten.

Auslöser der Wirtshausdiskussion war ein Mann namens Philipp Gansel, der, das hatte Kreuthner berichtet, nicht nur Abgeordneter des Bayerischen Landtags war, sondern auch noch seine Frau schlug. Nicht dass die Anwesenden jeden, der seine Frau schlug, mit einem Femegericht überzogen. Da hätten sie bei ihrem Bekanntenkreis viel zu tun gehabt. Nein, aus häuslichen Streitigkeiten hielt man sich eher raus. Aber der Fall Gansel war etwas Spezielles, denn die geschlagene Frau war eine – oder man könnte sogar sagen: *die* – Jugendliebe von Kreuthner und hatte ihren Platz in seinem Herzen noch nicht ganz geräumt, auch wenn sie sich fast dreißig Jahre nicht gesehen hatten.

»Haberfeldtreiben ist net schlecht«, sagte Kreuthner. »Ich hab aber mehr an a Gerichtsverhandlung gedacht. Wie damals beim Scheffler Flori.«

»Is des der, wo des net überlebt hat?«, fragte einer am Tresen, der davon gehört hatte, aber nicht dabei gewesen war. Damals hatten sie dem Bestatter Florian Scheffler hier in der Mangfallmühle den Prozess gemacht, weil er seit Jahren jeden im Gasthaus mit seinen öden Geschichten zu Tode gelangweilt hatte. Am folgenden Tag war der Bestatter dann selbst tot gewesen.

»Des hat ja nix mit dem Prozess zum tun g'habt«, wandte Kreuthner ein. Damit hatte er im Prinzip recht. Aber die Sache war ordentlich kompliziert gewesen, und bis man genau ermittelt hatte, was wirklich passiert war an dem Abend, hatten sie einiges an kriminalistischem Scharfsinn aufbieten müssen.

»Der Gansel kommt doch net freiwillig her«, gab Lintinger zu bedenken.

»Dann laden mir ihn halt vor.« Kreuthner lächelte verschmitzt, und seine Kumpane ahnten, dass er, wie das so seine Art war, wieder etwas Abgefeimtes ausgeheckt hatte.

»Erzähl!«, sagte Sennleitner, und freudige Erwartung wuchs in der Runde.

3. November

Einige Autominuten von der Mangfallmühle entfernt lag, von Wäldern vor unliebsamen Beobachtern geschützt, eine alte Villa, errichtet im Heimatstil der Kaiserzeit. Kreuthner hatte mithilfe eines verbotenen Peilsenders an Philipp Gansels Wagen herausgefunden, dass sich der Abgeordnete jeden Mittwoch gegen achtzehn Uhr dorthin begab, ein bis zwei Stunden verweilte und anschließend nach München zurückfuhr. Was Gansel in der alten Villa zu schaffen hatte, wusste Kreuthner nicht. Konnte ihm auch egal sein. Wichtiger für seine Überlegungen war, dass die Straße zur Villa kaum befahren wurde, vor allem abends nicht. Nach neunzehn Uhr, er hatte eine Kamera mit Bewegungsmelder an der Strecke installiert, war bei seiner letzten Kontrolle abgesehen von Gansel kein einziger Wagen vorbeigekommen. Der Ort eignete sich folglich bestens für eine Straßensperre. Sie würden Gansels Wagen durch einen quer über der Straße liegenden Baum zum Anhalten zwingen, aus dem Wagen zerren und ihm einen Sack über den Kopf stülpen. Dann würde der Mann mit den gegen ihn erhobenen Vorwürfen konfrontiert werden und Gelegenheit erhalten, etwas zu seiner Verteidigung vorzubringen – schließlich war das hier ein Rechtsstaat. Sollte Gansel freilich die Stirn haben, die Anschuldigungen abzustreiten, würde man das als strafverschärfend bewerten. Anschließend wollte man dem Herrn Abgeordneten etwas von seiner eigenen Medizin verabreichen. Kreuthner hatte hierfür einige alte Dreschflegel besorgt. Den Gedanken, in der Mangfallmühle eine Gerichtsverhandlung durchzuführen, hatte man letztlich und nach heftigem innerlichen Ringen wieder fallen gelassen. Der Spaß, der einem dadurch entging, wäre natürlich exorbitant. Andererseits – irgendein Idiot hätte vermutlich ein Video davon ins Internet gestellt, und dann wäre die Hölle über das Wirtshaus und seine Besucher hereingebrochen. Immerhin handelte es sich bei Gansel um einen Abgeordneten des Bayerischen Landtags. Und nicht wenige der Mangfallmühlen-Stammgäste hatten noch eine Bewährung am Laufen.

An einem Mittwoch Anfang November war es so weit. Kreuthner und Sennleitner hatten einen mittelstarken Baum ausgewählt, den man umhauen und als Straßensperre nutzen wollte. Außer den beiden war noch der alte Lintinger mit von der Partie. Er sollte den Baum nach getaner Feme-Arbeit mit einem der Greifbagger, die er auf seinem Schrottplatz benutzte, wieder von der Straße befördern. Da Lintinger nur über eine Hand verfügte, hatte Kreuthner ihn für den Strafvollzug eigentlich nicht vorgesehen, denn der Dreschflegel wurde üblicherweise mit zwei Händen bedient. Aber Lintinger war empört gewesen, dass er beim eigentlichen Spaß nicht dabei sein sollte, und hielt dagegen, dass er mit seiner verbliebenen Hand mindestens so dreschen konnte wie Kreuthner und Sennleitner mit zweien. Betrachtete man Lintingers meist ölverschmierte Pranke, die einem Baggerarm nicht unähnlich war, wollte man's glauben.

Kurz nach siebzehn Uhr, es dämmerte bereits, kam Philipp Gansels BMW-Limousine durch den Wald gefahren, wo drei Männer mit geschwärzten Gesichtern, Schlapphüten und alten Lodenkotzen schon eine Weile ausharrten. Man hätte sie für Wilderer aus einer anderen Zeit halten können, wären sie statt mit Dreschflegeln mit Stutzen bewaffnet gewesen. Die Männer huschten beim Herannahen des Wagens hinter mächtige Bäume, wo man sie von der Straße aus nicht sehen konnte. Ohne dass Gansel etwas Verdächtiges bemerkt hätte, schwebte sein Wagen an ihnen vorbei, der geheimnisvollen Villa entgegen. Der Mann bemerkte auch den Greifbagger nicht, der nur wenige Meter vom Straßenrand entfernt im Halbdunkel stand. Ebenso wenig die zwei Kästen Bier, die hinter dem Bagger abgestellt waren.

Nachdem Gansels Wagen in Richtung Villa verschwunden war, machten sich Kreuthner und Sennleitner daran, den ausgewählten Baum zu präparieren, während Lintinger einen Spähposten bezog. In die der Straße zugewandte Seite hieben sie mit Äxten eine Kerbe. Den Gebrauch von Motorsägen hatte man verworfen, es wäre zu laut gewesen. Das

Schwingen der Äxte freilich war anstrengend und trieb Kreuthner und Sennleitner den Schweiß aus den Poren. Um den Flüssigkeitsverlust auszugleichen, musste man sich immer wieder aus den mitgebrachten Bierkästen bedienen. Vor allem Sennleitner achtete so penibel auf seinen Flüssigkeitshaushalt, dass er den Baum öfter verfehlte und die Axt wild in der Gegend herumschleuderte. Ein ums andere Mal endete der Schwung mit anschließender Pirouette auf dem Hosenboden, wo Sennleitner dann albern vor sich hin kicherte.

»Jetzt mach amal langsam mit dem Bier«, mahnte ihn Kreuthner.

»Des verschtehst du falsch.« Sennleitner torkelte zu seiner Flasche. »Ich hab einfach zu wenig Zielwasser intus, verschtehst?«

Nachdem sie die Fallkerbe in den Baum gehauen hatten, wurde auf der Rückseite der Fällschnitt angebracht. Diese Arbeit verrichteten Kreuthner und Sennleitner mit einer altertümlichen Zugsäge, jeder auf einer Seite. Da Sennleitner kaum noch Herr seiner Motorik war, zog sich das hin. Am Ende schlug Kreuthner einen Keil so tief in den Fällschnitt, dass der Baum gerade noch stehen blieb. Sie wollten ihn erst im letzten Moment auf die Straße stürzen lassen – nicht, dass vor Gansel doch noch ein anderes Fahrzeug auftauchte.

Es ging auf sieben zu, und Gansel musste demnächst vorbeikommen. Lintinger bestieg den Greifbagger, und Kreuthner begab sich zu einer Stelle, von wo aus er die Straße weit in Richtung Villa einsehen konnte. Wenn Gansels Wagen auftauchte, würde er Sennleitner, der am Baum wartete, den Befehl zurufen, den Keil weiter in den Stamm zu treiben und ihn dadurch zu Fall zu bringen. Aus Gansels Sicht würde er hinter einer Kurve liegen, sodass er ihn erst relativ spät zu sehen bekam. Der Abstand von Kurve zu Baum war allerdings so bemessen, dass Gansel noch würde bremsen können.

»Hau rein, er kommt!«, rief Kreuthner dem etwa fünfzig Meter entfernten Sennleitner zu. Eigentlich erwartete er, alsbald das metallische Geräusch zu vernehmen, das der Vorschlaghammer erzeugte, wenn er auf den Keil traf. Aber nichts dergleichen war zu hören. »Was is? Er kommt!«, rief Kreuthner.

»Jaja, bin dabei«, kam es von Sennleitner zurück.

Dann hallte tatsächlich ein Geräusch durch den finsteren Wald. Es war aber nicht metallisch, sondern dumpf-hölzern. Beunruhigt machte Kreuthner seine Handytaschenlampe an. Was er jetzt sah, bestätigte seine schlimmsten Befürchtungen. Sennleitner torkelte wie Rumpelstilzchen von rechts nach links und schwang dabei den Hammer wie das Rotorblatt eines Hubschraubers. Zwar hieb er in Richtung Baumstamm, verfehlte ihn aber, und die Energie verpuffte ins Leere.

»Ja Kruzifix! Hau auf den Keil!«

Sennleitner setzte noch ein letztes Mal an, zog durch und traf mit einem gewaltigen *Ping!* tatsächlich den stählernen Keil im Stamm. Die Fichte begann zu ächzen, dann neigte sie sich langsam, aber stetig in die durch die Fallkerbe vorgegebene Richtung. Inzwischen war Gansels Wagen, wie man an den Lichtern sehen konnte, bereits vor der Kurve angelangt. Kreuthner sah wieder zum Baum, dessen Fall jetzt Fahrt aufnahm. Die drei Männer mit den geschwärzten Gesichtern blickten mit Sorge und Hoffnung auf den sich neigenden Stamm. Was jetzt passierte, lag nicht mehr in ihren Händen. Und es passierte Folgendes:

Während der Baum seine letzten Meter zur Straßenoberfläche zurücklegte, quietschten Reifen. Das konnte keine Bremsung sein, denn blockierende Räder waren mit ABS nicht mehr möglich. Offenbar hatte der Fahrer das Lenkrad scharf eingeschlagen. Dann hallten die Geräusche von zerdrücktem Metall und splitterndem Glas durch die Nacht und den Bruchteil einer Sekunde später das Ganze noch einmal, nämlich als der Baum seinen Fall beendete. Die drei Männer standen mit aufgerissenen Augen im Wald und rührten sich nicht. Selbst Sennleitner schien mit einem Mal auf wundersame Weise ernüchtert.

Nach langem Schweigen fragte Kreuthner: »Wer schaut nach?«

2

13. Dezember

Der Schnee war so früh gekommen, dass die Lifte schon Anfang Dezember in Betrieb gingen. An diesem frostigen Montag war der Himmel wolkenlos und tiefblau, die Sonne von verschwenderischer Helligkeit und die Hänge dort, wo man sie nicht frisch gewalzt hatte, mit einer jungfräulichen, vierzig Zentimeter hohen Schicht Pulverschnee von letzter Nacht bedeckt. Sogar Menschen, die für ihre Selbstdisziplin bekannt waren, wurden heute schwach. Einer von ihnen: Kriminalhauptkommissar Clemens Wallner, Leiter der Kripo Miesbach. Er hatte sich einen Tag freigenommen und war mit Tina, einer Kollegin von der Spurensicherung, zum Sudelfeld gefahren. Das Skigebiet war nicht sehr groß, aber einen Vormittag lang konnte man seinen Spaß haben, und für den anspruchsvollen Fahrer gab es ein paar schwarze Pisten und jede Menge Tiefschnee.

Sie genossen gerade die eisige Luft, die ihnen im Sessellift um den Kopf wehte, samt Aussicht auf die verschneiten Alpen, als der Lift anhielt. Wallner drehte sich um und schaute nach hinten, den Berg hinab.

»Ist dir dieser Snowboarder mit dem neongrünen Helm aufgefallen?«, fragte er, als er sich wieder nach vorn gedreht hatte.

Tina dachte kurz nach. »Leuchtend grüner Helm … ja, hab ich vorhin schon mal gesehen. Warum?«

»Weiß nicht. Ich hab irgendwie den Eindruck, der ist immer hinter uns.«

»Echt?«

»Zum Beispiel schon ein paarmal im Lift. Unten an der Geier Wally kam er gerade an, als wir eingestiegen sind. Und dann meine ich, ich hätte ihn immer mal wieder in unserer Nähe auf der Piste gesehen. Jetzt sitzt er schon wieder ein paar Gondeln hinter uns.«

»Du meinst, der verfolgt uns?«

Wallner zuckte mit den Schultern. »Sieht fast so aus. Aber ich kann mir beim besten Willen nicht vorstellen, warum er das tun sollte.«

»Eben. Der fährt halt zufällig dieselben Pisten wie wir. So viele Lifte gibt es hier nicht.«

»Ich wollt's auch nur gesagt haben. Nicht dass du mir hinterher Vorwürfe machst, wenn …«

»Wenn was …?«

»Na, wenn dann doch was passiert.«

»Nein«, sagte Tina. »Mach ich dir nicht. Hast es jetzt ja gesagt.«

In diesem Moment fuhr der Sessellift wieder an.

»Wie geht's Katja?«

Katja war Wallners Tochter, die mit ihrer Mutter Vera in Würzburg lebte.

»Gut. Ist jetzt im Gymnasium.«

»Das gibt's doch nicht! Als ich sie das letzte Mal getroffen habe, hat sie gerade Zähne bekommen.« Tina blickte versonnen zur Seite, an dieser Stelle konnte man bis Bayrischzell hinunterschauen. »Ist wirklich schade. Für mich wart ihr das ideale Paar. Es hat viel harmoniert, und trotzdem war da diese gewisse Spannung, die eine Beziehung interessant hält. Ich hab nie ganz verstanden, warum ihr euch getrennt habt.«

»Ich auch nicht. Aber *ich* hab mich ja auch nicht getrennt.«

»Ja, hast du mal gesagt.« Tina überlegte. »Warum ist sie eigentlich gegangen? Weil du wieder mal zu stur warst?«

Wallner brauchte einen Moment für seine Antwort. »Möglicherweise hat sie es so oder so ähnlich begründet.«

Tina sah ihn fragend an.

»Ich wollte einfach nicht weg aus Miesbach.«

»Wegen deinem Großvater?«

»Hauptsächlich. Aber das war natürlich mein Problem, nicht ihres. Ich kann ja schlecht verlangen, dass sie auf ihre Karriere verzichtet, weil ich Manfred nicht allein lassen will. Früher war das üblich, heute eben nicht mehr. Was ja auch gut ist.«

»Aber eigentlich liebt ihr euch noch?«

Wallner legte seine Hand auf Tinas Arm. »Du bist eine gute und romantische Seele. Aber man muss einfach akzeptieren, wenn's vorbei ist.«

»Vielleicht ist es ja noch nicht vorbei. Und ihr wisst es nicht, weil keiner es angesprochen hat.«

»Wie meinst du das?«

»Hast du Vera jemals gefragt, ob sie sich einen Neuanfang vorstellen kann?«

Wallners stummer Geste zufolge wäre das anscheinend ein völlig unsinniges Unterfangen gewesen.

»Da haben wir es: Im Grunde weißt du gar nicht, ob es wirklich vorbei ist.« Wallner wollte etwas sagen, aber Tina würgte es ab. »Nein, nein. Du hörst mir jetzt mal gut zu: Wenn du Vera das nächste Mal triffst, fragst du sie. Du fragst, ob sie sich vorstellen kann, dass ihr noch mal zusammenkommt. Einfach nur fragen.«

Wallner deutete nach oben.

»Wir müssen gleich aussteigen.«

»Lenk nicht ab. Fragst du sie?«

»Ja, okay. Nächste Woche treff ich sie eh.«

»Schön! Was macht ihr?«

Wallner klappte den Bügel hoch.

»Da ist unser Scheidungstermin bei Gericht.«

»Oh ...«, sagte Tina, während sie sich aus dem Sessellift gleiten ließen.

Wallner wandte sich talwärts. Dort schwebte dreißig Meter entfernt der Mann mit dem neongrünen Helm im Lift heran. Tina folgte Wallners Blick.

»Starrt der uns an?« Wallner sah zu Tina.

»Schwer zu sagen, wenn einer Helm und Skibrille aufhat. Kannst ihn ja gleich fragen, ob er was von uns will.«

»Dafür sind mir die Hinweise zu dünn. Wahrscheinlich hast du recht, und es ist Zufall.« Der Neonkopf war noch wenige Meter vom Ausstieg entfernt. Wallner sah die Skipiste hinunter. »Fahr mir hinterher.«

In weiten Bögen carvte Wallner den Hang hinunter. Nach zweihundert Metern blieb er stehen und schaute zum Liftausstieg hoch. Dort setzte sich gerade der Snowboarder mit dem grünen Helm in Bewegung, genau in ihre Richtung. Tina schwang neben Wallner ab. »Und jetzt?«

»Jetzt fahren wir da runter und dann ein Stück den Hang hoch.« Wallner wies auf einen Streckenabschnitt, auf dem die Piste schräg am Hang verlief. Der untere, etwas ebenere Teil war gewalzt, seitlich darüber gab es einen Tiefschneehang, in dem einzelne Fahrer bereits Spuren hinterlassen hatten. Wenn man den Tiefschneeteil überwunden hatte, gelangte man weiter oben wieder auf eine präparierte Piste. Wallner stieß sich ab.

Als er am Schräghang anlangte, nahm er noch einmal Geschwindigkeit auf, um dann nach rechts zu ziehen in den Tiefschneehang hinein. Da es hier bergauf ging und der Pulverschnee bremste, kam er nach kurzer Strecke zum Stehen. Tina schaffte es gerade noch bis auf seine Höhe.

»Und jetzt marschieren wir ganz oldschoolmäßig nach oben.«

Wallner begann seitlich den Hang hinaufzustapfen. Es

waren nur wenige Höhenmeter bis zu der Kante, wo die präparierte Piste anfing. Nach einem Blick zurück wusste Wallner, dass ihr vermeintlicher Verfolger sich gerade aufs Board stellte und Anlauf nahm. Kurz bevor Tina und Wallner die kleine Anhöhe überwunden hatten, sahen sie den grünen Helm auf sich zuschießen. Er schwenkte etwa an der gleichen Stelle nach rechts oben in den Tiefschneehang wie zuvor Wallner und Tina. Wallner war gerade dabei, präparierten Schnee zu betreten, und konnte die Stelle, wo der Tiefschnee sie ausgebremst hatte, nicht mehr einsehen, als ein weithin vernehmliches »Scheiße!« zu hören war. Offenbar hatte auch die Geschwindigkeit des Snowboarders nicht bis zur Kante gereicht.

»Das ist halt der Nachteil beim Snowboarden«, sagte Wallner, und sein sonnenbeschienenes Gesicht zeigte hinterhältige Zufriedenheit, als er die Skispitzen nach unten richtete und davonfuhr. Im Gegensatz zu ihm und Tina konnte der Snowboarder nicht einfach den Hang hinaufsteigen. Er musste erst sein Board ablegen und dann in den Snowboardstiefeln bergauf stapfen, was im Tiefschnee eine zeitraubende Quälerei war. Wallner vermutete, dass er es gar nicht versuchen würde, denn sie hatten jetzt einen uneinholbaren Vorsprung.

»Ist der wirklich hinter uns her?« Tina konnte es immer noch nicht recht glauben, als sie unten am Lifteinstieg wieder Gelegenheit hatten, miteinander zu reden. Aber dem Wutschrei des Snowboarders nach zu urteilen, hatten sie tatsächlich gerade einen Verfolger abgehängt. Wallner zuckte mit den Schultern.

»Interessiert dich gar nicht, was der Bursche von uns will?«, fragte Tina.

»Brennend. Aber vielleicht hat es damit zu tun, dass wir Polizisten sind. Und da ich gerade meinen freien Tag genieße, habe ich keine Lust auf Dienstliches.«

Eine halbe Stunde später hatten sie ihre Skier abgeschnallt, saßen an der Schirmbar Geier Wally in der Sonne und gönnten sich einen Kaffee.

»Nicht umdrehen«, flüsterte Tina mit einem Mal.

Wallner widerstand der Versuchung.

»Der Neon-Helm?«

»Ja.«

»Hat er uns gesehen?«

»Er glotzt her, würde ich sagen.« Tina wandte den Kopf kurz in eine andere Richtung, um so zu tun, als hätte sie den Mann mit dem Helm nicht bemerkt.

»Und? Kommt er?«, fragte Wallner.

»Keine Ahnung. Ich kann nicht die ganze Zeit hinstarren.«

»Wieso? Er starrt uns doch auch an.«

»Ja – und wir finden's scheiße.«

»Du treibst mich in den Wahnsinn.« Wallner war kurz davor, sich selbst umzudrehen. »Kommt er?«

Tinas Blick flackerte in der Gegend herum.

»Ich seh ihn nicht mehr.«

Jetzt war es Wallner zu viel. Er wandte sich um.

»Da ist er doch!«

»Wo?«

Wallner deutete Richtung Berg. »Na da, im Lift.«

Tatsächlich. Der Snowboarder war auf dem Weg nach oben.

Wallner und Tina stießen unwillkürlich beide einen erleichterten Seufzer aus.

»Und wir haben uns eine Stunde lang verrückt gemacht.« Tina schüttelte lachend den Kopf.

»Es war schon ein seltsamer Zufall, dass wir ihn ständig gesehen haben«, sagte Wallner. »Da darf man sich doch mal Fragen stellen.«

Zehn Minuten später saßen sie in demselben Lift, mit dem der Snowboarder gerade nach oben gefahren war.

»Ich seh ihn wieder«, sagte Tina und deutete zum Liftausstieg.

»Stimmt.« Wallner war erstaunt. »Dann steht er da aber schon ziemlich lange. Warum fährt er nicht los?«

Sie kamen dem Ende ihrer Fahrt langsam näher und konnten erkennen, dass der Snowboarder einen Fuß noch nicht in der Bindung hatte. Das änderte sich jetzt – anscheinend, nachdem er sie im Lift ausgemacht hatte.

»Verfolgen wir jetzt *ihn*?«, wunderte sich Wallner.

Doch der Snowboarder machte keine Anstalten, sich fortzubewegen. Stattdessen schien er auf die Ankunft von Tina und Wallner zu warten. Als sie ausstiegen, sah Wallner, wie der Mann einen Handschuh auszog und etwas aus seiner Jacke holte, was wie ein Stück Papier aussah.

»Wir tun einfach so, als wäre nichts«, sagte Wallner. »Mal sehen, was passiert.«

Sie schlüpften in die Schlaufen ihrer Skistöcke und begaben sich zu der Stelle, wo man in den Hang einfuhr. Der Snowboarder fuhr ihnen ein kurzes Stück entgegen und stellte sich ihnen in den Weg. Einen Augenblick lang blieben sie stumm voreinander stehen.

»Können wir was für Sie tun?«, brach Wallner das Schweigen.

Der Snowboarder näherte sich jetzt auf Handschlagdistanz und hielt Wallner das Stück Papier entgegen.

»Wallner?«

Wallner nickte.

»Ich soll Ihnen das hier geben.«

Wallner nahm den Zettel entgegen und musste seinerseits einen Handschuh ausziehen, um ihn zu entfalten. Es war ein schlichter Ausdruck in Arial 12 Punkt, wie Wallner schätzte, auf dem zwei Zahlen standen. Die eine begann mit

47, dann ein Komma und sechs Dezimalstellen, die andere war eine 12, gefolgt von einem Komma und ebenfalls sechs Dezimalstellen.

»Koordinaten«, stellte Tina fest.

Wallner hätte sich gern bei dem Snowboarder erkundigt, von wem er das Papier bekommen hatte. Aber der Mann war bereits weit unten im Hang unterwegs, als Wallner wieder aufsah.

Er fingerte sein Handy aus der Daunenjacke und rief Google Maps auf, um die Zahlen einzugeben. Als er auf Suchen drückte, verfinsterte sich sein Blick.

»Ich kenn diesen Blick bei Männern«, sagte Tina mild-spöttisch lächelnd. »Macht sich der Computer wieder lustig über dich?«

»Angeblich kann er an dieser Stelle nichts finden. Das ist Unsinn. Es gibt diese Koordinaten. Irgendwas muss da sein.«

»Vielleicht was Geheimes, was Google uns nicht verraten darf. Area 51 oder so?«

»Versuch bitte, konstruktiv zu bleiben. Muss ich da noch Nord und Ost eingeben oder N und O oder E?« Wallner hielt Tina sein Handy vor die Nase.

»Nein, Zahlen reichen eigentlich. Lass mal sehen.« Tina studierte das Display. »Du hast Kommas getippt. Du musst Punkte eingeben.«

»Aber da stehen Kommas.« Wallner verwies auf den Zettel.

»Tja – hat vermutlich ein Mann geschrieben.«

Wallner sagte nichts mehr und korrigierte die Schreibweise.

»Und?« Tina versuchte auf den Bildschirm zu sehen, aber Wallner hatte sich etwas zur Seite gedreht. »Funktioniert's?«

»Wie?«

»Ob es jetzt funktioniert?«

»Ja, es funktioniert.« Wallner wirkte ein klein bisschen

genervt, gab Tina dann jedoch das Handy. »Da ist tatsächlich nichts. Berglandschaft, Wiese mit Forststraße.«

Sie betrachtete angestrengt das Display. »Vielleicht sieht es jetzt anders aus als zu der Zeit, wo sie das Foto aufgenommen haben.«

»Mit Sicherheit. Da ist jetzt nämlich alles verschneit.«

Tina gab Wallner das Handy zurück. »Das ist nicht weit von hier. Willst du es dir nicht wenigstens ansehen?«

»Natürlich sehe ich mir das an. Was für eine Frage!«, sagte Wallner und bereitete sich für die Abfahrt vor.

3

Es dauerte mit dem Wagen nur wenige Minuten, um in die Nähe der von den Koordinaten beschriebenen Stelle zu gelangen. Sie standen mitten in sonnendurchfluteter, winterlicher Berglandschaft. Die Zufahrt zu dem Forstweg, den man auf dem Satellitenfoto gesehen hatte, war allerdings blockiert. Der Pflug hatte heute Morgen über einen halben Meter Schneeabraum am Straßenrand abgeladen. Hinter dem schmutzig-eisigen Wall war der Weg unter dem Neuschnee nur zu erahnen. Wallner stellte den Wagen schräg gegenüber in eine Parkbucht.

Als sie über den Schneewall stiegen, bemerkte Wallner verschneite Baumaterialien, die dort gelagert waren. Er checkte sein Handy.

»Also, da oben ist es.« Wallner deutete in die entsprechende Richtung. Dort sah man aber nicht weit, denn Wald versperrte den Blick. »Mir schleierhaft, was wir unter dem Schnee finden sollen.«

Er machte sich dennoch auf den Weg durch den Tiefschnee. Tina folgte ihm. Nach etwa zweihundert Metern blieb Wallner stehen und hielt sich die Hand über die Augen, denn die Sonne blendete.

»Schau an – das Satellitenfoto ist wohl nicht mehr ganz *up to date.*«

Etwa hundert Meter entfernt stand ein Haus. Genauer gesagt der Rohbau eines größeren Gebäudes, umgeben von einem Bauzaun.

Die Bautafel informierte Vorbeikommende darüber, dass an dieser Stelle ein Hotel errichtet wurde. Neben der Tafel gab ein kleines gelbes Schild darüber Auskunft, dass das Betreten der Baustelle verboten sei und Eltern angeblich für ihre Kinder hafteten. Wallner und Tina standen fast bis zu den Knien im Schnee und sahen sich nach irgendetwas Bemerkenswertem um.

»Das sind die Koordinaten der Baustelle.« Wallner hielt Tina das Handy hin, aber Tina glaubte es auch so.

»Dann ist vielleicht irgendetwas mit diesem Rohbau«, sagte sie. »Von hier kann ich nichts sehen.«

»Vielleicht ist trotzdem was hier draußen«, gab Wallner zu bedenken. »Etwas, das nur zu erkennen ist, wenn kein halber Meter Schnee drauf liegt.«

Tina übernahm das Handy und sah auf die Uhr. »Halb eins. Die Sonne steht da.« Sie deutete in die entsprechende Richtung und glich die Originalkoordinaten auf dem Zettel mit der Position auf dem Handy ab. »Nein, wir sind noch ein Stück zu weit südlich. Dieser Ort ...«, Tina hielt den Zettel hoch, »... befindet sich im Gebäude.«

»Da können wir aber leider nicht rein, weil das Privateigentum ist und wir weder einen Durchsuchungsbeschluss haben noch auf Grundlage dieses Zettels einen bekommen würden.«

»Für mich ist das Gefahr im Verzug«, sagte Tina.

»Ach ja? Gefahr, dass *was* passiert?«

»Keine Ahnung. Aber die Art und Weise, wie wir an diesen Zettel gekommen sind, war höchst verdächtig.«

»Ein bisschen vage, oder?«

»*Come on!* Warum drückt uns jemand einen Zettel mit Koordinaten in die Hand? Damit wir diese wunderbare Bauruine bestaunen?«

»Ein Scherz?«

»Unsinn. Der Mann mit dem grünen Helm wollte, dass diese Information«, Tina hielt den Zettel hoch, »an den Chef der Kripo Miesbach gelangt. Und das hier«, ihre Hand wies zum Rohbau, »ist der ideale Ort, um Rauschgift, Leichen,

Flüchtlinge oder sonst was Illegales zu verstecken. Da muss man doch nur zwei und zwei zusammenzählen.«

Wallner nickte, nicht vollständig überzeugt. »Na gut, lassen wir das mal gelten.«

Er blickte sich um, aber außer großartiger Winterlandschaft war wenig zu sehen. Dann stapfte er ein paar Meter durch den Schnee, bis er an eine Lücke im Bauzaun kam, die er mit etwas Geruckel zu einem Durchschlupf erweitern konnte.

Das Gebäude war in den Hang hineingebaut und blickte nach Süden. Es besaß ein Satteldach – das, soweit man erkennen konnte, bereits fertiggestellt war –, Decken aus Beton und gemauerte Ziegelwände. Fenster und Putz fehlten noch. Auch innen war noch nicht allzu viel passiert. Ein paar Kabel ragten aus nackten Ziegelwänden, und offene Rohre zeigten an, wo künftig Abflüsse gebraucht wurden. Treppen existierten noch nicht. Der Zugang zum nächsthöheren Stockwerk wurde durch eine Leiter ermöglicht.

»Lauf bitte nicht überall herum«, bat Tina.

»Möchtest du schon mal provisorisch einen Trampelpfad anlegen?« In Wallners Anfrage lag durchaus ein wenig Ironie. Ein sogenannter Trampelpfad wurde an Tatorten vorgegeben, damit sich die anwesenden Beamten auf exakt definierten Wegen bewegten und den Tatort so wenig wie möglich kontaminierten.

»Ja, da denke ich gerade drüber nach. Pass auf, ich seh mich hier unten um, du kannst ja mal die Leiter hochsteigen.«

Wallner nickte und begab sich zu der Leiter. Er hatte jetzt Latexhandschuhe an. Seine Schuhe steckten in Plastikfüßlingen. Beides hatte Wallner stets im Auto dabei, denn er hasste es, in fremden Häusern seine Schuhe auszuziehen.

Die Aussicht war überwältigend, als Wallner seinen Kopf durch die rechteckige Aussparung steckte, die einmal ein

Treppenabgang werden sollte. Der Blick ging nach Süden auf Winterberge in gleißendem Licht. In die offene Wand würde später wohl ein gewaltiges Panoramafenster gesetzt werden. Ansonsten war hier nur der Betonboden zu sehen. Während Wallner weiter nach oben stieg, beschlich ihn das Gefühl, jemand würde ihn beobachten. Noch auf der Leiter schaute er sich um – und blickte in das Gesicht eines Mannes. Er lag auf der Seite, die Augen offen, den unteren Arm nach vorn gestreckt, den anderen auf dem Boden aufgestützt, als wollte er sich jeden Moment erheben. Aber das tat er nicht. Er lag einfach da und sah durch Wallner hindurch. Der Tote trug einen kamelhaarfarbenen Wintermantel, darunter konnte man ein weißes Hemd und eine Krawatte erkennen. Die dunkle Bügelfaltenhose ließ auf einen Anzug unter dem Mantel schließen, zu dem allerdings die Winterstiefel an den Füßen nicht ganz passten. Da hatten praktische Überlegungen wohl schwerer gewogen.

»Tina, du kannst aufhören zu suchen. Wir haben einen Tatort.« Wallner beugte sich nach vorn, um die Leiche näher zu inspizieren. Blut war nicht zu sehen, aber mehrere Löcher im Mantel.

»Was hast du?« Tina war an die Leiter getreten, konnte von unten aber nichts von dem Mann im oberen Stockwerk sehen.

»Männliche Leiche. Also, vermutlich. Darf ich sie anfassen?«

»Aber vorsichtig!«

»Ich habe nicht gefragt, damit du mich wie ein Kleinkind behandelst. Ich wollte nur wissen, ob irgendwas dagegenspricht, dass ...«

»Nein. Wir müssen natürlich erst mal wissen, ob er wirklich tot ist.«

Mit spitzen Fingern nahm Wallner die Hand, die der Tote ihm entgegenstreckte, und versuchte, die Finger zu verbiegen. Sie waren steif, ebenso wie die Hand und der gesamte Arm.

»Würde sagen, die Totenstarre ist voll ausgeprägt. Oder er ist steif gefroren. In beiden Fällen müssen wir, fürchte ich, vom Ableben des Mannes ausgehen.«

»Okay …« Tina führte im Kopf ein paar Kalkulationen durch. »Totenstarre dauert bei diesen Temperaturen um einiges länger.«

»Heißt was?«

»Todeszeitpunkt, sehr grob, gestern Nachmittag oder am frühen Abend. Spuren von Fremdeinwirkung?«

»Da sind mehrere Löcher im Mantel. Könnten Einschüsse sein. Blut seh ich nicht. Aber den Löchern nach könnte der Schütze das Herz getroffen haben. Dann hätte das Opfer kaum geblutet.«

»Gut so weit. Und jetzt muss ich dich bitten, meinen Tatort zu verlassen.«

Wallner kam nach unten. Selbst als Leiter der Ermittlungen und Tinas Chef musste er sich vom Tatort fernhalten, solange die Spurensicherung ihre Arbeit noch nicht gemacht hatte. Er wandte sich gerade der Eingangstür zu, als man von draußen eine Stimme hörte.

»Clemens? Bist du da drin?«

Vor dem Haus stand Polizeihauptmeister Leonhardt Kreuthner in Anorak und Jeans. Auch er hatte heute frei.

»Tja, mein Freund«, sagte Wallner. »Diesmal war ich früher dran.«

»Was meinst du?«

Wallner spürte, dass Kreuthner durchaus eine Ahnung hatte, was er meinte. Denn Kreuthner hatte einen so ausgeprägten und nicht wirklich erklärbaren Riecher für Opfer von Kapitalverbrechen, dass man ihm polizeiintern den Spitznamen »Leichen-Leo« verliehen hatte.

»Dadrin liegt ein Toter. Vermutlich erschossen.«

»Echt?« Kreuthner schien, wenn nicht enttäuscht, so doch zumindest verwundert, dass Wallner die Leiche vor ihm gefunden hatte.

»Was machst du überhaupt hier?« Erst jetzt begann sich Wallner darüber zu wundern, dass mit einem Mal Kreuthner aufgetaucht war.

»Ich hab deinen Wagen unten g'sehen. Und dann bin ich euern Fußspuren nach.«

»Und was machst du hier in der Gegend?«

»Weiß auch net«, sagte Kreuthner. »Aber ich hab mir heut denkt: fahrst amal zum Tatzelwurm. Der Wasserfall schaut im Winter sicher super aus. War so a Eingebung.«

»Irgendwie hast du das gerochen mit der Leiche, oder?« Wallner sah zum Haus.

Kreuthner zuckte mit den Schultern.

Wallner lachte in sich hinein. Auf Kreuthners Instinkt war Verlass. »Unfassbar.«

4

Eine halbe Stunde später herrschte reges Treiben am Tatort. Beamte der Spurensicherung in weißen Schutzanzügen untersuchten den Rohbau und dessen Umgebung auf alles, was irgendwelche Hinweise auf den Täter und das Tatgeschehen hätte geben können.

Der Bau gehörte einer Firma namens Tegernsee Resort Hotels AG. Der Vorstandsvorsitzende war ein Mann namens Marius Fitschauer. Er erteilte zwar ohne Weiteres die Einwilligung für das Betreten des Grundstücks, wozu man ihn beziehungsweise seine Firma natürlich ohnehin hätte zwingen können, nachdem dort eine Leiche gefunden worden war. Allerdings wollte Fitschauer schon wissen, wer die Leiche wie auf der Baustelle entdeckt hatte, da Letztere doch eingezäunt gewesen sei. Ihm wurde, ohne dass man ins Detail ging, gesagt, es habe einen anonymen Hinweis auf den Toten in dem Rohbau gegeben. Mehr musste die Polizei auch nicht offenlegen, denn das gehörte zu den Ermittlungsfakten und war vertraulicher Natur.

Eineinhalb Stunden nach Entdeckung der Leiche erreichte Staatsanwalt Jobst Tischler vom Landgericht München II den Tatort. Tischler stand vor der Beförderung zum Oberstaatsanwalt. Das wurde zumindest in den einschlägigen Kreisen kolportiert. Vor ein paar Wochen hatte Wallner bei einem Symposium Gelegenheit, mit jemandem aus dem Justizministerium zu reden, der mit diesen Dingen befasst war. Die Chance hatte Wallner genutzt und Tischlers Befähigung in leuchtenden Farben beschrieben. Was auch nicht direkt gelogen war. Tischler hatte unbestritten seine Qualitäten. Allerdings ging er Wallner auch auf die Nerven mit seiner quengeligen, ungeduldigen Art und seiner ständigen Suche nach Schuldigen für Dinge, für die niemand etwas konnte oder die er selbst verbockt hatte. Nach einer Beförderung wäre man ihn jedenfalls los.

Wallner saß gerade in einem Campingstuhl und telefonierte zwecks Einrichtung einer SoKo mit dem Polizeipräsidium in Rosenheim, als Tischler mit seinem Audi A6 auftauchte und sich mitten in die Einfahrt zur Baustelle stellen wollte. Inzwischen hatte man die Zufahrt durch einen Schneepflug räumen lassen. Der Polizist, der eigentlich für Ordnung und den reibungslosen Verkehr zum Tatort sorgen sollte, schien etwas eingeschüchtert, als ihm Tischler offenbarte, wer er war. Wallner beendete sein Telefonat und begab sich zu Tischlers Fahrzeug.

»Hallo, Herr Tischler – wie geht's?«

»Ihr Kollege scheint mich nicht zu kennen«, sagte Tischler, und seine Stimme klang gepresst, was sie immer tat, wenn er verärgert war. Dass sich Tischler darüber beschwerte, nicht erkannt zu werden, entbehrte nicht einer gewissen Ironie. Denn er selbst behielt außer Wallner absolut niemanden aus der Miesbacher Polizeitruppe in Erinnerung, auch wenn er schon in einem Dutzend Fälle mit jemandem von dort gearbeitet hatte.

»Du sei doch so nett«, wandte sich Wallner an den Polizisten, »und park den Wagen vom Herrn Staatsanwalt.« Wallner beugte sich zum Wagenfenster. »Der Kollege kümmert sich um Ihren Wagen. Und wir reden ein bisschen.«

Tischler stieg mürrisch aus dem Auto, das, wie er den Polizeibeamten informierte, einen Neuwert von 60 000 Euro sowie eine empfindliche Lackierung besaß. Es sei also äußerste Vorsicht im Umgang damit geboten.

»Das geht ja gleich spektakulär los für Ihre neue Chefin«, sagte er dann, während sie sich auf zwei Campingstühle in die Sonne setzten. »Wann fängt sie an?«

»Morgen«, sagte Wallner. »Ja, Frau Tiedemann hat anscheinend Sinn für Timing. Kennen Sie sie?«

Für die Polizeiinspektion Miesbach war vor Kurzem eine neue Leiterin bestimmt worden, die am folgenden Tag ihren Dienst antreten sollte. Die Frau hieß Karla Tiedemann, war Ministerialjuristin und vierzig Jahre alt.

»Ich bin ihr ein paarmal bei Tagungen begegnet. Macht einen recht zielstrebigen Eindruck. Deswegen hat es mich auch ein bisschen gewundert.«

»Was … hat Sie gewundert?« Wallner war leicht irritiert.

»Nun ja – verstehen Sie's nicht falsch, aber die PI Miesbach ist jetzt nicht gerade ein Karrieresprungbrett.«

»Oh, da irren Sie. Hier ist noch jeder durchgekommen, der im Justizdienst Karriere gemacht hat.«

»Tatsächlich? Wer denn?«

»Jetzt, wo Sie konkret fragen, fällt mir gerade keiner ein. Aber reden wir doch über unseren Fall.«

Tischler lächelte. Fast hätte er Wallner geglaubt. Aber nein, die PI Miesbach war wirklich nicht der Karriere-Booster.

»Gut«, sagte er. »Fangen wir beim Opfer an. Wissen wir, wer es ist?«

»Nein, wissen wir noch nicht. Das Opfer hatte, soweit wir bis jetzt feststellen konnten, keine Papiere dabei. Es handelt sich um einen Mann um die vierzig, wertige Kleidung, Anzug und Krawatte und Kamelhaarmantel. Sieht alles ziemlich teuer aus. Meine Kollegen von der Spurensicherung vermuten, dass er gestern Nachmittag oder am frühen Abend gestorben ist.«

»Todesursache?«

»Der Rechtsmediziner ist vor einer halben Stunde eingetroffen. Warten Sie kurz.« Wallner wählte Tinas Nummer auf dem Handy. »Könnt ihr schon was sagen? … Aha … Okay, danke.« Er drückte das Gespräch weg. »Mindestens fünf Einschüsse, einer davon vermutlich ins Herz. Hülsen haben wir bis jetzt nicht gefunden. Der Täter hat sie also mitgenommen oder einen Revolver benutzt.«

»Falls der Mann hier erschossen wurde.«

»Dafür spricht eigentlich alles. Es gibt an der Kleidung keine Spuren, die auf einen Transport der Leiche hinweisen. Sie liegt im ersten Stock. Da kommt man nur über eine Leiter hoch. Ich schätze das Opfer auf mindestens neunzig Kilo. Warum – beziehungsweise wie – sollte der Täter so ein Gewicht über eine Leiter in den ersten Stock tragen? Außerdem ist das hier der ideale Tatort. Er ist von der Straße nicht einsehbar, und das nächste Haus ist über einen Kilometer entfernt.«

»Haben Sie ein Foto vom Opfer?«

Hatte Wallner. Er holte es auf das Display seines Smartphones und zeigte es Tischler.

Der starrte das Bild eine ganze Weile an.

»Kennen Sie den Mann?«, fragte Wallner schließlich.

»Er kommt mir vage bekannt vor. Aber mit Fotos ist das immer so eine Sache. Ich würde ihn mir gern in natura ansehen. Geht das?«

Wallner nahm das Smartphone zur Hand. »Schwierig«, sagte er und wählte erneut Tinas Nummer.

»Was heißt schwierig? Ich leite die Ermittlungen. Sagen Sie Ihren Leuten …«

Wallner bedeutete Tischler mit einer Handbewegung, dass er sich beruhigen solle. »Hallo, Tina. Wann können wir das Opfer in Augenschein nehmen? … Ah ja, okay. Dann bis gleich.« Er drückte das Gespräch weg. »Der Rechtsmediziner ist ohnehin fertig mit der Leiche. Sie kommt gleich vorbei. Also meine Kollegin – und die Leiche.«

Kurz darauf durfte Tischler das sonnenbeschienene Antlitz des Mordopfers in einem Blechsarg betrachten. Er schwieg und nickte bedeutsam.

»Und?«, half Wallner ihm auf die Sprünge.

»Das wird ein interessanter Fall werden«, sagte der Staatsanwalt und schenkte Wallner ein Lächeln. »Der Mann heißt Philipp Gansel und ist Landtagsabgeordneter.«

»Muss man den kennen?«, fragte Wallner.

»Er is der Vorsitzende vom Wirtschaftsausschuss«, sagte Kreuthner, der dazugekommen war.

Sowohl Wallner als auch Tischler starrten ihn mehr als überrascht an. Kreuthner kannte vermutlich nicht einmal den Namen des Wirtschaftsministers.

»Du kennst den Mann?«, fragte schließlich Wallner.

»Nur seine Frau. Die Philomena.«

Erneutes Erstaunen aufseiten von Kripo und Staatsanwaltschaft.

»Was gibt's da zum schauen? Ich hab amal was mit der g'habt. Is aber lange her.«

Die Köpfe der beiden anderen Männer nickten, ihre Gesichter zeigten weiterhin Ungläubigkeit.

Wallner gab den Sargträgern ein Zeichen, dass sie den Toten wegschaffen konnten. Dann stellte er Kreuthner dem Staatsanwalt vor. Tischler machte ein Gesicht, als hätte er den Namen schon mal gehört, könnte sich aber beim besten Willen nicht erinnern. »Kreuthner? Hatten wir schon mal miteinander zu tun?«

»Herr Kreuthner hat vor zwei Jahren die Leiche in dem Bauernhof entdeckt. In Festenbach. Carmen Skriba.«

»Carmen Skriba …« Damit konnte Tischler mehr anfangen, was aber nicht bedeutete, dass er sich an Kreuthner erinnerte.

Wallner wandte sich an Kreuthner. »Also, du hast mal ein Verhältnis mit der Frau eines Abgeordneten gehabt?«

»Ich kann sie anrufen und ihr sagen, was passiert ist. Wenn du nichts dagegen hast.«

Wallner überlegte kurz. »Ist vielleicht besser, wenn sie es

von jemandem erfährt, den sie kennt. Mach das.« Dann wandte er sich Tischler zu. »Und woher kennen Sie das Opfer?«

»Hauptsächlich, weil er bei den Rotariern ist.«

»Der Miesbacher Abgeordnete ist es aber nicht. Den kenne ich.«

»Nein, sein Wahlkreis ist in München.«

»Er war noch relativ jung für einen Ausschussvorsitzenden, oder?«

»Gansel ist vor Kurzem siebenunddreißig geworden. Ich weiß das, weil er seinen Geburtstag in einem Hotel am Tegernsee gefeiert hat.«

»Waren Sie dabei?«

»Gott, nein! So wichtig bin ich auch wieder nicht.« Tischler versuchte, erheitert zu wirken, aber Wallners Frage schien ihm einen Stich gegeben zu haben, und er konnte diese Prise Verletztheit nicht ganz aus seinem Lachen heraushalten.

»Sie haben keine Vermutung, warum jemand Herrn Gansel ermorden würde?«

»Nicht wirklich. Aber der Mann hat verdammt schnell Karriere gemacht. Vielleicht hat er sich mit den falschen Leuten eingelassen.«

5

Zehn Jahre früher

Wirtschaftsminister Mangold reichte seinem Assistenten Philipp Gansel einen Fünfhunderteuroschein und deutete auf die Glasplatte des Couchtisches. Dort waren vier Lines Kokain aufgereiht. Gansel betrachtete den ungewohnten Schein etwas verwundert.

»Dass des Ganze an Stil hat. Auf geht's!« Der Minister lachte aufgeräumt und gemütlich.

Philipp Gansel blickte sich unwillkürlich um. Hatte irgendwer die Kameralinse seines Handys auf sie gerichtet? Schwer auszumachen bei der schummrigen Beleuchtung. Die Frau, die auf der Bühne tanzte, war in Rot getaucht, und im Rest des Clubs war es so dunkel, dass man keine Zeitung hätte lesen können. Das wollte hier auch niemand. Gansel rollte den Fünfhunderter zu einer Röhre und sog das weiße Pulver in die Nase. Allzu vertraut war er nicht mit Kokain. Es schoss ihm unangenehm scharf in die Nebenhöhlen.

Wirtschaftsminister Jürgen Mangold inhalierte ebenfalls eine Line und sagte: »Gemma! Auf einem Bein steht man schlecht«, gefolgt von herzhaftem Lachen, gefolgt von Husten, denn anscheinend war ein wenig Kokain in die Luftröhre geraten, gefolgt von weiterem Lachen, bis ihm die Tränen kamen. Gansel konsumierte gehorsam die zweite Portion, worauf sich auch Mangold noch einmal bediente.

Eine junge Frau in Netzstrümpfen und hochhackigen Schuhen kam an den Tisch und stellte einen Champagnerkühler und zwei Gläser ab. Als sie einschenken wollte, steckte ihr Mangold einen Geldschein in die Hand und sagte: »Danke. Des mach ma selber. Passt schon.« Er blickte dem Mädchen verträumt hinterher, dann goss er den Sekt ein. »Is schon was anderes wie zu Haus, was?« Er gab Gansel ein Glas. »Also, wie bei mir daheim jedenfalls. Prost!«

Ein Mann von etwa fünfzig Jahren setzte sich zu den beiden und zog die Flasche aus dem Champagnerkühler.

»Und, Jürgen – geht's euch gut?«, fragte der Mann. Die Bedienung brachte hastig ein drittes Glas.

Mangold lümmelte sich in seinen Sessel und verschränkte die Hände über dem Bauch. Er trug Trachtenanzug, weil es am späten Nachmittag noch einen Empfang beim Sparkassenverband gegeben hatte, und da war Raiffeisen-Smoking für jeden Politiker Pflicht. »Ich glaub, des wird a netter Abend«, sagte er.

»Aber sicher. Wenn ihr was braucht …«

»Mir rühren uns.«

»Sie sind das erste Mal dabei?«, wandte sich der Mann an Gansel.

Der nickte und war etwas enttäuscht, dass er mit Sie angesprochen wurde. Aber das Du verdiente man sich anscheinend nicht am ersten Abend.

Philipp Gansel hatte vor einem halben Jahr das zweite juristische Staatsexamen abgelegt, solide, aber nicht mit Prädikat. Eine Karriere im Staatsdienst war ihm damit eigentlich verwehrt – ganz zu schweigen von der Anstellung in einem Ministerium. Hier schuf eine Fügung des Schicksals Abhilfe: Gansels Vater und der Wirtschaftsminister stammten aus demselben Dorf. Und im Dorf, da half man sich gegenseitig. Das hatte Jürgen Mangold auch als Minister nicht vergessen. Eine Stelle als Verwaltungsjurist war nicht drin, denn die Einstellungsvoraussetzungen konnte auch ein Minister nicht aushebeln. Aber der Zufall wollte es, dass Mangold zu der Zeit einen neuen Assistenten suchte, und der musste, was seine Ausbildung betraf, keine besonderen Voraussetzungen erfüllen. Nur von einer gewissen Wendigkeit sollte er sein, sonst hätte er im Haifischbecken der Politik nicht lange überlebt. Und diese Anlage schien Mangold in dem jungen Gansel durchaus zu erkennen. Den Rest würde er ihm schon beibringen.

»Warst schon mal mit dem Glaubert unterwegs?«, hatte er Gansel gestern gefragt und dann nachgeschickt: »Na, Schmarrn. Des müsst ich ja wissen.«

Nein, Gansel hatte noch nichts mit Kajetan Glaubert zu tun gehabt. Aber er hatte von den Nächten mit ihm gehört. Auf den Fluren des Ministeriums erzählten sie davon. Die freilich, die erzählten, waren nicht dabei gewesen, sondern hatten es auch nur gehört. Und wenn einer dabei gewesen war, dann höchstens bis zu dem Punkt, an dem Glaubert und der Minister sich verabschiedet hatten – mit unfassbar scharfen Frauen im Schlepptau, wenn man den Gerüchten glauben wollte. Keiner wusste, wohin sie dann fuhren. Denn das war ein gut bewahrtes Geheimnis und trug sehr zum Mythos der Glaubert-Nächte bei. Vielleicht würde Gansel es heute erfahren.

Kajetan Glaubert war Lobbyist. Keiner der vielen Klinkenputzer, die für irgendeinen Verband unterwegs waren, sondern Freelancer. Er verkaufte seine Kontakte projektweise an eine zahlungskräftige Klientel und stand in dem Ruf, absolut jeden zu kennen, der wichtig war im Politgetriebe.

Gansel sah sich um. Die Tabledance-Bar war edel und die Mädchen allesamt hübsch. Getränkekarten gab es, aber ohne Preise. Gansel hatte gehört, dass die Flasche Roederer Cristal über zweitausend Euro kosten sollte. Der Champagner in ihrem Kühler war kein Roederer, also vielleicht schon für fünfhundert zu haben. War letztlich egal. Glaubert bezahlte.

Und wahrscheinlich war er an dem Laden hier beteiligt. Gansel fühlte sich gut, fast euphorisch. Das kam vom Kokain. Und von der Aussicht auf eine rapide Karriere als Politiker. Denn er war jetzt dabei. Dabei in einer Glaubert-Nacht. Die Frage war: Würden sie ihn mitnehmen, wenn sie diesen Club verließen? Wirtschaftsminister Mangold orderte soeben die nächste Flasche Champagner und plauderte mit dem Mädchen, das er auf dem Schoß hatte. Gansel hatte kein Mädchen auf dem Schoß, sondern musste sich mit den Darbietungen der Pole-Tänzerinnen zufriedengeben. So wichtig war er noch nicht, dass Glaubert für ihn in Mädchen investierte

Eine weitere Flasche später war der Wirtschaftsminister mit Glaubert im Gespräch über irgendein Gesetzesvorhaben, das der bayerischen Getränkeindustrie zugutekommen sollte. Aber Mangold war schon etwas unkonzentriert. Vor allem die Frau auf der Bühne schien ihn abzulenken.

»Schau dir des Madl an«, sagte er verträumt zu Gansel. Und dann flüsterte er Glaubert etwas ins Ohr, worauf Glaubert nickte, Mangold lächelnd auf die Schulter klopfte, aufstand und der Frau auf der Bühne winkte. Sie kniete sich neben ihn an den Bühnenrand. Glaubert sprach zu ihr und deutete auf Mangold. Das Mädchen sah verunsichert aus. Ein anderes kam dazu und wechselte ein paar Worte mit der Tänzerin. Gansel hatte den Eindruck, dass es eine Freundin war, mit der sie sich jetzt kurz beriet. Schließlich sagte Glaubert noch etwas zu den beiden, worauf die Tänzerin nickte und noch weitgehend bekleidet die Bühne verließ.

»Geht in Ordnung«, sagte Glaubert, als er an den Tisch zurückkam. »Abfahrt in fünf Minuten. Wir sehen uns am Wagen.«

»Er kommt mit«, sagte Mangold und deutete auf Gansel.

Glaubert schien etwas überrascht.

Vierzig Minuten später saßen sie im Salon einer im Heimatstil errichteten Villa irgendwo südlich von München. Sie hatten Glauberts Wagen genommen. Mangolds Fahrer war in den Feierabend verabschiedet worden. Nach einem Begrüßungsdrink hatten Glaubert und Gansel den Wirtschaftsminister und die Tänzerin, die, wie man inzwischen wusste, aus Moldawien stammte, allein gelassen und sich in den nebenan liegenden Salon begeben. Ein Mann im Butler-Outfit, der sich Herr Sommerfeld nannte, schenkte Rotwein in Glauberts Glas. Glaubert probierte, schien zufrieden und nickte, worauf Herr Sommerfeld zwei Fingerbreit Wein in jedes Glas gab und Gansel darüber aufklärte, dass es sich bei dem Getränk um einen 2008er Sassicaia handelte. Gansel sagte »Ah, ja!«, hatte aber nicht die geringste Ahnung, dass sich etwa fünfzig Euro in seinem Glas befanden. Aus dem Nebenzimmer klang *Black Velvet* durch die geschlossene Tür, und Gansel hatte ein Bild vor Augen, wie das Mädchen aus Moldawien sich an der Stange entblätterte. Er wischte den Gedanken schnell beiseite und beschloss, das Beste aus dem Abend herauszuholen.

»Sagen Sie – wie macht man Karriere in der Politik?«, fragte er den Gastgeber, nachdem sie sich zugeprostet und einen Schluck getrunken hatten. Der Wein war wirklich eine Geschmacksbombe.

Glaubert sah Gansel von der Seite an. »Sie wollen richtig nach oben?«

Gansel machte eine unbestimmte Geste, die man ohne Weiteres als Zustimmung verstehen konnte. Glaubert nickte amüsiert und schien nachzudenken, ob er sein kostbares Wissen mit dem jungen Mann teilen sollte. Dann sah er Gansel an – oder besser gesagt, er begutachtete ihn. Schließlich sagte er: »Sie müssen mit einigen Leuten Leichen im Keller haben.«

»Verstehe.« Gansel pausierte kurz, um seine Erkenntnis

zu Ende zu denken. »Wird man nicht selber erpressbar, wenn man Leichen herumliegen hat?«

»Nicht, wenn die Leiche für den anderen ein größeres Problem ist als für einen selbst.«

Gansel suchte im Geiste nach Beispielen, und die Tabledance-Bar kam ihm in den Sinn. »So wie das Koks, das Sie uns in dem Club besorgt haben. Es kann ja für alle Beteiligten unangenehm werden, wenn das rauskommt.«

»Ich habe Ihnen kein Koks besorgt. Das haben Sie von einem Mädchen im Club bekommen.«

Gansel machte eine Geste, die in etwa besagt: Das kann man so oder so sehen.

»Aber angenommen ...« Glaubert verstummte mit einem Mal und lauschte. Von nebenan hörte man die Stimme des moldawischen Mädchens. Was genau sie sagte, war nicht zu verstehen, aber es war laut, es war englisch und schloss mit einem »No, no, no!«. Glaubert und Gansel tauschten Blicke und warteten, aber es kam nichts mehr. Inzwischen lief *Je t'aime* hinter der Tür.

»Nehmen wir also an, ich hätte Ihnen das Kokain besorgt«, griff Glaubert den Gesprächsfaden wieder auf. »Dann wäre das in der Tat eine – man könnte sagen: ›asymmetrische Leiche‹. Strafbar machen wir uns alle drei, aber nur der koksende Wirtschaftsminister ist wirklich erledigt, wenn's rauskommt.« Er grinste Gansel an. »Da haben Sie ja schon die erste gemeinsame Leiche.«

Auch Gansel fand den Gedanken nicht übel, musste die Sache dann aber doch etwas weiterdenken. »Wenn ich mal selber Minister bin und unser gemeinsamer Freund ist Rentner, dann verschieben sich die Dinge allerdings wieder.«

»Richtig. Dann ist das Koks für *Sie* das größere Problem. Aber das gilt ganz allgemein. Gemeinsame Leichen werden für einen selbst immer unvorteilhafter, je höher man aufsteigt. Deshalb sollte man es nicht übertreiben.«

Glaubert nahm den Dekantierer mit der Weinflasche und schenkte Gansel nach. In diesem Augenblick wurde es wieder laut hinter der Tür. Neben der Stimme des Mädchens hörte man auch Mangold reden. Sie stritten über etwas.

»Kann es sein«, sagte Gansel, »dass das Mädchen nicht verstanden hat, warum sie mitkommen sollte?«

»Schwer vorstellbar. Dass es für tausend Euro nicht ums Tanzen geht, dürfte ja wohl klar sein.«

Es wurde noch lauter im Nebenraum, und ein Stuhl oder etwas Ähnliches wurde umgestoßen. Dann wieder lautes Reden des Mädchens. Schließlich hörte man Mangolds alkoholverwaschene Stimme »Jetzt stell dich net so an!« schreien.

Gansel versteifte sich. »Sollten wir vielleicht mal nachsehen, ob …«

In diesem Augenblick stieß das Mädchen einen spitzen Schrei aus, dann folgte ein dumpfes, hölzernes Geräusch. Etwas wie ein Schlag. Dann – nichts mehr.

Glaubert und Gansel starrten auf die Tür. Es war still. Fast still. Denn im Hintergrund lief immer noch leise *Je t'aime*. Glaubert stand zögerlich auf und setzte sich in Richtung Tür in Bewegung. Als er zwei Schritte weit gekommen war, wurde die Klinke nach unten gedrückt, und die Tür öffnete sich. Sehr langsam wurde der Türspalt breiter, bis endlich Mangold zum Vorschein kam. Ohne Jackett, das Gesicht rot, die Augen verschwommen, der Mund offen. Gansel stand auf und ging zu seinem Chef.

»Alles klar?«

Mangold atmete schwer, sein Unterkiefer zitterte. Schließlich schüttelte er langsam den Kopf.

6

13. Dezember, Gegenwart

Wallner kam am Nachmittag nach Hause, um sich umzuziehen. Er hatte immer noch seine Skihose und Funktionsunterwäsche an. Die blaue Daunenjacke allerdings trug er sowohl beim Skifahren als auch sonst immer in der kalten Jahreszeit, die für Wallner von Mitte September bis Mitte Mai dauerte.

Sein Großvater Manfred, der inzwischen die neunzig überschritten hatte, war ein wenig überrascht, ihn zu sehen, als er in die Küche kam.

»Hast keine Lust mehr auf Skifahren?«

»Doch. Aber wir haben eine Leiche gefunden, und jetzt muss ich arbeiten.«

»A Leich? Beim Skifahren? Wie des?«

»Kann ich dir nicht sagen. Dienstgeheimnis.«

»Schon klar.« Manfred war es gewohnt, dass sein Enkel ihn nur spärlich über Berufliches in Kenntnis setzte. »Hättst halt angerufen, dann hätt ich dir was zu essen gemacht.«

Wallner legte ein paar Briefe auf den Küchentisch, die er vom Briefkasten mitgebracht hatte. »Ich hab angerufen. Ist aber keiner drangegangen. Wo ist denn das Telefon?«

»Im Flur. Wo es immer is.«

»Nein. Draußen ist es nicht.«

Manfred sah sich in der Küche um, entdeckte aber offenbar kein Telefon. Wallner zog sein Handy aus der Daunenjacke und wählte eine Nummer.

»Hörst du das?«

Ein leises Telefongeräusch kam von irgendwoher.

»Ich hör nix«, sagte Manfred. »Is vielleicht oben im Schlafzimmer.«

»Nein, ich glaube, es ist hier in der Nähe.«

Wallner lauschte, es klingelte wieder. Er ging zum Kühlschrank und öffnete ihn. Neben der Gelbwurst lag das klingelnde Telefon.

»Auweh«, sagte Manfred und strich sich übers Kinn, während Wallner den Anruf beendete und das Handy aus dem Kühlschrank nahm.

»Ist vielleicht ganz gut für den Akku, wenn er kühl bleibt.«

Manfred fand das anscheinend gar nicht witzig, denn er sah bedrückt aus.

»Jetzt is es so weit, oder? Jetzt kommt er, der Alzheimer.«

»Ach Schmarrn.« Wallner brachte das Telefon zur Garderobe und stellte es in die Ladestation. »Was glaubst du, wo ich meine Brille schon überall hingelegt habe! Das kommt vor, wenn man mal unkonzentriert ist. Mit Alzheimer hat das gar nichts zu tun.«

Tatsächlich glaubte Wallner nicht, dass sein Großvater dement war. Für seine einundneunzig Jahre war er sogar recht fit im Kopf. Aber auch Wallner registrierte mit Sorge, wenn Manfred ungewohntes Verhalten an den Tag legte, vor allem, wenn er mentale Aussetzer hatte, sich an Dinge oder Namen nicht mehr erinnerte oder eben Sachen an merkwürdigen Orten verlegte.

»Du hast Post.« Wallner fischte aus dem kleinen Haufen Briefe einen heraus und hielt ihn Manfred hin. Bevor Manfred ihn entgegennehmen konnte, blickte Wallner noch einmal auf die Adresse, wie um sich zu vergewissern, dass er richtig gelesen hatte. »Manfred Freiherr von Wallner. Bist du das?«

»Wenn die Adresse stimmt.«

»Die Adresse stimmt.« Wallner händigte den Brief aus. »Freiherr von Wallner?«

»Hat wohl einer falsch verstanden.«

»So undeutlich redest du eigentlich nicht.«

»Keine Ahnung. Was weiß ich, was sich die Leut für an Blödsinn ausdenken.«

Manfred legte den Brief auf die Anrichte, ohne ihn zu öffnen.

»Willst du gar nicht nachsehen, vom wem der Brief ist und was drinsteht?«, fragte Wallner.

»Doch. Später. Oder willst mitlesen?«

»Nein, nein. Entschuldige, wenn ich irgendwie übergriffig war. Ich hab mich halt nur gefragt, was hinter dieser seltsamen Adressierung steckt.« Wallner drehte sich Richtung Treppenhaus, um in den ersten Stock zu gehen und sich umzuziehen. »Kannst mir ja heute Abend sagen, was es damit auf sich hat.« Er wandte sich in der Tür noch einmal um. »Wenn du willst. Du musst natürlich nicht.«

Manfred sagte nichts, lächelte aber in einer Weise, die bei Wallner einen ganzen Haufen Fragen aufwarf.

Am Nachmittag trafen sich Wallner, Staatsanwalt Tischler, Tina, Wallners Stellvertreter Mike Hanke sowie Janette Bode, die für technische Recherchen zuständig war, in Wallners Büro. Die Witwe des Opfers war mittlerweile von Kreuthner verständigt worden, der auch veranlasst hatte, dass die Münchner Kollegen jemanden vom Kriseninterventionsdienst für ersten psychischen Beistand zu ihr schickten. Wallner hatte währenddessen die nötigen Maßnahmen zur Einrichtung einer Sonderkommission eingeleitet, die ihre Arbeit am nächsten Tag aufnehmen würde. In Anbetracht des zu erwartenden öffentlichen Interesses hatte man ihm fünf Mann mehr als üblich zugestanden. Die Spurensicherung war noch im Gange, aber Tina war trotzdem mit nach Miesbach gekommen, um die ersten Ergebnisse zu referieren. Den Landtagspräsidenten hatte ebenfalls jemand verständigt, und die Pressestelle des Polizeipräsidiums würde der SoKo einen eigenen Mitarbeiter für die Pressearbeit zur Verfügung stellen.

»Da geht aber bitte nichts raus, was ich nicht abgesegnet habe«, nörgelte Tischler. »Eigentlich sollte gar nichts rausgehen. Wenn die Presse was wissen will, soll sie sich an die Staatsanwaltschaft wenden.«

»Ich geb's weiter«, sagte Wallner. Dann checkte er, ob Kaffee, Mineralwasser und Plätzchen für alle bereitstanden, stellte jeden Anwesenden vor und begann dann: »Wichtigste Frage ist erst mal: Haben wir einen Fall?« Die Frage war an Tina gerichtet.

»Davon geh ich aus. In der Brust des Opfers sind fünf Löcher, die der Rechtsmediziner als Einschusslöcher bewertet. Die Obduktion findet morgen früh statt. Da werden die Kugeln rausgeholt. Sie sind immerhin durch den Mantel und ein Anzugsakko gedrungen. Daher vermute ich neun Millimeter oder ein vergleichbares Kaliber. Vielleicht ein Revolver, 38er oder 45er, denn wir haben keine Patronenhülsen gefunden. Oder es war eine Pistole, und der Täter hat die Hülsen mitgenommen. Der Fundort dürfte im Übrigen auch der Tatort gewesen sein …«

»Ist klar«, kürzte Tischler den Vortrag ab, denn er kannte die Begründung schon. »Keine Transportspuren und so weiter. Haben Sie irgendwelche anderen Spuren gefunden?«

»Wenig. Aber ein bisschen was haben wir. Es gibt einen Schuhabdruck. Keinen ganzen. Aber einen Schneerest, der sich im Profil eines Stiefels gebildet hat und dann beim Gehen im Gebäude herausgefallen ist. Wenn er weder von Herrn Wallner noch von mir stammt – was wir erst noch verifizieren müssen –, könnte ihn der Täter hinterlassen haben. Von den Schuhen des Opfers ist er wohl nicht, wie es aussieht. Außerdem lag in einer Ecke des ebenerdigen Raumes ein Knopf. Möglicherweise hat ihn der Täter verloren, als er die Leiter rauf- oder runtergeklettert ist.«

»Was ist vor dem Haus?«, wollte Tischler wissen.

»Letzte Nacht hat es fast einen halben Meter geschneit. Da ist wenig zu holen. Wir haben den Platz, auf dem vermutlich Autos geparkt waren, abgesperrt und gesichert. Wenn wir drinnen fertig sind, tragen wir den Neuschnee ab und schauen, was wir noch finden können. Reifenspuren wahrscheinlich nicht. Aber vielleicht irgendwelche Gegenstände.«

»Dann kommen wir doch gleich mal zu den Autos. Stand da irgendein Fahrzeug, als Sie hingekommen sind?«

»Nein«, sagte Wallner. »Da war gar nichts. Was aber durchaus aufschlussreich ist: Wenn das Opfer mit dem eigenen Wagen hingefahren ist, dann muss der Täter den Wagen nach der Tat weggefahren haben. Da der Täter aber vermutlich auch mit einem eigenen Fahrzeug gekommen ist – eine andere Möglichkeit, dort hinzukommen, gibt es eigentlich nicht: Wie bekommt er es hin, zwei Fahrzeuge wegzuschaffen?«

»Vielleicht war es ja mehr als ein Täter«, beantwortete Tischler die Frage.

»Richtig. Oder Gansel ist mit seinem Mörder hingefahren. Dann gab es nur ein Fahrzeug.«

»Was wiederum heißt, dass sich Täter und Opfer in dem Fall gekannt hätten.«

»Korrekt. Dritte Möglichkeit …«

Wallner macht eine Pause – eher eine Pause zum Nachdenken als eine Kunstpause.

»Auf die Möglichkeit bin ich jetzt gespannt«, sagte Tischler.

»Wir sind davon ausgegangen, dass Gansel am Fundort gestorben ist, weil alles andere wenig Sinn ergibt. Völlig ausschließen können wir aber nicht, dass er woanders erschossen wurde und dann sehr vorsichtig, ohne Spuren zu hinterlassen, zu dem Rohbau transportiert wurde.«

»Dann sollten wir erst mal feststellen, wo sich Herrn Gansels Wagen derzeit befindet.«

»Wir haben eine Fahndung rausgegeben«, sagte Mike. »Wenn sich der Wagen aber noch im Landkreis befindet, wird's schwierig. Die Fahrzeuge am Straßenrand wurden letzte Nacht so eingeschneit, dass man kaum die Marke erkennen kann. Von Kennzeichen ganz zu schweigen.«

»Der Wagen hat doch sicher GPS.«

Janette schaltete sich ein. »Das ist richtig. Aber um den Standort abzufragen, bräuchten wir Herrn Gansels Handy und einen PIN-Code. In seinem Büro kennt den keiner. Seine Frau im Übrigen auch nicht. Bei BMW haben wir schon angefragt, die hätten aber gern einen richterlichen Beschluss.«

»Sollen sie kriegen. Schicken Sie mir die Daten des Fahrzeugs.« Tischler machte sich eine Notiz.

»Habe ich schon.« Janette deutete auf Tischlers Handy.

Tischler aktivierte es und checkte kurz die Anzeige auf seinem Display.

»Ja, ist angekommen.« Tischler las die Kurzmeldung und wandte sich wieder Janette zu. »Sie hatten also schon Kontakt mit Gansels Büro in München?«

»Ja. Da war heute Vormittag natürlich große Aufregung. Gansel hatte drei Termine, und keiner wusste, wo er steckt. Das Handy war ausgeschaltet. Man hat ihm mehrfach auf die Box gesprochen und Mails geschrieben. Und natürlich seine Frau angerufen.«

»Was hat die gesagt?«

»Die hatte ihren Mann schon gestern Abend als vermisst gemeldet. Gegen Mitternacht. Aber Sie wissen ja, wie das ist, wenn Erwachsene verschwinden. Nur weil es beim Herrn Abgeordneten mal später wird – da bricht man keine bundesweite Fahndung vom Zaun. Das haben die Münchner Kollegen dann heute Vormittag nachgeholt, nachdem Gansel immer noch nicht aufgetaucht war und sein Büro Alarm geschlagen hat. Die Meldung ist natürlich auch hier in Miesbach eingegangen. Aber damit konnte zu dem Zeitpunkt noch keiner was anfangen.«

»Aber als Sie die Leiche gefunden haben – ist Ihnen da nicht der Verdacht gekommen, dass es sich um den verschwundenen Abgeordneten handelt?« Tischlers Frage ging an Wallner.

»Ich hatte heute eigentlich Urlaub und war beim Skifahren. Deswegen habe ich von der Vermisstenmeldung nichts mitbekommen. Das Gleiche gilt für meine Kollegin.« Er deutete auf Tina.

»Und wie haben Sie den Toten gefunden?«

»Es gab einen Hinweis. Ist aber eine längere Geschichte.« Wallner sah auf die Uhr. »Wir wollten eigentlich noch nach München fahren. Zur Ehefrau des Opfers.«

»Was heißt Hinweis?«, beharrte Tischler. »Ich meine, von wem? Hat die Dienststelle Sie angerufen?« Tischler machte einen sehr irritierten Eindruck – wie immer, wenn er Dinge nicht ganz durchblickte.

»Es gab einen anonymen Hinweis.«

»Sieh an! Ich nehme an, Sie gehen dem nach?«

»Tun wir.« Wallner war das Thema unangenehm, denn er fragte sich immer noch, ob die Rechtsgrundlage, auf der sie den Rohbau betreten hatten, nicht etwas dünn gewesen war.

In diesem Augenblick klingelte das Festnetztelefon. Wallner entschuldigte sich bei den Anwesenden, nahm den Hörer ab und fragte, was anlag. »Sehr gut«, sagte er mit freudig erstaunter Miene. »Bringt ihn in den Vernehmungsraum. Bin gleich da.«

Als er aufgelegt hatte, blickte er in eine ganze Runde fragender Gesichter.

»Sie haben den Snowboarder gefunden, der uns den Zettel gegeben hat.«

7

Der etwa zwanzig Jahre alte Mann trug immer noch seine Snowboarder-Sachen, nur die Jacke hing über der Stuhllehne, und der neongrüne Helm lag auf dem Stuhl daneben.

»Grüß Gott«, sagte Wallner, als er mit Mike zusammen hereinkam. »Meinen Namen kennen Sie ja schon. Aber noch einmal offiziell: Ich bin Kriminalhauptkommissar Wallner. Das hier ist mein Kollege Hanke. Schön, dass Sie sich die Zeit genommen haben, mit uns zu reden.«

»Hab ich net. Die ham mich verhaftet.«

»Nein, haben sie nicht. Die haben Sie nur höflich gebeten mitzukommen, um ein paar Fragen zu beantworten.«

»Hat sich net so ang'hört. Wenn ich g'wusst hätt, dass ich net mitkommen muss, hätt ich die Tageskart'n noch abg'fahren.«

»Das tut mir leid. Sehr ärgerlich. Andererseits – wenn Sie nicht mitgekommen wären, hätte man Sie möglicherweise vorläufig festgenommen. Als Verdächtigen in einem Mordfall.«

»Was?« Die Miene des Snowboarders verwandelte sich in blankes Entsetzen.

»Der Zettel, den Sie mir gegeben haben, hat uns zum Opfer eines Gewaltverbrechens geführt. Da ich im Augenblick noch nicht weiß, ob und wie Sie an dieser Sache beteiligt sind, kann ich auch nicht ausschließen, dass wir Sie zu irgendeinem Zeitpunkt als Tatverdächtigen betrachten. Ich mache Sie deswegen darauf aufmerksam, dass Sie die Aussage verweigern und einen Anwalt verlangen können.«

»Was soll der Scheiß? Ich hab Ihnen doch nur den blöden

Zettel gegeben!« Der Zeuge war verärgert, was in der Regel dafür sprach, dass er mit dem Mord nichts zu tun hatte. Aber man wusste ja nie.

»Ihr Name ist …« Wallner sah auf sein Handy, wo er sich den Namen notiert hatte. »Jannik Sonntag?«

Der Mann nickte.

»Sie haben meine Kollegin und mich ja längere Zeit auf der Piste verfolgt.«

»Ich hab net g'wusst, dass Sie von der Polizei sind.«

»Dann sagen Sie uns doch mal, warum Sie uns oder mir diesen Zettel geben wollten.«

»Ich hab an Zwanz'ger dafür gekriegt.«

»Von wem?«

»Keine Ahnung. Irgend so ein Typ. Er hat an Helm aufg'habt und a Skibrille. Von dem G'sicht hast nix mehr g'sehen.«

»Was hat er für eine Stimme gehabt?«

Herr Sonntag zuckte mit den Schultern. »Normal.«

»Aber definitiv ein Mann?«, hakte Mike nach.

Sonntag nickte.

»Wie klang die Stimme? Älter oder jünger?«

»Schwer zum sagen. So mittelalt. Ich weiß es net.«

»Hat er Dialekt gesprochen?«

»Na, hochdeutsch. Hat sich aber ang'hört, wie wenn er sonst bayerisch spricht.«

»Er hat Ihnen also zwanzig Euro gegeben und was genau von Ihnen verlangt?«

»Der hat auf Sie gezeigt.« Sonntag deutete auf Wallner und wandte sich ihm zu. »Sie sind grad in an Lift eing'stiegen. Und dann hat er g'sagt: Gib den Zettel dem Mann mit der blauen Daunenjacke.«

»Was ich nicht verstehe …«, übernahm Wallner wieder, »… ist, dass Sie uns nicht einfach unten abgepasst haben. Sie hätten auf uns warten können oder es beim Anstehen vor dem Lift machen. Ich hatte den Eindruck, Sie wollten uns den Zettel unbedingt oben am Liftausstieg geben.«

»Der Typ mit den zwanzig Euro hat g'sagt: Wenn du ihm den Zettel gegeben hast, hau ab. Lass dich net auf a Gespräch mit dem ein. Na ja, wenn ich's unten mach, kann ich schlecht abhauen.«

»Verstehe«, sagte Wallner und zog sich ein paar Latexhandschuhe an. »Und jetzt hätten wir gern die zwanzig Euro, die Ihnen der Mann gegeben hat.«

Etwas mürrisch holte Sonntag sein Portemonnaie aus der Snowboarderjacke und wollte sich an dem Fach für die Geldscheine zu schaffen machen.

»Stopp!«, sagte Wallner. »Nichts anfassen. Geben Sie mir den Geldbeutel.« Der Mann tat, wie ihm geheißen. Wallner zog das Fach für die Scheine auseinander, sodass man dessen Inhalt sehen konnte. Viel war nicht drin. Zwei Fünfziger, ein Zwanziger, ein Zehner. »Der Zwanziger?«

»Ja«, sagte Sonntag. »Nehmen Sie mir den jetzt einfach weg?«

»Sie kriegen eine Quittung. Und wenn der Fall abgeschlossen ist, bekommen Sie ihn wieder.«

»Wann ist das?«

»In drei bis fünf Jahren.«

Kurz darauf waren Wallner und Mike zusammen mit Kreuthner nach München unterwegs, um Philomena Gansel, die Witwe des Opfers, zu befragen. Mike steuerte den Wagen und machte einen recht aufgekratzten Eindruck.

»Der Clemens sagt, du hättst was mit der Frau Gansel. Erzähl.«

»Hab ich nicht gesagt«, wehrte sich Wallner. »Ich hab gesagt …«

»Ja, oder halt früher mal. He, Mann – wie kommst du an die Frau von am Abgeordneten?«

»Des interessiert dich jetzt oder?« Kreuthner, der hinten saß, beugte sich zwischen den beiden Kollegen vor.

»Frauengeschichten interessieren mich immer. Bin eben romantisch veranlagt. Also – was war da zwischen dir und der Frau Gansel? Und keine Angst vor Details.«

»Tja«, sagte Kreuthner. »Des is …« Er rechnete nach. »Scheiße. Des is über dreiß'g Jahr her. Des gibt's ja net …«

Zweiunddreißig Jahre früher

Das Waldfest an der Mangfallmühle verdiente im Gegensatz zu manch anderem seinen Namen, denn es fand tatsächlich im Wald statt. Die Buden standen unter Fichten auf oft unebenem Gelände, und die Tanzfläche hatte man auf einer kleinen Lichtung untergebracht.

Zwei siebzehnjährige junge Männer mit Karottenjeans, mit ondulierten Vokuhila-Frisuren und Schnauzbärten durchstreiften an diesem Sommerabend, jeder einen gläsernen Masskrug in der Hand, das Gelände und hielten Ausschau nach Frauen. Die gab es hier zuhauf, aber nicht alle kamen für ein erotisches Abenteuer infrage. Zunächst schieden die in männlicher Begleitung aus. Die meisten jedenfalls. Bei einigen bestand trotzdem Hoffnung, wenn sie recht gelangweilt dreinblickten oder ihr Kerl schon so zugedröhnt war, dass er es gar nicht mitbekam, wenn seine Freundin angebaggert wurde. Aber das war eher was für den späteren Abend. Des Weiteren schieden die aus, die die beiden Burschen entweder zu wenig ansprechend fanden oder die alt waren, also über dreißig. Und dann waren da noch die, die so Furcht einflößend gut aussahen, dass sie sich nicht rantrauten. Das alles engte die Auswahl leider beträchtlich ein.

»Schau mal da drüben.« Sennleitner deutete mit seinem Masskrug in Richtung eines Biertisches, der in einiger Entfernung stand. Dort saß ganz allein ein Mädchen in ihrem Alter. Der Kopf war fast kahl rasiert, nur gelbblonde Stoppeln und in der Mitte ein etwas längerer Schopf in Lila. Die Augen waren schwarz umrandet, in den Ohren steckten Sicherheitsnadeln, die Arme mit den schwarz lackierten Fingernägeln ragten aus einer nietenbesetzten Lederjacke, unterm Tisch sah man Springerstiefel und ziemlich zerrissene Jeans. Das Gesicht der Punkerin war ausgesprochen hübsch, fast noch kindlich, aber die Art, wie sie an ihrer Zigarette zog, sie mit Daumen, Zeige- und Mittelfinger hielt und den Rauch langsam durch ihre vollen Lippen blies, das war schon ziemlich erwachsen – fanden jedenfalls Leonhardt Kreuthner und sein Kumpel Sennleitner.

»Cool, ha?« Sennleitner starrte mit entrücktem Blick in Richtung Mädchen. »An so was müsst' man mal rankommen.«

Kreuthner ging Ähnliches durch den Kopf, er sagte aber: »Ja wennst dir beim Hinschauen schon ins Hemd machst, dann wird des nix.«

»Freilich. Weil du die klarmachst, oder?«

»Probiert g'hört's.« Kreuthner zündete sich eine Zigarette an und ließ das Feuerzeug mit größtmöglicher Lässigkeit in seiner Ballonjacke verschwinden.

Sennleitner grinste ihn an. Ein bisschen Spott lag in dem Grinsen, aber auch Unsicherheit und eine Spur Angst, dass Kreuthner tatsächlich erfolgreich sein könnte. »Des mecht i seng.« Sennleitners Blick wanderte noch einmal zu dem scharfen Punkmädchen, und er entspannte sich. »Nie – im – Leben!«

Kreuthner musste Sennleitner recht geben. Die Kleine war mindestens zwei Nummern zu groß für ihn. Andererseits – war er etwa ein Feigling?

»Man sieht sich«, sagte er zu Sennleitner, schnaubte Rauch aus Mund und Nasenlöchern und setzte sich mit trotzigen Schritten in Bewegung.

»Des gibt's ja net! Der macht's!«, hörte er Sennleitner hinter sich fiepen.

Der Weg zum Tisch kam Kreuthner lang vor, als dehnte sich die Zeit auf diesen fünfzig Metern. In anderer Hinsicht war der Weg auch wiederum sehr kurz. Genauer gesagt: zu kurz, um einen vernünftigen Plan zu fassen – nämlich wie er die Frau originell ansprechen sollte. Er hatte mal eine Sammlung von Anmachsprüchen gelesen, die alle sehr witzig waren. Das Problem: Wenn man so einen Spruch im wirklichen Leben brachte, klang das, als hätte man ihn aus einer Sammlung von Anmachsprüchen.

Kreuthner kam jetzt zum Tisch und blieb stehen. Das Punkmädchen drehte erst nach einer Weile und dann sehr langsam den Kopf in seine Richtung und blickte ihn aus diesen schwarz umrandeten, halb geschlossenen Augen an. Zigarettenrauch stieg vor ihrem Gesicht auf. Jetzt musste Kreuthner liefern. Einen coolen Spruch raushauen. Einen veritablen Eisbrecher, der Punkie zum Lachen zwang oder sie erstaunte oder wenigstens …

»Servus«, hörte sich Kreuthner sagen.

Punkie nickte, und der gelangweilte Ausdruck auf ihrem Gesicht vertiefte sich.

»Ist da noch frei?« Kreuthner wies auf die leere Bierbank.

Das Mädchen machte eine unbestimmte Geste, die Kreuthner als Ja interpretierte – und er setzte sich.

Das war jetzt zumindest ein natürlicher Einstieg, sagte er sich. Nicht sonderlich originell, aber ein Beginn, auf dem man aufbauen konnte. Jetzt müsste er irgendwie zu einem Gespräch finden …

»Bist du nur gekommen, um dich auszuruhen?«

Kreuthner schreckte aus seinen Gedanken hoch. Er hatte wohl länger nichts gesagt.

»Nein …« Er lachte. »Ich wollte eigentlich …« Kreuthner rang um eine sinnvolle Formulierung.

»Reden?«

»Äh … ja …«

»Dann mach's halt.«

»Okay«, sagte Kreuthner und hatte das Gefühl, dass das jetzt irgendwie in die falsche Richtung lief. Und es würde vermutlich nicht besser werden, denn die Hammersprüche verbargen sich, wenn sie überhaupt irgendwo waren, in dem Nebel, der seinen Geist umwaberte. Und so griff er erneut zu Bewährtem und sagte: »Bist du öfter hier?«

Punkie blickte gespielt nachdenklich in den Abendhimmel. »Lass überlegen: Das ist ein Waldfest und dauert drei Tage. Am Freitag ist es wegen Gewitter ausgefallen, gestern war ich nicht hier – also: Nein, nicht öfter.«

»Ich war gestern schon da.«

»Wahnsinn!« Die Punkerin drückte ihre Zigarette in dem Aschenbecher aus, der auf dem Tisch stand, und sah sich um, als suchte sie jemanden, der sie von ihrem Gesprächspartner erlöste. Ihr Interesse an Kreuthner war jetzt am Nullpunkt angelangt.

»Scheiße«, sagte Kreuthner und lachte verzweifelt auf. »Ich hab noch nie im Leben so an Stuss g'redt. Und ich red viel Stuss.«

»Ja, da scheinst du Übung zu haben. Vielleicht versuchst du's einfach woanders.«

»Jetzt komm! Man muss doch net gleich aufgeben. Mir fangen einfach von vorn an.«

Punkie setzte ein Hör-halt-auf-mich-zu-nerven-Gesicht auf.

»Ich weiß, ich weiß, das war grad net so der Bringer. Aber ich bin interessanter, wie des jetzt vielleicht rüberkommt. Manchmal brauch ich einfach zwei Anläufe.«

Auf Punkies Gesicht zeigte sich so etwas wie der Ansatz eines Lächelns. »Okay. Dann … zweite Klappe.«

Kreuthner setzte sich aufrecht hin und sah dem Mädchen

gegenüber in die Augen. »Hi. Ich bin der Leo und …«, Kreuthner machte eine kleine Pause, die ihre Wirkung offenbar nicht verfehlte, denn Punkie schien gespannt, was jetzt noch kommen würde, »… und verdien mein Geld mit Autoknacken.«

Punkie war sichtlich erstaunt, vielleicht sogar beeindruckt. »Autoknacken …«

Kreuthner nickte.

»Hast du überhaupt einen Führerschein?«

»Autos knacken kannst auch ohne Führerschein. Weil, wenn dich die Bullen mit am g'stohlenen Wagen erwischen, is der Führerschein das kleinste Problem.«

»Wie viele … Autos hast du schon geklaut?«

»Ach, irgendwann hab ich aufg'hört zum zählen. Zwanzig? Dreißig? Keine Ahnung.« Es waren zwei gewesen.

Punkie zog die Augenbrauen hoch und betrachtete Kreuthner auf der anderen Seite des Tisches mit so etwas wie Faszination. Das beflügelte seine Rede.

»Aber jetzt hamma genug über mich geredet. Wer bist du denn?«

»Philo.«

»Philo! Cool. Ist des a Spitzname?«

»Die Abkürzung von Philomena. Aber Philomena klingt irgendwie – unpunkig. Wie Renate. Kennst du einen Punk, der Renate heißt?«

Kreuthner dachte zwei Sekunden nach und schüttelte den Kopf.

»Warum sitzt du allein beim Waldfest?«

Philo zuckte mit den Schultern. »Weil einer immer dableiben muss.«

Kreuthner verstand nicht ganz.

»Wenn die andern Hendl holen.«

»Ah, ja.« Kreuthner nickte leicht enttäuscht. Waldfeste waren bekannt für langes Anstehen vor der Hendlbraterei. »Und wann kommen die andern zurück?«

»Jetzt.« Punkies Blick wurde von etwas rechts hinter Kreuthner angezogen.

Noch bevor er sich umdrehen konnte, hörte er eine tiefe, männliche Stimme: »Wen hamma denn da?«

»Das ist der Leo«, sagte Philo. »Und das ist Chuck.«

Gemeint war ein fast zwei Meter großer Hüne, der jetzt drei halbe Hendl und einen großen Teller Pommes auf dem Biertisch absetzte und sich anschließend neben Kreuthner niederließ. Der Mann war etwa Mitte zwanzig und trug neben engen, glatt-schwarzen Lederhosen eine Jeansjacke mit abgeschnittenen Ärmeln, was den Blick auf seine stattlichen Oberarme freigab. Die Frisur ähnelte der von Kreuthner, vorn kurz, hinten Matte. Zwei Narben im Gesicht ließen keinen Zweifel, dass Chuck Nahkampferfahrung mitbrachte.

»Und? Nervt er?«, fragte Chuck in Richtung Philo.

»Am Anfang ein bisschen. Inzwischen geht's. Wo is'n der Beni?«

»Hat noch wen getroffen. Kommt gleich.« Chuck wandte sich Kreuthner zu und betrachtete einen Augenblick lang, wen er da vor sich hatte. »Du hast ja wohl an Arsch offen«, sagte er schließlich. »Kaum bin ich weg, machst du meine Alte an?«

»Anmachen? Ich hab nur …«

»Du langweilst«, wurde Kreuthner angeranzt. Chuck widmete sich seinem gebratenen Vogel. »Verpiss dich, sonst kriegen mir Stress.«

Kreuthner blieb sitzen, ließ einen Moment verstreichen und sagte dann: »Wie schaut des aus?«

Chuck kniff die Augen zusammen. »Du, Burschi, letzte Warnung: A Packerl Fotzen is schnell aufg'rissen.«

»Is er immer so unfreundlich?«, wollte Kreuthner von Philo wissen.

»Für seine Verhältnisse ist er noch relativ friedlich. Es ist wirklich besser, du gehst jetzt.«

Kreuthner ließ gerade so viel Zeit verstreichen, dass sein Abgang noch Würde hatte, stand auf, nahm sich zwei Pommes vom Pappteller und machte sich vom Acker, bevor ihm Chuck deswegen eine reinhauen konnte.

Sennleitner versuchte, seinen Freund aufzuheitern, und sagte, es habe nicht an der Kleinen gelegen, die wäre schon interessiert gewesen. Ohne diesen Schlägertypen – wer weiß, wie der Abend gelaufen wäre. Dann zogen sie über das Waldfest, tranken Bier, trafen Leute, die sie kannten, redeten über die Dinge, über die sie immer redeten, hauptsächlich darüber, wer wann wie betrunken gewesen war. Ja, der Abend hätte angenehm dahinplätschern und mit einem erinnerungswürdigen Rausch enden können. Aber Kreuthner ging das Punkmädchen nicht aus dem Kopf, wie sie den Rauch aus dem gespitzten Mund blies und wie ihre Stimme klang, wenn sie etwas sagte, nämlich ein bisschen tiefer, als sie von Natur aus eigentlich war, als würde sie männlicher klingen wollen.

Als er stehen blieb, um sich nach ihr umzusehen, war er an einer Stelle, von wo aus er Philo beobachten konnte, ohne dass sie ihn sah – in einiger Entfernung schräg hinter ihr. Ihr Freund redete unablässig auf sie ein, sie aber sagte wenig, drehte ihm die Schulter zu und beschäftigte sich mit ihren schwarz lackierten Fingernägeln. Sie sah unglücklich aus.

»Wo steckst denn?« Sennleitner legte eine Hand auf Kreuthners Schulter und blickte jetzt in dieselbe Richtung. »Vergiss es. Gegen so an Typen kannst net anstinken. Die steht auf alte Männer.«

»Ich hab so a G'fühl, wie wenn des nimmer lang gut geht mit den beiden.«

Sennleitner schüttelte still in sich hineinlachend den Kopf. »Wirst jetzt zum Romantiker, oder was? Komm, hier gibt's an Haufen andere Hasen. Frauen ohne Bodyguard. Frauen, wo auch was geht, verstehst?«

Sennleitner hatte natürlich recht. Der kleine Punk war Zeitverschwendung. Kreuthner sah's ein, nickte, und sie machten sich auf zum nächsten Bierausschank. Im Gehen sah sich Kreuthner dann doch noch einmal um, gerade rechtzeitig, um mitzubekommen, wie Philo mit genervtem Blick vom Tisch aufstand und wegging. Chuck rief ihr etwas hinterher, Philo ignorierte es. Auch der Hüne erhob sich jetzt und ging ihr nach.

»Ich komm gleich«, sagte Kreuthner. »Kaufst mir a Mass?«

Sennleitner zuckte mit den Schultern, seufzte: »Weiber! Mei o mei!«, und überließ den unbelehrbaren Kameraden sich selbst.

Inzwischen war Philo verschwunden. Chuck ebenso. Kreuthner ging in die Richtung, wo er sie zuletzt gesehen hatte. Die Blasmusik spielte mit Inbrunst, und die Gesichter, in die Kreuthner blickte, waren zumeist fröhlich-alkoholselig. Vielleicht waren die beiden schon gefahren oder auf dem Weg zum Parkplatz, überlegte Kreuthner und lenkte seine Schritte dorthin. Um dem Trubel zwischen den Biertischen zu entgehen und Zeit zu gewinnen, beschloss er, hinter den Buden entlangzulaufen, und bog in den schmalen Durchgang zwischen zwei der Holzhütten ab. Als er fast am Ende der kurzen Gasse angelangt war, hörte er vor dem Hintergrund der Blasmusik eine zornige Männerstimme. Kreuthner verlangsamte seine Schritte und lugte vorsichtig um die Ecke. Chuck hatte Philo mit einer Hand an den Haaren, mit der anderen holte er gerade aus.

»Gibt's Probleme?«, fragte Kreuthner.

Chuck drehte sich um, ohne Philos Haare loszulassen, und glotzte Kreuthner an. Überrascht, verärgert, sehr verärgert sogar, und begierig, seiner Verärgerung Luft zu machen.

»Ich kann mich erinnern«, sagte Mike, »da hat's mal an mordsmäßigen Aufruhr auf dem Waldfest gegeben.«

Kreuthner nickte. »Ja, des wird des schon g'wesen sein.«

»Weil du dich mit dem Typen geprügelt hast?«

»Es war a bissl anders ...«

»Das heben wir uns für die Rückfahrt auf«, sagte Wallner und blickte auf das Display des Navi. »Wir sind gleich da.«

8

Die Wohnung der Gansels lag im feinen München-Bogenhausen, zehn Minuten zu Fuß zum Landtag, zwei Minuten zu Feinkost Käfer. Die ideale Lage für einen Abgeordneten, der Geld hatte. Wallner, Kreuthner und Mike fuhren mit dem Lift in den fünften Stock in eine Art Penthouse. Eine kleine Dachterrasse wies Richtung Innenhof, der Rest der Wohnung war weitläufig und sichtbar teuer eingerichtet. Philomena Gansel war inzwischen eine elegante Frau, die auf die fünfzig zuging und nichts mehr mit dem Punk von einst gemeinsam hatte – außer einer Ausstrahlung, die Räume füllen konnte. Wallner versicherte Philomena Gansel des Mitgefühls aller und dankte ihr, dass sie, obwohl sicher noch unter dem Eindruck des unerwarteten Verlustes stehend, bereit war, mit ihnen zu reden.

Im Wohnzimmer befand sich überraschenderweise ein Mann von etwa fünfzig Jahren, groß, mit Brille. Er trug Anzug und Krawatte und machte einen freundlichen Eindruck. Wallner fragte sich, wer das sein mochte. Für einen Versicherungsvertreter war der Anzug zu teuer und der Zeitpunkt des Besuchs unpassend. Der Anwalt der Familie? Hatte die Witwe – obwohl sie erst seit ein paar Stunden vom Tod ihres Mannes wusste – schon den Kopf frei für Juristisches?

»Das ist Herr Fitschauer«, sagte Philomena Gansel. »Ein alter Freund. Ich habe ihn angerufen, und er wollte mich heute nicht allein lassen.«

Die Polizisten stellten sich vor. Als die Reihe an Kreuthner war, sah ihn Fitschauer erstaunt an, als erkenne er ihn plötzlich. »Leo, oder?«

»Ja«, sagte Kreuthner. »Erinnerst dich noch? Damals beim Waldfest?«

»Du bist gut! Wie sollte ich das vergessen? Natürlich erinner ich mich.« Er musterte Kreuthner und lächelte. Eine kurze Pause trat ein. »Philo sagt, du bist jetzt bei der Polizei.«

»Ja. Aber heut hab ich frei.« Kreuthner deutete fast entschuldigend auf seine Zivilkleidung. »Ich bin mitgekommen, weil wir uns kennen.« Er deutete auf Philomena.

»Sagen Sie«, schaltete sich Wallner ein, »Fitschauer ... Gehört Ihnen das Grundstück, wo wir ...«, mit Blick auf die Witwe zögerte Wallner kurz, »... Herrn Gansel gefunden haben?«

»Ja, das stimmt. Ich hatte heute schon mit einer Kollegin von Ihnen gesprochen.«

»Wir werden sicher noch mal auf Sie zukommen. Oder hätten Sie jetzt Zeit?«

»Tut mir leid. Ich muss zurück an den Tegernsee. Aber morgen stehe ich Ihnen gern zur Verfügung.«

Philomena Gansel machte insgesamt einen gefassten Eindruck, aber die geröteten Augen verrieten, was sie die letzten Stunden durchgemacht hatte. Wallner verzichtete auf die angebotenen Getränke, Mike schien zu überlegen, verneinte dann aber auch dankend, nachdem ihn ein Blick von Wallner getroffen hatte. Und so verzichtete auch Kreuthner. Nachdem man sich auf mehrere weiße Ledersofas um einen gläsernen Couchtisch herum verteilt hatte, fragte Wallner, ob er das Gespräch mit dem Handy aufnehmen dürfe, und zog auch noch einen Notizblock aus seiner Daunenjacke, auf dem er sich ein paar Punkte notiert hatte.

»Am besten erzählen Sie uns, wie der gestrige Tag verlaufen ist. Also, wann Ihr Mann das Haus verlassen hat, wann Sie mit ihm Kontakt hatten, was er an dem Tag vorhatte – bis hin zu Ihrer Vermisstenmeldung.«

»Ich versuch, es irgendwie zusammenzubekommen.« Philomena holte noch einmal tief Luft und ging in sich. »Mein Mann ist etwa um halb zehn aus dem Haus gegangen. Er hatte um elf einen Termin. Die Eröffnung eines Kulturhauses in seinem Wahlkreis im Münchner Westen. Es war zwar Sonntag, aber als Politiker hat man eben keinen Sonntag.« Philomenas Stimme versagte kurzzeitig, und sie musste sich die Augen mit einem Papiertaschentuch trocknen. »Was er den Rest des Tages gemacht hat, weiß ich nicht. Er hat sich, glaube ich, mit irgendwelchen Leuten zum Essen getroffen. Und er hat gesagt, er hätte abends noch einen Termin, der aber nicht lange dauern würde. Und dass er so gegen neun zurück sein wollte. Mittags hat er einmal angerufen und am späten Nachmittag noch mal. Er hat gesagt, er kommt vorbei und holt den Wagen. Der steht bei uns in der Tiefgarage. Und ob wir uns sehen würden. Aber ich war mit einer Freundin im Kino. In der Nachmittagsvorstellung.«

»Ihr Mann war normalerweise nicht mit dem Wagen unterwegs?«, wollte Mike wissen.

»Nein. In München ist das ja nicht nötig. Da sind Sie schneller mit der U-Bahn. Manchmal hat er auch ein Taxi genommen. Den Wagen hat er nur geholt, wenn er Termine außerhalb von München hatte.«

»Hat er gesagt, wozu er den Wagen braucht«

Philomena schüttelte den Kopf.

»Sie sind von dem Kinobesuch zurückgekommen, als Ihr Mann schon wieder weg war, richtig?«

»Ja. Er hat den Wagen geholt. Das habe ich daran gesehen, dass der Autoschlüssel nicht an seinem Platz war.«

»Wann sind Sie zurückgekommen?«

»Das war so gegen sechs.«

»Das heißt, Ihr Mann war irgendwann zwischen sechzehn Uhr dreißig und achtzehn Uhr hier.«

Philomena nickte.

»Hatten Sie danach noch Kontakt mit ihm?«

»Ich hab ihn um halb sieben angerufen, um zu fragen, ob ich ihm etwas zu essen aufheben soll. Aber da ist er nicht drangegangen. Ich hab's ihm auf die Box gesprochen.«

»Aber sein Handy war noch an?«

»Ähm ... nein. Die Box war sofort dran. Dann ist es ja aus, oder?«

Wallner nickte.

»Da hab ich mich schon gewundert. Normalerweise hat er das Handy immer an. Und dass er sich auch später nicht auf meinen Anruf gemeldet hat – das hat mich irritiert.«

»Haben Sie auf die Box gesprochen?«

»Beim ersten Mal noch nicht.« Sie checkte die Anrufliste auf ihrem Handy. »Um zehn Uhr einundfünfzig habe ich noch einmal angerufen und draufgesprochen, dass ich mir Sorgen mache und er mich zurückrufen soll.«

»Das war fast viereinhalb Stunden nach Ihrem ersten Anruf«, stellte Wallner fest.

»Ich wollte ihm nicht auf die Nerven gehen. Aber irgendwann hatte ich einfach das Gefühl, dass da was nicht stimmt. Er hatte ja gesagt, er käme um neun nach Hause.«

Wallner blickte auf seinen Notizblock. »Um kurz vor Mitternacht haben Sie dann bei der Polizei angerufen und Ihren Mann als vermisst gemeldet.«

»Das ist richtig. Ich habe halt gefragt, ob er vielleicht in ein Krankenhaus eingeliefert worden ist. Aber das wussten die nicht. Vorher hatte ich es noch einmal auf seinem Handy versucht, aber es war immer noch aus.«

Sie schniefte und rang sichtlich mit den Tränen.

Wallner wartete eine Weile, bis sich Philomena Gansel wieder gefangen hatte.

»Frau Gansel – war Ihr Mann in letzter Zeit irgendwie anders als sonst?«

Philomena überlegte eine Weile.

»Irgendwie schon, ja. Er war unkonzentriert, mit den Gedanken woanders. Wenn ich ihn etwas gefragt habe, dann hat er es oft gar nicht mitbekommen. Und wenn ich dann nachgehakt habe, dann hat er reagiert wie … als ob man ihn geweckt hätte. So aufgeschreckt.«

»Haben Sie ihn gefragt, was los ist?«

Philomena nickte. »Er hat gesagt, er hätte zu viel Arbeit.«

»Haben Sie ihm das geglaubt?«

Philomena zögerte, als sei sie sich selbst nicht im Klaren, ob sie es geglaubt hatte.

»Na ja, ich hatte eher …« Sie brach ab.

»Eher einen anderen Verdacht?«

»Ja.« Sie holte tief Luft. »Ja, das hatte ich.«

Wallner wartete eine Weile. Er hatte es nicht eilig.

»Ich dachte, es wäre etwas anderes. Dass es mit mir zu tun hätte. Dass er … dass es eine andere Frau gäbe.«

Philomena Gansel sah zum Fenster in die Nacht hinaus, und ihre Kiefer mahlten.

»Einfach, weil er anders war und Sie sich sein Verhalten nicht erklären konnten?«

»Einmal gab es auch einen merkwürdigen Anruf. Philipp war unter der Dusche, und sein Handy lag in der Garderobe. Ich konnte die Nummer des Anrufers auf dem Display sehen.«

»Und die kannten Sie nicht?«

»Richtig. Der Anrufer war auch nicht in Philipps Kontakten, sonst wäre der Name angezeigt worden.«

»Als Abgeordneter hat Ihr Mann sicher mit vielen Leuten dienstlich zu tun. Sie werden ja nicht die Telefonnummern von allen Menschen kennen, zu denen Ihr Mann Kontakt hatte.«

»Nein, natürlich nicht. Aber ich rede auch von seinem Privathandy. Für den Job hatte er extra ein Diensthandy. Er wollte das nicht vermischen. Außerdem …« Philomena zögerte und sah zu Kreuthner.

»Ja…?«, sagte Wallner.

»Es ist wahrscheinlich nicht wichtig.« Philomena senkte den Blick.

»Das kann sogar sehr wichtig sein«, griff jetzt Kreuthner in die Befragung ein. »Du musst es sagen.«

Wallner hatte den Eindruck, dass Kreuthner wusste, weswegen Philomena Gansel stockte.

»Na ja – es ist mir unangenehm, aber …«, setzte sie noch einmal neu an. »Ich habe mit dieser unbekannten Nummer telefoniert.«

»Sie meinen, Sie sind drangegangen, als der Betreffende angerufen hat?« Mike wirkte erstaunt.

»Ja. Es war eine Frau am anderen Ende. Sie sagte, sie hätte die falsche Nummer gewählt, und hat aufgelegt. Sie hatte einen ausländischen Akzent.«

»Können Sie den Akzent zuordnen?«

»Schwer zu sagen. Osteuropa?«

»Wissen Sie die Nummer noch?«

»Nein. Ich hatte Panik, weil ich drangegangen bin, und hab den Anruf schnell aus der Liste gelöscht, damit Philipp keinen Verdacht schöpft.«

»Sie haben keine Idee, ob diese Frau etwas mit dem Tod Ihres Mannes zu tun haben könnte?«

Philomena überlegte. »Vielleicht hat ihr Mann oder Freund Philipp getötet? Ich weiß es nicht.«

»Gibt es sonst irgendjemanden, der einen Grund gehabt haben könnte, Ihrem Mann etwas anzutun?«

»Ich wüsste niemanden. Vielleicht hat er sich als Abgeordneter Feinde gemacht. Aber er hat nie etwas davon erzählt.«

Wallner tippte mit dem Stift auf seinem Block herum, als wollte er Fragen herausklopfen, die er noch nicht gestellt hatte. Schließlich sah er Mike an.

»Gab es in letzter Zeit irgendetwas Ungewöhnliches?«, übernahm Mike das Gespräch. »Ist etwas passiert, was Ihren

Mann beunruhigt hat? Oder ist jemand aufgetaucht, der ihm Angst gemacht hat?«

»Jemand hat unser Auto gestohlen.« Während Philomena diesen Satz sagte, bildete sich eine senkrechte Furche zwischen ihren Augen. »Das war wirklich sehr eigenartig.« Sie sprach sehr leise, als wären die Worte nur für sie selbst bestimmt.

»Was genau war eigenartig?«

»Es war nachts. Als mein Mann angerufen hat, war ich schon im Bett. Er sagte nur, es würde heute länger dauern und ich solle schon ins Bett gehen. Von dem Wagendiebstahl hat er nichts erzählt. Das habe ich erst am nächsten Tag von ihm erfahren. Er hat so getan, als wäre nichts weiter passiert. Aber ich habe gespürt, dass ihn die Sache sehr mitgenommen hat. Und dann war da noch dieser schmutzige Anzug …« Sie stockte.

»Der Anzug Ihres Mannes?«, hakte Mike nach.

»Ja. Der, den er an dem Abend getragen hatte. Er war ziemlich schmutzig, in einer Tasche waren Glaskrümel, wie von einer Autoscheibe. An einer Stelle war er gerissen. Ich hab ihn weggegeben. Als Abgeordneter kann er ja nicht mit einem gestopften Anzug herumlaufen.«

»Haben Sie ihn darauf angesprochen?«

»Er hat gesagt, er wäre hingefallen. Und das mit dem Glas konnte er sich nicht erklären.«

»Das haben Sie ihm nicht geglaubt?«

»Nein. Aber er wollte nicht darüber reden. Wenn ich nachgehakt habe, ist er richtig wütend geworden. Außerdem – ein paar Tage später war der Wagen auch wieder da.«

»Wie das?«

»Er stand in der Straße, und der Schlüssel war im Briefkasten.«

Wallner und Mike blickten Philomena Gansel fragend an, bekamen aber nur eine ratlose Geste zur Antwort.

9

Auf dem Rückweg telefonierte Wallner mit Miesbach und bat die Kollegen, ein Rundschreiben an alle Polizeistationen in Südbayern zu schicken. Er wollte wissen, wo Gansel den Diebstahl gemeldet hatte, denn das hatte ihnen seine Witwe nicht sagen können. Als er aufgelegt hatte, wandte er sich an Kreuthner.

»Und woher kennst du jetzt den Herrn Fitschauer?«

»Auch von damals. Das war der erste Freund von der Philo. Wie ich sie kennengelernt hab, ham die sich grad getrennt g'habt. Also, er hat sich getrennt.«

»Na, dann erzähl doch einfach weiter«, sagte Mike. »Ihr wart bei dem Waldfest, und da hat euch dieser Typ vermöbelt. Und dann?«

Zweiunddreißig Jahre früher

Kreuthner stand hinter der Waldfestbude Chuck gegenüber, der Philo an den Haaren gepackt hatte. Die Frage an Chuck, ob es Probleme gebe, wurde von Philos blutender Nase beantwortet: Ja, hier gab es ein Problem. Mehr für Philo als für Chuck natürlich. Freilich hatte Chuck, wollte man die Dinge aus seiner Sicht sehen, eine abtrünnige Freundin zu disziplinieren und damit auch ein Problem. Als Antwort auf Kreuthners Frage schlug er Philo noch einmal mit der flachen Hand ins Gesicht, verbunden mit der Aufforderung an Kreuthner, sich zu verpissen.

»Lass die Frau los«, sagte Kreuthner, »sonst …«

»Sonst?« Chuck ging ein paar Schritte auf Kreuthner zu,

zog Philo dabei an den Haaren hinter sich her und schaffte es, sie gleichzeitig so auf Abstand zu halten, dass ihre Faustschläge zu einem verzweifelten Gefuchtel verkamen. Viel Schaden hätten sie ohnehin nicht angerichtet. Mit einem Mal blieb Chuck ruckartig stehen und starrte Kreuthner entgeistert an. »Du spinnst ja wohl«, sagte er leise.

Kreuthner hatte ein Springmesser in der Hand, die Spitze zeigte auf seinen Kontrahenten.

»Lass sie los, sonst kriegst echt Ärger.«

»Ach ja? Kann ich mir irgendwie net vorstellen«, sagte Chuck. Kreuthner bemerkte, dass sich Chucks Mundwinkel kaum merklich nach oben bewegten. Gleichzeitig wurden Philos Augen größer, und sie deutete in Kreuthners Richtung. Noch ehe sie »Vorsicht!« sagen konnte, hatte jemand Kreuthners Arm ergriffen und nach hinten gebogen. Ein stechender Schmerz schoss ihm ins Ellbogengelenk, und er ließ das Messer fallen. Fast gleichzeitig legte sich von hinten ein stark behaarter Arm um seinen Hals und drückte zu. Während Kreuthner das Kinn anzog, um seinem Gegner den Zugang zur Kehle zu verwehren, sah er Chucks Augen. Dort blitzte wollüstige Vorfreude auf das Vergnügen auf, das er gleich mit Kreuthner haben würde, und er sagte zu dem Arm um Kreuthners Hals: »Zeit wird's, Beni.«

Gleichzeitig fiel Chuck offenbar auf, dass er immer noch den Schopf des Mädchens in der Hand hatte, was ihn spaßtechnisch etwas behinderte. Um das Problem loszuwerden, versenkte er einen Fausthieb in Philos Magengrube und stieß sie zu Boden. Sie erhob sich zwar augenblicklich, um ins Geschehen zurückzukehren, wankte aber, sank schließlich auf die Knie und erbrach Grillhendl mit Pommes auf den Waldboden. Mit jetzt freien Händen machte sich Chuck daran, Kreuthner, der sich immer noch im eisernen Griff des mit Chuck verbündeten Beni befand, eine Lektion zu erteilen, die er sich lange merken würde. Dabei ging er mit Hingabe zur Sache, setzte die Schläge mit achtsamer Sorgfalt mal in Kreuthners Solarplexus, mal ins Gesicht, und alsbald geriet Chuck in eine Art Flow, wodurch ihm das Geprügel mühelos von der Hand ging, obwohl es kraftraubend war. Die Sache hätte für Kreuthner weitaus schlimmer ausgehen können, wäre nicht eine Handvoll Waldfestbesucher aufgetaucht und hätte die Vierergruppe verstört bis ungläubig angestarrt. Beni ließ Kreuthner los, der auf die Knie sank und sich an Chuck festklammerte, um nicht vollends umzufallen.

»Hat a bissl viel Bier erwischt«, sagte Chuck zu den Zeugen des blutigen Geschehens. »Wird schon wieder.«

Die Zeugen wären wohl gern gegangen, hatten aber offenbar das Gefühl, dass es dann Tote geben könnte, und blieben, wo sie waren.

Chuck lächelte ihnen zu, beugte sich dann zu Kreuthner und flüsterte: »Mir zwei san noch net fertig.« Anschließend zog er Kreuthner an den Haaren von seiner glattledernen Hose weg und ließ ihn auf den Waldboden plumpsen. Einige Augenblicke später waren Chuck und Beni verschwunden.

»Alles klar?«, fragte einer der Waldfestbesucher verzagt.

»Alles bestens«, murmelte Kreuthner und wischte sich das Blut von den Lippen. Dann blickte er zu Philo, die ebenfalls auf dem Boden kniete. »Außer, du brauchst irgendwas?«

Philo schüttelte den Kopf. »Mir geht's Bombe«, sagte sie und würgte letzte Speisereste hoch.

»Denen haben wir's gegeben, was?«

Kreuthner und Philo hockten im Wald ein wenig abseits des Waldfesttrubels auf einem Baumstumpf und sahen aus wie zwei Komparsen eines Horrorfilms, die auf ihren Einsatz warteten. In beider Gesicht dominierten Violett und ungesunde Gelbtöne.

»Deinem Hamperer hab ich mit meinem Kinn g'scheit was auf die Pratzen gegeben.« Kreuthner schob den Unterkiefer hin und her, um festzustellen, ob er gebrochen oder ausgerenkt war. Außer einer Schwellung schien alles seine Ordnung zu haben.

Philo strich mit einem Finger besorgt über Kreuthners geschwollenes Auge. »War echt nett von dir. Hättest du nicht machen müssen.«

»Ich weiß.« Kreuthner schob den Unterkiefer nach vorn, auch das ging, knirschte nur etwas.

»Warum hast du das eigentlich gemacht?«

Kreuthner zuckte mit den Schultern. »Weiß net. Wahrscheinlich, weil ...«

»Weil?«

»Na ja, ich schätz ...«, Kreuthner wand sich und versuchte zu lächeln, was aber wehtat, »... ich glaub, ich steh a bissl auf dich.« Er nickte, zog die Augenbrauen hoch und sah ein wenig besorgt zu Philo.

Die lächelte. »Ach so. Du stehst auf mich.«

»Is des okay?«

Sie nahm seine Hand und rückte näher an ihn heran. »Ja, ich schätz, das ist okay.«

Sie saßen eine Weile, Arme und Hände verschränkt, Kreuthner spürte ihre warme Hand auf seinem Unterarm, und die Wärme ging ihm durch den ganzen Körper, vor allem aber in den Bauch, wo einiges wehtat beim Atmen. Aber das war ihm im Augenblick egal. Er drehte Philo das Gesicht zu, und sie sahen sich in die Augen. Ihre Münder kamen sich näher, ihre Lippen berührten sich, und ein erstickter Laut kam aus Kreuthner. Er wollte nichts sehnlicher, als Philo küssen, jetzt und leidenschaftlich. Aber seine Lippen waren geschwollen und an einer Stelle aufgeplatzt.

»Machen wir später«, sagte sie und gab ihm einen Kuss auf die Wange. »Wenn's ein bisschen abgeschwollen ist.«

Der Wald war dunkel, nur die Lichter des Waldfestes funkelten durch die Baumreihen.

»Da sind sie«, sagte Philo und deutete in die Richtung.

Im Gegenlicht standen dort zwei große Männer mit gläsernen Masskrügen in den Händen, deren Gesichter man nur als Schattenriss sah. Aber Körperbau und Vokuhila-Silhouette ließen keinen Zweifel: Chuck und Beni. Sie redeten gestenreich und machten einen aufgewühlten Eindruck.

»Wir sollten abhauen«, sagte Philo.

»Ich hätt schon Lust, dass ich dem noch a paar einschenk«, sagte Kreuthner. »Aber ich glaub, der hat genug für heut.«

Philo strich Kreuthner übers Haar. »Bestimmt.« Dann sah sie in Richtung Parkplatz. »Wie kommen wir hier weg?«

»Mir nehmen euern Wagen. Du weißt doch sicher, wo er steht?«

»Ja. Dafür bräuchten wir aber den Schlüssel.«

Kreuthner setzte das coolste Lächeln auf, das ihm mit seinem zugeschwollenen Auge möglich war.

»Du willst die Kiste aufbrechen? Da sind überall Leute!«

Kreuthner hielt einen Autoschlüssel hoch, auf dem Anhänger stand JEEP.

Philos Augen weiteten sich. »Fuck! Wo hast'n den her?«

»Der hat beim Chuck ausm Hosensack rausg'schaut. Und wie ich mich vor ihn hin'kniet hab und er abgelenkt war wegen die andern Leut …«

Philo bedeckte den Mund mit ihren Händen. »Der schlägt uns tot, wenn er das rauskriegt.«

»Also dann – Abgang!«

Kreuthner stand ächzend auf und wollte sich in Bewegung setzen.

Ein Blick zurück zum Waldfest gab allerdings Anlass zur Sorge: Chuck und Beni waren nicht mehr da, wo sie sie zuletzt gesehen hatten. Das war schlecht, denn wenn man nicht wusste, wo sie waren, konnte man ihnen leicht in die Arme laufen. Wenn das passierte, war es aber besser, ihnen im Menschengewühl des Waldfestes zu begegnen statt im nächtlichen Wald. Deshalb beschlossen Kreuthner und Philo, über das Festgelände zum Parkplatz zu laufen.

Bevor sie auf die Straße zwischen den Buden und den Biertischen hinaustraten, warfen sie einen vorsichtigen Blick nach links und rechts. Von ihren beiden Peinigern war nichts zu sehen. Kurz darauf steckten Philo und Kreuthner hinter einer Gruppe Australier fest, die den Weg blockierten. Dem Anschein nach waren das recht raue Gesellen, die wohl nach Bayern gekommen waren, um neue Trinker-Rekorde aufzustellen. Im Augenblick wurde eine Art Punkversion von »Waltzing Mathilda« gesungen. Kreuthner beschlich bei dem Gegröle ein komisches Gefühl, und er drehte sich um. Tatsächlich – sie waren hinter ihnen, und zwar sehr dicht hinter ihnen.

»Hallo, Turteltäubchen – wo woll'n ma denn hin?«, fragte Chuck und ließ seine Finger knacken, was trotz der beachtlichen Geräuschkulisse noch zu hören war.

Kreuthner sagte leise zu Philo: »Du musst gleich ziemlich schnell laufen.« Philo nickte.

Dann wandte Kreuthner sich an Chuck. »Okay – gemma in die nächste Runde?«

Chuck grinste.

Kreuthner deutete auf Chucks Bierkrug. »Bevor's losgeht, könnt ich noch a Erfrischung vertragen.«

Chuck lachte und reichte Kreuthner den Krug. »Trink aus. Wird a Zeit lang dein letztes sein. Auf der Intensiv gibt's kein Bier.«

Kreuthner nahm den Masskrug entgegen. Und dann ging alles sehr schnell. Er schüttete den Inhalt der Mass auf einen mit dem Rücken zu ihm stehenden Australier, warf den Krug fast im selben Augenblick Chuck zu, der ihn reflexartig auffing, und gab Philo das Zeichen zu rennen. Der Mann aus Down Under drehte sich um, sah Kreuthner, der auf Chuck mit dem leeren Masskrug deutete. Daraufhin stieß der Australier einen wütenden Fluch aus. Chuck wusste nicht, was »You bloody faggot!« bedeutete, dafür verstand der Australier nicht, was Chuck mit »Ich war des net« meinte. Ob das andernfalls den Lauf der Ereignisse geändert hätte, darf man bezweifeln. Denn schon hatten sich die Freunde des Begossenen ebenfalls umgedreht und von diesem die Information erhalten, dass der Bursche mit dem Bierkrug Ärger suche. Nun waren weder Chuck noch Beni Männer, die sich Anfeindungen durch Flucht entzogen, und so wurde es recht lebhaft bei dem Waldfest. Chuck machte die fremden Gäste mit dem altbairischen Brauch des Masskrugschwingens bekannt, wobei die sich als gelehrige Schüler erwiesen und den Seidl alsbald mit einer Anmut führten, die den kernigsten Ludwig-Thoma-Figuren zur Ehre gereicht hätte.

Während ihre Verfolger beschäftigt waren, gelangten Philo und Kreuthner unbehelligt zu einem Geländewagen der Firma Jeep mit überdimensionierten Reifen und einem monströsen Kuhfänger aus Chromstahl. Kreuthner hatte weder Führerschein noch sonderlich viel Fahrpraxis, und ein Pkw in dieser Größe war für ihn Neuland. Entsprechend holprig war der Beginn der Reise. Beim Zurückstoßen aus der Parklücke fuhr Kreuthner auf einen anderen Geländewagen auf und schob ihn einen Meter nach hinten auf die Motorhaube eines Porsche Cabrio. Keine Sache, deretwegen man nach Kreuthners Ansicht die Fahrt unterbrechen musste. Niemand hatte es gesehen, und Kreuthner hätte ohnehin nicht die Mittel besessen, um für den Schaden, den er auf mindestens 20000 Mark schätzte, aufzukommen.

Doch als sie auf die Ausfahrt des Parkplatzes zufuhren, zuckte mit einem Mal Blaulicht durch die Nacht. Jemand hatte wohl wegen der gerade stattfindenden Massenschlägerei die Polizei gerufen. Die einfahrenden Streifenwagen blockierten den Weg, und die Fahrzeuge, die das Gelände verlassen wollten, mussten stehen bleiben. Es bildete sich ein Stau.

»Wir kommen hier nicht weg, oder?« Philo sah angestrengt aus dem Fenster.

»Is egal. Dein Freund holt sich grad a Packung Fotzen von die Australier ab, und wenn mir Glück ham, verhaften s' ihn.«

»Bist du sicher? Ich glaub, der ist hinter uns.« Philo starrte in den Rückspiegel. Dort sah man zwei kräftige große Männer entschlossenen Schrittes in Richtung Jeep stapfen. Kreuthner gab Gas und steuerte direkt auf das Festgelände zu.

Mit immer wieder aufheulendem Motor bahnte sich Kreuthner seinen Weg mitten durch das Waldfest. Die Besucher waren angesichts der Massenschlägerei ohnehin verstört, und kaum einer wunderte sich noch, dass jemand mit dem Auto durch die Menschenansammlung fuhr. Zwanzig Meter voraus befand sich das Podest mit der Tanzfläche, wo die Blaskapelle ungerührt von der nebenan tobenden Gewaltorgie weiterspielte. Die Stimmung auf dem Tanzboden war nachgerade ekstatisch, und einige Unentwegte ließen es sich nicht nehmen, den Refrain von *Y.M.C.A.* mitzugrölen.

Wenige Meter vor dem Tanzpodium torkelte mit einem Mal ein betrunkener Waldfestbesucher Kreuthner vor den Kühler. Kreuthner musste ausweichen, wodurch der Jeep in Richtung Tanzfläche abgelenkt wurde und mit beträchtlichem Tempo in die Holzkonstruktion rauschte. Der gesamte Tanzboden knickte ein und senkte sich auf die Motorhaube des Jeeps. Mit eingelegtem Rückwärtsgang versuchte Kreuthner der misslichen Lage zu entkommen, würgte aber nur den Motor ab. Philo verließ den Wagen, sah sich um und ging entschlossen auf einen Biertisch zu, der vorwiegend mit jungen Männern besetzt war. Auf dem Weg dorthin blickte sie zurück in die Richtung, aus der eigentlich Chuck hätte kommen müssen. Der aber war unterwegs erneut in ein Scharmützel mit den Australiern geraten, und in diesem Moment griff auch die Polizei in die Kämpfe ein.

»Hi, Marius.« Philo stand vor einem der Burschen, die an dem Biertisch saßen. Hier war fast der gesamte Skiclub samt Anhang versammelt. Der Bursche war Marius Fitschauer, Philos Ex-Freund. Neben ihm seine jetzige Freundin Susanne, die von dem Auftauchen Philos offensichtlich nicht angetan war.

»Servus, Philo«, sagte Marius. »Ihr fahrt's ja an heißen Reifen. Hast g'schlägert?« Marius meinte die Blessuren in Philos Gesicht.

»Hab grad Stress mit'm Chuck.«

Marius nickte und vermittelte nicht den Eindruck, dass ihn das wundernahm.

»Brauchst du was von mir?«

Während Susanne die Augen verdrehte, blickte Philo in Richtung Chuck. Der war noch in ein Handgemenge verwickelt, schaute aber in ihre Richtung und machte den Eindruck, als würde er demnächst kommen.

»Können wir deinen Wagen haben?«

»Äh … hast du einen Führerschein?«

»Er fährt.« Philo deutete auf Kreuthner, der mittlerweile neben ihr stand.

»Er …?« Marius sah zu dem Wagen unter dem Tanzboden, dann zu Kreuthner.

»Auf der Straße kann ich's besser«, sagte Kreuthner und versuchte, mit seinem zugeschwollenen Auge gewinnend zu lächeln.

»He – das machst du nicht.« Susanne hatte eine Hand auf die Schulter ihres Freundes gelegt. »Du bist ihr nichts schuldig.«

»Marius, bitte!« Philo sah noch einmal in Richtung Chuck. Der hatte sich inzwischen freimachen können und war auf dem Weg zu ihnen. »Der bringt mich um!«

Marius rang mit sich, und am Tisch war es auffallend still geworden. Schließlich griff er in seinen Janker und hielt Philo die Autoschlüssel hin. »Weißt du, wo er steht?«

»Ich hab ihn beim Reinkommen gesehen.«

»Das glaub ich jetzt nicht!«, jammerte Susanne.

Philo nahm die Schlüssel mit dankbarem Blick entgegen. »Hast echt was gut bei mir.«

Chuck hatte sich inzwischen bedrohlich genähert.

»Kannst du ihn vielleicht aufhalten?«, bat Philo.

Marius seufzte, stand auf und wandte sich an die Tischbelegschaft. »Auf geht's, Buam! Arbeiten.«

Kurz darauf stand Chuck vor einer Phalanx von fast zwei Dutzend durchtrainierten Skisportlern mit hochgekrempelten Hemdsärmeln. Der Abend würde ihm lange in Erinnerung bleiben.

Der Wagen von Marius war ein alter Ford Escort. Er ließ sich deutlich leichter lenken als der große Geländewagen. Ein bisschen Probleme hatte Kreuthner mit der Sicht, sein Auge war inzwischen vollständig zugeschwollen. Ansonsten war er gehobener Laune, als er mit Philo auf dem Beifahrersitz vom Festgelände wegfuhr. Immer noch kamen ihnen Polizeifahrzeuge entgegen.

»Wir hätten vielleicht dableiben sollen?«, gab Philo zu bedenken. »Das ist, glaube ich, Fahrerflucht, was wir gerade machen.«

»Schau«, sagte Kreuthner, »die G'schicht is ja ziemlich kompliziert. Wennst du versuchst, dass du des wem erklärst – schwierig. Auf der anderen Seite: Es is ja net viel passiert.«

»Echt? Der ganze Tanzboden ist zusammengekracht.«

»In zwei Stund ist des Waldfest vorbei. Dann müssen s' des G'lump eh abbauen. Zwei Stund weniger tanzen – wo is denn da der Schaden?«

Philo sah Kreuthner eine Weile von der Seite an, während sie die kleine Landstraße entlangfuhren.

»Dich bringt gar nichts aus der Ruhe, oder?«

Kreuthner wandte sich Philo zu, lächelte ein sehr cooles, in sich ruhendes Lächeln, und dann sagte er: »Nur du.«

10

Wallners Handy klingelte, kurz nachdem Kreuthner seine Geschichte beendet hatte. Es war Janette, die mitteilte, dass Gansel Anfang November Anzeige wegen Autodiebstahls bei der Polizeiinspektion Bogenhausen erstattet hatte.

»Drehen wir um?«, fragte Mike. Sie standen schon seit einer Weile im Nachmittagsstau.

»Ich würde sagen, du lässt mich einfach raus. Bei dem Verkehr bin ich mit der U-Bahn schneller. Ich nehm den Zug zurück.«

Zwanzig Minuten später saß Wallner Polizeihauptmeister Sebastian Fleck, einem Mann in den Dreißigern, gegenüber. Fleck hatte die Akte vor sich liegen und bereits eine Kopie für Wallner angefertigt.

»Da stimmt was net mit dera G'schicht. Das hab ich mir doch eh gedacht. Oder? Da stimmt's doch hint und vorn net.«

Wallner schlug seine Aktenkopie auf und blätterte ein wenig darin herum. »Irgendwie seltsam klingt das Ganze schon. Haben Sie die Anzeige selbst aufgen…« Wallner stockte. »Ah, da steht's ja. PHM Fleck. Dritter November.« Er wandte sich jetzt Fleck zu. »Was kam Ihnen denn merkwürdig vor? Oder erzählen Sie einfach von vorn.«

»Also, wie der schon reingekommen ist – da hab ich an Blick für. Ganz komisch. Teurer Anzug, des hast g'sehen, aber total verdreckt. ›Er möchte an Fahrzeugdiebstahl melden‹, sagt er. Ich: ›Wo is des passiert?‹ ›Ja bei Warngau.‹ Aha – warum er dann net nach Holzkirchen is. Die wär'n ja eher zuständig. Er is aus München, und der Wagen is auch hier gemeldet. Na gut. Ich hab dann g'fragt, wo genau. Eben in Warngau. Ich hab ihm g'sagt, er soll's mir auf der Karte zeigen. Dann hat er auf eine Stelle im Wald gedeutet. Ich sag: ›Ham S' den Wagen im Wald abgestellt?‹ Er: ›Ja.‹ Ich: ›Waren S' im Wald spazieren im Anzug und mit den Halbschuhen?‹ Ja, des wär doch egal. Er wollt den Diebstahl melden wegen der Versicherung, und warum er da im Wald war, müsst mich ja net interessieren. Und da hab ich mir schon gedacht: Obacht! Die Sache stinkt!« Flecks Stimme wurde vertraulicher, und er beugte sich zu Wallner hinüber. »Der Wagen is gar net g'stohlen worden, oder?«

»Das wissen wir eben nicht. Aber er ist wiederaufgetaucht.«

»Echt?«

Wallner blätterte in der Akte nach hinten. »Hier: Die Sache wurde eingestellt.« Er reichte Fleck das entsprechende Schriftstück.

»Hab ich gar net g'sehen.« Fleck überflog das Blatt. »Hat a Kollegin g'macht.« Er gab das Papier wieder zurück. »Komisch. Ich hab gedacht, des is vielleicht Versicherungsbetrug. Aber die G'schicht geht ja noch weiter.«

Wallner lehnte sich gespannt zurück.

»Ich mein, jeder andere hätt wahrscheinlich g'sagt, nehma den Schmarrn halt auf und gut is. Aber so bin ich net. Wenn da einer kommt und lügt mir offensichtlich ins G'sicht, da will ich wissen, was los is. Ich also ...« Fleck setzte ein Gesicht auf wie ein mit allen Wassern gewaschener Cop aus einem Hollywoodfilm. »›Sie – die G'schicht, die Sie mir da auftischen, des glauben S' doch selber net. Sagen Sie mir endlich, was da los war?‹ Dann hat er ewig rumgedruckst, und dann, mit einem Mal, erzählt er mir eine Story – da fällt dir nix mehr ein. Da hat's mich echt umg'haut.«

»Ich höre«, sagte Wallner, dem langsam die Geduld mit dem offenbar dramaturgisch geschulten Kollegen ausging.

»Der Mann hat erzählt, er wär von mehreren Männern entführt worden. Und zwar ham die, so hat er g'sagt, an Baum gefällt, und der wär auf seinen Wagen gefallen, und da is er eingeklemmt worden. Und dann ham die aber keine Hilfe geholt. Wissen S', was die g'macht ham?«

»Äh … nein.«

»Die ham den Wagen mit ihm drin irgendwohin gebracht, mit am Sack überm Kopf. Und da ham s' ihn dann aus dem Wagen rausg'schweißt.«

»Das heißt, er weiß nicht, wo man ihn hingebracht hat?«

»Nein. Wegen dem Sack.«

»Und wie ist er wieder freigekommen?«

»Die ham ihn freig'lassen. Irgendwohin gefahren. An der Landstraße aussteigen lassen. Und kurz danach is a Taxi gekommen.«

»Alles mit Sack überm Kopf?«

»Alles mit Sack überm Kopf.«

»Aber als er noch keinen Sack überm Kopf hatte – da muss er die Männer doch gesehen haben.«

»Die hatten geschwärzte Gesichter.«

»Wie bitte?«

»Sagt er. Ob da irgendwas davon wahr is, weiß kein Mensch.«

»Was haben Sie dann gemacht?«

»Mir sind rausgefahren und ham uns des amal ang'schaut. Da waren a paar Glassplitter am Straßenrand und Reifenspuren von am Bagger. Ansonsten is da entweder sauber gemacht worden. Oder der Mann hat uns a Räuberpistole aufgetischt.«

»Hat er einen Verdacht geäußert, warum die Männer das getan haben? Oder wer die waren?«

»Angeblich hat er einen der Männer an der Stimme erkannt.«

»Aha?«

»Einen Herrn von Melsung. Mit dem hat er vor der Entführung einen Streit gehabt, sagt er. Auf einer Party. Es war, glaub ich, sogar die Geburtstagsparty von dem Herrn ...«, Fleck warf einen Blick in seine Akte, »... Gansel. Wir haben den dann ...« Fleck hielt inne und warf einen zweiten Blick in die Akte. »Philipp Gansel? Wie hat noch mal dieser Abgeordnete geheißen, den sie bei euch draußen erschossen haben?«

»Philipp Gansel.«

»Ach, der is des!« Fleck blickte zum dritten Mal in die Akte. »Des gibt's ja net! Ja, so wird a Schuh draus!«

»Was meinen Sie damit?«

»Na, is doch klar – erst der Streit, dann die Entführung, dann wird er erschossen, da führt ja eins zum anderen.«

»Ob das was mit dem Mord zu tun hat, wissen wir im Augenblick nicht.«

»Glauben Sie mir: Ich ...«, Fleck richtete seinen eigenen Daumen auf sich, »... hab a G'spür für so was.«

»Das will ich Ihnen gern glauben. Leider ist Ihr Gespür vor Gericht nicht verwertbar. Was war denn jetzt mit diesem Herrn von ...« Wallner schlug die Akte auf.

»Melsung«, kam ihm Fleck zuvor. »Ja, der hatte also einen Streit mit dem Anzeigeerstatter. Worum's genau ging, wollte uns der Herr Gansel aber nicht sagen. Wie auch immer – wir haben die Kollegen in Niederbayern gebeten, den Herrn von Melsung zu befragen. Der wollte auch nicht erzählen, worum der Streit ging, aber er hat für die Tatzeit a Alibi: War die ganze Woch auf Geschäftsreise in Kanada. Im Internet gibt's sogar Fotos von ihm mit Lokalpolitikern in Calgary.«

»Aber Herr Gansel sagte, er hätte Herrn von Melsung an der Stimme erkannt?«

»Sagte er. Er war sich sogar ziemlich sicher.«

»Was glauben Sie – warum wollte er zuerst nichts von der Entführung erzählen?«

»Die eine Möglichkeit ist, wie gesagt, dass er sich die G'schicht nur ausgedacht hat.«

»Warum sollte sich jemand so etwas ausdenken?«

Von Fleck kam eine Geste der Ratlosigkeit. »Zweite Möglichkeit: Es war ihm irgendwie unangenehm. Ich mein, als Abgeordneter – willst mit so was in die Zeitung kommen? Er hat uns auch gebeten, das nicht an die Presse zu geben.«

»Wär interessant zu wissen, weswegen er sich mit diesem Herrn von Melsung gestritten hat. Gab es keine Zeugen auf der Geburtstagsfeier, die den Streit mitbekommen haben?«

»Der Herr Gansel hat gesagt, er wär mit dem von Melsung allein in einem Nebenzimmer gewesen. Und letztlich is es ja egal. Der von Melsung war's ja nicht.«

»Nicht selbst. Aber vielleicht hat er in irgendeiner Weise damit zu tun.«

11

Manfred hatte Fleischpflanzerl gemacht. Nicht wie früher, wo er noch alte Semmeln eingeweicht und Zwiebeln geschnitten hatte. Heute gab es die vom Metzger, die man nur aufwärmen musste, mit Kartoffelsalat, auch vom Metzger. Das Alter forderte seinen Tribut. Aber immerhin, Manfred schaffte es noch bis zum Metzgerladen und zurück, und das bedeutete ihm viel. Wallner war es gar nicht so ungelegen, dass vorgefertigte Ware auf den Tisch kam, denn sein Großvater hatte mit vorrückenden Jahren einiges von seinem Geschmackssinn verloren und neigte zum Übersalzen. Auch jetzt führte er den Salzstreuer mit herzhaftem Schwung. Allerdings nur über seinem eigenen Teller.

»Ist das nicht ein bisschen viel Salz?«, merkte Wallner vorsichtig an.

»Ich bin einundneunzig. Soll ich ewig leben?«

Wallner schwieg. Im Grunde hatte Manfred recht. Sollte er seine letzten Jahre mit fadem Essen verbringen? »Ich mach mir halt ein bisschen Sorgen«, sagte er schließlich. »Hör einfach nicht auf mein Gerede.«

Eine Weile löffelten sie stumm vor sich hin. Dann hielt Manfred mit einem Mal inne und sah seinen Enkel melancholisch an.

»Ihr habt's doch nächste Woch den Scheidungstermin.«

»Ja, warum?«

»Ich denk mir manchmal …« Manfred stockte und ließ das Besteck sinken.

»Was denkst du manchmal?«

»Mei … die Vera und du, ihr wärt's vielleicht noch zusammen ohne mich.«

Wallner sah von seinem Essen auf.

»Was redest du da? Das hatte mit dir gar nichts zu tun.«

»Weiß net.« Manfred stocherte in den Resten seiner Bulette. »Du hast net wegwollen aus Miesbach. Und a bissl war des auch wegen mir, oder?«

»Das war nicht wegen dir. Das war, weil wir unterschiedliche Vorstellungen haben, wie unser Leben aussehen soll. Was soll ich in Würzburg? Ich bin hier aufgewachsen und wollte mein altes Leben nicht aufgeben.«

»Und da gehör ich ja auch dazu.«

»Ja, natürlich. Du bist auch Teil meines Lebens. Ein sehr wichtiger, aber ... na ja, so wichtig auch nicht, dass du der Grund für unsere Trennung gewesen wärst.«

»Da bin ich aber beruhigt, dass ich so wichtig auch wieder net bin.«

»Jetzt hör auf, mir die Worte ...« Wallner brach ab, als er das schelmische Grinsen auf der anderen Tischseite sah.

»Ich hab auch nur sagen wollen: In am guten Heim, des könnt ich mir schon vorstellen. Da hab ich immer Leut um mich herum. Und nette Krankenschwestern. Irgendwann komm ich eh nimmer in den ersten Stock hoch. Und aufm Sofa möcht ich net schlafen.«

»Das könnte dir so passen, ins Heim zu verschwinden. Und wer kocht dann für mich?«

»Irgendwann geht's halt nimmer.«

»Da ist es noch lange hin. Ich hab mich übrigens mal wegen Treppenliften erkundigt. Die sind gar nicht so teuer, wie man meint.«

Manfred beugte sich zu seinem Enkel über den Tisch und ergriff sanft seinen Arm. »Ich will dir nur sagen: Wennst du mal wegwillst oder was anderes machen, bissl was sehen von der Welt – mach's. Ich komm zurecht. Ehrlich.«

Wallner legte seine Hand auf Manfreds Hand. »Ich weiß. Aber in nächster Zeit steht erst mal der Treppenlift an.«

Manfred nickte. Er war losgeworden, was er loswerden wollte.

»Du hast gar net g'fragt, was in dem Brief war«, wechselte er das Thema.

Wallner zuckte mit den Schultern. »Ist ja dein Brief.«

»Ah so. Interessiert's dich gar net, was dring'standen is?«

»Doch. Ich platze vor Neugier. Aber ich respektiere deine Privatsphäre.«

»Seit wann des?« Manfred lächelte vergnügt. »Es war a Einladung. A Verlobungsfeier.«

»Wer verlobt sich?«

»Kennst du net. Ich auch erst seit Kurzem. Junge Leut.«

»Wo hast du die kennengelernt?«

»Der Leo hat mich im Oktober doch mal auf so a Party mitgenommen. Da war des.«

»Scheinst ja Eindruck gemacht zu haben, dass die dich gleich zu ihrer Verlobung einladen.« Wallner stutzte. »Macht man das heute wieder? Ich meine, so eine offizielle Verlobungsfeier.«

»Ja, die machen des. Vielleicht könntest mich fahren?«

»Klar. Wo ist das?«

»Im Überfahrt.«

Wallner staunte. »Im Hotel Überfahrt? In Rottach?«

»Ja, wieso?«

»Was glaubst du, was das kostet! Deine Freunde scheinen ordentlich Geld zu haben.« Das Hotel Überfahrt war ein Fünfsternehotel, dessen Restaurant laut dem Guide Michelin zu den besten des Landes zählte.

»Is ja net mein Geld.«

»Stimmt auch wieder. Und ich soll dich da begleiten?«

»Mei – begleiten ... Eigentlich bin ja nur ich eingeladen. Da kann ich net einfach wen mitbringen. Vor allem, wenn das da so teuer is.«

»Das haben die pauschal bezahlt. Ob da einer mehr oder weniger kommt, ist denen völlig egal.«

»Scho, aber trotzdem macht man des net. Weißt, ich …«

»War'n Spaß. Ich fahr dich hin und hol dich wieder ab.« Wallner war klar, dass Manfred ihn nicht dabeihaben wollte. Und das hing, da hatte er ein ziemlich sicheres Bauchgefühl, mit dem zusammen, was noch zu klären war. »Und wie kommt jetzt das mit dem Freiherrn zustande?«

Manfred bot alles an Körpersprache auf, um jungfräuliche Ahnungslosigkeit zu visualisieren. »Kei-ne Ahnung! Vielleicht hat irgendwer meinen Namen falsch verstanden. Oder ich hab erzählt, dass mein Vater am Ringbergschloss gearbeitet hat, und die ham gedacht, des hat ihm g'hört.«

»Der Uropa hat auf dem Ringbergschloss gearbeitet?«

»Sicher.« Der skeptische Blick seines Enkels zwang Manfred zu einer Präzisierung. »Also, wie sie die Straß' hochgebaut haben zum Schloss – da hat er mitgearbeitet.«

»Beim Straßenbau?«

»Und? Is ja keine Schande.«

»Auf keinen Fall. Das ist mindestens so ehrbar wie Schlossbesitzer. Und weil dich da jemand falsch verstanden hat, hat er gleich noch einen Freiherrn aus dir gemacht?«

»Weißt ja, wie die Leut sind. Immer gleich übertreiben.«

»Jaja – so sind die Leute …« Wallner glaubte keine Silbe von dem, was sein Großvater ihm auftischte. Und während er überlegte, ob er noch ein wenig nachhaken oder es dabei belassen sollte, summte sein Handy. Es war eine Mail von Janette. Sie besagte:

Tischler hat die Bewegungsdaten von Gansels Wagen besorgt. Sieht interessant aus!

Als Wallner von seinem Handy aufblickte, sah er Manfreds fragenden Blick.

»Was Dienstliches«, sagte Wallner und beschloss, die Sache mit dem Freiherrn erst mal auf sich beruhen zu lassen. »Das Abendessen war ausgezeichnet. Gibt's noch Kartoffelsalat?«

12

Der Morgen war kalt und grau und Kreuthners Laune, wie oft um diese Tageszeit, an einem Punkt, wo sie nur dadurch noch Besserung erfahren konnte, indem er anderen auch die Laune verhagelte. Zu seinem Glück war das für einen Polizisten nicht so schwer zu bewerkstelligen.

An einer der Zufahrtsstraßen zur Miesbacher Innenstadt wohnte ein Mitarbeiter der Straßenverkehrsbehörde mit seiner Katze. Das Revier der Katze war sehr groß, und sie wechselte bei ihrem täglichen Rundgang mehrfach die Straßenseite, was wegen des hohen Verkehrsaufkommens für das Tier mit nicht unerheblichen Gefahren verbunden war. Aus diesem Grund – wenn auch nicht mit dieser Begründung – veranlasste der Mitarbeiter, an der Zufahrtsstraße ein Schild aufzustellen, das die zulässige Geschwindigkeit auf 30 Stundenkilometer begrenzte. Da der Grund für diese Maßnahme den meisten Autofahrern unbekannt war, rief die Geschwindigkeitsbeschränkung entweder Verwunderung hervor oder wurde einfach übersehen. Kreuthner hatte schon in aller Frühe die Radarfalle aufgebaut und wartete mit einer Kelle bewaffnet an einer Parkbucht, um die Verkehrssünder persönlich anzusprechen. Das war nicht unbedingt erforderlich, aber er hatte heute einfach Lust, diesen Extraservice anzubieten.

Kurz nach acht winkte er einen Audi A6 mit Münchner Kennzeichen heraus. Am Steuer saß eine etwa vierzig Jahre alte attraktive Frau, blond und in teuer aussehender Kleidung.

»Guten Morgen. Schon so früh bei der Arbeit, Herr Polizeihauptmeister?«, sagte die Dame, nachdem sie das Fenster heruntergelassen hatte.

Kreuthner war ein wenig erstaunt, dass sie seinen Dienstrang erkannt hatte. »Mei – hilft ja nix«, sagte er.

»Was für ein Verbrechen hab ich denn begangen?«

»Sie waren a bissl schnell unterwegs.«

»Oh …« Die Dame blickte auf ihren Tacho. »Gilt ein kaputter Tacho als Ausrede?«

»Is Ihr Tacho kaputt?«

»Scheint so. Er hat jedenfalls nicht mehr als fünfzig angezeigt.«

»Das hat schon seine Richtigkeit«, sagte Kreuthner und blickte die Dame gewissermaßen bedauernd an. »Sie waren mit 52 unterwegs und damit 22 Stundenkilometer zu schnell.« Was wiederum 115 Euro Bußgeld bedeutete und einen Punkt in Flensburg.

»Hier ist dreißig?«

»Hier ist dreißig.«

»Aber wieso?«

»Weil da vorn ein Schild steht. Sind Sie grad dran vorbeigefahren.«

»Ich hab kein Schild gesehen.«

»Des sagen viele. Aber da müssen S' sich bei der Straßenverkehrsbehörde beschweren.«

Die Frau steckte den Kopf aus dem Fenster und sah in die Richtung, aus der sie gekommen war.

»Ist hier irgendwas? Schule, Kindergarten?«

In diesem Augenblick tauchte Clemens Wallner auf. Er war auf dem Weg zur Arbeit, den er am Morgen gern zu Fuß zurücklegte, denn er war kein Frühaufsteher und bedurfte frischer Morgenluft, um seinen schläfrigen Kopf freizubekommen.

»Guten Morgen, Leo«, sagte er. »Schon fleißig?«

»Kennst mich ja«, sagte Kreuthner.

Jetzt erkannte Wallner die Insassin des Wagens.

»Ja hallo! Frau Tiedemann! Erster Arbeitstag?«

»Guten Morgen, Herr Wallner«, sagte die Frau mit leicht gequältem Lächeln.

Kreuthner blickte um Aufklärung bittend zu Wallner.

»Das ist Frau Tiedemann, die neue Leiterin unserer Inspektion.«

»Ach …« Kreuthner war ausgesprochen erstaunt. »Warum sagen S' denn das net gleich? Herzlich willkommen in Miesbach. Mein Name is Kreuthner.«

Tiedemann musterte Kreuthner zwei Sekunden lang. »*Sie* sind Herr Kreuthner?«

»Ham S' schon von mir gehört?«

»Ja, durchaus.« In Tiedemanns Lächeln mischte sich ein Spritzer Spott, als sie kurz die Augen schloss und sagte: »Gratuliere zur Beförderung.«

Kreuthner schwieg. Dass Frau Tiedemann über die vor Kurzem stattgehabte Beförderung eines von mehreren Dutzend Streifenpolizisten in ihrer neuen Polizeiinspektion Bescheid wusste, zeugte weniger von Interesse an ihren künftigen Mitarbeitern als eher davon, dass Kreuthners Beförderung zum Polizeihauptmeister im biblischen Alter von 47 Jahren ein so außergewöhnlicher Vorfall war, dass er sich über den Landkreis hinaus herumgesprochen hatte.

»Na dann … wünsche ich gute Fahrt!« Kreuthner hob die Hand an den Schirm seiner Dienstmütze.

»Du, Leo …«, mischte sich Wallner ein. »Tut mir leid, ich wollte dich eigentlich nicht unterbrechen.«

»Kein Problem. Hast mich net unterbrochen.«

»Nein?«

Kreuthner sah Wallner an, als verstünde er nicht ganz.

»Warum hattest du Frau Tiedemann denn angehalten?«

»Weil ich 22 Stundenkilometer zu schnell war. Ich nehme an, Herr Kreuthner wollte mir mitteilen, dass ich mit einem Bußgeld zu rechnen habe.« Sie wandte sich an Kreuthner. »Oder machen Sie Sofortkasse?«

»Nein, nein, ich hab Sie ja nur darauf hinweisen wollen, dass hier Tempo dreißig is. Weil, des Schild übersieht man ja leicht amal.«

»Das ist aber sehr freundlich und bürgernah«, sagte Tiedemann. »Machen Sie das bei jedem so?«

»Kommt drauf an …«, sagte Kreuthner.

»Worauf genau?«

»Mei …« Kreuthner wand sich ein wenig. »Wenn einer net von hier is, dann drück ich schon amal a Aug zu. Mit dem Schild da …«, er deutete in die entsprechende Richtung, »… kannst ja wirklich net rechnen.«

»Stimmt. Das sagen viele«, schaltete sich Wallner wieder ein. »Trotzdem steht es da, und gut zu sehen ist es eigentlich auch.«

»Nun ja – für Ortsunkundige ist es in der Tat etwas überraschend«, sagte Tiedemann. »Ich meine, es deutet nichts darauf hin, dass hier mit einem Mal Tempo dreißig ist.«

»Da haben Sie absolut recht. Aber laut StVO reicht das Schild nun mal. Es ist, glaube ich, nicht erforderlich, dass den Verkehrsteilnehmern noch andere Hinweise gegeben werden.«

Tiedemann sah Wallner einige Augenblicke aus ihrem Wagen heraus an. Dann lachte sie kurz. »Ich bin ein bisschen verwirrt über … na ja, diesen etwas ungewöhnlichen Einstieg in unsere Arbeitsbeziehung. Und ich verstehe nicht ganz, was Sie beabsichtigen.«

»Berechtigte Frage. Tja – was beabsichtige ich? Ich sag mal so: Eigentlich wollte ich nur Guten Morgen sagen, ohne dadurch den ordnungsgemäßen Ablauf einer polizeilichen Diensthandlung zu beeinflussen. Stellt sich allerdings als ein bisschen komplexer heraus.« Wallner schlug seine behandschuhten Hände zusammen. »Frisch heute Morgen. Ich mach mich dann mal wieder auf den Weg. Wir sehen uns im Büro.« Er schenkte Tiedemann ein Lächeln und wandte sich kurz Kreuthner zu. »Leo – bis später!«

Er grüßte noch einmal mit knapper Geste und entfernte sich.

Kreuthner beugte sich zu Tiedemann hinunter. »Der kann nix dafür. Des is so a Art Störung. Einfach net beachten.«

»Ich bin noch in Hörweite!«, rief Wallner im Fortgehen.

Nachdem sich Tiedemann in einer Personalversammlung den Mitarbeitern der ihr jetzt unterstehenden Polizeiinspektion Miesbach vorgestellt hatte, bat sie Wallner zu einem Gespräch unter vier Augen. Nach dem Mord an dem Landtagsabgeordneten Philipp Gansel vermutete Wallner, dass Tiedemann über den Stand der Dinge informiert werden wollte. Mit den polizeilichen Ermittlungen hatte sie allerdings wenig zu tun. Als Leiterin der Polizeiinspektion oblagen ihr in der Hauptsache administrative Aufgaben etwa im Bereich Personal- und Beschaffungswesen. Bei Mordermittlungen stand in aller Regel die Staatsanwaltschaft oder die Kriminalpolizei im Fokus des öffentlichen Interesses. Da die zuständigen Kripobeamten Tiedemann aber unterstellt waren, hatte sie zumindest formal die Verantwortung für die Ermittlungen – und vermutlich ein Interesse daran, dass ihre Dienststelle erfolgreich arbeitete.

»Ich schulde Ihnen noch eine Erklärung«, eröffnete Wallner das Gespräch.

»Wegen der Sache mit Herrn Kreuthner?«

»Richtig. Ich möchte nicht, dass der Eindruck entsteht, das hätte irgendetwas mit Ihnen zu tun.«

»Na, da fällt mir aber ein Stein vom Herzen.« Tiedemanns Ton klang ein wenig spöttisch. »Womit hatte es denn zu tun?«

»Schauen Sie: Ich bin da heute Morgen reingeplatzt und stelle Sie Herrn Kreuthner vor. In der konkreten Situation heißt das: Ich mache ihn darauf aufmerksam, dass er gerade dabei ist, seiner künftigen Vorgesetzten einen Strafzettel zu verpassen. Ich wollte einfach nicht, dass es so aussieht, als würde ich ihn warnen. Und ich wollte auch nicht, dass er von einem Bußgeld absieht, weil er jetzt weiß, mit wem er es zu tun hat. Denn das wäre unangemessen gewesen. Vielleicht hätte ich einfach weitergehen und die Situation gar nicht zur Kenntnis nehmen sollen. Aber das hätten Sie vermutlich – und zu Recht – seltsam gefunden, wenn Sie es bemerkt hätten. Und Herr Kreuthner würde mir vorwerfen, ich hätte ihn da in etwas reinlaufen lassen. Leider hatte ich nur eine Sekunde, um eine Entscheidung zu treffen. Tut mir leid, wenn's nicht die beste war.«

»Kein Problem. War offenbar extrem komplex, was Sie da in einer Sekunde zu entscheiden hatten.« Sie lächelte ein ausgeprägtes, aber nicht ganz echtes Lächeln. »Schwamm drüber. Kommen wir zum Fall Gansel. Sie können sich ja denken, dass die Sache einigen Wirbel ausgelöst hat und wir unter besonderer Beobachtung durch die Medien stehen.«

»Ist mir bewusst.«

»Und was folgt für Sie daraus?«

»In erster Linie, dass dieser Druck nicht unsere Arbeit bestimmen darf. Wir werden genauso gründlich wie in jedem anderen Fall ermitteln und nicht der Versuchung erliegen, uns voreilig auf eine Spur festzulegen, nur um schnelle Ergebnisse vorweisen zu können. Ich nehme an, das ist es, was auch Sie mir ans Herz legen wollen.«

»Sagen wir so: Das – verbunden mit der Bitte, die Sache vorrangig zu behandeln. Wir brauchen tatsächlich etwas schneller als sonst Ergebnisse. Ich finde Ihren Ansatz, diesen Mord wie jeden anderen zu behandeln, im Grundsatz löblich. Andererseits können wir nicht ignorieren, dass der Fall neben einem juristischen auch einen politischen Aspekt hat. Wenn Sie verstehen, was ich meine.«

»Ich verstehe, was Sie meinen. Was nicht bedeutet, dass

ich derselben Meinung bin. Aber ich denke, Sie werden zumindest mit unserem Staatsanwalt auf einer Linie liegen.«

»Gut. Dann berichten Sie doch mal, wo wir bei den Ermittlungen stehen.«

Um neun Uhr eröffnete Wallner die erste und gewissermaßen konstituierende Sitzung der Sonderkommission, die den Mord an dem Landtagsabgeordneten Philipp Gansel untersuchen sollte und polizeiintern und bald auch in den Medien als SoKo Gansel firmierte. Da die Kripo Miesbach nicht über genügend Mitarbeiter verfügte, um eine 30-köpfige SoKo zu bestücken, waren Kollegen aus Rosenheim und München dazugekommen, die Wallner jetzt begrüßte. Etliche der externen Beamten kannte man bereits aus früheren SoKos. Auch Karla Tiedemann nahm an der Eröffnungssitzung teil, schließlich war sie Hausherrin. Sie nutzte die Gelegenheit, sich vorzustellen und ihrer Hoffnung auf gute Ermittlungen Ausdruck zu verleihen, und vergaß nicht, darauf hinzuweisen, dass man im Fokus des öffentlichen Interesses stehe, wie jeder Anwesende bereits selbst feststellen konnte, denn vor dem Polizeigebäude warteten mehrere Dutzend Journalisten, und auch das Fernsehen war da. Herr Wallner habe daher weitsichtigerweise einen eigenen Pressemitarbeiter beim Polizeipräsidium angefordert und auch bewilligt bekommen. Der Name dieses Beamten wurde genannt, und er durfte sich kurz erheben, ins Auditorium lächeln und »Servus mit'nand, freut mich« sagen.

Das gab Staatsanwalt Tischler Gelegenheit, Frau Tiedemann zu unterbrechen. Er fand es ohnehin schwer erträglich, dass Wallner den Vorsitz bei SoKo-Besprechungen hatte, denn eigentlich und de jure war die Staatsanwaltschaft die Herrin des Ermittlungsverfahrens. Was Tischler heute jedoch besonders erboste, war der Umstand, dass all die wunderbaren Dinge zur besonderen Bedeutung des Falles und dem herausragenden Medieninteresse von Frau Tiedemann ausgeplaudert worden waren, wo das doch sein Text hätte werden sollen.

Jetzt blieb ihm nur zu sagen: »Ich möchte an dieser Stelle noch einmal darum bitten, dass niemand gegenüber der Presse irgendwelche Stellungnahmen abgibt. Wenn ein Journalist auf Sie zukommt, verweisen Sie ihn auf den Pressesprecher der Polizei oder auf die Pressestelle der Staatsanwaltschaft. In den meisten Fällen kann ich natürlich auch selbst als der die Ermittlung leitende Staatsanwalt mit der Presse reden.« Er wandte sich an Tiedemann. »Vielen Dank, Frau Tiedemann. Es war mir wichtig, noch einmal deutlich darauf hinzuweisen. Denn in diesem Fall sind wirklich alle Augen auf uns gerichtet.«

»Aber natürlich, Herr Tischler.« Tiedemann schenkte dem Staatsanwalt ein Lächeln. »Ich dachte zwar, ich hätte auf diesen Aspekt schon deutlich hingewiesen. Aber man kann's ja nicht oft genug sagen.«

Wallner bemühte sich, sein innerliches Schmunzeln nicht nach außen entwischen zu lassen. Für gewöhnlich musste er selbst die kleinen Sticheleien mit Tischler ausfechten. Mit Tiedemann hatte sich aber offenbar ein weiteres Alphatier dazugesellt, dem es dringlich war, sein Revier zu markieren.

Nachdem die Freundlichkeiten ausgetauscht waren und jeder wusste, wer welche Ansprüche anmeldete, konnte man zu fachlichen Aspekten übergehen. Wallner erläuterte den Stand der Ermittlungen und dass der einzige Anhaltspunkt für ein Motiv des Täters im Augenblick die Streitigkeit war, die das Opfer vor einiger Zeit mit einem Unternehmer namens Meinrad von Melsung gehabt hatte. Der Mann würde heute noch befragt werden, vielleicht bekäme man etwas mehr Klarheit, zumal auch der Grund für die Streitigkeit unbekannt sei. Fortschritte gebe es allerdings beim Pkw des Opfers. Und damit übergab Wallner an Janette.

»Herr Tischler«, begann Janette, »hat es geschafft, uns kurzfristig ein Bewegungsprofil des gesuchten Fahrzeugs zu beschaffen. Dafür vielen Dank. Wir konnten damit auch den Standort des Wagens ermitteln.«

»Wenn ich dazu kurz was sagen darf«, unterbrach Tischler, der ob seiner lobenden Erwähnung sichtbar geschmeichelt war. »Ja, das ging in der Tat ziemlich schnell. Und es war auch nicht aufgrund eines richterlichen Beschlusses, sondern durch einen persönlichen und – nennen wir es – inoffiziellen Kontakt. Sie wissen ja, dass die Autokonzerne der Ansicht sind, sie wären nicht verpflichtet, die Daten rauszugeben. Deshalb kurz Folgendes zur Sprachregelung, die da lauten sollte: Wir haben den Wagen gefunden und konnten das Bewegungsprofil aus dem Navi auslesen, und nicht umgekehrt. Im Ergebnis ist es für uns letztlich egal. Wir haben den Wagen und wir haben das Bewegungsprofil, und die Art, wie wir die Beweise ermittelt haben, ist rechtlich nicht zu beanstanden.« Er wandte sich wieder an Janette. »So. Wo war der Wagen denn, und was sagt uns das Bewegungsprofil?«

»Der Wagen stand in einer Seitenstraße in Bayrischzell. Überwachungskameras gibt es da leider nicht. Außer einer an einem Hotel am Ortseingang. Wir schauen uns die Aufnahmen natürlich noch an. Dem Bewegungsprofil des Wagens konnten wir Folgendes entnehmen: Der Wagen fuhr vorgestern um siebzehn Uhr vierundvierzig in München Bogenhausen offenbar aus der Tiefgarage des Hauses, in dem sich Gansels Wohnung befindet. Dann ist er nach Bayrischzell und von dort aus weiter zu dem Hotelrohbau gefahren. Dort ist Gansel um neunzehn Uhr fünfundzwanzig angekommen, und dort wurde seine Leiche am nächsten Tag gefunden. Die Fahrt wurde auch nicht unterbrochen, außer durch Stehzeiten im Stau. Das wäre ein Indiz dafür, dass das Opfer am Fundort der Leiche auch getötet wurde. Oder er wurde schon in München getötet und dann mit seinem eigenen Wagen in die Berge gefahren – denkbar, aber etwas abwegig. Wir schließen momentan natürlich nichts endgültig aus. Der Wagen wurde dann etwa eine Viertelstunde lang nicht bewegt, genauer gesagt bis neunzehn Uhr neunundvierzig. Da setzte sich der BMW wieder in Bewegung und fuhr nach Bayrischzell, wo er kurz vor zwanzig Uhr endgültig abgestellt wurde.«

»Das heißt«, schaltete Tischler sich wieder ein, »Herr Gansel fährt zum Tatort, wird dort erschossen, und der Mörder fährt mit dem Wagen des Opfers weg?«

»Das wäre die naheliegendste Erklärung.«

»Andere Frage: Stimmt das Bewegungsprofil mit den Handydaten überein?«

»Das Handy war wohl ausgeschaltet – sagt jedenfalls Frau Gansel, die mehrfach versucht hat, ihren Mann anzurufen. Wir haben es auch nicht gefunden. Möglicherweise hat es der Täter an sich genommen und entsorgt.«

»Aber die Daten sind ja irgendwo gespeichert. Ich werde richterliche Anordnungen gegen den Handyhersteller sowie Gansels Provider und Mobilfunkanbieter beantragen.« Tischler machte sich eine Notiz in sein Handy. »Es wird natürlich dauern, bis wir die haben.«

»Bleibt noch die Frage«, schaltete sich Tiedemann in die Diskussion ein, »warum der Täter den Wagen überhaupt vom Tatort weggefahren hat.«

»Wahrscheinlich hat er gehofft, dass man die Leiche lange nicht finden wird. Die Baustelle wäre normalerweise erst im Frühjahr wieder betreten worden. Dass man auch ein Bewegungsprofil des Wagens erstellen kann, war dem Täter wohl nicht so klar.«

»Na gut. Wenn es keine weiteren Fragen gibt, machen wir uns an die Arbeit.« Wallner ordnete seine Akte und sah in die Runde. Niemand meldete sich. »Vielen Dank für eure Aufmerksamkeit.« Die Sitzung war geschlossen.

»Was steht bei Ihnen als Nächstes an?«, wollte Tischler wissen.

»Wir fahren jetzt nach Niederbayern zu Herrn von Melsung. Vielleicht bringt das etwas Licht in die Sache.«

13

Von Deggendorf war es noch einmal eine halbe Stunde in Richtung tschechische Grenze durch die verschneite Hügellandschaft. Das Navi führte Wallner und Mike in das Gewerbegebiet einer niederbayerischen Kleinstadt. Als eine Frauenstimme verkündete: »Sie haben Ihr Ziel erreicht«, standen sie vor einem mit etwas Stuck verzierten Gebäude aus der Gründerzeit, von dem Wallner vermutete, dass es gewissermaßen die Urzelle der von Melsung'schen Fabrik war, in der Maschinen für die Papiererzeugung hergestellt wurden. Hinter dem alten Gebäude breitete sich ein Werksgelände mit modernen Fertigungshallen aus. Der Empfang befand sich in dem Altbau.

»Das Büro ist im ersten Stock«, sagte die Dame hinter dem Tresen. »Ich sag ihm Bescheid. Er holt Sie dann ab.«

In diesem Moment kam ein kleiner Mann von etwa siebzig Jahren in einem abgetragenen grauen Anzug dazu, und Wallner meinte bei der Empfangsdame eine gewisse Anspannung zu bemerken.

»Sind das die Herren von der Polizei?«, fragte er sie.

Die Frau nickte stumm.

»Melsung senior!«, bellte der kleine Mann und streckte Wallner die Hand entgegen.

Nachdem man sich vorgestellt hatte, bot der Mann an, die beiden Polizisten zu seinem Sohn zu begleiten, sein eigenes Büro sei auch im ersten Stock.

»Geht's mal wieder um Herrn Gansel?«, fragte er die Kommissare. »Der ist ermordet worden, hab ich gelesen. Sehr merkwürdige Geschichte. Ham S' schon einen Verdächtigen?«

»Die Ermittlungen haben gerade erst angefangen«, sagte Wallner. »Sie kannten Herrn Gansel?«

»Ich persönlich nicht. Mein Sohn hat ihn mal getroffen. Ich hab wenig Kontakt zu den Leuten in München. Es ist halt doch recht abgelegen hier.« Sie waren jetzt im ersten Stock angekommen, und von Melsung hielt kurz inne. »Wissen S' – wie ich gehört hab, dass der Herr Gansel ermordet worden ist, das hat mich nicht gewundert.«

»Nein?«

»Nein. Das muss ein ganz aggressiver Mensch gewesen sein. Wahrscheinlich ist er jetzt mal an den Falschen geraten.«

»Wie kommen Sie darauf, dass Herr Gansel aggressiv war?«

Von Melsung sah sich um, ob ihnen jemand zuhörte, und beugte sich dann zu Wallner vor.

»Der hat sich doch mit meinem Sohn gestritten.«

»Das wissen wir. Wissen Sie, worum es da gegangen ist?«

»Nein. Mein Sohn wollte nicht drüber reden. Aber wenn es einer schafft, sich in der Öffentlichkeit mit meinem Sohn zu streiten, dann muss der aggressiv sein. Mein Sohn hat sich noch nie mit jemandem gestritten. Nie!«

Eine Tür ging auf, und ein etwa vierzig Jahre alter Mann trat auf den Gang. Er trug ebenfalls Anzug, der allerdings modisch war und nicht preiswert aussah.

»Da ist er ja!« Von Melsung senior stellte ihn als seinen Sohn Meinrad vor. »Ich sag gerade, dass du dich noch nie mit jemand gestritten hast.«

»Na ja … nein, eigentlich nicht.« Der junge von Melsung wirkte verlegen.

»Er ist wirklich der friedlichste Mensch der Welt.« Der Alte klopfte seinem Sohn auf den Oberarm. »Ein wenig mehr Biss könnte dir manchmal nicht schaden. Aber vielleicht wird's ja noch.«

Der junge von Melsung lachte.

»Die Herren sind von der Polizei. Wegen dem Gansel. Ich hab ihnen schon gesagt, dass mich das nicht wundert, dass den jemand … nicht wahr.«

Meinrad von Melsung wirkte wie ein Teenager, dem sein Vater maßlos peinlich ist, als er die Kommissare fragte: »Was kann ich für Sie tun?«

»Es geht, wie ich schon am Telefon sagte, um den Tod von Herrn Gansel.«

Der alte von Melsung öffnete eine Tür, hinter der ein Schreibtisch mit Sekretärin sichtbar wurde. »Gehen wir doch einfach zu mir, da ist mehr Platz.«

»Wir müssten mit Ihrem Sohn allein reden.«

»Wir haben keine Geheimnisse voreinander. Vielleicht kann ich ja auch was beitragen.«

»Darauf kommen wir eventuell später zurück. Aber Einzelbefragung ist nun mal vorgeschrieben.«

»Ah, verstehe. Im Fernsehen …«

»Ja, im Fernsehen ist einiges anders.«

Herr von Melsung senior zog sich ausdruckslos lächelnd in sein Büro zurück.

Meinrad von Melsungs Büro war modern eingerichtet. Viel Chrom, Glas und eine futuristisch geformte Lampe auf dem Schreibtisch ließen Wallner vermuten, dass hier deutlich mehr investiert worden war als in sein eigenes Büro.

»Mein Vater meint es gut«, sagte von Melsung, nachdem sie an einem Besprechungstisch Platz genommen hatten. »Aber er leidet ein bisschen unter Kontrollsucht.«

»Ich kenn das. Vorgesetzte sind so«, sagte Mike mit einem Anflug von Grinsen.

»Wir wollen Sie nicht lange aufhalten«, sagte Wallner, nachdem er Mike mit einem kurzen, aber intensiven »Sehr witzig«-Blick bedacht hatte. »Aber wie Ihnen bekannt ist, wurde gestern Herr Gansel ermordet.«

»Da kann ich leider wenig zur Aufklärung beitragen. Ich war, wie Sie wissen, schon an der Entführung von Herrn Gansel nicht beteiligt.«

»Sie waren nicht im Lande, als es passierte«, sagte Mike. »Das heißt nicht, dass Sie nicht beteiligt waren. Sie könnten die Sache zum Beispiel in Auftrag gegeben haben.«

»Ich bitte Sie – der Mann sagt, er hätte meine Stimme erkannt. Das kann aber nicht sein, weil ich zu der Zeit achttausend Kilometer vom Tatort entfernt war. Bin ich jetzt schon wieder der Verdächtige?«

»Sie sind nicht *der* Verdächtige, Herr von Melsung«, schaltete sich Wallner in der Rolle des *good cop* ein. »Wir müssen einfach allem nachgehen, was Fragen aufwirft. Und in diesem Fall ist es so, dass Sie einen Streit mit dem Opfer hatten. Vielleicht war es ja nur eine Lappalie. Vielleicht aber auch etwas Gravierendes.«

»Etwas, das einen Grund liefern könnte, jemanden umzubringen«, übernahm wieder Mike. »Da Sie uns nicht sagen wollen, worum es ging, müssen wir von Letzterem ausgehen.«

Wallner blickte von Melsung gütig an. »Aber vielleicht wollen Sie uns angesichts der neuesten Entwicklung ja doch noch einweihen.«

Von Melsung atmete tief durch, verschränkte die Arme und sah aus dem Fenster.

»Und wenn ich ein Alibi habe?«

»Das würde Sie etwas aus dem Fokus nehmen. In Anbetracht der Möglichkeit, Morde in Auftrag zu geben, wäre Ihr Zerwürfnis mit Herrn Gansel aber immer noch interessant.«

»Wann war der Mord?«

»Sagen Sie uns einfach, was Sie am Sonntag den ganzen Tag gemacht haben. Können wir das aufnehmen?« Wallner zog sein Handy aus der Daunenjacke, die er immer noch anhatte.

»Kein Problem.« Von Melsung wartete, bis Wallner auf Start gedrückt hatte. »Gegen zehn habe ich mit meinen Eltern gefrühstückt. Brauchen Sie die Zeit davor auch?«

Mike schüttelte den Kopf.

»Von zwölf bis vierzehn Uhr war ich im Tennisclub. Das können mindestens drei Leute bezeugen. Wir haben Doppel gespielt. Danach bin ich mit meinen Mitspielern zusammengesessen – vielleicht bis kurz nach drei. Dann musste ich in die Firma. Die Alarmanlage war angegangen. Es war aber nur ein technischer Defekt. Ich gebe Ihnen alle Kontaktdaten, die Sie brauchen, würde Sie jedoch bitten, wirklich nur mit den Leuten zu reden, bei denen es nötig ist.«

»Wir bleiben so diskret wie möglich«, sagte Wallner.

»Gut. Das mit dem Fehlalarm war bis kurz vor vier. Um sechzehn Uhr dreißig bin ich mit dem Wagen …«, von Melsung zögerte. »Also ich bin nach Bad Wiessee gefahren.«

Er blickte in zwei erstaunte Polizistengesichter.

»Zu Freunden. Ich habe seit Jahren gute Freunde in Wiessee.«

»Wann sind Sie da angekommen?«, wollte Mike wissen.

»Kurz vor acht.«

»Das sind dreieinhalb Stunden. Wir haben zweieinhalb hierher gebraucht, und die Strecke ist in etwa die gleiche.«

»Ja, es … es war ziemlich viel Verkehr, und an dem Abend hat es auch stark geschneit.«

»Die Schneefallgrenze lag bei sechshundert Metern. Der größte Teil Ihrer Strecke muss schneefrei gewesen sein. Außerdem hat es erst ab acht angefangen zu schneien.«

»Wie gesagt, es war viel los auf der Autobahn.«

Wallner trommelte mit den Fingern auf der Tischplatte und überlegte. »Da bleibt mindestens eine Stunde, die Sie nicht wirklich erklären können. Tut mir leid, Herr von Melsung, das schließt Sie als Täter nicht aus.«

»Ich würde sagen, Ihr Streit mit dem Mordopfer wird für

uns immer interessanter.« Mike sah von Melsung auffordernd an.

»Wenn Sie das so interessiert, wieso fragen Sie eigentlich nicht Zeugen, die dabei gewesen sind?«

Wallner stutzte. »Weil der Streit abseits von Zeugen stattgefunden hat. Das müssten Sie doch wissen.«

Von Melsung blieb stumm und spielte an einem Stift herum.

»Warum wäre es Ihnen eigentlich lieber, dass uns Zeugen über den Streit aufklären?«

Weiterhin Schweigen auf der anderen Tischseite.

»Was bitte war da los bei diesem Streit?«

Von Melsung dachte offenbar fieberhaft nach, schließlich warf er den Stift auf den Besprechungstisch, als wollte er sagen: »Sei's drum«, und beugte sich zu den Kommissaren vor.

»Okay, hören Sie zu: Ich sage Ihnen jetzt, was es mit dem Streit auf sich hat. Aber Sie müssen mir versprechen, dass mein Vater nichts davon erfährt.«

»Das ist möglicherweise nicht nötig. Aber ob das der Fall ist, kann ich erst sagen, wenn ich Ihre Aussage kenne.«

Von Melsung nickte. »Na gut. Dann gebe ich folgende Erklärung ab in der Hoffnung, dass sie in Ihren Akten bleibt.« Er beugte sich zu Wallners Smartphone und sprach deutlich, aber leise: »Ich, Meinrad von Melsung, kann zu dem Streit, der angeblich zwischen mir und dem Herrn Abgeordneten Gansel bei seiner Geburtstagsfeier am neunten Oktober stattgefunden haben soll, nichts sagen, weil …«

Wallner war bei dem Begriff »angeblich« etwas irritiert – wollte von Melsung jetzt in Abrede stellen, dass es überhaupt einen Streit gegeben hatte?

»… weil ich bei dieser Geburtstagsfeier gar nicht anwesend war.«

Nach diesen Worten hielt von Melsung inne und blickt

unsicher zur Tür, als hätte er Angst, sein Vater könnte lauschen. Den Kommissaren blieben die Münder offen.

»Wie bitte?«, brachte Wallner hervor.

»Ich war nicht da.«

»Es gibt Zeugen, die Sie gesehen haben.«

»Nein. Es gibt Zeugen, die einen Mann gesehen haben, der behauptet hat, er wäre ich. Von den Zeugen hat mich mit Sicherheit keiner jemals zuvor gesehen.«

»Aber … ich meine, wer war dieser Mann? Und wie ist er zu der Feier gekommen? Hat er mit Ihrem Einverständnis gehandelt?« Wallner schüttelte den Kopf. »Ich bin offen gesagt … verwirrt.«

»Nun ja, dass der Mann bei der Feier war, hängt mit einer vermutlich strafbaren Handlung zusammen, die ich begangen habe. Und wenn ich kooperiere, rechne ich in dieser Sache mit Ihrer Fürsprache. Wie der Mann heißt, weiß ich allerdings nicht. Aber Sie werden ihn kennen.«

»Wie kommen Sie darauf?«

»Er ist aus Ihrem Landkreis.«

»Der hat hunderttausend Einwohner«, sagte Mike. »Die kennen nicht einmal wir alle.«

»Aber doch sicher alle Polizisten, oder …?«

14

Es ging schon auf sechs zu. Aber immer noch war Betrieb in den Büroräumen der Polizeiinspektion. Die Luft in Wallners Stockwerk roch nach halb eingebranntem Kaffeemaschinenkaffee und war abgestanden, weil niemand es wagte zu lüften. Die Abneigung des Kripochefs gegen jede Art von Zugluft war legendär.

Kreuthner steckte den Kopf durch die stets offene Tür in Wallners Büro. Dort saßen Wallner und Mike und studierten Berichte der SoKo-Mitarbeiter.

»Komm doch rein und mach bitte die Tür zu.«

Kreuthner kam der Aufforderung nach und setzte sich auf den Besucherstuhl am Besprechungstisch, auf den Wallner deutete. Auch er selbst und Mike nahmen jetzt dort Platz.

»Gibt's was Geheimes zu bereden?«, fragte Kreuthner bemüht heiter.

»Gewissermaßen«, sagte Wallner. »Möchtest du einen Kaffee?«

»Was, wenn ich Ja sag?«

»Dann würde ich dich bitten, dir in der Teeküche einen zu holen.«

»Ist das der Kaffee, den man überall riecht?«

»Ich fürchte, ja.«

Kreuthner nickte und verschränkte die Arme vor der Brust. »Worum geht's denn?«

»Wir waren heute beim Herrn von Melsung und haben ihn wegen dem Streit mit dem Gansel befragt.«

»Ah ja?« Kreuthner nahm eine angespanntere Sitzhaltung ein. »Und?«

»Der war gar nicht bei der Party.«

»Ah geh?«

»Du wirst es nicht glauben«, sagte Wallner, »aber da ist jemand anderer hingegangen und hat sich als Meinrad von Melsung ausgegeben.«

»Also des is ja ... heut kannst dich ja auf gar nichts mehr verlassen.« Kreuthner schüttelte scheint's fassungslos den Kopf.

»Ja, schlimm.« Wallner heftete seinen Blick an Kreuthners Augen und wartete. Aber außer einem ratlosen Lächeln war Kreuthner nichts zu entlocken. »Du fragst gar nicht, warum wir deswegen mit dir reden wollen.«

»Muss ich irgendwas ermitteln?«

Mike nahm sich ein Plätzchen aus der Plätzchenschale und steckte es sich in den Mund. »Nein, ermitteln musst du nichts. Aber du könntest uns erzählen, wie es dazu gekommen ist, dass Herr von Melsung nicht bei der Party war.«

Kreuthner tat außerordentlich überrascht. »Ich?«

»Und vor allem, worum es bei dem Streit mit Herrn Gansel gegangen ist.«

Kreuthner breitete die Hände auseinander. »Ich steh da offen g'sagt a bissl am Schlauch. Wieso glaubt's ihr, dass ich euch des sagen könnt?«

»Wir glauben das nicht nur«, sagte Wallner. »Nach dem, was uns Herr von Melsung heute erzählt hat, sind wir absolut sicher, dass du uns das sagen kannst.« Er schob Kreuthner den Keksteller hin. »Nimm doch 'n Plätzchen.«

Kreuthner zögerte, schien angeschlagen. Als versierter Lügner leugnete er aber grundsätzlich alles, was man ihm nicht beweisen konnte. »Was erzählt er denn, der Herr von Melsung?«

»Eine Geschichte, die sich bei einer Straßenkontrolle im September zugetragen hat. Klingelt was?« ...

September

Die Sonne stand halbhoch und spendete letzte Sommerwärme an diesem Samstagnachmittag im September. Die ersten Ausflügler kehrten vom Tegernsee nach München zurück, einige davon mit der Absicht, den Tag im Münchner Nachtleben ausklingen zu lassen. Bei solchen Leuten war die Laune für gewöhnlich gut, das Auto teuer und der Alkoholpegel gehoben, denn ein zünftiger Tag am Tegernsee war ohne Bier oder Prosecco schwer vorstellbar. Polizeihauptmeister Leonhardt Kreuthner kannte seine Kundschaft und auch die Schleichwege, die sie für die Rückfahrt nach München wählten, in der Hoffnung, dort keinen Polizeikontrollen zu begegnen. Heute freilich würden Hoffnungen enttäuscht und Wochenenden ruiniert werden. Kreuthner trieb nicht allein die Sorge um die Sicherheit auf Bayerns Straßen, sondern auch die eigene finanzielle Not. Letztes Jahr hatten sie ihn zwar endlich zum Polizeihauptmeister befördert, aber das hievte ihn nicht auf eine Besoldungsstufe, die seine finanziellen Bedürfnisse gedeckt hätte. Diese Besoldungsstufe gab es realistisch betrachtet auch gar nicht für ihn. Hinzu kam: Durch den Lockdown im vergangenen Jahr waren die gastronomischen Abnehmer für seinen schwarzgebrannten Obstler für Monate ausgefallen. Kreuthner hatte sich mit Hauslieferungen an Privatkunden über Wasser gehalten, und ein bisschen hatte auch geholfen, dass die Leute in Ermangelung anderer Lustbarkeiten soffen wie die Löcher. Doch unterm Strich fehlte dann doch einiges an Einkünften. Folglich musste Kreuthner andere Quellen erschließen.

Ein cremefarbenes Cabriolet näherte sich dem Kontrollpunkt. Kreuthner sah die senkrecht stehenden Doppelscheinwerfer und schnalzte innerlich mit der Zunge. Ein 280er SE, Baujahr um 1970. Sennleitner nickte ihm zu und lächelte. Ja, das musste ein Treffer sein. Wer so einen Benz fuhr, war Genussmensch und um die Uhrzeit alkoholisiert. Sennleitner hob die Kelle, der Wagen fuhr rechts ran, und die Polizisten begutachteten ihre Beute. Vor ihnen stand ein bestens gepflegter Oldtimer, dessen Wert sich im sechsstelligen Bereich bewegte. Der Fahrer mochte um die vierzig sein, die leicht angegrauten Haare wuchsen unter der Baseballkappe hervor und ringelten sich über den Kragen, ein Polo von Lacoste, und die Uhr am Handgelenk war keine Rolex, sondern vermutlich noch teurer und von unauffälliger Eleganz. Die roten Bäckchen, vermutete Kreuthner, kamen nicht nur vom Fahrtwind.

»Grüß Gott.« Kreuthner lächelte freundlich, als er an den Wagen trat. »Führerschein und Fahrzeugpapiere, bitte.«

Der Fahrer lächelte ebenfalls, während er die rechte Gesäßbacke anhob, um an seine Brieftasche zu kommen.

»Waren S' am Tegernsee?«

»Mein Anwalt sagt immer, es geht die Polizei nichts an, wo ich war, und dass ich auf solche Fragen nicht antworten muss.« Der Mann reichte Kreuthner die Papiere. »Aber weil ich von Natur aus ein freundlicher Mensch bin, sag ich's Ihnen: Ich war im Café Kreuz beim Kuchenessen.«

Kreuthner spürte eine Alkoholschwade vorbeiziehen.

»Ja, da bin ich auch oft. Die ham a super Rumtorte.«

»Stimmt. Die ist berühmt.«

Kreuthner blickte auf den Führerschein. »Das erklärt natürlich einiges ... Herr von Melsung.«

»Was meinen Sie?«

Kreuthner gab die Papiere Sennleitner, der zum Streifenwagen ging, um die Angaben zu überprüfen.

»Ich bild mir ein, man riecht den Kuchen noch.« Er fächelte Luft aus der Umgebung von Herrn von Melsungs Kopf seiner eigenen Nase zu. »Den Rum jedenfalls.«

Kreuthner lachte. Der Mann lachte mit, verhalten, aber er lachte.

»Jaja, die hat's in sich, die Rumtorte.«

»Wollen wir mal schauen, was *Sie* so in sich haben?«

Kreuthner reichte Herrn von Melsung ein Alkoholmessgerät.

»Es hätt so a schöner Tag werden können«, seufzte von Melsung und betrachtete das Gerät. »Wissen Sie – mir ist das ja alles zu viel Technik. Ich meine, diese Maschine bestimmt jetzt darüber, ob ich ein guter oder schlechter Mensch bin. Ist das gerecht?«

»Das Gerät macht jedenfalls keinen Unterschied, ob einer a Geld hat oder keins. Insofern – ja, is schon gerecht.«

Kreuthner gewährte von Melsung ein aufmunterndes Lächeln. Der ergab sich in sein Schicksal und pustete ordentlich in das Messgerät. Kreuthner nahm es wieder entgegen und sah auf die Anzeige. 1,0 Promille. Sennleitner hatte inzwischen das Verkehrsregister gecheckt und gab Kreuthner mit einer Kopfbewegung zu verstehen, dass er zu ihm kommen sollte. Er stand am Streifenwagen in solcher Entfernung, dass von Melsung nichts verstehen konnte, wenn leise gesprochen wurde. Er blickte auf die Promilleanzeige, die zwei Punkte in Flensburg zur Folge haben würde.

»Der Lappen is weg. Er hat schon sechs Punkte«, flüsterte Sennleitner Kreuthner zu.

Kreuthner nahm die Information nickend zur Kenntnis und ging zu von Melsungs Fahrzeug zurück.

»Tja, Herr von Melsung, ich müsst Sie bitten, uns auf die Wache zu begleiten.«

Von Melsung stöhnte. »Wie viel ist es denn?«

»Jedenfalls über null Komma fünf. Nach dem Bluttest wissen mir's genau.« Kreuthner ließ ein wenig Zeit verstreichen, damit sein Gegenüber die Konsequenzen des sich anschließenden Verfahrens überdenken konnte. »Oder ham S' an andern Vorschlag?«

Von Melsung sah Kreuthner in die Augen. Die blickten

sehr neutral zurück. Doch daraus, dass er nicht aufgefordert wurde, den Wagen zu verlassen, konnte er auf eine gewisse Verhandlungsbereitschaft schließen. »Schauen Sie«, sagte von Melsung schließlich, »ich habe großen Respekt vor dem, was Sie tun. Sie schlagen sich den schönen Tag hier um die Ohren, um unsere Straßen sicherer zu machen. Das wird viel zu wenig gewürdigt, wenn Sie mich fragen.«

Kreuthner machte eine unbestimmte Geste.

»Doch, doch. Ihre Arbeit wird einfach zu wenig wertgeschätzt. Und vor allem – und das meine ich wirklich ernst – viel zu schlecht bezahlt.«

»Da sagt er was Wahres«, pflichtete Sennleitner bei, der jetzt wieder dazugekommen war.

»Wenn's nach mir ginge«, von Melsung blickte die Polizisten treuherzig an, »ganz ehrlich: Sie müssten eigentlich das Doppelte verdienen.«

Die Angesprochenen zuckten mit den Schultern. Was sollte man dem schon entgegensetzen?

»Das wird auf absehbare Zeit leider nicht passieren«, bedauerte Herr von Melsung. »Aber wenigstens eine Prämie müsste man Ihnen ab und an zukommen lassen.«

»Schön wär's«, sagte Kreuthner und lachte. Eine Pause folgte. Es war jetzt offensichtlich an ihm, den hauchzarten Gesprächsfaden weiterzuspinnen. »An wie viel hätten S' denn gedacht?«

Von Melsung unterzog seine Verhandlungspartner noch einem letzten Augencheck, offenbar um sicherzugehen, dass auch alle Beteiligten mit dabei waren auf dem Marsch ins verbotene Land.

»Schaun mir mal …« Er nahm das wulstige Portemonnaie vom Beifahrersitz, aus dem er zuvor den Führerschein gezogen hatte, und warf einen Blick in das Fach für die Scheine. Darin befanden sich ein Fünfer, zwei Zehner und eine Tankquittung. »Es is aber auch ein Elend mit diesen Karten. Seit

Corona bezahl ich nichts mehr bar. Ich weiß nicht, wie es Ihnen geht, aber bei Geldscheinen hab ich immer den Eindruck, dass da die Viren quasi Party feiern. Jeder langt hin, egal ob er sich vorher geschnäuzt hat oder …« Er hielt inne und sah Kreuthner treuherzig an. »Karte nehmen Sie nicht, oder?«

Da die Frage nicht wirklich ernst gemeint war, wurde sie von Kreuthner auch nicht beantwortet. Er wartete mit verschränkten Armen auf einen anderen Vorschlag. Von Melsung nickte schuldbewusst, und während der fieberhaft nachdachte, fiel Kreuthner auf dem Beifahrersitz ein Briefumschlag aus edlem Papier auf.

»Was ist das?«, fragte er.

Von Melsung nahm den Umschlag zur Hand. »Das ist die Einladung zu einer Geburtstagsparty. Beim Herrn Abgeordneten Gansel. Kennen Sie den?«

»Nein. Aber is sicher nett bei so einer Party, oder?«

»Na ja, ich kenn da keinen. Mein Vater meint, ich soll mich mal blicken lassen. Denn der Gansel ist ein ziemlich wichtiges Tier. Vorsitzender vom Wirtschaftsausschuss im Landtag.«

»Wieso hat der Sie eingeladen, wenn Sie ihn gar nicht kennen?«

»Weil meine Familie ein Unternehmen von nicht unbeträchtlicher Größe betreibt und er sich Parteispenden erhofft und Kontakte, mit denen er dann selbst Geld verdienen kann.«

»Verstehe«, sagte Kreuthner und dachte kurz nach. »Auf so am Fest gibt's doch bestimmt was Gutes zum Essen, oder?«

»Das in jedem Fall. Austern, Champagner, Kaviar – was und so viel Sie wollen.«

Kreuthner blickte begehrlich auf die Einladung in von Melsungs Hand. »Sie wollen ja eh net hin, wenn ich Sie richtig versteh.«

Von Melsung sah Kreuthner an und schien langsam zu verstehen, worauf das hinauslaufen würde.

»Sie wollen …? Mit meiner Einladung? Sie als – ich?«

»Wär doch a Gaudi.« Kreuthner baute sich vor einem imaginären Gesprächspartner auf und sagte in einem Tonfall, den er für Hochdeutsch hielt: »Gestatten – von Melsung. Und das hier …«, er deutete auf Sennleitner, »… ist mein Vetter dritten Grades, der Freiherr von Sennleitner.«

Kreuthner und Sennleitner verfielen in keckerndes Lachen. Von Melsung starrte sie mit offenem Mund an.

»War a Spaß.« Kreuthner nahm das Alkoholmessgerät zur Hand. »So, Herr von Melsung, ich müsst Sie jetzt auffordern, uns zu begleiten, weil mir hier«, er hielt das Gerät hoch, »Hinweise ham, dass a Trunkenheitsfahrt vorliegt. Sie können auf am richterlichen Beschluss bestehen. Aber dann dauert's halt länger.«

Von Melsung überlegte, betrachtete den edelpapierenen Umschlag in seiner Hand und reichte ihn dann Kreuthner. »Die Einladung ist für mich und eine Begleitung. Sie können also zu zweit hingehen.«

»Wird das net kontrolliert, wer da kommt?«

»Am Eingang wird mit der Gästeliste gegengecheckt. Sie sagen einfach: Melsung. Dann wird der Name auf der Gästeliste abgehakt, und Sie können rein.«

»Ich muss keinen Ausweis vorzeigen?«

»Nein. Kein Mensch wird einen Ausweis verlangen.«

Kreuthner nahm die Einladung und stand im Geiste schon am Einlass zur Party, eine Hand steckte lässig in der Hosentasche. »Von Melsung«, stellte er sich der imaginären Einlasskontrolle vor. »Meinrad von Melsung.«

»Das Von lassen S' bitte weg, wenn Sie sich vorstellen. Einfach nur Melsung.«

»Ja, klingt cooler«, pflichtete Kreuthner bei. »Wie wenn man's net nötig hat.«

»Genau so. Locker bleiben ist das Wichtigste.«

Kreuthner schien der Gedanke an ein Gastspiel als Adeliger ausnehmend zu gefallen. Nur Sennleitner hatte Bedenken im Gesicht.

»Aber irgendwer wird Sie doch kennen?«, sagte er.

»Nein. Da kennt mich niemand«, sagte von Melsung. »Wir haben mit diesen Leuten noch nie was zu tun gehabt. Und ich tät's auch gern dabei belassen. Aber mein Vater meint, man müsste sich ein bisschen um die Politiker kümmern.« Er sah Kreuthner skeptisch an. »Tja – das wär dann Ihr Job.« Von Melsung fixierte Kreuthner mit zusammengekniffenen Augen. »Ich glaube, Sie sind einer, dem so was Spaß macht.«

»Was meinen Sie?«

»Leute verarschen.«

Kreuthner lächelte sibyllinisch.

Herr von Melsung hingegen lachte mit einem Mal herzhaft auf und schlug mit der Hand auf die Wagentür. »Jessas, des wird a Spaß! Zu schad, dass ich nicht dabei bin. Sie müssen mir hinterher alles haarklein erzählen, machen S' das?«

Kreuthner schob den Einladungsumschlag in seine Jackentasche und machte Sennleitner mit einer Kopfbewegung deutlich, dass er Herrn von Melsung den Führerschein zurückgeben sollte.

»Das nächste Mal bitte zwei Stück Torte weniger«, ermahnte Kreuthner von Melsung noch und ließ ihn dann seiner Wege ziehen.

Kreuthner überlegte eine Weile und scannte dabei die Gesichter von Wallner und Mike. Die Beweislage war erdrückend. Gab es noch irgendwo ein Schlupfloch?

»Hat er g'sagt, das war der Herr Kreuthner?«

»Nein. Der Polizist hatte sich nicht vorgestellt.«

»Na also. Wie kommt ihr dann drauf …«

»Weil da eigentlich nur einer infrage kommt«, unterbrach ihn Wallner. »Und wir haben dem Melsung ein Foto von dir geschickt. Hat dich sofort erkannt. An dem Tag hast du mit dem Sennleitner Streifendienst gehabt, und ihr habt eine Straßenkontrolle bei Wall durchgeführt.«

Kreuthner zog die Arme vor seiner Brust noch enger zusammen.

»Es war doch nur a Geburtstagseinladung. Des is doch net strafbar, oder?«

»Wir können ja mal Herrn Tischler fragen, was er davon hält«, sagte Mike. »Oder deine neue Chefin. Die ist auch Juristin.«

»Die Party war übrigens am neunten Oktober. Jetzt rate mal, was mir bei dem Datum aufgefallen ist.«

Kreuthner schwieg.

»An dem Tag hast du Manfred zu einer Party mitgenommen. Seitdem ist er für einige Leute der Freiherr von Wallner. Auch darüber würde ich gern etwas erfahren.« Wallner starrte Kreuthner an, ohne dass sich irgendeine Erklärung einstellte. »Sollte nicht ursprünglich der Sennleitner mitgehen?«

»Ja, aber der hat sich net traut, weil da lauter Großkopferte waren und er gemeint hat, er kriegt des net hin als Adliger.«

»Aber der Manfred hat das hinbekommen?«

»Der? Der war gar net schlecht.«

Wallner sah zu Mike, der lachte nur kurz und schüttelte den Kopf.

»Na gut, Leo – dann schieß mal los.«

15

9. Oktober

Das Hotel lag am See und war umgeben von einem Park, dessen alte Linden an diesem Nachmittag noch einmal von sommerlich warmem Wind umweht wurden. Gegenüber am Ostufer sah man auf das Tegernseer Schloss und den Jachtclub, beides überragt vom waldigen Bergrücken der Neureuth. Die Einlasskontrolle vor dem Eingang führten zwei junge Frauen mit Businesskostüm durch, die an einem Stehtisch mit einer Namensliste auf die Gäste warteten. Sennleitner hatte Kreuthner und Manfred Wallner bis auf fünfzig Meter ans Hotel herangefahren und dort abgesetzt. Kreuthner wollte nicht, dass jemand von der Feier sie aus dem alten Nissan steigen sah. Es dauerte ein wenig, bis sie Manfred aus dem Wagen herausgehoben hatten. Und auch danach war es nicht ganz einfach, denn Manfred hatte in einem Anflug von Eitelkeit auf den Rollator verzichtet und ging nur mit Stock.

»Herzlich willkommen, Herr von Melsung. Zwei Personen?«, sagte das Mädchen am Eingang mit Blick auf die Einladung. Sie deutete auf eine Zeile in der Liste, und ihre Kollegin machte einen Haken neben den Namen. Dann händigte sie Kreuthner ein Namensschild aus und wandte sich an Manfred. »Wie ist denn bitte Ihr Name?«

»Wallner, Manfred.«

»Manfred Freiherr von Wallner, wenn Sie es genau haben wollen«, präzisierte Kreuthner.

Die junge Frau beschriftete ein Namensschild. »Wallner mit zwei L?«

»Äh, ja, mit zwei.« Manfred sah irritiert zu Kreuthner. Der grinste.

»Viel Vergnügen.« Die Frau überreichte Manfred das Schild und schenkte ihm ein warmes Lächeln.

Am Eingang zum Festsaal schüttelte der Gastgeber Philipp Gansel jedem Ankömmling persönlich die Hand. Fast alle Gäste kannte er, nur bei Kreuthner musste er auf das Namensschild schauen.

»Herr von Melsung! Das freut mich aber, dass wir uns mal kennenlernen. Ich hab schon so viel von Ihnen und Ihrem Vater gehört. Und wen haben Sie uns mitgebracht?«

»Meinen Großonkel, Herrn Wallner.«

Gansel musterte das Namensschild. »Herr von Wallner!« Gansel machte fast einen Diener, als er Manfred die Hand schüttelte. »Ich fühl mich über die Maßen geehrt, dass Sie den weiten Weg auf sich genommen haben.«

»Es gibt was Gut's zum Essen, hat's geheißen«, sagte Manfred verschmitzt.

»Aber sicher doch! Daran wird's nicht fehlen. Wir reden später noch ausführlich. Freu mich sehr!«

Der nächste Gast wartete schon.

»Hast g'sehen? Grad dass er sich net hin'kniet hat. Als Adliger tust dich einfach leichter. Da is jeder freundlich zu dir«, sagte Kreuthner, während er Manfred, der sich mit der freien Hand bei ihm eingehakt hatte, in den Festsaal hineinführte.

»Ich weiß halt net, was so a Adliger sagt, wenn er redet.«

»Na, adlige Sachen eben. Von seinen Schlössern und so. Lass dir was einfallen.«

»Und wenn wer was wissen will über mein Schloss?«

»Dann denkst dir was aus. Oder du kannst dich nimmer

erinnern. Is doch normal in deinem Alter. Mach dir keine Sorgen. Adlig und alt – da hast du Narrenfreiheit.«

An dem ersten Stehtisch im Raum blieben sie stehen, denn Manfred schnaufte schon etwas.

»Habt's noch a Platzerl für uns?«, fragte Kreuthner die Leute am Tisch. Es waren zwei Frauen zwischen zwanzig und dreißig mit den dazugehörigen Männern.

»Aber sicher«, sagte einer der Männer und holte vom Nachbartisch einen Barhocker für Manfred.

»Ich bin der Herr Melsung«, sagte Kreuthner. »Und das ist mein Großonkel, der Herr Wallner. Also eigentlich ...« Kreuthner deutete auf das Namensschild an Manfreds Revers. Drei Köpfe reckten sich nach vorn, der vierte Mann kam in diesem Moment mit dem Barhocker an.

»Möchten Sie sich setzen, Herr ...« Der Mann nahm jetzt ebenfalls das Namensschild in Augenschein. »Oh, Freiherr! Wir haben hier einen echten Freiherrn am Tisch! Da schau her.«

Gemeinsam mit Kreuthner wurde der Freiherr auf den Barhocker gewuchtet.

»Und Sie sind der Herr *von* Melsung!«, frohlockte eine der Frauen in deutlich bayerisch gefärbtem Hochdeutsch, nachdem sie Kreuthners Namensschild entziffert hatte. »Warum sagen Sie das denn nicht dazu, dass Sie ein Von sind?«

»Wissen S' – mir Adligen, mir sagen des Von net dazu. Der eine oder andere Kollege vielleicht, wenn er meint, er hätt's nötig. Aber unsereins ist des wurscht. Von – nicht von ... Mir san doch alle Menschen. Ich bin der Leo – und des is der Manfred.« Er patschte Manfred mit lockerer Geste auf die Schulter, musste dann aber beherzt die Jackettschulter von Manfreds Anzug packen, sonst hätte er sich vom Barhocker in Richtung Parkett verabschiedet.

»Ihr seid ja echt volksnah«, sagte die Frau mit dem bayerischen Hochdeutsch.

»Ja freilich«, pflichtete Kreuthner bei, »immer schon. Wenn schon adlig, dann volksnah. Gell, Manfred?«

»Jaja, so samma. Ganz nah am Volk. Also so nah, wie's halt geht als Freiherr.« Manfreds Blick bekam mit einem Mal etwas Elitäres. »Hat natürlich alles seine Grenzen.«

»Genau«, kam es von der Frau am Tisch zurück. »Gemein machen muss man sich ja auch nicht.«

Eine Bedienung mit einem Tablett Sektgläser erschien und fragte, ob jemand Prosecco wünsche. Alle wünschten dringend Prosecco, und fünf Gläser wanderten vom Tablett auf den Stehtisch. Nur Manfred hielt sich zurück.

»Mögen Sie keinen Prosecco?«, wollte einer der Herren wissen. »Vielleicht etwas ohne Alkohol?«

»Ich hab denkt, es gibt an Champagner.« Manfred blickte das Serviermädchen mit Hundeaugen an.

»Ich schau mal, ob wir Champagner haben«, sagte die Bedienung und entschwand.

»Da kennst es halt doch, die Adligen«, sagte die Frau, deren Bayerisch jetzt mehr und mehr durchschimmerte. »Immer an Stil. Gell, da machen Sie keine Kompromisse beim Sekt?«

»Er is'n halt g'wohnt, den Champagner«, sagte Kreuthner. »Wennst mit dem Zeug aufg'wachsen bist, dann trinkst nix anderes. Oder?«

Der Tisch brach in hemmungslose Heiterkeit aus. Kurz darauf kannten sich alle beim Vornamen. Der Leo und der Manfred, die bemüht hochdeutsche Traudel mit ihrem Christopher, die sich frisch verlobt hatten und das demnächst offiziell feiern wollten, und dann noch die Sabrina mit ihrem Wir-sind-immer-noch-supergute-Freunde-Ex André.

»Wieso eigentlich Leo?« Christopher war etwas aufgefallen. Er deutete auf Kreuthners Namensschild, das ihn als Meinrad von Melsung auswies.

Kreuthner blickte kurz auf das Schild an seinem Revers, und ihm wurde klar, dass er sich einen Patzer geleistet hatte – der einen versierten Hochstapler freilich kaum in die Bredouille bringen konnte. »Meinrad, äh … ja, ja. Aber des is nur mein erster Name. Ich hab ja noch viele andere.«

»Genau! Des stimmt«, kam Sabrina zu Hilfe. »Ihr Adligen habt ja immer ganz viele Vornamen. Der Prinz Harry zum Beispiel, der heißt gar nicht Harry. Er heißt Henry Charles Albert David. Habt ihr das gewusst?«

Hatte niemand gewusst, auch Kreuthner nicht. Der setzte dennoch ein wissendes Lächeln auf.

»Ja, du hast es natürlich gewusst.« Sabrina legte dabei ihre Hand auf die von Kreuthner und drückte sie liebevoll. Die überraschende Nähe zu edlem Geblüt tat ihr sichtlich wohl.

Es näherte sich eine schöne Frau in körperbetontem Seidenkleid dem Tisch. Sie hielt eine Sektflasche in der einen, eine Champagnerflöte in der anderen Hand, und ihr hüftschwenkender Gang erinnerte ein wenig an Marilyn Monroe. Sie mochte in den Vierzigern sein, und die Fältchen um ihre Augen ließen vermuten, dass sie zeit ihres Lebens aus dem Vollen geschöpft hatte.

»Wer bekommt den Champagner?«, fragte die Frau.

»Oh! Die Gastgeberin serviert selbst«, sagte André und deutete auf Manfred. »Schau, das is der Herr von Wallner. Trinkt schon immer Champagner und kann sich einfach nicht an des italienische Kracherl gewöhnen.«

Weitere Heiterkeit am Tisch.

»Freut mich sehr.« Die Frau füllte die Champagnerflöte. »Woher kennen Sie meinen Mann?«

»Gar net. Der Herr von Melsung hat mich mitgenommen. Er hat g'sagt, es gäb an Champagner. Sonst wäre ich gar net mitgekommen.« Manfred verwies auf Kreuthner, der hinter ihm stand.

Jetzt schauten sich Kreuthner und die Frau das erste Mal ins Gesicht. Kreuthner hatte bereits beim Klang ihrer Stimme ein eigenartig vertrautes Gefühl gehabt. Wie er jetzt ihre Augen sah und den Mund, da kam die Erinnerung an ein siebzehnjähriges Mädchen in ihm hoch, das die Zigarette mit Daumen, Zeigefinger und Mittelfinger hielt und sehr erwachsen aussah, als der Rauch zwischen seinen Lippen hervorquoll und vor den schwarz geschminkten Augen mit der Sicherheitsnadel aufstieg. Auch Philomena schien Kreuthner wiederzuerkennen, denn sie setzte ein spöttisches Lächeln auf.

»Ach, Sie sind der Herr von Melsung!«

Kreuthner nickte nur und lächelte zurück.

Philomena musterte ihn von oben nach unten. »Sie werden es nicht glauben, aber Sie kommen mir irgendwie bekannt vor.«

»Sie mir auch. Vielleicht samma uns ja schon mal übern Weg gelaufen.«

Philomena zuckte mit den Schultern. »Wenn, dann ist das lange her. Aber gehört hab ich schon viel von Ihnen.«

»Ach ja? Was denn?«

Die prickelnde Spannung zwischen Kreuthner und der Gastgeberin entging auch den Tischgenossen nicht, die das Gespräch der beiden gebannt verfolgten.

»Tja, was erzählt man so über Sie? Zum Beispiel, dass Sie eigentlich ein ganz anderer sind, als man meint.«

»Kann sein. Vielleicht bin ich nur a Schauspieler, wo a Roll'n spielt. Aber des machen mir doch alle, oder?«

»Ein bisschen, ja.« Philomena hatte sich jetzt vor Kreuthner gestellt und blickte ihm unentwegt in die Augen. »Aber bei den meisten ist es klar, warum sie die Rolle spielen. Bei Ihnen steckt ein Geheimnis dahinter.«

»Wenn Sie's interessiert, können mir gern mal drüber reden.«

»Das wäre schön. Ich platze vor Neugier.« Sie gab Kreuthner, vor den Blicken der anderen am Tisch verborgen, einen Kniff in den Hintern. »Melden Sie sich mal die nächsten Tage bei mir. Und genießen Sie das Fest.«

Philomena entschwebte, und viele Augen blickten ihr hinterher. Kreuthner fühlte ein Kribbeln im Bauch und eine eigenartige Euphorie. Die anderen waren eher verwirrt, denn sie konnten die Situation nicht einschätzen.

Und in einem sehr kritischen Moment hatte jemand von der Eingangstür herübergesehen: Philipp Gansel, der immer noch Gäste begrüßte.

Kurz darauf lief Kreuthner erneut Gefahr, enttarnt zu werden. Philipp Gansel hatte seinen Begrüßungsposten bereits verlassen, als eine junge Frau mit langen, auffällig lackierten Fingernägeln und Tattoos am Eingang auftauchte. Sie wurde von einer der Damen verfolgt, die die Gästeliste abhakten, und noch im Eingangsbereich abgefangen. Die Frau mit den Tattoos schien sehr erregt und sagte, sie wolle mit dem Gastgeber sprechen. Die Gästelistendame bat sie zu warten und telefonierte. Unmittelbar darauf erschien ein Mann in Kreuthners Alter, den die freundlich-offiziöse Aura eines Hoteldirektors umgab. Kreuthner musste zwei Mal hinsehen, bis er ihn erkannte. Es war Marius Fitschauer, der erste Freund von Philomena, der sie damals beim Waldfest gerettet hatte. Auch ihn hatte Kreuthner gut dreißig Jahre nicht mehr gesehen, erinnerte sich jetzt aber, dass dieses Hotel seinen Eltern gehört hatte, auch wenn es damals dem heutigen Fünfsternehaus kaum ähnlich sah.

Marius ging an Kreuthner vorbei zu der aufgeregten Frau und redete ruhig mit ihr. Kurz darauf kam der Gastgeber dazu. Ein Satz der Tattoo-Frau genügte, um Gansel einen alarmierten Ausdruck ins Gesicht zu zaubern. Schließlich gesellte sich noch ein dritter, etwa sechzig Jahre alter Mann dazu und schien ebenfalls beunruhigt, als er erfuhr, was die junge Frau zu sagen hatte. Marius, der Hoteldirektor, sah sich um, ob der Vorfall Aufsehen erregt hatte, aber noch hatten es nur wenige Gäste mitbekommen. Schließlich führte er die Gruppe freundlich lächelnd einen Gang hinunter und schloss ein Zimmer auf. Kreuthner vermutete, dass es sich um einen Besprechungsraum oder das Büro des Direktors handelte. Als er wieder an Kreuthners Tisch vorbeikam, schien es für einen Moment, als würde er Kreuthner erkennen, aber er warf ihm nur das Standardlächeln zu, mit dem solche Menschen sagen: Ich hoffe, Sie fühlen sich wohl in meinem Haus. Vermutlich hatte er Kreuthner gar nicht richtig wahrgenommen.

Einige Zeit nach dem Vorfall mit der jungen Frau trafen sich Philipp Gansel und seine Frau in einem Nebenraum, wo Nachtisch und eine prachtvolle Geburtstagstorte, die von einem Bayerischen Landtag aus Marzipan gekrönt wurde, auf ihren Einsatz warteten. Philomena hatte es abgelehnt, zusammen mit ihrem Mann die Gäste zu begrüßen. Sie könne nicht so lange auf einer Stelle stehen, ohne sich die Füße zu ruinieren. Mit flachen Absätzen sei das was anderes, aber sollte sie zu dem Seidenkleid vielleicht Joggingschuhe tragen? Philipp war da schon einigermaßen angefressen gewesen, zumal sich Philomena in letzter Zeit immer häufiger weigerte, Dinge für ihn zu tun. Fast hatte er den Eindruck, sie wartete nachgerade auf jede Gelegenheit, ihm wieder einen Gefallen zu verweigern. Wenn er es mal nüchtern betrachtete, dann lag ihre Beziehung generell im Argen. Das Liebesschloss, das sie am Anfang zusammen gebaut hatten, war über die Jahre zu einer Ruine verkommen. Wenigstens hatte Philomena zugesagt, sich im Hotel um die Gäste zu kümmern. Herrn von Melsung hatte ihr Philipp besonders ans Herz gelegt. Der kenne hier niemanden, da wäre es gut, wenn sie ihn unter ihre Fittiche nähme. Der Mann könne sich irgendwann als sehr nützlich erweisen.

»Und? Was hast du für einen Eindruck vom Herrn von Melsung?« Philipp trank Pils aus einer Flasche.

»Netter Mensch. Kann scheint's mit Leuten. Die Stimmung war jedenfalls gut an seinem Tisch.«

»Ja, das war nicht zu übersehen.« Eine gewisse Schärfe hatte sich in Philipps Stimme geschlichen. »Kennst du den Melsung eigentlich?«

Philomena zögerte kurz. »Wieso?«

»Ich hatte den Eindruck, ihr habt euch gut verstanden.«

»Nein, ich kenne ihn nicht.«

Philipp Gansel nickte und nahm noch einen Schluck. »Und? Tätst ihn gern kennenlernen?«

»Was soll denn die Frage?« Philomena verschränkte die Arme vor der Brust.

»Mein ja nur. Wenn eine Frau einem fremden Mann an den Arsch langt, dann heißt das für gewöhnlich, dass sie ihn näher kennenlernen will.«

»Mein Gott – bist du jetzt schon betrunken?«

Sie wandte sich ab und wollte gehen, aber Philipp hielt sie am Handgelenk fest.

»Du bleibst jetzt gefälligst hier und redest mit mir.«

Sie riss den Arm los und rieb sich das Handgelenk. »Sag mal, spinnst du?«

»Was war das mit dem Kerl da draußen?«

»Gar nichts. Du bildest dir wieder was ein.«

»Ich bilde mir gar nichts ein. Ich bin ja nicht blind. Du hast den Typ vor aller Augen angemacht.«

Philomena verdrehte die Augen. »Du solltest in Therapie gehen. Irgendwas stimmt in deinem Kopf nicht.«

»Warum? Weil ich die Dinge sehe, wie sie sind? Deine Boshaftigkeit, deine kategorische Weigerung, mich zu unterstützen. Du kannst nicht einmal heute irgendwas für mich tun. Die Gäste begrüßen oder die Finger von anderen Kerlen lassen. Nicht einmal heute! Auf meiner Geburtstagsparty!«

»Ach ja? *Deine* Party? Also, bezahlt hab *ich* sie.«

Gansel schlug ansatzlos mit der flachen Hand zu. Der Schlag war hart. So hart, dass Philomenas Kopf zur Seite gerissen wurde. Sie starrte ihn an und wischte sich mit einer Hand die Haare aus dem Gesicht.

»Mehr fällt dir nicht ein?«

Er packte sie an den Armen und zog sie zu sich. »Ich hab's langsam satt. Bis obenhin satt, mich von dir tyrannisieren zu lassen.«

»Lass mich los.« Philomenas Stimme war leise, aber angestrengt, als hätte sie Schmerzen.

»Nein. Erst hörst du mir zu.«

Philomena wand sich, er umklammerte ihre Handgelenke noch unerbittlicher.

»Sie hat gesagt, Sie sollen sie loslassen«, sagte in diesem Moment eine männliche Stimme. In der Tür stand Kreuthner. Als beider Blicke auf ihn gerichtet waren, kam er langsam näher.

»Was geht denn Sie das an?« Gansel ließ seine Frau los, stellte sich aber zwischen sie und Kreuthner.

»Ich find schon, dass mich des was angeht. Sie ham Ihre Frau g'schlagen. Das macht man net.«

»Ah ja? Wollen Sie mich belehren?« Jetzt kam auch Gansel bedrohlich auf Kreuthner zu.

»Wär schön, wenn's funktionieren tät. Aber ich hab des G'fühl, Sie gehören zu denen, wo an guten Rat gar net hören wollen.«

»Und was wollen Sie dann von mir?«

»Ich find, Sie brauchen wen, wo Ihnen gute Manieren beibringt.«

Es herrschte kurz Stille.

»Wollen Sie jetzt eine Schlägerei anfangen?«

»Mit dem Schlägern ham ja Sie schon ang'fangen.«

Philomena drängte sich zwischen die beiden Männer.

»Is schon okay«, sagte sie in Richtung Kreuthner. »Ich komm zurecht. Alles in Ordnung.«

»Nein, des is net in Ordnung. Strafe muss sein.«

Kreuthner blickte seinem Kontrahenten mit bohrender Kälte in die Augen. Der schien in der Tat beeindruckt zu sein und wich einen Meter zurück.

»Wissen Sie was ...«, Gansels Stimme klang leicht wackelig, »... ich ruf jetzt die Polizei.« Gansel suchte im Jackett nach seinem Handy.

»Des wird Ihnen auch nix mehr helfen.«

Gansel schien zu rätseln, was Kreuthner wohl vorhatte, aber der nahm lediglich das Ende einer Tischdecke zwischen zwei Finger.

»Was soll das?«, sagte Gansel.

Kreuthner begann als Antwort, an der Tischdecke zu ziehen. Es war der Tisch, auf dem die prachtvolle Geburtstagstorte stand. Die näherte sich jetzt dem Tischrand.

»Nein! Sie wollen doch wohl nicht die Torte ...? Hören Sie auf!«

Aber Kreuthner hörte nicht auf. Zentimeter um Zentimeter glitt die Torte ihrem Verderben entgegen. Gansel wollte sich Kreuthner in den Arm werfen. Doch das hätte den Vorgang nur beschleunigt.

»Lassen Sie's, das ist kindisch!«

Kreuthner riss die Augen auf und nickte mit boshaftem Vergnügen.

Schon ragte die Torte ein Stück weit über die Tischkante. Gansel entschloss sich, einen wenn auch von vornherein aussichtslosen Rettungsversuch zu unternehmen und die Torte auf den Tisch zurückzuschieben. Doch Kreuthner erkannte die Absicht und gab dem Tuch noch einen extra

Ruck. Gansels Hände griffen in die mit Buttercreme bestrichene Seite der Torte, aber da kippte sie bereits, der Landtag aus Marzipan rutschte von der Spitze des Backwerks in die Tiefe und zermatschte auf dem Parkett, gefolgt vom Rest des süßen Kunstwerks. Gansel betrachtete fassungslos seine verschmierten Hände, dann Kreuthner.

»Und?«, sagte Kreuthner. »Hamma was g'lernt?«

Kreuthner wählte noch eine lässige Handbewegung als Abschiedsgeste und verließ den Raum, im Hintergrund Philomenas Gekicher.

»So, da hast du dem Gansel die Geburtstagstorte kaputt gemacht«, stellte Mike fest.

»Er hat's net anders verdient g'habt.«

Kreuthner hatte sich in seiner Wiedergabe der Ereignisse auf das Wesentliche beschränkt, in der Hauptsache auf die Begegnung mit Philo und ihrem gewalttätigen Ehemann.

»Wie ging's dann weiter?«, wollte Wallner wissen.

»Mir ham uns relativ schnell verabschiedet. Der Manfred hätt eigentlich dableiben wollen. Hat schon an g'scheiten Suri g'habt von dem Schampus. Aber er ist dann doch mitgegangen. Vorher hat er noch Telefonnummern und Adressen getauscht mit den Leuten vom Tisch.«

»Was ist mit dem Gansel? Bist du dem noch mal begegnet?«

»Dem Gansel? Na. Wieso? Am End hätt er noch das Geld für die Tort'n haben wollen. Nein, dem Gansel bin ich aus dem Weg gegangen.«

»Gut. Damit hätten wir also die Person identifiziert, mit der sich Philipp Gansel am neunten Oktober gestritten hat. Das warst du, und er hat dich für Herrn von Melsung gehalten.«

»Und? Außer Sachbeschädigung is ja nix passiert.«

Wallner lehnte sich zurück und sah Kreuthner misstrauisch an. Die Sache schlug gerade eine ungute Richtung ein. »Bei der Party ist offenbar nichts weiter passiert. Aber ein paar Wochen später wurde Gansel entführt. Wir müssen wissen, was du an dem Tag gemacht hast.«

»He, Clemens! Ihr glaubt's doch net, dass ich des war. Des is doch a Schmarrn.«

»Gansel hat angeblich die Stimme von Herrn von Melsung gehört. Und nachdem er geglaubt hat, dass du das bist ...«

»Wie? Ich hätt ihn entführt und dann umgebracht? Hört's ihr euch eigentlich selber zu?«

»Leo – du hast uns einiges verschwiegen, was du uns längst hättest sagen sollen. Wir müssen das jetzt restlos aufklären. Abgesehen davon: Offenbar hast du auch Gansels Frau dazu gebracht, zu lügen. Die hat uns nämlich auch nicht gesagt, dass du dich auf dem Fest für Herrn von Melsung ausgegeben hast.«

»Habt's es danach g'fragt?«

»Lassen wir die Spitzfindigkeiten. Wo warst du am dritten November?«

»Müsst ich nachschauen.«

Wallner machte eine Geste, die besagte: Dann mach halt, worauf Kreuthner sein Handy hervorzog und den Kalender aufrief.

»Schaun mir mal: dritter November ... ah, ja, da war ich in der Mangfallmühle.«

»Ab wann?«

Wallner machte sich eine handschriftliche Notiz. Das Gespräch zeichnete er entgegen sonstiger Gewohnheit nicht auf. Das hatte mehrere Gründe. Der Hauptgrund war, dass Kreuthner bei einer Aufzeichnung deutlich weniger preisgeben würde. Denn er war Profi und wusste: Was auf einer Video- oder Audiodatei war, konnte man nicht mehr zurücknehmen.

»Ab achtzehn Uhr«, beantwortete Kreuthner die Frage.

»Zeugen?«

»Der Lintinger Johann und der Sennleitner und … wart amal … ja, der kloa Lintinger.«

»Harry Lintinger?«

Kreuthner nickte. Harry als Wirt der Mangfallmühle musste ihn natürlich auch gesehen haben.

»Gibt's außer deinen Spezln noch andere Zeugen?«

»Ich könnte mich mal umhören, wer damals noch da war.«

»Lass gut sein.« Wallner war klar, dass Kreuthner keine Mühe haben würde, unter der Stammkundschaft der Mangfallmühle jede Menge Zeugen zu requirieren. Vermutlich keiner davon mit sauberem Vorstrafenregister.

Es klopfte an der Tür. Die Wallner ausnahmsweise zugemacht hatte. Es war Tina.

»Wir haben einen vorläufigen Bericht von der KTU.« Sie hielt einen Ausdruck hoch. »Die haben sich Gansels Wagen angesehen. Das wollte ich mit euch besprechen.« Sie sah zu Kreuthner. »Aber wenn es gerade nicht passt …«

»Nein, passt gut«, sagte Wallner. »Wir sind eigentlich fertig, und der Leo wollte gerade gehen.«

»Ich hab nix weiter vor.« Kreuthner lächelte in die Runde. »Also, wenn's net stört …«

»Nein, stört mich gar nicht«, sagte Tina. »Ist vielleicht ganz gut, wenn du Bescheid weißt.«

»Wie gesagt …«, Wallner war aufgestanden und tippte Kreuthner auffordernd auf die Schulter, »der Leo wollte gerade gehen.«

Tina war erstaunt, aber sie wusste, dass Wallner seine Gründe hatte, wenn er Kreuthner nicht dabeihaben wollte.

Mit mürrischem Blick erhob sich Kreuthner und begab sich nach draußen. Mike begleitete ihn zur Tür und wartete so lange, bis er den Büroflur verlassen hatte.

»Und?« Wallner bot Tina einen Platz am Besprechungstisch an. »Was haben die bei der KTU rausgefunden?«

16

Tina und Wallner nahmen am Besprechungstisch Platz. Mike warf noch einen argwöhnischen Blick in Richtung Tür, ob Kreuthner auch nicht lauschte. Dann schloss er sie und setzte sich zu den anderen.

»Im Innenraum war nicht viel«, begann Tina ihren Bericht. »Der Täter war wohl sehr vorsichtig und hat Handschuhe getragen. Ein paar Hautschuppen haben wir immerhin gefunden. Wenn sie nicht vom Opfer oder seiner Frau stammen, haben wir vielleicht die Täter-DNA. Aber es gibt noch was anderes.« Tina blätterte in dem Ausdruck. »Der Wagen ist repariert worden. Und zwar von den Entführern im November.«

»Aha ...?«

»Die haben im Motorraum ein Teil mit eingestanzter FIN eingebaut. Das ist aber nicht die FIN von Gansels Wagen. Das heißt, es wurde das Teil von einem anderen Fahrzeug verwendet. Ich hab das mal überprüft, und was glaubt ihr? Der Wagen, aus dem das Teil stammt, wurde vor zwei Jahren als gestohlen gemeldet.«

»Bringt uns das weiter?«

»Vielleicht. Denn offenbar wurde der Spenderwagen, wenn ich ihn mal so nennen darf, verschrottet. Sonst würde man ja kein Blech aus dem Motorraum ausbauen. Der Wagen war zum Zeitpunkt des Diebstahls auch acht Jahre alt.«

»Vielleicht hat ihn der Besitzer unter der Hand an einen Schrotthändler verkauft und zusätzlich die Versicherung kassiert. Habt ihr den Halter des Spenderwagens überprüft?«

»Janette ist gerade dabei.« Tina tippte auf den Ausdruck. »Also noch mal: Der andere Wagen, aus dem das Blech stammt, existiert möglicherweise noch oder zumindest Teile davon. Wenn wir ihn finden könnten, würde uns das vermutlich entscheidende Hinweise auf Gansels Entführer bringen. Die Frage ist: Wie findet man diesen Wagen? Wir müssten zig Schrottplätze und Reparaturwerkstätten durchsuchen, wenn wir nur die nähere Umgebung einbeziehen. Wenn wir München dazunehmen, wird's fast aussichtslos.«

»Ich glaube, ich habe eine Idee, wo wir anfangen sollten«, sagte Wallner und blickte zu Mike. Der nickte gravitätisch, denn er hatte offenbar die gleiche Idee.

Tina kannte ihre Kollegen inzwischen lange genug, um zwei und zwei zusammenzuzählen. »Hat die Idee eventuell damit zu tun, dass ihr den Leo nicht dabeihaben wolltet?«

Wallner und Mike nickten.

Am nächsten Morgen fanden sich Wallner und ein Dutzend andere Beamte der Kripo Miesbach auf einem Schrottplatz im Mangfalltal ein. Darunter auch Karla Tiedemann, die sich eine Durchsuchung einmal in der Praxis ansehen wollte. Johann Lintinger, der einarmige Betreiber des Unternehmens, studierte den Durchsuchungsbeschluss sorgfältig und fand nichts, was er daran hätte aussetzen können.

»Was sucht's denn?«

»Das, was da steht«, sagte Wallner. »Einen BMW X5, Baujahr 2012, mit dieser FIN.«

»Nie gesehen, den Wagen.«

»Haben Sie alle Fahrzeugnummern auf dem Schrottplatz im Kopf?«

»Wenn S' mir net glauben – viel Spaß beim Suchen«, sagte Lintinger und wies mit seiner verbliebenen Hand in die Weiten des Schrottareals. Dann wandte er seinen Blick der Frau mit den edlen High-Heels-Stiefeln und dem makellos neuen Designer-Wintermantel zu, die neben Wallner stand. »Wer is sie?«

»Das ist Frau Tiedemann«, sagte Wallner, während er seinen Leuten ein Zeichen gab, dass sie mit der Durchsuchung anfangen konnten.

»Hallo, Herr Lintinger! Sehr erfreut«, zog Tiedemann das Gespräch an sich. Einen Handschlag bot sie Lintinger nicht an, da ihm ja die Rechte fehlte und die Linke ölverschmiert war. Aber sie lächelte gewinnend. »Schade, dass wir uns unter so widrigen Umständen kennenlernen.«

»Aha …?« Lintinger stutzte und musterte Tiedemann von oben nach unten. »Was wär, wenn mir uns … unter anderen Umständen kenneng'lernt hätten?«

»Wer weiß!« Sie zwinkerte ihm schelmisch zu. »Vielleicht wären wir was zusammen trinken gegangen und hätten uns nett unterhalten.« Lintinger schien der Gedanke zu gefallen, und sein Gesicht überzog angesichts der verpassten Gelegenheit eine zarte Wehmut. »Sie erinnern mich nämlich an meinen Onkel Wolfram.«

»Ah geh?«

»Onkel Wolfram hatte einen Gutshof in Norddeutschland und war begeisterter Jäger. Eines Tages hatte er einen kapitalen Sechzehnender geschossen, hinter dem er schon lange her war. Leider war das im Jagdrevier seines Nachbarn.«

»Da derfst dich halt net derwischen lassen«, steuerte Lintinger ein bisschen Weisheit aus seinem Berufsleben bei.

»Da haben Sie wohl recht. Aber der Nachbar hatte es mitbekommen und Onkel Wolfram angezeigt. Der streitet natürlich alles ab, und plötzlich hat er die Polizei auf seinem Gutshof. Hausdurchsuchung. Und da hat Onkel Wolfram eben gesagt – und deswegen erinnern Sie mich an ihn –, viel Spaß beim Suchen, hat er gesagt. Denn den Hirsch, den hatte er ganz raffiniert versteckt.«

»Und? Hat die Polizei den Hirschn g'funden?«

»Nein. Hat sie nicht, denn das Versteck war genial. Was sie aber gefunden hat, waren Unterlagen für ein Konto auf den Caymaninseln. Da hatte Onkel Wolfram achthunderttausend Euro liegen. Nun hat man ja sein Geld nicht auf den Caymans, weil man's versteuert hat … Sie verstehen?«

»Auweh!«, sagte Lintinger voller Mitgefühl.

»Zweieinhalb Jahre.« Tiedemann nickte ernst mit dem Kopf. »Das war der teuerste Hirsch seines Lebens.«

»Ah geh …« Lintinger dämmerte langsam die Message von Tiedemanns kleiner Geschichte. Die wenigsten Autowracks auf diesem Schrottplatz hatten ihren Weg auf legale Weise hergefunden. Er wandte sich an Wallner. »Sie … hören S' auf, hier Unordnung zu machen.«

»Ist Ihnen eingefallen, wo Sie den Wagen haben?«

»Geben S' mir zehn Minuten.«

Wallner bedachte Tiedemann mit einem anerkennenden Blick und gab Lintinger eine Viertelstunde, um den Wagen zu finden. Einen der Beamten bat er, in dieser Zeit nicht von Lintingers Seite zu weichen. Die anderen Kollegen forderte er auf, erst mal fünfzehn Minuten Frühstückspause zu machen.

»Ich muss leider schon wieder los.« Tiedemann blickte auf ihr Handy, wo eine Nachricht eingegangen war. »War sehr interessant.«

»Schade«, sagte Wallner. »Aber wenn Lintinger wieder Zicken macht, darf ich Sie anrufen, ja?«

»Jederzeit. Und halten Sie mich auf dem Laufenden.«

Lintinger wiederum rief umgehend Kreuthner an und bemühte sich, den ihm zugeteilten Beamten möglichst nichts von dem Telefonat hören zu lassen. Kreuthner versprach, sofort vorbeizukommen. Die Zeit bis zu Kreuthners Eintreffen verbrachte Lintinger in seinem Büro und gab vor, in seinen Akten nach Unterlagen für das gesuchte Fahrzeug zu forschen.

»Ich hab gedacht, ich kann vielleicht helfen«, sagte Kreuthner, als er zu Wallners Überraschung auf dem Schrottplatz eintraf.

»Kannst du. Sag deinem Freund Lintinger, er soll uns geben, was wir haben wollen.«

»Ich red mit ihm.« Kreuthner ließ seinen Blick über die Anlage schweifen, als suchte er gerade selbst nach dem vermissten Wagen. »Was is der Hintergrund?«

»Wir suchen einen Wagen im Zusammenhang mit dem Mord an Philipp Gansel.«

»Aber was hat der Lintinger damit zu tun? Ich mein – wie habt's ihr überhaupts an Durchsuchungsbeschluss bekommen? Da müssen doch irgendwelche Anhaltspunkte da sein.«

Wallner überlegte, wie viel er Kreuthner sagen sollte. Immerhin war er in die Sache involviert, wenn auch nicht ganz klar war, in welcher Form. Folglich hätte man ihn eigentlich aus allen Ermittlungen raushalten müssen. Aber es konnte die Sache auch beschleunigen, wenn Wallner Kreuthner für seine Zwecke einspannte.

»Es hat sich herausgestellt, dass der Eigentümer des gesuchten Wagens schon einmal ein Fahrzeug an Lintinger verkauft hat. Das war damals gestohlen.«

»Ah geh?«

»So wie ich die Sache einschätze, hat er den Wagen dieses Mal aber regulär von dem Mann gekauft. Diebstahl steht also nicht inmitten.«

»Kommt da noch ein Aber?«

»Wahrscheinlich war's diesmal Versicherungsbetrug. Aber wenn Lintinger den Wagen vom rechtmäßigen Eigentümer gekauft hat, muss man ihm für Beihilfe erst mal nachweisen, dass er von dem Betrug gewusst hat.«

»Was ist mit dem Eigentümer des Wagens?«

»Ist vor einem halben Jahr untergetaucht, um sich seiner Verhaftung in einer anderen Sache zu entziehen.«

Kreuthner nickte. »Und wozu genau brauchen wir den Wagen?«

»Das muss dich nicht interessieren. Sag Lintinger, er hat genau fünf Minuten Zeit, uns den Wagen oder was davon übrig ist zu übergeben. Sonst drehen wir den Laden hier auf links.«

»Alles klar.« Kreuthner wollte sich auf den Weg zu Lintinger machen. Aber der stand nur ein paar Meter entfernt und hatte offenbar einiges mitbekommen.

Drei Minuten später standen die Beamten vor einem Haufen mit Autowracks. Lintinger deutete auf einen Wagen ohne Türen, Fenster, Scheinwerfer und Räder. Auch der Motor fehlte. Die Papiere konnte Lintinger angeblich nicht mehr finden. Aber eine auf der Beifahrerseite eingestanzte Fahrzeug-Identifikationsnummer war mit derjenigen identisch, die man auf dem eingebauten Blech in Gansels Wagen gefunden hatte.

Lintingers Vernehmung fand in dessen Büro statt. Nur Lintinger, Wallner und Mike. Kreuthner wurde gebeten, draußen zu warten. Man habe wahrscheinlich auch an ihn noch ein paar Fragen.

»Sie haben den BMW ausgeschlachtet?«, begann Wallner die Vernehmung.

»Ja. Warum?«

»Was haben Sie mit den ausgebauten Teilen gemacht?«

»Verkauft.«

»An wen?«

»Des weiß ich nimmer. Is lang her. Und ich merk mir net jeden Kunden.«

»Dass Sie das letzte Mal Teile aus diesem Wagen verkauft haben, ist also lange her?«

»Bestimmt.«

»Wie lange etwa?«

Lintinger zuckte mit den Schultern.

»Halbes Jahr? Ein Jahr?«

»So in etwa.«

»Ein Blech aus dem Wagen wurde aber erst in den letzten sechs Wochen in einen anderen Wagen eingebaut. Und zwar in den Wagen des Abgeordneten Philipp Gansel, den jemand am dritten November entführt hat. Dabei wurde dessen Wagen – auch ein X5 – schwer beschädigt. Allerdings haben ihn die Entführer wieder repariert und Herrn Gansel vor die Haustür gestellt.«

»Deswegen können die des Teil doch schon vor am Jahr gekauft haben.«

»So ein Teil kauft man nicht unbedingt auf Vorrat. Wenn man es braucht, geht man zum Schrottplatz und kauft es. Oder?«

»Mei – vielleicht is es doch noch net so lang her, dass ich da was verkauft hab. Die Leut kommen halt und sagen: ›Mir suchen Ersatzteile für an alten Benz oder BMW oder so. Hast so was da?‹ Und dann sag ich: ›Schaut's euch um.‹ Und wenn die was finden, dann sag ich: ›An Fünfer und guat is.‹ Oder auch mal mehr, wenn's, ich sag amal, an Motor haben wollen. Oft weiß ich gar net, aus was für am Wagen die des Teil ausbaut ham.«

»Da gibt's doch sicher Aufzeichnungen.«

»Des san Barg'schäfte. Des läuft unter ›Verkauf Schrott‹. Kann doch net jede Schraube aufschreiben.«

»Schade«, sagte Mike. »Denn dann müssen wir davon ausgehen, dass der Wagen hier repariert wurde und Sie an der Entführung beteiligt waren. Und nachdem Herr Gansel jetzt umgebracht wurde, zählen Sie natürlich auch zu den Mordverdächtigen.«

»Nur weil irgendwer a Blechteil von am Schrottwagen bei mir kauft hat? Des is doch a Schmarrn. Habt's keine bessern Beweise? Wenn der Wagen von dem Herrn Gansel hier war, dann kann man des feststellen. Da is doch heutzutage a GPS-Sender eingebaut.«

»Der wurde vermutlich beschädigt, als ein Baum auf Herrn Gansels Wagen fiel. Oder jemand, der sich mit Autos auskennt, hat den Sender vor dem Abschleppen ausgebaut. Er war jedenfalls nicht mehr im Wagen.«

»Da kann ich ja nix dafür, dass ihr keine Beweise habt's.«

Wallner betrachtete das Display seines Smartphones, auf dem gerade eine Meldung erschien. Er sah nach draußen. Dort stand Tina mit ihrem Handy vor einem Greifbagger und machte ein Daumen-hoch-Zeichen in Richtung Wallner.

»Herr Lintinger«, sagte Wallner und legte sein Handy wieder auf den Tisch, denn damit wurde das Gespräch aufgezeichnet, »bei der Entführung wurde offenbar auch schweres Gerät verwendet. So was wie der Greifbagger da draußen. Und das hat am Tatort damals gut erkennbare Reifenspuren hinterlassen. Ich habe gerade die Information bekommen, dass die Reifenspuren genau zu dem Bagger dort passen.«

»Solche Reifen hat jeder zweite Bagger.« Lintinger schien wenig beeindruckt.

»Das mag sein. Aber die Schäden am Reifen, die man auch in der Spur gesehen hat, sind einmalig. Die gibt's in der Konstellation nur bei Ihrem Bagger.«

Lintinger schwieg.

»Wie kommen die Reifenspuren von Ihrem Bagger an den Tatort einer Entführung?«, übernahm jetzt wieder Mike.

»Hat sich vielleicht einer ausg'liehen.«

»Und wer war das?«

Lintinger zuckte mit den Schultern.

»Haben Sie einen Baggerverleih?«

»Die ganze G'schicht g'fällt mir gar nimmer. Da is so a aggressiver Ton reingekommen. Ich möcht mit meinem Anwalt reden.«

»Bitte.« Mike wies auf das Telefon auf dem Schreibtisch. »Rufen Sie ihn an.«

Wallner stand auf, ging zur Tür und rief Kreuthner herein,

während Lintinger weder einen Anwalt anrief noch sonst irgendetwas unternahm, außer die Arme zu verschränken und trotzig vor sich hin zu starren. Wallner bat Kreuthner, sich zu setzen, und nahm selbst auf der Kante des Schreibtisches Platz.

»Die Sache sieht so aus«, begann Wallner seine Ansprache, »das Teil, das bei der Reparatur in Gansels Wagen eingebaut wurde, stammt von diesem Schrottplatz. Herr Lintinger hat zuerst behauptet, es vor mindestens einem Jahr jemandem verkauft zu haben, an den er sich nicht mehr erinnern kann. Dann hat er eingeräumt, dass der Verkauf vielleicht doch erst sechs Wochen her ist. Schließlich hat sich auch herausgestellt, dass der Reifen an dem Greifbagger da draußen zu der Reifenspur passt, die wir in dem Waldstück gefunden haben, wo Gansel entführt wurde. Herr Lintinger streitet weiter ab, irgendetwas mit der Entführung zu tun zu haben, was ihm aber vermutlich kein Gericht glauben wird. Wir werden jetzt das Areal hier weiter gründlich durchsuchen …«

»Moment!« Lintinger war aufgesprungen. »Ich habe euch gegeben, was ihr g'sucht habt's. Es gibt keinen Grund, dass ihr hier weiter herumschnüffelt's. Des is Dings … äh, nimmer vom Beschluss gedeckt.« Lintinger kannte seine Rechte, denn mit Durchsuchungen hatte er in seinem Hehlerleben reichlich Erfahrung gesammelt.

»Doch, das gibt er durchaus her.« Wallner nahm den Durchsuchungsbeschluss zur Hand und hielt ihn Lintinger vor die Nase. »Da steht nämlich nicht nur der Wagen drauf, aus dem die Ersatzteile stammen. Sondern Ziel der Durchsuchung sind auch Teile vom Wagen des Entführungsopfers.«

»Was macht des für an Sinn?«

»Na ja, wenn Teile an dem Wagen ausgetauscht wurden, dann wurden ja die Originalteile aus dem Wagen entfernt.

Und die liegen möglicherweise noch hier auf dem Gelände herum.«

»Selbst wenn es so war, Kreizkruzifix!«, Lintinger war jetzt einigermaßen in Rage. »Selbst wenn, dann san die Originalteile ja kaputt. Wieso sollt die irgendwer aufheben? Des macht doch koan Sinn net.«

»Wenn sie kaputt sind, dann sind sie – Schrott. Und das hier ist ein Schrottplatz. Macht also sehr viel Sinn.«

»Ich ruf jetzt meinen Anwalt an, und Sie warten, bis er da ist. Dann schauen wir mal, ob Sie weitersuchen dürfen.«

»Wir dürfen und wir werden weitersuchen.« Mike stellte sich vor Lintinger und überragte ihn um einen Kopf. »Und sollten wir auf Dinge stoßen, die aus anderen Gründen strafrechtlich interessant sind ... Sie wissen ja, wie es läuft.«

»Wenn wir natürlich wüssten«, übernahm Wallner wieder, »was Herrn Gansels Entführung mit Ihrem Schrottplatz zu tun hat – dann könnten wir uns die Arbeit vermutlich sparen.«

Lintinger sah wütend zu Kreuthner und sagte: »Sagst du's, oder sag's ich?«

Kreuthner rang ein paar Sekunden mit sich. »Ja, is ja gut«, sagte er schließlich. »Ich kann das erklären. Des war ... a Unfall, a Verkettung von ganz saudummen Umständen.«

»Und von ganz saudummen Ideen«, grätschte Lintinger dazwischen. »Die blöde Kist'n g'hört in die Schrottpresse – hab ich des g'sagt? Freilich hab ich des g'sagt. Aber nein, der feine Herr muss den Wagen ja reparieren.« Er machte eine verächtlich-wegwerfende Bewegung mit seinem Armstumpf.

»Ja, is recht. Ich bring des in Ordnung.« Kreuthner machte eine beschwichtigende Geste in Richtung Lintinger und wandte sich dann Wallner zu. »Also: Ich erklär dir alles. Aber zuerst hört's bitte mit der Durchsuchung auf.«

»Na gut, machen wir mal eine kleine Pause.« Wallner rief Tina an und teilte ihr mit, dass jetzt für eine halbe Stunde Brotzeitpause sei. »So, mein Lieber«, wandte er sich wieder an Kreuthner, »und jetzt bin ich gespannt auf deine Geschichte.«

»Erst mal hätte ich a Frage: Wird denn in dieser angeblichen Entführungsg'schicht überhaupts noch ermittelt?«

»Natürlich. Freiheitsberaubung ist kein Antragsdelikt. Nur weil Gansel tot ist, wird die Sache nicht eingestellt.«

»Aber das war keine Freiheitsberaubung. Im Gegenteil. Des war eine Befreiung.«

»Aha? In Gansels Anzeige hat sich das anders gelesen.«

»Des hat er missverstanden.« Kreuthner blickte beschwörend zu Wallner.

»Ich höre«, sagte Wallner und lehnte sich in seinen Stuhl zurück.

»Ang'fangen hat des Ganze damit, dass mir g'sagt ham, nächstes Jahr brauch ma bei der Mangfallmühle an Maibaum. So ein schönes Wirtshaus und kein Maibaum! Des geht ja net.«

»Maibaum?«

Nicht nur Wallner und Mike, auch Lintinger wirkten äußerst erstaunt.

»Also hamma g'sagt, hol ma an Maibaum.«

»Im November?«

»Du kennst es doch: Erst hast noch ewig Zeit, dann denkst nimmer dran, dann schiebst es immer wieder auf, und eh du schaust, is der Mai da, und du hast keinen Baum. Deswegen hamma g'sagt: Mach ma's gleich, dann hamma's weg.«

»Gut. Ihr habt also den Waldbesitzer am Taubenberg gefragt, ob ihr einen Baum schlagen dürft?«

»Noch nicht. Des woll't ma aber. Nach'm Schlagen.«

»Ist eigentlich nicht die übliche Reihenfolge. Aber gut. Inzwischen hattet ihr ja über einen Monat Zeit. Habt ihr gefragt?«

»Ja, wie g'sagt, da is jetzt des Malheur mit dem Gansel dazwischengekommen.«

»Wie genau muss man sich das vorstellen?«

»Na ja, mir san halt in den Wald und ham an schönen, geraden Baum rausg'sucht.«

»Nachts?«

»Am Nachmittag. Es hat halt gedauert, bis mir was g'funden ham.«

»Aha. Und wer ist *wir*?«

»Na er«, er deutete auf Lintinger, »und ich.«

»Ihr zu zweit?« Wallner wusste aus Gansels Anzeige, dass er nur zwei Männer gesehen hatte, aber nicht ausschließen konnte, dass es mehr gewesen waren. Er wandte sich an Lintinger. »Ich will Ihnen nicht zu nahe treten, aber: Mit insgesamt drei Händen einen großen Baum fällen und abtransportieren?«

»Und? Ich kann mit einer Hand an Schrottplatz betreiben.«

»Stimmt«, sagte Wallner. »Heben wir uns für später auf, wer noch alles dabei war. Ihr habt dann also einen schönen Baum gefunden, und dann?«

»Dann hamma'n halt umg'schnitten, und genau in dem Augenblick, wo der Baum fallt, kommt der Gansel mit seinem Wagen daher. Ich hab noch gerufen: Vorsicht! Baum fällt! War aber nix mehr zu machen.«

»Wieso habt ihr den Wagen nicht gesehen? Der ist doch nicht ohne Licht durch den nächtlichen Wald gefahren.«

»Ich schätz ...«, Kreuthner überlegte fieberhaft, »... mir waren in dem Moment im Tunnel. Ham nur noch den Baum g'sehen. Kennst ja des Experiment, wo die Leut den Gorilla net sehen.«

Wallner wusste, es war sinnlos, weiter nachzuhaken. Kreuthner war Profilügner, ihm fiel immer eine Ausrede ein.

»Also der Baum ist gefallen. Was passierte dann?«

»Ich schätz, der Gansel hat ihn noch fallen sehen und hats Lenkrad rumgerissen, der Wagen kommt ins Schleudern, prallt mit der Seite gegen an Baum, und dann is unser Baum so quer über die Motorhaube und hat an ziemlichen Schaden verursacht. Mir ham den Gansel g'fragt, ob ihm was passiert is. Er hat g'sagt, er wär eingeklemmt, aber unverletzt. Dann hamma versucht, dass mir ihn aus dem Wagen kriegen, aber die Fahrertür hast nimmer aufkriegt, die war völlig verbogen, und die andere Tür, da is durch den Unfall die Zentralverriegelung zugegangen und hat sich auch nimmer öffnen lassen. Wahrscheinlich Kurzschluss. Ja … und dann hamma überlegt, wie mir ihn da rauskriegen.«

»Zum Beispiel den Notruf wählen.«

»Mei – des war uns halt unangenehm. Des kann man doch verstehen. Außerdem hamma uns g'sagt: Den Burschen, den schweiß ma selber raus. Ob die bei der Polizei des machen oder wir – is doch g'hupft wie g'hechelt.«

»Ich versteh nur eins nicht bei eurer Befreiungsaktion: Wieso hattet ihr geschwärzte Gesichter?«

»Geschwärzt? So a Schmarrn. Mir waren vielleicht a bissl ölverschmiert von der Arbeit. Schau 'n doch an.«

Kreuthner meinte Lintinger, auf dessen Hand und Gesicht sich in der Tat reichlich Ölreste befanden.

»Und wie erklärst du, dass ihr vor Gansels Wagen einen Tanz mit Dreschflegeln aufgeführt habt?«

»Wahrscheinlich hat er sich beim Unfall was ang'haut. Tanz mit Dreschflegeln! Da war der nimmer ganz klar im Kopf.«

»Und die Kapuze über dem Kopf …?«

»Wie g'sagt – die ganze G'schicht war uns halt unangenehm.«

3. November

Der Wagen stand mit der Fahrerseite an einer Tanne, die ihn zum Stehen gebracht hatte. Die Fahrertür war eingedrückt. Quer über der Motorhaube, in einer Linie vom rechten Außenspiegel zum linken Scheinwerfer, lag der gefällte Baum. Auch die Motorhaube war eingedrückt und das Glas der Seitenfenster gesplittert, während die Windschutzscheibe auf wundersame Weise intakt geblieben war. Mittendrin in dem Trümmerfeld: der Fahrer. Er bewegte sich, war also wohl noch bei Bewusstsein. Kreuthner näherte sich vorsichtig von hinten. Da die Seitenscheiben zertrümmert waren, konnte man ohne Weiteres mit dem Fahrzeuginsassen reden.

»Kann man Ihnen helfen?«, sagte Kreuthner.

»Nein danke. Ist alles in Ordnung«, kam es von innen.

»Echt jetzt?«

»Nein, natürlich nicht!«, schrie der Mann am Steuer. »Sie sehen doch, was hier los ist. Waren Sie das mit dem Baum?«

»Mit welchem?«

»Mit dem, der auf mein Auto gefallen ist!«

»Nein, den Baum seh ich zum ersten Mal. Der muss von selber umg'fallen sein. Kann passieren im Wald. So a Baum hat ja auch net's ewige Leben.« Der Mann versuchte, sich zu Kreuthner umzudrehen, das gelang ihm aber nicht, die B-Säule war im Weg.

»San S' verletzt?«, fragte Kreuthner, um den Dialog auf unverfänglicheres Terrain zu bringen.

»Glaub nicht. Aber eingeklemmt. Und mein Handy ist auch weg. Könnten Sie bitte die Feuerwehr rufen?«

»Ach – bis die kommt. Das kriegen mir doch selber hin.«

»Herrgott! Rufen Sie einfach die Feuerwehr!«

In diesem Moment sprang Sennleitner ins Scheinwerferlicht des Wagens, bedrohlich einen Dreschflegel schwenkend und das geschwärzte Gesicht grimmig verzogen.

»Jetzt ziang man außa, den Dreckhammel!«, schrie er mit einer Stimmgewalt, die selbst Kreuthner bis ins Mark drang.

Aus dem Wagen kam ein lang gezogener Schrei des Entsetzens.

»Geh weg da!«, herrschte Kreuthner den trunken taumelnden Sennleitner an.

»Aber ich hab denkt …« Sennleitner war verwirrt.

»Weg da!« Kreuthner machte vehement wischende Gesten mit dem Arm, sodass Sennleitner schließlich resigniert abdrehte, allerdings am Rande des Lichtkegels über etwas auf dem Waldboden stolperte und aus dem Bild sackte.

Lintinger flüsterte aus der Dunkelheit von hinten: »Was mach ma jetzt?«

Kreuthner ging zu ihm. »Mir holen jetzt den Abschleppwagen. Inzwischen hebst du den Baum vom Wagen. Aber pass auf, dass du im Schatten bleibst. Dann bring ma die Kist'n zu dir aufn Platz und schweißen eahm raus.«

»Bist deppert? Der hängt uns doch hin.«

»Der weiß ja net, wer mir sind, und wird's auch net erfahren.«

Lintinger wirkte skeptisch.

In diesem Moment meldete Gansel sich wieder aus dem Wagen.

»Was … was wollen Sie von mir?« Seine vormals verärgerte Stimme klang verzagt.

»Gib a Ruah, Zefix«, sagte Kreuhtner. »Das dauert jetzt a Viertelstund. Dann schauen mir weiter.«

Zwanzig Minuten später kam Kreuthner mit dem Abschleppwagen zurück. Sennleitner hatte er auf dem Schrottplatz gelassen, in der Hoffnung, dass er etwas ausnüchtern würde und dann bei den Schweißarbeiten noch zu gebrauchen war.

»Übern Kopf damit!« Kreuthner war von hinten an den Wagen herangetreten und reichte Gansel einen schwarzen

Stoffsack. »Der bleibt aufm Kopf, bis alles vorbei is. Wenn Sie ihn vorher runtertun, gibt's Ärger. Ham S' verstanden?«

Gansel nickte eingeschüchtert.

»Ich hör nix«, sagte Kreuthner.

»Ja, ich hab's verstanden.« Gansel stülpte sich eilfertig den Sack über den Kopf.

Einige Zeit später trafen sie auf dem Schrottplatz ein. Als Lintinger die Lage bei Licht begutachtet hatte, sagte er, man könne aufs Schweißen verzichten. Stattdessen holte er die Schrottschere, mit der er sich vor einigen Jahren seine rechte Hand amputiert hatte, und schnitt die Wagentür einfach aus dem Wrack heraus. Nachdem man Gansel auf die Beine geholfen hatte, stellte sich heraus, dass er keine größeren Verletzungen erlitten hatte, was die Sache vereinfachte. Sie brachten ihn – immer noch den Sack auf dem Kopf – zu einer abseits gelegenen Kapelle und riefen mit Gansels Handy, das im Wagen wiederaufgetaucht war, ein Taxi.

Wallner blickte um Fassung ringend zu Mike, Mike schüttelte den Kopf. Kreuthners mündlicher Bericht war an einigen Stellen geschönt worden. So hatte er etwa Sennleitners Auftritt unter den barmherzigen Mantel des Schweigens gekehrt. Im Wesentlichen entsprach seine Darstellung aber den Geschehnissen am Abend des 3. November.

»Pass auf, Leo: Selbst wenn wir dir glauben, was du uns erzählst – selbst dann reden wir von erheblichen Straftaten, die wir beim besten Willen nicht ignorieren können.«

»Also, unterlassene Hilfeleistung kann mir keiner vorwerfen. Mir ham alles getan, um den Burschen aus dem Wagen zu holen.«

»Bleibt zum Beispiel noch Diebstahl des Baums. Und natürlich gefährlicher Eingriff in den Straßenverkehr.«

»Des war ja keine Absicht, dass der Baum auf die Straße ...«

Wallner schüttelte den Kopf. »Ist auch fahrlässig strafbar. Und ihr habt den Mann gegen seinen Willen an einen anderen Ort verbracht – mit einem Sack über dem Kopf!«

»Ging halt net anders.«

»Ihr hättet nur die Feuerwehr rufen müssen. Aber dann wäre ja rausgekommen, dass ihr das wart.« Kreuthner wollte etwas entgegnen, aber Wallner stoppte ihn mit einer unwilligen Handbewegung. »Mit der juristischen Seite wird sich Herr Tischler befassen. Und ob der euch die Nummer mit dem Maibaum glaubt, wage ich zu bezweifeln. Mein Gefühl sagt mir, dass ihr dem Gansel eine Abreibung verpassen wolltet, weil er deine Freundin Philo misshandelt hat. So war's doch?«

Kreuthner wollte protestieren, aber Wallner würgte ihn wieder mit einer Handbewegung ab.

»Komm! Ich bin doch nicht blöd.«

Kreuthners Geste war als Eingeständnis zu verstehen. »Aber dass ihn der Baum derwischt hat, des war a Unfall. Mir ham's ja wiedergutg'macht und den Wagen repariert.«

»Na super. Ich hoffe nur, ihr wolltet die Dreschflegel nicht wirklich einsetzen.«

»Sowieso net«, beeilte sich Kreuthner zu beschwichtigen. »Mir ham nur vorg'habt, dass mir dem Burschen an ordentlichen Schrecken einjagen. Du glaubst doch net, dass ich fähig wär, jemand mit am Dreschflegel …«

»Daran habe ich allerdings nicht den geringsten Zweifel. Was ich eher nicht glaube, ist, dass du Herrn Gansel erschossen hast. Das hat aber wenig Relevanz für unsere Ermittlungen. Denn ich werde nicht von meinen Gefühlen, sondern von Tatsachen ausgehen. Und die besagen im Augenblick Folgendes: Du hast im Oktober einen heftigen Streit mit Philipp Gansel, und ein paar Wochen später fliegt ein von dir gefällter Baum auf seinen Wagen und bringt ihn fast um. Wieder ein paar Wochen später wird Gansel an einem sehr abgelegenen Ort erschossen.« Wallner stockte kurz, eine Szene vom Tatort tauchte vor seinem geistigen Auge auf: Er steht unmittelbar nach der Entdeckung der Leiche mit Tina in dem Rohbau, da ruft eine vertraute Stimme von draußen seinen Namen. »Sag mal: Was hattest du eigentlich am Tatort zu suchen? Kurz nachdem wir die Leiche entdeckt haben, bist du plötzlich aufgetaucht?«

»Hab ich doch schon g'sagt: Ich hab deinen Wagen an der Straß g'sehen. Ich wollt schauen, was du machst.«

»Ist ein sehr unwahrscheinlicher Zufall, dass du an einem dienstfreien Tag dort am Ende der Welt herumfährst.«

»Was willst damit sagen?«

»Nichts im Augenblick, außer dass es mich nachdenklich macht. Herr Tischler könnte aber denken, dass der Täter zum Tatort zurückgekehrt ist.«

»Du glaubst doch net ernsthaft ...?«

»Nein, tu ich nicht. Aber wie gesagt: Das betrifft meinen Glauben. Wenn ich nach den Fakten gehe, bist du momentan der Haupttatverdächtige. Das heißt, ich werde veranlassen, dass du vom Dienst freigestellt wirst.«

»Geh, jetzt mach amal an Punkt!« Kreuthners Blick war eine Mischung aus Empörung und Verzweiflung.

»Ja, was soll ich denn sonst machen? Das muss geklärt werden, und so lange hast du in einer Polizeiuniform nichts zu suchen. Außerdem würde ich dich bitten, uns Gesellschaft zu leisten, bis wir einen Durchsuchungsbeschluss für dein Haus haben.«

Kreuthner verschränkte die Arme und stierte trotzig vor sich hin. »Von mir aus könn' mas auch gleich machen«, murmelte er.

»Nein, mit Beschluss ist mir lieber. Wir machen nichts anders als sonst, nur weil wir uns kennen, okay?«

»Glaubst du echt, du findst die Tatwaffe bei mir, oder was soll des?«

»Selbst wenn du es gewesen wärst, würden wir mit Sicherheit nicht die Tatwaffe bei dir finden. Du bist ja Profi. Möglicherweise finden wir ja gar nichts Belastendes. Das wäre ja auch ein Ergebnis. Warten wir's ab.«

Wallner griff zum Handy.

Nachdem Wallner mit Tischler telefoniert hatte, rief er Janette an.

»Sag mal – hast du schon die Videos der Überwachungskameras ausgewertet?«

»Ich habe den Wagen des Mordopfers gefunden«, sagte Janette. »Ansonsten wissen wir ja noch nicht, wonach wir suchen sollen.«

»Jetzt haben wir was.«

»Einen Pkw?«, fragte Janette.

»Ja. Alter VW Passat, rot.«

»Hat der Leo nicht so einen?«

»Ja«, bestätigte Wallner. »Und komm bitte zum Haus vom Leo. Wir werden dort eine Durchsuchung durchführen.«

Vom anderen Ende der Leitung kam ein erstauntes »Oh …«.

17

Tischler brauchte keine zwei Stunden, um einen Durchsuchungsbeschluss für Kreuthners Haus zu bekommen. In der Zwischenzeit telefonierte Wallner mit Kreuthners Chef Dieter Höhnbichler, dem Dienststellenleiter der Schutzpolizei. Wallner stand auf derselben Hierarchiestufe wie Höhnbichler, nur eben für die Kriminalpolizei. Des Weiteren verständigte Wallner seine neue Chefin Karla Tiedemann davon, dass jetzt ein Beamter der Polizeiinspektion Miesbach zum Verdächtigenkreis in der Mordsache Gansel gehörte. Wenn es publik wurde, hätte die Meldung einigen Aufruhr in den Medien nach sich gezogen. *Abgeordneter von Polizisten ermordet* – das war gewiss nach dem Geschmack der Sensationspresse. Zwar glaubte Wallner nicht wirklich, dass Kreuthner den Mord begangen hatte. Andererseits war er im Augenblick die einzige Spur.

Kreuthners Haus befand sich in einsamer Lage etwa einen Kilometer von Hausham entfernt. Er hatte es vor zehn Jahren von seinem Onkel Simon geerbt, dem es sowohl als Heim wie auch als Schwarzbrennerei gedient hatte. Diese traditionelle Nutzung führte Kreuthner seither fort. Vor ein paar Jahren hatte es eine Panne beim Schnapsbrennen gegeben. Das halbe Haus war damals abgefackelt, und immer noch schwebte der Geruch von verkohltem Holz über dem Anwesen.

Wallner und seine Leute warteten vor dem Haus auf den Durchsuchungsbeschluss, und Kreuthner bot an, für alle Kaffee zu machen. Aber Tina bat ihn, bis zum Eintreffen des Beschlusses das Haus nicht zu betreten.

»Du weißt, dass du einen Anwalt zuziehen kannst?«, sagte Wallner.

Das bedurfte keiner ausdrücklichen Erwiderung. Kreuthner war seit dreißig Jahren im Polizeigeschäft.

»Ich wollte es nur gesagt haben.«

In dem Polizeitransporter, der mit Büroequipment ausgestattet war, hörte man einen Drucker arbeiten. Kurz darauf kam Janette mit dem Durchsuchungsbeschluss in mehrfacher Ausfertigung. Eine davon erhielt Kreuthner.

»Kann ich jetzt endlich ins Haus?«, sagte er bei der Entgegennahme. »Ich tät mich gern umziehen. Bin ja schließlich vom Dienst suspendiert.«

Tina folgte Kreuthner ins Haus, während sich ihre Kollegen von der Spurensicherung über das Anwesen verteilten. In Kreuthners Schlafzimmer inspizierte Tina die Kleidungsstücke, die er statt seiner Uniform anziehen wollte. Es waren am Tatort Faserreste gefunden worden und ein Knopf. Kreuthners Kleider sahen unbedenklich aus. Trotzdem fotografierte Tina sie zur Sicherheit. Ebenso wie die Winterstiefel, die Kreuthner anziehen wollte.

Vor dem Haus wartete Wallner auf Kreuthner.

Er hielt ihm eine offene Handfläche entgegen. »Der Beschluss umfasst auch dein Handy.«

Kreuthner zog den Beschluss aus der Innentasche seiner Skijacke und checkte Wallners Behauptung. Es war ihm schon klar, dass Wallner nicht log. Es ging mehr darum, einen Rest von Würde zu wahren.

»Sagst du uns die PIN, oder müssen wir es hacken?«

»Drei null – null vier – drei null.«

Wallner gab den Code ein und stutzte. »Das ist der Geburtstag von Manfred. Dreißigster April neunzehnhundertdreißig. Ist das Zufall?«

»Es is der Geburtstag von dem ältesten Menschen, wo ich kenn. Da kommt kein Hacker drauf.«

Kreuthner bemerkte jetzt, dass im ehemaligen Stall Aktivitäten im Gange waren, und ging nachsehen.

»Was sucht's ihr hier?«, wandte sich Kreuthner an Mike, der die Spurensicherer bei ihrer Arbeit beobachtete. Er trug Plastiküberzüge an den Füßen und Latexhandschuhe.

»Beweise für Straftaten.«

»Hier gibt's nix.«

»Und was ist das? Sieht aus wie zum Schnapsbrennen.«

Mike wies auf einen altertümlich aussehenden Destillierapparat aus Kupfer.

»Des is a Erbstück.«

»Erbstück?«

»Von meinem Onkel Simon. Ja, ich geb's zu, er hat ab und zu an Obstler brennt. Aber ich halt's trotzdem in Ehren. Des hätt er net wollen, dass ich den Apparat wegschmeiß. Es is ja quasi a Museumsstück.«

»Und du bist sicher, dass du es nicht gelegentlich in Betrieb nimmst?«

»Natürlich net. Des wär ja strafbar.«

Mike ging zu einem von mehreren weißen Plastikfässern, die neben der Destille standen, und machte einen Deckel auf. Im Fass war ein grobkörniger, rötlich brauner Brei, der einen süßen Geruch verströmte.

»Apfelmaische? Nimmt man die nicht zum Obstlerbrennen her?«

»Des san die Äpfel von meine Obstbäum. Ich mach die klein und heb's in die Fassl auf. Des spendier ich dann dem Gnadenhof für die Viecher.«

»Wird sicher 'ne lustige Party im Pferdestall, so vergoren, wie das Zeug ist.«

»Mei – ich kann's net verhindern, dass es gärt.«

Ein Beamter der Spurensicherung brachte eine Flasche mit Schraubverschluss zu Mike. Sie enthielt eine wasserklare Flüssigkeit.

»Haben wir ganz hinten in einem Schrank gefunden. Das sind mindestens hundert Stück.«

Mike nahm die Flasche und betrachtete das Etikett.

»Du bist ganz sicher, dass du hier keinen Schnaps brennst?«

»Des san noch Restbestände vom Onkel Simon.«

»Steht aber 2020 drauf.«

»Des is ja net des Jahr, wo er's brennt hat, sondern ab wann man's trinken kann. Mindestens zehn Jahre gelagert. Ganz selten bei Obstler. Des kannst gar net bezahlen.«

»Wir sollten es analysieren lassen. Dann wissen wir, wie alt der Brand in der Flasche ist.«

Kreuthner sah Mike genervt an. »Echt? Dafür willst du Steuergelder ausgeben?«

»Nein.« Mike gab die Flasche an den Beamten zurück. »Will ich nicht. Was wir hier suchen, sind Hinweise auf einen Mord.«

»Da könnt's lang suchen.«

Janette steckte den Kopf zur Tür herein. Auch sie mit Plastiküberschuhen und Latexhandschuhen. »Leo – kommst du mal bitte?«

In dem Kastenwagen mit der Büroausrüstung wartete Wallner bereits. Vor sich auf einem Tisch lag Kreuthners Handy.

»Setz dich«, sagte er und deutete auf einen Klappsitz, der an der Wagenwand befestigt war. Kreuthner zwängte sich auf den Sitz. »Wir haben uns gerade deine Anrufe von vorgestern angesehen.«

Janette kletterte jetzt ebenfalls in den Wagen und nahm neben Wallner Platz.

»Du hast um neunzehn Uhr zwölf Philomena Gansel angerufen. Willst du uns sagen, worum es ging?«

»Um nix. Ihr Handy war aus. Wieso?«

»Das war dreizehn Minuten, bevor Philipp Gansel am späteren Tatort angekommen ist.«

»Und? Was heißt des?«

»Das bedeutet für sich natürlich noch nichts. Aber schau dir mal das an.«

Janette drehte den Laptop, der auf dem Tisch stand, zu Kreuthner. Darauf war das Standbild eines Überwachungsvideos zu sehen. Es zeigte verschwommen eine nächtliche Straße mit einem verwischten Pkw von der Seite. Janette ließ den Film weiterlaufen. Zwei weitere Fahrzeuge passierten die Kamera. Beim nächsten Wagen hielt Janette die Aufzeichnung an und spulte ein paar Frames zurück, um ein optimales Bild des Fahrzeugs zu bekommen.

»Das ist die Überwachungskamera von einem Hotel an der Straße nach Bayrischzell. Wenn jemand von Schliersee aus zum Tatort will, muss er dort vorbeifahren. Kennst du den Wagen?«

Janette deutete auf den Bildschirm.

»Net, dass ich wüsst. Is ja nix zum erkennen, so verschwommen, wie des is.«

»Es ist ein VW Passat. Ziemlich alt. Und die Farbe ist rot. Es könnte also deiner sein. Warst du vorgestern Abend in Bayrischzell?«

»Des muss ich ja net beantworten, oder?«

»Nein, natürlich nicht«, sagte Wallner. »Deine Kooperation ist freiwillig. Du kannst schweigen oder du kannst einen Anwalt anrufen und warten, bis er da ist.«

»Ja, ich weiß.«

»Natürlich weißt du es. Und offen gesagt …« Wallner suchte Kreuthners Blick und machte eine ziemlich lange Pause. »Das mit dem Anwalt würde ich mir an deiner Stelle wirklich überlegen. Wir sind Kollegen, wir sind befreundet. Aber das heißt nicht, dass du die Angelegenheit mit uns wie unter Kumpels klären kannst. Ich weiß nicht, was Sonntagabend passiert ist und ob – und falls ja, in welcher Weise – du mit dem Mord an Philipp Gansel zu tun hast. Aber ich werde es herausfinden, und dann gehen meine Erkenntnisse an Staatsanwalt Tischler, und der ist weder dein Kollege noch mit dir befreundet. Der wird im Gegenteil begeistert sein, wenn er einen Polizisten als Angeklagten hat und sich als Kämpfer für einen sauberen Staat inszenieren kann. Mein Rat als Freund und Kollege: Such dir einen Anwalt.«

Kreuthner sah Wallner eine Weile in die Augen, als stünde dort eine Anleitung für das weitere Vorgehen. Dann schwenkte sein Blick zu Janette, dann zum Wagenboden. Eine Weile wurde nichts gesagt. Wallner wollte Kreuthner Zeit zum Nachdenken geben und rief auf dem Handy die Fotos auf. Er scrollte die neueren Bilder der Reihe nach durch und blieb bei einem hängen. Es war eine Nachtaufnahme, mit Blitzlicht bei starkem Schneetreiben geschossen.

»Leo?«

Kreuthner blickte weiter zu Boden. »Was ist? Hast du ein Foto gefunden?«

»Ja.« Wallner zeigte Kreuthner das Display, aber Kreuthner sah nicht hin. »Das ist der Hotelrohbau. Aufgenommen Sonntag um neunzehn Uhr fünfundvierzig. Gansel ist um fünf vor halb dort angekommen. Und da steht sein Wagen. Leo …?«

»Ja?«

»Möchtest du uns sagen, was du dort gemacht hast?«

Kreuthner überlegte lange. Dann schüttelte er den Kopf. »Ich will an Anwalt.«

»Kriegst du.« Wallner atmete einmal tief durch. »Leo – du bist vorläufig festgenommen wegen des Verdachts, Philipp Gansel getötet zu haben.«

Kreuthner nickte stumm. Wallner wirkte unglücklich, Janette schaute nicht weniger begossen drein.

18

Die Besprechung fand im Büro von Karla Tiedemann statt. Angeblich, weil es größer war als das von Wallner. Das war richtig. Aber für vier Leute hätte auch das von Wallner gereicht, und es wäre das richtige Büro für die Art von Besprechung gewesen, die Wallner angesetzt hatte. Er wollte Staatsanwalt Tischler über die neuesten Entwicklungen im Fall Gansel berichten. Tiedemann und Dieter Höhnbichler, den direkten Chef von Kreuthner, hatte er dazugebeten. Wegen der Brisanz des Mordfalles an sich und des Umstandes, dass ein Beamter der Polizeiinspektion Miesbach zum Hauptverdächtigen geworden war, hielt Wallner dieses Vorgehen für zweckmäßig. Tiedemann hatte daraufhin den Vorschlag gemacht, das Treffen in ihrem Büro abzuhalten. Das diente ganz offensichtlich nur dazu, ihren Claim abzustecken und allen gegenüber zu signalisieren, dass sich die Chefin persönlich um die Sache kümmerte. Nur konnte Wallner das schlecht als Argument gegen Tiedemanns Vorschlag ins Feld führen.

»Um das Thema ein letztes Mal anzusprechen …«, leitete Wallner den substanziellen Teil der Zusammenkunft ein und sprach dabei Karla Tiedemann an, »ich habe Sie darüber informiert, dass mich mit Herrn Kreuthner keine besonders enge, aber in gewisser Weise eine kollegiale Freundschaft verbindet. Wenn Sie oder der Polizeipräsident der Ansicht sind, dass ich den Fall nicht unbefangen bearbeiten kann, werde ich mich aus den Ermittlungen natürlich zurückziehen.«

»Ich habe das ausführlich mit dem Polizeipräsidenten besprochen«, sagte Tiedemann. »Es bestehen keine Bedenken.

Sie gelten in diesen Dingen als nachgerade ... überkorrekt. Nehmen Sie's als Kompliment.«

»Ich versuch's.« Wallner lächelte Tiedemann etwas gezwungen an und öffnete eine Aktenmappe aus Pappe, die etliche Schriftstücke und Fotos enthielt. »Sie haben meinen Bericht bereits bekommen. Aber ich fasse den aktuellen Stand der Ermittlungen gern noch mal mündlich zusammen. Wie Sie wissen, gab es bislang den Verdacht, dass die Entführung von Philipp Gansel am dritten November und der Mord an ihm irgendwie zusammenhängen. Und damit war einer der Hauptverdächtigen in der Sache ein Mann namens Meinrad von Melsung. Der hatte nämlich am neunten Oktober während einer Geburtstagsfeier einen Streit mit Gansel. Wie sich nun herausstellte, war Herr von Melsung aber gar nicht bei der Party.«

»Wie kann er sich dann mit Gansel gestritten haben?« Tiedemann schien verwundert, was wiederum Wallner verwunderte, denn er referierte nur Dinge, die bereits in seinem vorläufigen Bericht standen – den Frau Tiedemann aber vermutlich nur quergelesen hatte.

»Herr Kreuthner hatte sich für Herrn von Melsung ausgegeben. Wie es dazu kam, können Sie ja noch mal im Bericht nachlesen. Jedenfalls ...«

»Die G'schicht mit der Alkoholkontrolle wird noch a böses Nachspiel haben«, unterbrach Höhnbichler. »Was glaubt der eigentlich!«

»Natürlich«, sagte Wallner. »Aber ich denke, das ist gerade das kleinste Problem vom Leo.«

»Da hast auch wieder recht.« Höhnbichler schien ernsthaft zerknirscht. Er mochte Kreuthner und hatte schon so manchen seiner vielen Fehltritte unter den Teppich gekehrt. Dass er jetzt eines Mordes beschuldigt wurde, ging Höhnbichler sichtbar an die Nieren.

»Und es war auch Herr Kreuthner, der am neunten Oktober den Streit mit dem Mordopfer hatte. Es ging darum, dass Herr Gansel seine Frau geschlagen hatte, die wiederum eine Jugendliebe von Herrn Kreuthner ist. Weitere Ermittlungen haben ergeben, dass Philipp Gansel tatsächlich am dritten November von Kreuthner und einem Johann Lintinger – und möglicherweise war noch jemand dabei, was die beiden aber bestreiten … –, na, jedenfalls hatten die beiden eine Art Straßensperre für Gansel errichtet und wollten ihn, wie sie behaupten, ordentlich erschrecken und damit für sein Verhalten gegenüber seiner Frau bestrafen. Die Sache lief aus dem Ruder und endete damit, dass Philipp Gansel in seinem Wagen eingeklemmt wird. Kreuthner und Lintinger haben Herrn Gansel dann aus seinem Wagen befreit, allerdings wurde er dazu gegen seinen Willen auf den Schrottplatz von Herrn Lintinger verbracht. Ob das als Entführung zu bewerten ist, müssen die Juristen klären.« Wallners Blick ging zu Tischler.

»Ist juristisch nicht uninteressant. Könnte man für eine Examensklausur nehmen. Ich würde mich bei unseren Ermittlungen aber erst mal auf den Mordfall konzentrieren.«

»Nun gut. Nachdem also klar war, dass Kreuthner Philipp Gansel entführt hatte oder wie immer man das bezeichnen will, haben wir eine Hausdurchsuchung bei Herrn Kreuthner durchgeführt und sein Handy beschlagnahmt. Ergebnis: Es wurde eine Jacke gefunden, bei der ein Knopf fehlte, und dieser Knopf dürfte der vom Tatort sein. Des Weiteren gab es im Haus ein Paar Stiefel. Die Sohle von einem der beiden passt zu dem Schneeabdruck, der am Tatort gefunden wurde. Herr Kreuthner hat, kurz bevor Philipp Gansel am Tatort eintraf, versucht, dessen Ehefrau anzurufen. Ihr Handy war allerdings ausgeschaltet. Der Wagen des Verdächtigen wurde etwa zehn Minuten später von einer Überwachungskamera aufgenommen, wie er sich in Richtung Tatort bewegte, wozu sich Herr Kreuthner nicht äußern wollte. Außerdem gibt es ein Foto auf seiner Handykamera. Es zeigt den Tatort, also den Hotelrohbau, mit Herrn Gansels Wagen davor. Das Foto habe ich dem Bericht beigefügt. Wie Sie sehen, handelt es sich um eine Blitzlichtaufnahme bei Nacht.« Die anderen Anwesenden blätterten in ihren Berichten. »Das Foto wurde um neunzehn Uhr fünfundvierzig gemacht. Da sind auch noch Reifenspuren im frisch gefallenen Schnee. Vielleicht sagen die uns etwas über andere Fahrzeuge, die dort waren.«

»Warum hat Herr Kreuthner die Aufnahme gemacht?«, wollte Tiedemann wissen.

»Das hat er uns nicht gesagt.«

»Vielleicht hatte er den Drang, seine Tat zu dokumentieren. Das kommt ja häufig vor.«

»Wenn er denn der Täter ist.«

Tischler war sichtlich überrascht. »Was wir haben, reicht locker für eine Verurteilung. Was wollen Sie denn noch?«

»Es gibt da ein paar Dinge, die nicht passen.«

»Nämlich?«, fragte Tiedemann nach.

»Am Tag nach dem Mord drückt mir auf der Skipiste jemand einen Zettel mit GPS-Koordinaten in die Hand, die exakt den Tatort markieren. Wir vermuten stark, dass Herr Kreuthner dahintersteckt. Das wäre genau seine Art, so etwas einzufädeln. Warum tut er das?«

»Vielleicht hat er Gewissensbisse bekommen und wollte, dass der Tote gefunden wird«, mutmaßte Tiedemann.

»Vielleicht. Aber wir waren uns einig, dass der Täter den Tatort ziemlich schlau ausgewählt hat. Weil nämlich das Opfer dort über Monate nicht gefunden werden würde. Wenn also Leonhardt Kreuthner der Täter ist, dann hat er den Mord sorgfältig geplant. Er könnte das. Da habe ich keinen Zweifel. Nur, dass er nach all der Vorbereitung am nächsten Tag Gewissensbisse bekommt – das passt irgendwie nicht.«

»Bei vielen Fällen bleiben Dinge rätselhaft«, sagte Tischler. »So unergründlich, wie die Psyche des Menschen nun mal ist. Ich würde sagen, wir halten uns daran, dass Herr Kreuthner zur Tatzeit am Tatort war, dass er schon vorher gegen das Opfer gewalttätig wurde und dass er gelogen und alle möglichen Dinge verheimlicht hat. Und er hatte ein Motiv. Ich schlage vor, wir ermitteln in der Richtung weiter und machen den Fall wasserdicht. Nehmen Sie sich Herrn Lintinger vor und recherchieren Sie in Kreuthners Umfeld.«

»Natürlich. Ich möchte nur keine voreilige Festlegung auf einen Verdächtigen, solange noch wichtige Fragen offen sind.«

»Selbstverständlich muss gerade in diesem Fall äußerst gründlich ermittelt werden«, bestätigte Tiedemann. »Andererseits hat die Öffentlichkeit einen Anspruch darauf, möglichst bald informiert zu werden, wenn wir belastbare Erkenntnisse haben.«

»Da bin ich bei Ihnen.« Wallner versuchte ein Lächeln. »*Wenn* wir belastbare Erkenntnisse haben. Ich würde Sie beide deshalb bitten, sich gegenüber den Medien noch eine Weile zurückzuhalten.«

»Herr Wallner«, Tischler packte seine Sachen zusammen, »ich mache den Job nicht erst seit gestern.«

»Ich weiß«, sagte Wallner. »Aber wir sind uns nicht immer einig, was die Belastbarkeit unserer Ergebnisse anbelangt.«

»Ich mache meinen Job, Sie Ihren, okay?«

Bevor er sich in den Feierabend verabschiedete, stattete Wallner Kreuthners Arrestzelle einen Besuch ab. Kreuthner würde die Nacht hier verbringen, bevor man ihn in die JVA Stadelheim überstellte.

»Ist fast frisch.« Wallner überreichte Kreuthner einen Becher Kaffee.

»Danke«, sagte Kreuthner. »Was gibt's?«

»Ich wollte sehen, wie es dir geht.«

Kreuthner verwies mit einer lahmen Geste auf seine Zelle, als wollte er sagen: Mach dir selbst ein Bild.

»Es tut mir leid, wie das alles gelaufen ist. Hast du einen Anwalt?«

Kreuthner schüttelte den Kopf.

»Soll ich dir einen besorgen?«

»Ich komm klar. Danke.«

Kreuthner saß auf seiner Pritsche, Wallner auf einem Besucherstuhl, den er mitgebracht hatte. Sie saßen nur da und redeten eine ganze Weile nicht. Es war, als würde jeder seine Gedanken so lange wiederkäuen, bis sie so weit waren, dass man sie aussprechen konnte.

»Ich frag dich jetzt nicht, ob du Philipp Gansel erschossen hast«, sagte Wallner schließlich.

»Ich war's net!« Kreuthner sah Wallner fast wütend ins Gesicht.

»Was hält dich dann davon ab, uns zu erzählen, was an dem Abend passiert ist?«

»Es glaubt mir doch eh keiner. Dafür hab ich einfach schon zu viel Scheiß erzählt.«

»Da kann ich dir nicht widersprechen. Aber wir würden, was auch immer du uns sagst, natürlich überprüfen.«

Kreuthner ließ den fast leeren Kaffeebecher zwischen seinen Händen pendeln. »Traust es mir zu?«

»Nein.«

»Aber?«

»Schon bei vielen Tätern hätte ich vorher gesagt: Das hätte ich ihm nicht zugetraut. Diese Gespräche bringen nichts. Natürlich glaubt man es nicht, wenn jemand beschuldigt wird, den man gut kennt. Aber ein Restzweifel bleibt. Ich geb zu, ich habe gehofft, dass sie mich wegen Befangenheit von der Sache abziehen. Haben sie aber nicht.«

»Klar, die können sich auf dich verlassen. Du tätst ja deinen eigenen Großvater ins Gefängnis bringen.«

»Jetzt werd bitte nicht unfair.«

Kreuthner presste die Lippen zusammen und atmete tief durch. »War net so gemeint. Ich bin a bissl ang'spannt.«

»Kein Problem.«

Kreuthner trank den letzten Schluck aus seinem Kaffeebecher und stellte ihn zwischen seine Füße auf den Boden.

»Und was machma jetzt?«

»Nun …« Wallner stand auf und lehnte sich an die Zellentür. »Was ich mache, ist klar. Ich versuche, einen Mord aufzuklären. Ich habe Zweifel, dass du es warst. Nur – die Fakten sprechen gegen dich. Ich vermute, du hast ein paar Informationen, die du mir aber aus welchen Gründen auch immer nicht geben willst. Und da sind wir bei deinem Part: Wenn du es nicht warst, musst du entscheiden, wie sehr du mir vertraust.«

»Wenn's so einfach wär …«

Wallner setzte sich noch einmal.

»Leo – wir kennen uns jetzt seit dreißig Jahren. Und ich wäre lieber nicht derjenige, der gegen dich ermittelt. Aber da ich es nun einmal bin, werde ich den Täter auch finden.«

»Und wenn nicht?«

»Dann kann ich zumindest Dinge herausfinden, die dich entlasten. Und ich werde Tischler zwingen, sie zu berücksichtigen. Sonst mach ich das nämlich vor Gericht. Du musst ja nicht beweisen, dass du unschuldig bist. Es reichen begründete Zweifel. Aber du musst mir irgendwie helfen.«

Kreuthner betrachtete versonnen den Kaffeebecher, hob ihn schließlich vom Boden auf und übergab ihn Wallner. »Ich denk drüber nach.«

19

Es gab Hühnersuppe. Im Sommer hatte Manfred, assistiert von seinem Enkel, einen großen Topf davon gekocht und acht Portionen in alten Plastikdosen von Eiscreme eingefroren. Im Winter wurden die Portionen nach und nach aufgetaut. Wallner liebte die Suppe, vor allem, wenn Manfred noch Kaspressknödel dazugab, die man inzwischen vorgefertigt, aber frisch im Supermarkt kaufen konnte.

»Schmeckt's?« Manfred sah seinen Enkel erwartungsvoll an.

»Was für eine Frage! Die Hühnersuppe ist dein Meisterwerk. Die kriegst du nirgendwo sonst so gut.«

»Das will ich meinen. Acht Stunden gehört die gekocht. Das machen die in der Wirtschaft ja nimmer.«

»Stimmt. Es hat ja keiner mehr Zeit für irgendwas.«

In Manfreds Augen blitzte ein zufriedenes Leuchten auf, als er den Löffel zum Mund führte. Er hielt sich einiges zugute auf seine Hühnersuppe, und das zu Recht.

»Sag mal«, wechselte Wallner das Thema, »du warst doch ungefähr vor zwei Monaten mit dem Leo bei einer Party, oder?«

Manfred entließ einen dumpf-grunzenden Laut, der Wallner signalisierte, dass sein Großvater wenig Lust hatte, das Thema tiefer zu behandeln. Das aber war Wallner egal.

»Was war das für eine Party?«

»Geburtstag.«

»Von wem?«

»Irgenda Politiker. Was interessiert dich des auf einmal?«

»Hat der Gansel geheißen? Philipp Gansel?«

»Kann sein.« Manfred widmete sich jetzt sehr intensiv seiner Suppe und hob den Blick nicht mehr vom Teller.

»Wie kommt der Leo auf so ein Fest? Ich meine – Politiker! Das ist ja sonst nicht sein Freundeskreis.«

»Der hat wen kenneng'lernt, wo auf des Fest eing'laden war. Und der hat ihm seine Einladung gegeben.«

»Aha …« Wallner gab sich erstaunt. »Aber so eine Einladung zum Geburtstag, das ist ja nicht wie eine Kinokarte, die man einfach wem anders geben kann.«

Manfred zuckte grunzend die Schultern.

»Oder hat sich der Leo als der ausgegeben, der eigentlich eingeladen war?«

»Keine Ahnung. Ich bin einfach nur mitgegangen.«

»Okay.« Wallner trat an den Herd und schöpfte eine weitere Portion Hühnersuppe auf seinen Teller. »Möchtest du auch einen Nachschlag?«

Manfred gab mimisch zu verstehen, dass er fertig war.

»Der Name von Melsung sagt dir nichts, oder?« Wallner setzte sich wieder an den Tisch.

Manfred sah ihn mit zusammengekniffenen Augen an.

»Was is'n des hier wieder für a komisches Verhör? Du fragst Sachen, wo du eh schon weißt, stimmt's?«

Wallner ließ den Satz so im Raum stehen.

»Du bist hier zu Hause und net im Polizeidienst. Oder hat des was mit deiner Arbeit zum tun?«

»Vielleicht hat es das.«

Manfred zog die Brauen nach oben. »Wieso des?«

»Der Mann, bei dessen Geburtstagsfeier du warst, Philipp Gansel, der wurde vor Kurzem ermordet.«

»Ich hab was im Radio g'hört. Ach, der war des?«

Wallner nickte.

»Und? Weiß man, wer's war?«, fragte Manfred weiter.

»Ich sag mal so: Wir haben heute den Leo verhaftet.«

»Was?« Manfred schien aufspringen zu wollen, ließ sich

aber sofort wieder auf den Stuhl sinken und sah Wallner entsetzt an.

»Ich kann dir darüber nur sagen, was irgendwann ohnehin in der Zeitung steht. Es gibt Verdachtsmomente, dass er der Täter ist. Aber wir müssen das natürlich noch genau ermitteln.«

»Des gibt's doch net.« Manfred schüttelte um Fassung ringend den Kopf.

»Ich hoffe, es stellt sich heraus, dass wir falschliegen. Aber wie gesagt: Wir müssen noch mehr ermitteln. Deswegen auch meine Fragen zu dem Geburtstagsfest. Da hat das Ganze nämlich seinen Anfang genommen.«

»Aha?«

»Es kam bei der Party zu einem Streit zwischen dem Leo und Herrn Gansel. Hast du davon irgendwas mitbekommen?«

Manfred schüttelte den Kopf. »Ich weiß nur, dass der Leo irgendwann länger weg war, und wie er wiedergekommen is, hat er gleich gehen wollen.«

»Er hat nichts von einem Streit erzählt?«

Manfred schüttelte abermals den Kopf.

»Ist dir sonst noch irgendwas aufgefallen, was vielleicht für den Mord an Gansel von Bedeutung sein kann? Hat der Gansel noch mit wem anders gestritten? Oder hat jemand was erzählt, dass der Gansel Feinde hat? Oder haben die Leute, mit denen du dich unterhalten hast, irgendwas über Gansel erzählt? Das waren doch Freunde und Bekannte von ihm.«

Manfred legte seinen Löffel in den leeren Teller und dachte einige Zeit nach.

»Die haben halt erzählt, dass der Gansel sehr schnell Karriere g'macht hat und dass er an guten Draht zum Mangold g'habt hat, dem ehemaligen Wirtschaftsminister. Und dann ham s' noch von wem anders erzählt. Der is net Politiker, kennt aber an jeden, wo wichtig is, also Minister und Leut aus der Wirtschaft und so.«

»In welchem Zusammenhang?«

»Na, dass der Gansel wegen dem Karriere gemacht hat, weil der wie g'sagt an jeden kennt. Und den hat der Gansel auch jede Woche getroffen. Irgendwo bei Warngau hat der eine Villa, ham s' g'sagt.«

»An den Namen kannst du dich nicht erinnern? Der muss doch ein paarmal gefallen sein.«

»Bestimmt. Aber ich und Namen …«

»Also der war nicht Politiker? Kein Abgeordneter oder Minister oder so was?«

»Nein. Der war … des Wort hab ich auch schon wieder vergessen. Des is halt einer, wo dir andere Leut vorstellt. Leut, die wichtig für dich sind.«

»Ein … Lobbyist?«

»Ja, des könnt sein. Sag's noch mal.«

»Lobby-ist.«

»Genau. So hat er geheißen.«

In Wallners Kopf hatte bei dem Wort Warngau etwas geklingelt. War Kreuthners Überfall auf Gansel nicht in der Nähe von Warngau passiert? »Und dieser Lobbyist wohnt in Warngau?«

»Irgendwo in der Nähe.«

Wallner nahm sich vor, morgen als Erstes zu checken, wo die Straße hinführte, an der Kreuthner Gansel aufgelauert hatte.

»Und sonst?«

»Sonst hab ich bei der Party nix g'hört. Oder wart – da war noch was.«

Wallners Körperspannung nahm zu.

»Da war a junge Frau. Die war ganz aufgeregt und wollt unbedingt mit dem Gansel sprechen. Erst wolltens die net reinlassen. Dann is der Gansel mit dem Hoteldirektor gekommen und mit der Frau irgendwohin gegangen.«

»Wie sah die Frau aus?«

»Sehr hübsch.« Ein Lächeln legte sich auf Manfreds Gesicht. »Mit so Tätowierungen überall. Ich glaub, an osteuropäischen Akzent hat sie g'habt.«

»Von den anderen Gästen kannte die niemand?«

»Nein. Mehr kann ich dir net sagen.«

»Das ist doch schon was. Vielleicht bringt uns das ja auf eine Spur. Und jetzt, im Lichte der Erkenntnis, dass sich der Leo auf dem Fest als Herr von Melsung ausgegeben hat ...«

Manfred sah Wallner besorgt an.

»Jetzt erzählst du mir bitte, wie aus dir ein Freiherr geworden ist.«

Manfred grunzte mürrisch. »Dann krieg ich aber vorher ein Weißbier.«

»Sehr gern«, sagte Wallner und begab sich zum Kühlschrank.

20

Wallners erster Weg führte ihn morgens in die Teeküche, wo er sich einen Kaffee aus der Maschine holte. Wenn er Pech hatte, war er der Erste und musste selbst Kaffee kochen, was ihm schwerfiel, denn um die Uhrzeit war er noch nicht auf der Höhe seiner geistigen Kräfte. Das blieb ihm heute erspart. Janette hatte Kaffee aufgesetzt, der jetzt durchgelaufen war.

»Warst du schon im Internet?«, fragte Janette, während sie Wallner eine Tasse eingoss.

»Nein …« Wallner schwante nichts Gutes. »Sollte ich?«

»Weiß nicht. Vielleicht musst du dich aufregen.«

»Wieso? Was ist los?«

Janette stellte die Kanne zurück in die Maschine. »Sieh es dir selber an. Steht im *Merkur* groß im Bayernteil.«

Wallner nippte an seinem noch zu heißen Kaffee, während sich die Webseite der Zeitung aufbaute. Er musste in der Tat nicht lange suchen, bis er auf die Meldung stieß. Die Überschrift lautete:

Mord an Abgeordnetem aufgeklärt – Motiv Eifersucht

Im dem Text darunter wurde Karla Tiedemann, die Leiterin der Polizeiinspektion Miesbach, zitiert, derzufolge ein Beamter der Schutzpolizei Miesbach die tödlichen Schüsse auf den Abgeordneten Philipp Gansel abgegeben habe. Es sei bei der Tat um die Frau des Abgeordneten gegangen. Sie sei offenbar die Geliebte des Täters gewesen. Nähere Angaben wollte Frau Tiedemann aus ermittlungstaktischen Gründen nicht machen, gab sich aber überzeugt, dass die Staatsanwaltschaft nach Abschluss der Ermittlungen Anklage gegen Leonhardt K. erheben werde. Die Beweislage sei eindeutig. Wallner saß eine Weile mit offenem Mund vor dem Bildschirm seines Computers.

»Was kann ich für Sie tun?« Tiedemann lächelte, vermittelte aber den Eindruck, dass sie nicht allzu viel Zeit hatte.

»Ich war heute Morgen ein bisschen erstaunt, als ich im Internet die Nachrichten gelesen habe.«

»Was hat Sie erstaunt?«

»Nun ja, wir hatten eigentlich vereinbart, in der Sache Gansel noch nichts an die Medien zu geben. Es sind ja noch einige Dinge zu klären und etliche Fragen offen.«

»Ich erinnere mich nicht, dass wir etwas vereinbart hätten. Ja, Sie wollten, dass wir nichts nach draußen geben. Aber ich erinnere mich nicht, dass ich dem zugestimmt hätte. Ich handhabe diese Dinge nun mal, wie *ich* es für richtig halte.«

»Ach ja. Das ist natürlich sehr bedauerlich, dass wir uns schon zu Beginn unserer Zusammenarbeit so missverstehen. Ich hatte in der Tat den Eindruck, dass wir Zurückhaltung vereinbart hätten. Aber gut, vielleicht habe ich das falsch interpretiert. Aber auch in diesem Fall würde sich Sie bitten, sich bei Ihren Auskünften an die Ermittlungsergebnisse zu halten.«

»Das habe ich.«

»Finden Sie?« Wallner wartete kurz auf Antwort, bekam aber keine. »Tatmotiv Eifersucht? Wäre mir neu. Aber vielleicht haben Sie in der Zwischenzeit ja Dinge ermittelt, die ich noch nicht kenne.«

»Ich verstehe nicht, was Sie meinen. Frau Gansel war doch wohl die Geliebte von Herrn Kreuthner.«

»Vor über dreißig Jahren! Es ging nicht darum, dass Herr

Kreuthner eifersüchtig war. Wenn, dann wollte er Frau Gansel vor häuslicher Gewalt beschützen.«

»Das sind doch Petitessen. Bei einem kurzen Interview muss man sich auf die wesentlichen Dinge beschränken. Wenn Sie zu weitschweifig werden, kürzen die Presseleute einem die Dinge raus.«

»Meinen Sie mit ›wesentlichen Dingen‹, dass der Fall gelöst ist und mit einer Anklage gegen Herrn Kreuthner enden wird? Ziemlich mutiges Statement.«

»Was wollen Sie denn noch an Beweisen? Abgesehen davon gibt es nicht den geringsten Anhaltspunkt für einen anderen Täter.«

»Wir fangen ja gerade erst an. Hören Sie – es wäre mir wirklich lieber, Sie würden die Pressearbeit dem Kollegen überlassen, der uns vom Polizeipräsidenten extra dafür zugeteilt wurde.«

Tiedemann kniff die Augenbrauen zusammen. »Wollen Sie mich belehren, wie ich meinen Job zu machen habe?«

»Wäre schön, wenn's funktionieren würde«, sagte Wallner und stand dabei auf. »Aber ich fürchte, Sie sind beratungsresistent. Schönen Tag noch.«

Auf dem Weg zurück kam Wallner an Janettes Büro vorbei.

»Wie war's?«, rief sie zu ihm hinaus.

»Sprich mich die nächste halbe Stunde besser nicht an.«

Später an diesem Morgen rief Wallner die SoKo zusammen, um das weitere Vorgehen zu bereden. Tischler hatte gottlob einen Gerichtstermin in Dachau und Tiedemann offenbar keine Lust, sich kritischen Fragen wegen des Interviews zu stellen. So war man unter sich und konnte ungestört arbeiten.

»Ich fass es nicht!«, beschwerte sich Wallner bei seinem Stellvertreter Mike. »Jemand hält ihr ein Mikrofon vor die Nase, und schon erzählt sie munter drauflos.«

»Der hat keiner ein Mikro unter die Nase gehalten.« Mike und Wallner waren auf dem Weg zum Konferenzraum. »Ich hab mal meinen Kontakt beim *Merkur* angezapft. Frau Tiedemann hat heute Morgen um sieben in der Redaktion angerufen und denen ein Interview angeboten – um nicht zu sagen, aufgedrängt.«

Wallner beließ es bei einem stummen Kopfschütteln. Sie waren ohnehin angekommen und setzten sich auf ihre Plätze.

Nachdem Wallner die SoKo-Beamten auf den neuesten Stand der Ermittlungen gebracht hatte, steckte er das Programm für die nächsten Tage ab.

»Wir müssen herausfinden, wer alles am neunten Oktober bei der Geburtstagsfeier von Philipp Gansel war. Und zwar nicht nur die Gäste, sondern auch die Leute, die da gearbeitet haben. Als Bedienung oder am Empfang. Ein Zeuge hat berichtet, dass eine junge Frau mit Tattoos und osteuropäischem Akzent aufgetaucht ist. Sie war wohl nicht eingeladen, und es ist unklar, was sie wollte. Anscheinend hat sich Gansel mir dieser Frau in irgendein Hinterzimmer begeben, um ihr Anliegen zu besprechen. Was das war, weiß keiner. Aber Gansels Frau sagt, sie hätte in letzter Zeit den Verdacht gehabt, dass ihr Mann eine Geliebte hatte. Ich würde gern wissen, wer die Frau war, und mit ihr reden.«

Ein uniformierter Polizist betrat den Raum und machte sich auf den Weg zu dem Tisch, an dem Wallner saß.

»Außerdem müssen wir die Partygäste befragen. Gansel hat ziemlich schnell Karriere gemacht. Vielleicht hat er sich mit den falschen Leuten eingelassen und Ärger bekommen. Wir haben im Übrigen herausgefunden, dass es in der Nähe der Stelle, wo Philipp Gansel entführt …«, dem Wort entführt verlieh Wallner mit den Fingern Anführungszeichen, »… wurde, eine Villa gibt. Es ist in weitem Umkreis das einzige Haus. Und sie gehört einem gewissen Kajetan Glaubert. Glaubert ist ein in einschlägigen Kreisen bekannter Lobbyist, der, wie man hört, viel für Gansels Karriere getan hat. Den werde ich selbst übernehmen. Unser Hauptaugenmerk liegt natürlich auf dem Verdächtigen Leonhardt Kreuthner. Auch wenn viele von euch nicht glauben können, dass er jemanden töten würde, sprechen leider starke Beweise dafür. Wir sollten Johann Lintinger noch mal unter diesem Aspekt befragen. Viel wird vermutlich nicht dabei rauskommen.«

»Wieso nicht?«, wollte ein auswärtiger Kollege wissen.

»Möglicherweise war Lintinger in irgendeiner Form an dem Mord beteiligt, und diesen Verdacht können wir ihm nicht verschweigen. Er hat also ein Aussageverweigerungsrecht, und das weiß er.«

Der uniformierte Kollege, der gerade den Raum betreten hatte, trat jetzt von hinten an Wallner heran und flüsterte ihm zu, er solle bitte sein Handy checken. Es sei wichtig. Wallner hatte das Gerät auf leise gestellt und in seine Jackentasche gesteckt, um während der Besprechung nicht gestört zu werden. Er zog es aus der Jacke, erblickte die Meldung auf dem Display und sagte: »O Gott! Das kann nicht wahr sein …«

Mike, der neben ihm saß, sah ihn fragend an.

Wallner atmete tief durch und hielt Mike das Handy vors Gesicht.

»Der Leo …«

21

Kreuthner hatte eine Nacht lang Zeit gehabt, über sein Leben nachzudenken und über das, was es in nächster Zeit für ihn bereithalten würde. Das war, da machte er sich nichts vor, ausgesprochen unerfreulich. Der Aufenthalt im Gefängnis war für einen Polizisten nämlich nicht nur unangenehm, sondern gefährlich. Kreuthner vergaß bei Verhaftungen zwar nie zu betonen, dass es nichts Persönliches sei, sondern nur die Ausübung des Jobs, den er nun mal erledigen müsse. Und diese Erklärung war in einigen Fällen durchaus angebracht, denn in Kreuthners Bekanntenkreis versammelten sich etliche Straftäter, die, obwohl sie wussten, was Kreuthner beruflich machte, dennoch erstaunt waren, wenn er sie verhaftete. Zumal ihn mit dem einen oder anderen auch Geschäftliches verband. Aber Kreuthner konnte sehr gut zwischen Beruf und Privatleben trennen. Wenn er Polizist war, dann war er zu hundert Prozent Polizist, wenn er Obstler brannte, dann war er eben kriminell. Das eine hatte nach seinem Empfinden nichts mit dem anderen zu tun. Dieses virtuose Unterscheidungsvermögen freilich war den wenigsten Menschen gegeben. Und so haderten die Verbrecher, die Kreuthner dingfest machte, auch nicht mit ihrer Dummheit oder verrotteten Moral, sondern mit dem, der sie hinter Gitter brachte. Egal also, in welches Gefängnis sie ihn steckten, er würde dort auf Leute treffen, die noch eine Rechnung mit ihm offen hatten.

Ebenfalls misslich war natürlich der Umstand, dass man ihn eines Mordes beschuldigte und er, wenn die Sache schiefging, fünfzehn bis zwanzig Jahre im Gefängnis verbringen würde. Zwar hatte Kreuthner Vertrauen, dass Wallner die Sache nicht abschließen würde, solange es noch Zweifel an seiner Täterschaft gab. Staatsanwalt Tischler schätzte er jedoch so ein, dass er mit Restzweifeln gut leben konnte. Nur konnte er, Kreuthner – und das war die eigentliche Katastrophe –, nicht mehr in die Ermittlungen eingreifen, wenn er inhaftiert war.

Das war der Grund, weshalb er in der Nacht vor seiner Überstellung in die JVA Stadelheim kein Auge zutat.

Dieter Höhnbichler, der Chef der Schutzpolizei, musste zwei Beamte bestimmen, die Kreuthner nach München bringen sollten. Fast zwanzig Dienstjahre hatten Kreuthner und Höhnbichler zusammen verbracht. Kreuthners Eskapaden hatten Höhnbichler ein ums andere Mal an den Rand der Verzweiflung gebracht, aber zwanzig gemeinsame Jahre verbanden sie, und irgendwie mochte Höhnbichler den schillernden Außenseiter, der so anders war als alle anderen Polizisten. Er beauftragte Kreuthners langjährigen Streifenpartner und Freund Sennleitner mit der Überstellung. Um aber auszuschließen, dass Kreuthner Dummheiten machte und Sennleitner am Ende nicht mit der gebotenen Härte dagegenhielt, sollte als zweiter Beamter Tobias Greiner mitfahren. Greiner hasste Kreuthner und umgekehrt. Da würde sich Kreuthner keine Dummheiten erlauben können. Ein bisschen klopfte sich Höhnbichler selbst auf die Schulter für die salomonische Entscheidung, die er getroffen hatte. Es dauerte freilich nicht lange, und Höhnbichler kamen Zweifel an der Weisheit seiner Maßnahme.

Sennleitner steuerte den Streifenwagen, neben sich Greiner auf dem Beifahrersitz. Hinten saß Kreuthner, die Hände mit Kabelbindern auf den Rücken gefesselt.

»Was hast'n du mit am Abgeordneten zu schaffen?« Greiner suchte Kreuthners Blick im Rückspiegel. Kreuthner aber blickte seitlich aus dem Fenster und schwieg. »Erklär mir doch mal eins: Wieso hast den Burschen net schon bei der Entführung kaltgemacht? Ab in die Schrottpresse mit der Kist'n, und der Kas is bissen.« Greiner entließ ein meckerndes Lachen. »Na, hoffentlich kommt dich die Kleine wenigstens im Knast besuchen. Sonst wär's ja voll fürn Arsch g'wesen.«

»Jetzt hör auf mit dem Scheiß«, sagte Sennleitner. »Es is überhaupts net g'sagt, dass er's war.«

»Des sieht unsere neue Chefin anders. Und was man hört, hat er so viel Scheiß erzählt, dass ihm keiner mehr was glaubt.«

»Hast du noch nie gelogen? Außerdem gilt die Unschuldsvermutung.«

»Wow! Hamma heimlich Jura studiert? Redst ja wie a Anwalt.« Greiner verfiel erneut in Heiterkeit.

»Ich muss mal auf Klo«, kam es von der Rückbank.

»Spinnst du? Wir sind doch grad erst losgefahren.«

»Ich hab an Reizdarm. Geht net anders.«

»Kann man nix machen«, sprang Sennleitner seinem Ex-Kollegen bei.

»Des is mir wurscht, ob er an Reizdarm hat«, sagte Greiner. »Die Stund muss er sich halt z'sammreißen.«

»Okay. Aber den Wagen machst du sauber, wenn er's nimmer halten kann.«

Greiner gab ein genervtes Stöhnen von sich. »Fahr beim Alten Wirt raus.«

Der Parkplatz war leer, es war noch eine Stunde bis zum Mittagsgeschäft. Das Wirtshaus, das auch Gästezimmer anbot, war aber offen. Sie liefen zu dritt einen Gang entlang, von dem Türen zu einem gemütlichen Gastraum mit Gewölbe und zur Küche abgingen. Ganz am Ende befanden sich die Toiletten. Vor der Tür zur Herrentoilette, die mit einem handgemalten »Buam« gekennzeichnet war, hielt der Trupp an. Kreuthner bemerkte, dass außen in der Tür ein Schlüssel steckte.

»Könnt's mir die Kabelbinder runtermachen?«

Sennleitner setzte schon an, ihm diesen Wunsch zu erfüllen, aber Greiner bremste ihn. »Kommt nicht infrage. Die Dinger bleiben dran.«

»Macht's mir wenigstens die Händ nach vorn?« Kreuthner sah in Greiners misstrauisches Gesicht. »Oder willst'n mir abschütteln?«

Ekel siegte über Vorsicht, und Greiner lenkte ein. Die Plastikhandschelle, mit der Kreuthners Hände am Rücken zusammengebunden waren, wurde von Sennleitner zerschnitten, dann legte er eine neue an, wobei Kreuthner die Hände diesmal vor den Körper hielt. Greiner beobachtete jede Bewegung und hatte die Hand am Pistolengriff.

»Na, dann viel Spaß«, sagte Sennleitner und öffnete Kreuthner die Tür.

Kreuthner betrat die Toilette, Greiner ging ihm dicht hinterher. Sennleitner machte keine Anstalten zu folgen. Auf Greiners fragenden Blick sagte er: »Da muss ich net dabei sein. Reicht ja einer.«

Die Toilette war dreigeteilt. In einem Vorraum war das Waschbecken mit Händetrockner, dann gab es einen Raum mit vier Urinalen, in dem dritten Raum standen die Kabinen. Von einer Kabine ging ein Fenster nach draußen. Greiner stellte sich davor und verwies Kreuthner auf die fensterlosen anderen zwei. Kreuthner wählte die hinterste aus.

Nachdem er die Tür abgesperrt hatte, setzte er sich auf den geschlossenen Klodeckel und begann seine Schuhe aufzuschnüren. Greiner bezog derweil Posten an der Tür. Es war der am weitesten von Kreuthners Kabine entfernte Ort im Raum, denn Greiner rechnete mit erheblicher Geruchsentwicklung.

Kreuthners Umgang mit Menschen aus der Halbwelt, die seine häufigen Besuche in der Mangfallmühle zwangsläufig mit sich brachten, mochte einen durchaus zweifelhaften Einfluss auf seine Charakterbildung gehabt haben, ermöglichte ihm andererseits aber Einsichten in Bereiche, die dem Normalbürger verborgen blieben. Während der Fahrt im Polizeiwagen hatte sich Kreuthner an unterhaltsame Stunden erinnert, die er mit einem Mann namens Matthias Wittmüller verzecht hatte. Wittmüller, in Fachkreisen auch bekannt als Pfaffenwinkel-Houdini, war in seiner bemerkenswert langen Karriere aus so vielen Gefängnissen und von so vielen Gefangenentransporten geflohen, dass er aufgehört hatte zu zählen. Nach Einführung der Kabelbinder war Wittmüller für eine gewisse Zeit in eine depressive Phase geraten, denn bei dieser Neuerung versagten die altbewährten Tricks, die schon Hannibal Lector zur Freiheit verholfen hatten. Aber irgendwann war Wittmüllers Ehrgeiz geweckt, und er entwickelte moderne Alternativen. Eine davon bestand darin, die Arme ruckartig und mit viel Kraft über dem hart gespannten Bauch nach hinten zu ziehen und den Plastikgurt so zu zerreißen. Das funktionierte, allerdings nicht bei jeder Handschelle gleich gut. Und wenn man Pech hatte, schürfte man sich die Haut ab und blieb trotzdem gefesselt. Methode B war komplizierter, aber todsicher. Zunächst brauchte man einen Schnürsenkel, in dessen beide Enden jeweils eine zugfeste Schlaufe gebunden wurde. Bereits das war mit gefesselten Händen ein ziemliches Gefummel. Danach musste man eine Schlaufe zwischen Handgelenk und dem Plastikgurt des Kabelbinders durchziehen. Wenn das geschafft war, kam der entscheidende Teil: Man musste die Schuhe ausziehen, und jede Schlaufe des Schnürsenkels wurde über je eine große Zehe gelegt. Dann gab man Spannung auf den Schnürsenkel und strampelte mit den Füßen einige Male kräftig nach vorn, fast wie beim Radfahren. Dadurch wurde der Senkel derart mit Macht an dem Plastikriemen hin- und hergezogen, dass dieser durch die Reibung und die dadurch erzeugte Hitze in kürzester Zeit schmolz und riss.

Die Prozedur war knifflig, vor allem, wenn man unter Druck stand. Und so kam es, dass Greiner nach einiger Zeit sagte: »Man hört gar nix. Ich denk, du hast Dünnschiss.«

»Im Augenblick geht grad nix«, sagte Kreuthner, während er versuchte, eine Schlaufe durch den Kabelbinder zu ziehen. »Das dauert manchmal.«

»Also, jetzt reicht's langsam. Mir ham net ewig Zeit.«

»Gib mir noch a Minut'n, okay?«

Von Greiner kam nur ein Stöhnen.

Eine Minute später meldete sich Kreuthner wieder aus seiner Kabine.

»Es bringt nix. Wahrscheinlich der Stress.«

»Dann komm jetzt raus. In Stadelheim kannst den ganzen Tag scheißen.«

Greiner hörte, wie Kreuthner die Kabinentür entriegelte. Dann ging die Tür auf, und Kreuthner kam mit anscheinend immer noch vor dem Körper gefesselten Händen heraus.

»Auf geht's«, sagte Greiner, dem zunächst offenbar nichts auffiel. Als Kreuthner an ihm vorbeikam, verfinsterte sich Greiners Gesicht. »Was is'n mit die Handschellen?«

Kreuthner drehte sich zu Greiner, lachte ihn mit großen Augen an und hob ruckartig die Hände auf Kopfhöhe. »Überraschung! Die sind weg!«

Noch ehe der verblüffte Greiner adäquat reagieren konnte, packte ihn Kreuthner am Revers der Uniformjacke und schleuderte ihn auf den Boden, wo Greiner fast bis zu der Kabine rutschte, die Kreuthner gerade verlassen hatte. Kreuthner dachte eine Millisekunde darüber nach, ob er seine Schuhe noch holen sollte, gab dann aber auf Socken Fersengeld. Die äußere Toilettentür schloss er mit dem dort steckenden Schlüssel ab und steckte ihn in seine Hosentasche.

Da die Tür nach innen aufging, würde Greiner sie auch nicht eintreten können. Schon rummste es, und die Klinke wurde mehrfach hektisch gedrückt, gefolgt von dem verzweifelten Befehl: »Aufmachen!«

Kreuthner stand jetzt vor Sennleitner, der ihn erschrocken anstarrte.

»Des gibt's ja net. Wie hast'n des …«

»Is wurscht. Gib mir'n Autoschlüssel.«

»Du sorry, des kann ich net.« Sennleitner zog etwas hervor, aber es war nicht der Wagenschlüssel, sondern seine Dienstpistole. »Wennst es versuchst, muss ich schießen. Also lass es.«

Im Hintergrund donnerte Greiner weiter gegen die Klotür. Jetzt erschienen auch zwei Frauen aus der Küche im Gang.

»Tobi, hör auf!«, rief Sennleitner in Richtung Tür. »Du erschreckst die Leut. Ich lass dich gleich raus.« Dann wandte er sich an die Frauen. »Verlassen Sie bitte den Gang. Des is a polizeiliche Maßnahme, ham S' verstanden?«

Die Frauen nickten ängstlich und verschwanden.

Kreuthner blickte kurz zur Tür, hinter der es nach einem »Beeil dich« wieder leise geworden war, und wandte sich dann mit gesenkter Stimme an Sennleitner.

»Du – bis jetzt weiß keiner, dass außer am Johann und mir noch jemand dabei war, wie mir den Wagen vom Gansel g'schrottet ham. Und da mir beide ja wollen, dass des so bleibt, appellier ich an deine Freundschaft, dass du mir die verschissenen Autoschlüssel gibst.«

»Die feuern mich«, flüsterte Sennleitner verzweifelt zurück.

»Quatsch. Ich verpass dir eine, und dann war des höhere Gewalt. Geh her.«

Kreuthner machte eine lockende Bewegung mit der Hand. Sennleitner kam zögerlich näher, gab Kreuthner die Autoschlüssel und bot – offenbar in Erwartung einer etwas härteren Ohrfeige – seine Wange dar. Womit er nicht gerechnet hatte, war der wuchtige Fausthieb, mit dem Kreuthner Sennleitners Nasenbein zertrümmerte. Sennleitner sackte mit einem »Spinnst du!« zu Boden und hielt sich das Gesicht. Blut quoll zwischen seinen Fingern hervor.

»Muss ja echt ausschauen«, sagte Kreuthner, klopfte dem zu seinen Füßen liegenden Sennleitner aufmunternd auf die Schulter und verließ den Tatort.

22

Wallner legte den Hörer auf und starrte eine Weile vor sich hin. In seinem Büro warteten Janette und Mike auf Auskunft. Nachdem sich Wallner gefasst hatte, sagte er: »Sennleitner ist im Krankenhaus. Seine Nase ist gebrochen.«

Wallner hatte soeben mit Höhnbichler telefoniert und sich den genauen Hergang von Kreuthners Flucht schildern lassen.

»Der Leo hat echt den Sennleitner zusammengeschlagen? Das gibt's nicht. Die ... die sind doch Freunde.« Janette war mehr als erstaunt.

»War der nicht gefesselt?« Auch Mike schien konsterniert.

»Ja, aber er hat sich irgendwie aus den Handschellen befreit.«

»Das geht doch gar nicht. Früher mit den Schlössern, da konnte man noch irgendwie mit einem Nagel oder so. Aber bei den Kabelbindern heute ...«

»Er hat's jedenfalls hingekriegt.«

»Was ist mit dem Wagen?«

»Ist zur Fahndung ausgeschrieben. Aber bis jetzt fehlt jede Spur. Ich vermute, er ist nicht weit damit gefahren. Er weiß ja, dass wir ihn suchen.«

Wallner stand auf und nahm seine Daunenjacke vom Garderobenhaken.

»Mike – du nimmst dir bitte noch mal Lintinger vor, und wir sollten mal in der Mangfallmühle auf den Busch klopfen. Vielleicht weiß da irgendjemand was und will Punkte beim Staatsanwalt sammeln.«

»Ich würde mir nicht zu viele Hoffnungen machen.«

»Versuch's trotzdem. Wir sollten da ohnehin Präsenz zeigen. Die Mangfallmühle ist einer der Orte, wo der Leo sich verstecken könnte. Ich werde den Dieter Höhnbichler bitten, dass er in regelmäßigen Abständen einen Streifenwagen vorbeischickt. Wenn die Jungs nervös werden, will vielleicht doch einer sein Gewissen erleichtern. Auf alle Fälle wird Harry Lintinger die Lust vergehen, den Leo bei sich zu verstecken.«

»Und was machst du?«, wollte Mike wissen.

»Einen Ausflug mit Janette.«

Janette sagte: »Oh«, und lächelte.

Es gab Gebäck aus dem nahe gelegenen Bogenhausener Feinkosthaus und Kaffee, wie ihn die Kaffeemaschine in der Teeküche des Büros leider nicht produzierte. Trotzdem war die Stimmung gedämpft. Philomena Gansel trug nicht Schwarz, aber dunkle Farben, und die Ringe um ihre Augen sprachen davon, dass sie gerade eine schwere Zeit durchmachte.

»Warum haben Sie uns nichts von dem Streit erzählt, den Ihr Mann mit Herrn Kreuthner hatte?«

Wallner checkte mit einem Blick aufs Handy, ob die Aufnahme mitlief.

»Ich dachte nicht, dass das etwas mit dem Tod meines Mannes zu tun hat. Und ich wollte dem Leo nicht schaden.«

»Es ist nicht strafbar, unter falschem Namen zu einer Geburtstagsfeier zu gehen.«

»Schon. Aber dann hätte man vielleicht gedacht, dass *er* meinen Mann entführt hat.«

»Und der Gedanke ist Ihnen tatsächlich nicht gekommen?«

Philomena Gansel rührte in ihrem Kaffee und dachte nach.

»Ich hab's für möglich gehalten. Es …« Sie zögerte.

»Ja?«

»Es hat einfach so ausgesehen, als hätte sich der Leo das mit der Entführung ausgedacht. Der macht solche Sachen. Aber ich bin mir sicher, er wollte meinem Mann nur einen Schrecken einjagen.«

»Ihnen muss doch klar gewesen sein«, schaltete sich Janette in das Gespräch ein, »dass derjenige, der Ihren Mann entführt hat, ihn auch hätte ermorden können.«

»Eben. Aber das traue ich dem Leo nicht zu. Der bringt niemanden um. Der macht jeden anderen Mist, aber nicht so was.«

»Sie wissen, dass er verhaftet wurde?«

Philomena nickte.

»Er ist heute Vormittag geflohen.«

Philomena riss die Augen auf. Ihre Überraschung schien Wallner echt zu sein. »Ja, wie? Und jetzt ist er auf der Flucht?«

»Jedenfalls ist er verschwunden. Und mit ihm ein Polizeiwagen. Sollte er hier auftauchen oder sich bei Ihnen melden – sagen Sie ihm, er soll sich um Himmels willen stellen. Alles andere macht die Sache nur schlimmer.«

Sie nickte wieder stumm.

»Wie ist eigentlich Ihre Beziehung zum Leo?« Janette klang nicht nach Verhör, sondern nach weiblichem Interesse. Fast wie ein Gespräch unter Freundinnen.

Die Andeutung eines melancholischen Lächelns erschien auf Philomenas Gesicht. »Wir hatten eine ziemlich wilde Zeit. Aber das ist ewig her. Ende der Achtzigerjahre. Wir haben zusammen sogar ein Auto geklaut und viel anderen Scheiß gemacht, den man mit siebzehn eben macht. Es hat aber nicht lange gehalten. Meine Eltern haben mich ins Ausland geschickt. Wahrscheinlich, um mich vor dem Umgang mit ihm zu bewahren.« Sie seufzte. »Ich war damals Punk und der Leo ein durchgeknallter Kindskopf. Jetzt … bin ich

Abgeordnetenwitwe …«, sie lachte leise, »… und er ist immer noch der, der er damals war.«

Wallner ließ Philomena etwas Zeit, bis er die Befragung fortsetzte.

»Was haben Sie damals auf der Party noch mitbekommen? Gab es irgendetwas, was man im Nachhinein als bedrohlich empfinden könnte – außer den Streit mit Herrn Kreuthner?«

Sie dachte nach, aber offenbar fiel ihr dazu nichts ein.

»Was ist mit dieser jungen Frau, die nicht eingeladen war und unbedingt Ihren Mann sprechen wollte?«

»Ja, stimmt. Das war seltsam.«

»Wissen Sie, was sie von Ihrem Mann wollte?«

»Angeblich ein Missverständnis. Philipp wollte nicht weiter drüber reden. Aber er war nach dem Gespräch irgendwie anders, genervt aggressiv. Vielleicht hat das mit zu seinem Ausraster beigetragen.«

»Sie sagten ja mal, Sie hätten Ihren Mann verdächtigt, eine Affäre zu haben. Wenn das stimmt: Hatten Sie den Eindruck, diese Frau könnte es gewesen sein?«

»Ehrlich gesagt – der Gedanke ist mir tatsächlich gekommen. Aber dann hab ich gedacht, die wird ja nicht uneingeladen bei seiner Geburtstagsfeier erscheinen. Andererseits … ich weiß es nicht. Irgendwas war natürlich komisch mit der Frau. Aber ich glaube nicht, dass sie mit Philipp eine Affäre hatte.«

»Wer könnte denn wissen, wer die Frau war?«

»Vielleicht die Leute vom Hotel. Wenn sie am Empfang ihren Namen genannt hat. Ansonsten …?« Sie dachte kurz nach, dann kam offenbar ein Moment der Erleuchtung. »Sie sollten mit Kajetan Glaubert reden.«

»Der Lobbyist?«

»Ja, der Lobbyist. Philipp und er waren eng befreundet. Und Glaubert war auch bei dem Gespräch mit dieser Frau dabei.«

»Wieso das?«

»Keine Ahnung. Vielleicht wollte er einen Zeugen dabeihaben.«

»Verstehe.« Wallner machte sich eine kurze Notiz. »Herr Glaubert also.«

Wallner sah Janette an. Die signalisierte, dass sie keine weiteren Fragen hatte.

»Vielen Dank, Frau Gansel. Wahrscheinlich wird das nicht unser letztes Gespräch gewesen sein.«

»Kein Problem.« Philomena suchte Wallners Blick. »Sagen Sie …«

»Ja?«

»Sie glauben wirklich, dass der Leo meinen Mann erschossen hat?«

»Sagen wir so: Ich betrachte die Ermittlungen keineswegs als abgeschlossen.«

23

Der Landwirt Herbert Schaller stand gerade am Holzspalter und verarbeitete eine mittelgroße Buche zu Kaminscheiten, da hörte er zwischen dem Sirren der Hydraulik ein Motorengeräusch. Er drehte sich um, sah einen Streifenwagen auf sich zukommen und war erschrocken. Besuch von der Polizei war nur in den seltensten Fällen erfreulich. Auf der anderen Seite kam ihm die Pause ganz gelegen, denn sein fünfundsiebzig Jahre alter Rücken schmerzte, wenn er die Baumscheiben auf den Spalter wuchtete.

Im Wagen, der jetzt neben Schaller anhielt, saß ein Beamter in Zivil.

»Grüß Gott«, sagte der Polizist. »Haben Sie einen Mann hier durchlaufen sehen?«

Schaller war überrascht von der Frage und schüttelte den Kopf.

»Uns ist nämlich einer ausgekommen. Der ist zu Fuß geflüchtet.«

»G'wiss einer vom Balkan!«

In den Gesichtszügen des Altbauern kämpfte Wut gegen Verachtung. Kreuthner überlegte, welch unerquickliche Erfahrungen der Mann wohl mit einem Balkanbewohner gemacht haben mochte. Das war natürlich kaum zu ergründen. Aber in jedem Fall erschien es Kreuthner ratsam, emotionales Einvernehmen herzustellen.

»Kosovo«, sagte Kreuthner, und per Mimik fügte er ein *Was soll man da anderes erwarten* hinzu.

»Haderlumpen, meineidige. Alle. Wie s' daherkemman.«

»Also, er müsste eigentlich hier durchgekommen sein.

Vielleicht haben Sie ihn nicht gesehen, weil Sie mit dem Holz beschäftigt waren.«

»Ja, ja, da krieg ich net alles mit. Wo is der denn hin?«

»Ich schätz, er is da drüben in den Wald gelaufen. Wo geht's da hin?«

»Zum Seehamer See.«

»Is schlecht mit'm Auto, oder?«

Schaller verzog den Mund und schüttelte langsam den Kopf.

»Dann müsst ich mir mal ein Rad von Ihnen leihen. Ham S' vielleicht a Mountainbike? Oder irgendwas fürs Gelände?«

Der Bauer zögerte. »Mein Enkel hat so a Radl. Aber des kann ich net einfach … herleihen.«

»Tut mir leid, aber anders geht's net. Des is a polizeilicher Notfall. Sonst müsst ich's beschlagnahmen.«

»Beschlagnahmen?«

»Der Kerl is g'fährlich. Sie wissen ja, wie die drauf sind – am Balkan.«

Schaller riss die Augen auf. »Ja, ja, auf alle Fälle.« Er blickte zum Haus, wo ein Mountainbike an der Mauer stand. »Da drüben wär's. Aber …«

»Ja?«

»San S' sicher? Mit dem Radl durch den Schnee?« Er deutete umgreifend in die verschneite Landschaft.

»San S' so gut und erklären S' mir net meinen Job, okay?«

»Nein, nein, Sie werden schon Ihre Gründe haben.«

»So is es. Den Wagen müsst ich derweil bei Ihnen unterstellen. Geht des?«

»Tun S' ihn da rein.« Der Bauer deutete auf ein Wirtschaftsgebäude, in dem landwirtschaftliche Maschinen abgestellt waren.

»Ach, noch was …« Kreuthner druckste ein wenig herum. »Hätten S' a Paar Gummistiefel? So Größe 43?«

»Wieso?«

Kreuthner öffnete die Fahrzeugtür und präsentierte seine nur bestrumpften Füße.

»Hat er Ihnen etwa die Schuh …?«

Kreuthner nickte. Schaller schüttelte fassungslos den Kopf und murmelte: »Haderlumpen!«

Wenig später war Kreuthner mit dem Mountainbike des Schaller-Enkels auf der Flucht und hatte zur Verwunderung des Bauern nicht den Weg in den Wald, sondern die Straße genommen, auf der er hergekommen war.

Dass er den Streifenwagen so schnell wie möglich loswerden musste, war Kreuthner klar. Wahrscheinlich wurde bereits fünf Minuten nach der Flucht bundesweit danach gefahndet. Es würde wohl eine Weile dauern, bis man ihn auf dem abgelegenen Hof fand – hoffte Kreuthner zumindest. Sollten die Schallers in nächster Zeit das Radio einschalten und Lokalnachrichten hören, konnte es freilich schneller gehen.

Wenn man vor der Polizei auf der Flucht war, dann boten sich im Landkreis Miesbach diverse Orte an, die abgelegen waren und als Versteck taugten. Da die meisten davon allerdings in den Bergen lagen, schränkte das im Winter die Auswahl ein. Kreuthner entschied sich daher für das Wirtshaus zur Mangfallmühle. Das hatte Vor- und Nachteile. Der Nachteil war, dass man Kreuthner als Stammgast dieser Gaststätte kannte. Die Polizei würde dort zuerst suchen und die Lokalität überwachen. Kreuthner wusste aber auch, dass das seine Grenzen hatte. Man konnte nicht mehrere Beamte für längere Zeit ständig dort postieren. Personal war knapp, und die Ermittlungen im Mordfall beanspruchten zusätzliche Kapazitäten. Deswegen würde man wohl öfter einen Streifenwagen vorbeischicken und ein Auge auf die Zufahrtsstraßen haben. Kreuthner fuhr mit seinem Mountainbike bis auf einen Kilometer an das Wirtshaus heran und setzte dann seinen Weg zu Fuß durch verschneiten Wald fort. Das war mühsam, denn der Schnee war tief und sammelte sich im Schaft der Gummistiefel, die ihm Bauer Schaller geliehen hatte. Aber auf die Weise musste er keine Straße benutzen. Die Zeit bis zur Dunkelheit harrte er bei einer Wildfütterungsstelle aus, gegen die Kälte stopfte er sich Heu in die Jacke.

Kurz vor siebzehn Uhr öffnete Leonhardt Kreuthner die Eingangstür des Wirtshauses zur Mangfallmühle und betrat den Gastraum. Er blieb stehen, sah sich um und erblickte eine, wenn man die Uhrzeit berücksichtigte, unerwartet große Schar von Gästen. Darunter Johann Lintinger und Schinkinger Joe, ein reiferer Mann, der im Ruf stand, einmal Jura studiert zu haben. Hinter dem Tresen Harry Lintinger, Johanns Sohn und Wirt der Mangfallmühle.

Einen Augenblick herrschte überraschte Stille im Raum. Dann rief Johann Lintinger: »Da is er ja, der Hundling!«

Es folgte frenetischer Applaus, und auch einige Freudenpfiffe waren dabei. Kreuthners Flucht hatte es mittlerweile bis in deutschlandweite Nachrichtensendungen geschafft. Der alte Lintinger umarmte Kreuthner und der junge gab ihm ein High five. Schinkinger Joe war sichtlich gerührt, als er vor Kreuthner stand und nicht anders konnte, als ihn in seine Arme zu schließen. Nachdem man sich gegenseitig losgelassen hatte, kehrte die Vorsicht bei Schinkinger zurück.

»Hast die Monitore im Blick?«, fragte er in Richtung Harry. Der nickte.

Hinter dem Tresen befanden sich zwei Bildschirme, auf denen Bilder von Überwachungskameras zu sehen waren. Eine regelmäßig in der Mangfallmühle verkehrende Hackergruppe hatte sie vor Jahren schon installiert, um Polizeifahrzeuge, die sich auf der einzigen Zufahrtsstraße zum Lokal näherten, zu erkennen. In der Hauptsache ging es darum, Aschenbecher und Zigaretten rechtzeitig verschwinden zu lassen.

»Mein lieber Freund«, sagte Schinkinger zu Kreuthner. »Was können wir für dich tun?«

»Ich brauch a bissl Unterstützung. Die wollen mir an Mord anhängen, wo ich net begangen hab.«

»Wir haben davon g'hört.« Schinkinger legte eine Hand um Kreuthners Schulter. »Schlimme Sache. Wir sind natürlich auf deiner Seite. Wer hier im Raum is net schon unschuldig verhaftet worden?« Sein Arm beschrieb einen Halbkreis. Keiner der Anwesenden meldete sich. Alle blickten betroffen vor sich hin, anscheinend aufgewühlt von bösen Erinnerungen. »Ihr habt's es g'hört, Leut – ein Bruder braucht unsere Hilfe.« Schinkinger nahm seine Baseballkappe ab und begann, eine Kollektenrunde zu drehen. »Jeder gibt, so viel er kann.«

»Und?«, wollte Johann Lintinger wissen. »Wie geht's weiter?«

»Ich brauch halt an Unterschlupf. Für a paar Tage, bis die ihren Irrtum geschnallt haben. Und vielleicht ab und zu an Wagen. Du hast doch oben noch a Zimmer frei?« Die Frage war an den Wirt gerichtet.

»Na ja, im Augenblick stehen da Sachen drin. Des müsst man ausräumen …«

Kreuthner blickte Harry Lintinger verwundert an – wo war das Problem?

»Aber darum geht's auch net. Des Problem is – die Bullen schauen hier ständig vorbei. Drei Mal waren's heut schon da. Also eigentlich …«

»Ja?«

Harry Lintinger suchte verdruckst nach einer Formulierung. »Eigentlich is des keine gute Idee.«

Kreuthner wandte sich dem alten Lintinger zu. »Was is mit'm Schrottplatz? Ich schlaf im Büro.«

»Bei mir suchen die doch auch«, wehrte Lintinger ab. »Und außerdem – ich mein, du hast schon Nerven! Erst ziehst mich in die G'schicht mit dem Gansel rein, und dann soll ich dir an Fluchthelfer machen. Die knasten mich ein, wenn's aufkommt. Hab ja noch Bewährung.«

»Ich hab dich in was reinzogen? Du konntst es doch gar net derwarten, dem Gansel an Aufstrich zu verpassen.«

»Weil ich einem Freund hab helfen wollen. Aber wenn des der Dank is – dass ich für dich ins G'fängnis soll …«

Kreuthner war fassungslos. Doch bevor er etwas erwidern konnte, kam Schinkinger von seiner Spendenaktion zurück und leerte den Inhalt seiner Kappe auf den Tresen. Es handelte sich, abgesehen von einem Fünfeuroschein, ausnahmslos um Hartgeld.

»Der Fünfer is von mir«, sagte Schinkinger und begann zu zählen. »Dreiundzwanzig siebzig«, sagte er schließlich. »Is net viel, aber a Anfang. Wo gehst denn jetzt hin?«

»Na ja – ich hab gedacht, ich bleib hier und helf irgendwie, dass der wahre Täter gefunden wird.«

»Ja, ja, natürlich.« Schinkinger schien irgendwie beunruhigt. »Was heißt: Ich bleib hier?«

»Ich könnt hier in der Wirtschaft bleiben. Wenn Polizei kommt, versteck ich mich. Wir wissen's ja rechtzeitig.« Kreuthner deutete auf die Überwachungsmonitore.

»Is natürlich net ganz ungefährlich«, wandte Schinkinger ein.

»Jedenfalls ung'fährlicher, wie wenn ich woandershin geh, wo ich mich net auskenn.«

»Da hab ich mich vielleicht missverständlich ausgedrückt. Ich hab gemeint: gefährlich für alle anderen. Weil, wenn die dich hier erwischen und keiner hat was gesagt, dann samma natürlich alle wegen Fluchthilfe und versuchter Strafvereitelung dran. Mir persönlich wär's egal. Aber es sind ja auch Leut dabei, die müssen an ihre Familien und Kinder denken.«

»Wer denn?«

»Is doch jetzt wurscht.« Schinkinger patschte Kreuthner auf die Schulter und drehte ihn zum Tresen. »Komm, ich geb dir a Bier aus. *One for the road*, sozusagen. Harry – zwei Halbe. Und zwei Obstler – von dem Guten.« Schinkinger lachte und knuffte Kreuthner gut gelaunt. »Mir sagen dazu immer: Kreuthner-Likör.«

Noch mehr Heiterkeit und eine gewisse Erleichterung breiteten sich aus, auch auf die Umstehenden, denn es wurde klar, dass Kreuthner gerade seinen Abschiedsdrink nahm.

»Also, hoch die Tassen!« Alle hoben ihre Biergläser. »Auf den Leo, unsern Ausbrecherkönig.« Schinkinger legte seine Hand diesmal etwas sanfter auf Kreuthners Schulter. »Was immer auch kommt, eins musst du wissen: *You never walk alone.* Deine Familie in der Mangfallmühle steht wie ein Mann hinter dir. Prost!«

Allgemeiner Jubel brach sich Bahn, Belobigungen und Solidaritätsbekundungen prasselten auf Kreuthner ein, Hände klatschten ihm auf Schultern und Rücken.

Plötzlich unterbrach ein schriller Pfiff das ausgelassene Treiben. Harry Lintinger hatte ihn abgegeben.

»Macht's die Kippen aus. Bullerei is im Anmarsch.« Er zeigte auf einen der Monitore. Dann beugte er sich über den Tresen und ergriff Kreuthners Hand. »He, Oida – ich wünsch dir viel Glück. Meld dich mal.«

»Auf geht's«, sagte Schinkinger und packte Kreuthner am Ärmel.

Kreuthner machte eine abwehrende Bewegung, setzte den noch fast vollen Bierkrug an und trank ihn in einem Zug aus. Schinkinger ließ ihn gewähren. So viel Zeit musste sein. Sobald aber der Krug abgesetzt war, wurde Kreuthner von Schinkinger und einigen anderen unter wohlwollenden Sprüchen zum Hinterausgang eskortiert.

Kurz darauf stand Kreuthner in der eisigen Winternacht, mit dreiundzwanzig Euro in der Tasche und bitterer Enttäuschung im Herzen. Das hatte er sich anders vorgestellt. Wo sollte er jetzt noch hin?

24

Es dämmerte bereits, als Wallner und Janette vor dem schmiedeeisernen Tor standen, das sich jetzt wie durch Geisterhand öffnete. Der Wald ringsherum war verschneit, und das Außenthermometer zeigte neun Grad minus. Wallner rechnete mit einem herben Kälteschock, wenn sie den Wagen verließen, und zog den Reißverschluss seiner Daunenjacke hoch. Die Villa war eher ein Schlösschen, gebaut im romantischen Stil des späten neunzehnten Jahrhunderts. Weihnachtsbeleuchtung funkelte in den Fenstern und steigerte die Anmutung des Anwesens ins Märchenhafte. Auf den Stufen, die zum Eingang führten, wartete ein Butler mit gestreifter Weste.

»Ich komm mir vor wie im Film«, sagte Janette, und eine verstohlene Begeisterung lag in ihrem Blick.

»Ja, *Der kleine Lord*«, ergänzte Wallner fachkundig.

Der Butler stellte sich als Herr Sommerfeld vor, bot an, den Wagen in die warme Garage zu fahren, was Wallner sehr begrüßte, und führte die beiden Kommissare in einen Salon mit Kaminfeuer, wo Janette nach der Toilette fragte. Herr Sommerfeld führte sie persönlich hin. Als sie zurückkam, war Kajetan Glaubert noch nicht da, aber angeblich auf dem Weg. In der Wartezeit konnte man zwischen zweierlei Sorten Tee wählen, und die Weihnachtsplätzchen, die in großer Zahl auf einem antiken Teller lagen, sahen so aus, als kämen sie aus dem Feinkosthaus, das ganz in der Nähe der Gansel'schen Wohnung lag.

»Schon wieder Käfer-Plätzchen! Ich könnte ewig in diesem Fall ermitteln«, sagte Janette und biss wollüstig in einen Zimtstern.

Kajetan Glaubert trug einen dunkelgrauen Anzug, den selbst Wallner, der nur einen preiswerten für Beerdigungen besaß, als teuer und perfekt sitzend erkannte, sowie eine dezent weiß-blau gemusterte Krawatte, die nichts anbiedernd Bayerisches hatte, ihren Träger aber, zumindest für die Leute, die es anging, als jemanden auswies, der bereit war, politisch Farbe zu bekennen.

Nach ein paar Sätzen Small Talk, in denen Glaubert es hinbekam, ein zielsicheres Kompliment über Janettes Kaschmirpullover einzuflechten, kam man zur Sache.

»Nun, der Anlass unseres Besuchs«, begann Wallner, »ist natürlich der Tod von Herrn Gansel, mit dem Sie, wie wir gehört haben, eng befreundet waren.«

Glaubert nickte angemessen betroffen.

»Unser Beileid. Es muss schwer sein, auf diese Weise einen Freund zu verlieren.«

»Ist es. Ich hoffe sehr, dass Sie seinen Mörder finden. Es macht seinen Tod nicht ungeschehen. Aber ich würde dennoch besser schlafen.«

»Wir tun, was wir können.«

»Sie haben schon jemanden verhaftet, nicht wahr?«

»Ja. Allerdings ist der Mann geflohen, wie Sie vielleicht auch schon gehört haben. Es kam auf der Herfahrt in den Nachrichten.«

»Sie wissen das aus den Nachrichten?«

»Nein. Ich wollte damit nur sagen, dass die Flucht schon öffentlich bekannt ist. Beunruhigt Sie die Tatsache, dass Herrn Gansels mutmaßlicher Mörder auf freiem Fuß ist?«

Glaubert ging kurz in sich. »Eigentlich nicht. Was immer der Mann gegen Philipp Gansel hatte – ich denke nicht, dass er etwas gegen mich hat. Oder muss ich mir Sorgen machen?«

»Vermutlich nicht.«

»Gut. Was kann ich für Sie tun?«

»Wir suchen jemanden und hoffen, Sie können uns weiterhelfen. Es geht um die Geburtstagsfeier von Herrn Gansel am neunten Oktober. Bei diesem Fest ist eine Frau aufgetaucht, die nicht eingeladen war. Herr Gansel hat sie dann aber doch empfangen und mit ihr geredet. Wissen Sie, wer diese Frau war?«

»Nein. Keine Ahnung.«

»Aber Sie waren bei dem Gespräch zwischen Herrn Gansel und der Frau dabei?«

Glaubert zögerte. »Ja, das ist korrekt.«

»Was wurde zwischen den beiden geredet?«

»Es ging um ... eine Abschiebung. Die Frau wollte, dass sich Gansel für jemanden verwendet. Also jemanden, der abgeschoben werden sollte.«

»Um wen ging es genau?«

»Tut mir leid, das habe ich nicht mehr in Erinnerung.«

»Wie kam die Frau auf den Gedanken, Herrn Gansel um Hilfe zu bitten? Kannte er die Frau?«

»Nicht wirklich ...« Glaubert überlegte, und Wallner fragte sich, ob er gerade eine Geschichte erfand. »Irgendjemand hatte sie zu ihm geschickt. So war das, glaube ich. Vielleicht jemand ... dem er einen Gefallen schuldete. Aber wahrscheinlich war das Ganze eher ein Missverständnis.«

»Wer hatte die Frau geschickt?«

»Das weiß ich leider auch nicht mehr. Kann sein, dass der Name gefallen ist. Aber Herr Gansel war Abgeordneter und Vorsitzender des Wirtschaftsausschusses. Er kannte so viele Leute ...«

»Sie kennen auch nicht gerade wenig Leute, was man so hört«, sagte Janette, die schon wieder einen Zimtstern in der Hand hatte.

»Gehört zu meinem Beruf.« Glaubert lächelte sie an, und das schien ihr nicht unangenehm zu sein.

»Konnte Herr Gansel der Frau helfen?«, setzte Wallner das Gespräch wieder auf die Spur.

»Er hat, glaube ich, gesagt, er würde mit irgendwelchen Leuten reden.«

»Mit was für Leuten? Ich meine, er war im Wirtschaftsausschuss. Der hat mit Abschiebungen nichts zu tun.«

»Philipp Gansel war in erster Linie Politiker. Er kannte natürlich auch Leute im Innenministerium. Ich meine, mehr als nachfragen war ja eh nicht drin. Ein Abgeordneter kann nicht einfach in behördliche Verfahren eingreifen.«

»Es wäre dennoch interessant für uns, zu erfahren, mit wem Philipp Gansel in der Sache reden wollte. Sie können sich an keinen Namen erinnern?«

Glaubert machte eine entschuldigende Geste.

»Aber Sie haben doch sicher darüber geredet, als die Frau weg war – oder nicht?«

»Es war sein Geburtstagsfest. Er musste sich um die Gäste kümmern. Es war keine Zeit, länger darüber zu reden. Und später hat er das Thema nicht mehr angesprochen.«

Wallner nickte, war aber sicher, dass Glaubert nicht die Wahrheit sagte.

»Was mich noch interessieren würde«, meldete sich Janette wieder zurück, »wieso hat Herr Gansel Sie zu dem Gespräch dazugebeten?«

»Ich nehme an, er wollte einen Zeugen dabeihaben.«

»Einen Zeugen?«

»Man muss ja leider vorsichtig sein, gerade als Politiker. Herr Gansel kannte die Frau nicht. Wenn Sie sich als Mann mit einer unbekannten Frau allein in einen Raum begeben, und sie behauptet hinterher, Sie hätten sie sexuell belästigt ... ist heutzutage leider so, dass man sich absichern muss.«

»Verstehe«, sagte Janette, wirkte aber skeptisch.

»Haben Sie irgendeinen Tipp, wer uns bei der Suche nach der Frau weiterhelfen könnte?«

»Sie können Fraktionskollegen von Herrn Gansel befragen, vielleicht weiß auch ein Abgeordneter einer anderen Partei etwas. Mitglieder des Wirtschaftsausschusses. Tut mir leid, aber ich kann nur raten.« Nach einer kurzen Stille sagte Glaubert: »Wieso interessieren Sie sich eigentlich so für die Frau? Ich dachte, dieser Polizist hätte den Mord aus Eifersucht begangen.«

»Es besteht dringender Tatverdacht«, sagte Wallner. »Das heißt aber nicht, dass der Fall abgeschlossen ist. Wir müssen auch anderen Spuren nachgehen.«

»Natürlich.« Glaubert setzte ein unverbindlich-charmantes Lächeln auf. »Ich wünsche Ihnen jedenfalls viel Erfolg.«

Janette steuerte den Dienstwagen durch die Winternacht und schien in Gedanken versunken.

»Was denkst du?«, fragte Wallner nach einiger Zeit.

»Wahrscheinlich dasselbe wie du: Der weiß genau, wer die Frau war.«

Wallner nickte. »Du kannst Gedanken lesen, wie alle Frauen.«

»War nicht so schwer. Ich meine, die Situation muss man sich mal vorstellen: Du hast deine Geburtstagsfeier mit hundert, zweihundert Leuten in einem Hotel, und dann taucht eine Frau auf und macht Ärger, besteht drauf, mit dir zu reden. Das macht die doch nicht, weil du irgendeinem Bekannten von ihr einen Gefallen tun sollst. Und Gansel schmeißt sie auch nicht raus, sondern redet mit ihr – in Gegenwart seines politischen Beraters. Und der hat komplett vergessen, wer die Frau war und um was es gegangen ist? *Never ever.* Glaubert verarscht uns.«

»Dabei ist er so ein angenehmer Mensch mit guten Manieren.«

»Und sieht ein bisschen aus wie George Clooney.« Janette lächelte in sich hinein.

»Hm. Ja, und sieht auch noch toll aus. Aber mach dir keine allzu großen Hoffnungen. Ich habe die Befürchtung, dass er bald für viele Jahre ins Gefängnis muss.«

»Ich wusste, du würdest eifersüchtig reagieren.« Janette schüttelte missbilligend den Kopf. »Das Haus ist übrigens wirklich interessant. Als ich von der Toilette zurückgekommen bin, habe ich in den Raum neben dem Salon geschaut. Weißt du, was da drin ist?«

»Die Krawattensammlung von Herrn Glaubert?«

»Da war eine Art Bar mit Tabledance-Bühne.«

»Interessant.«

Wallners Handy klingelte. »Manfred? … ja, kann ich schon machen … und wer ist da? … na gut, dann bis gleich.« Er drückte das Gespräch weg und schien irritiert, was Janette nicht entging. »Das war Manfred«, sagte Wallner. »Ich soll noch Nackensteaks mitbringen. Wir haben Besuch. Aber er wollte mir nicht sagen, wer gekommen ist. Überraschung!«

»Komisch. Warum sagt er das nicht?«

Wallner zuckte mit den Schultern. »Ich fürchte, er wird langsam wunderlich.«

25

Vor Wallners Haus war kein Wagen, den er einem Bekannten zuordnen konnte. Mit einer gewissen Anspannung trat er ein. War Vera überraschend mit Katja gekommen? Eher nicht. Er würde sie nächste Woche beim Gerichtstermin sehen, und außerdem hätte sie vorher angerufen. Vielleicht ein alter Freund von Manfred? Sein ehemaliger Arbeitskollege Froscheder etwa. Aber lebte der noch?

Im Flur lauschte Wallner zur offenen Küchentür, in der Erwartung einer Unterhaltung zwischen dem Gast und Manfred. Doch nur Manfred ließ sich hören.

»Hast des Fleisch dabei?«

Wallner betrat die Küche.

»Ja, hab ich.«

Er sah sich um, aber außer Manfred war niemand zu sehen. Nur ein zweites Bierglas auf dem Tisch verriet, dass bis vor Kurzem noch jemand hier gesessen hatte. Wallner legte die Tüte mit dem Fleisch auf die Arbeitsplatte.

»Ist der Besuch schon wieder weg?«

»Is gleich wieder da«, sagte Manfred.

»Muss ich so lange warten, bis du mir erzählst, wer es ist?«

In diesem Augenblick hörte man die Toilettenspülung. Manfred deutete nach draußen, als wollte er sagen: Jetzt kannst du dir selbst ein Bild machen. Kurz darauf hörte Wallner das Geräusch der Gästetoilettentür, ein paar Schritte, dann stand der Gast in der Küche und hatte Wallners Bergstiefel an. Wallner blieb der Mund leicht offen stehen bei dem Anblick, und er brachte keinen Ton heraus.

»Hättst jetzt net denkt, oder?«, sagte Kreuthner und versuchte ein Lächeln.

Wallner wandte sich entgeistert an seinen Großvater. »Sag mal – bist du von allen guten Geistern verlassen? Der Mann wird in ganz Deutschland steckbrieflich gesucht!«

»Ja eben. Deswegen braucht er ja wen, wo eahm hilft. Freunde in Not – da gehen hundert auf ein Lot.«

Wallner schoss die Frage durch den Kopf, was dieser Spruch eigentlich genau bedeutete, wischte sie aber schnell beiseite und wandte sich Kreuthner zu.

»Ich kann es einfach nicht fassen! Du kommst *hierher*? Zu *mir*? Zum Leiter der Kripo Miesbach? Was bitte hast du dir dabei gedacht?«

»Ich hab gedacht … mei, ob ich vielleicht hier übernachten könnt. Couch reicht mir.«

»Aha. Und morgen früh klopf ich dir auf die Schulter und sag: ›Mach's gut‹, und geb dir noch'n Fuffziger mit …«

»Hundert warat'n fast besser.«

Wallner lachte leise auf. »Leo – ich bin Polizist. Ich bin der Polizist, der dich verhaftet hat. Du erwartest doch nicht ernsthaft, dass ich dir bei deiner Flucht helfe?«

»Das mit der Verhaftung is okay. Des hast ja machen müssen. Schwamm drüber. Aber jetzt bin ich als Freund hier. Kriegst des Geld ja auch wieder. Wenn ich länger net zurückkommen kann, dann fragst an Lintinger Harry. Von dem krieg ich noch zweihundert für die letzte Obstlerlieferung.«

Wallner schüttelte den Kopf. »Setz dich.« Er schob Kreuthners Stuhl in eine günstigere Position und holte sich aus dem Kühlschrank ein Weißbier.

»Musste das sein, mit dem Sennleitner?«, fragte Wallner beim Einschenken.

»Das tut mir leid. Ich hab eigentlich net so hinlangen wollen. Wie geht's ihm?«

»Die Nase ist gebrochen, aber sonst okay. Die nächsten zwei Wochen ist er krankgeschrieben.«

Kreuthner nickte.

Wallner hob sein Glas, und alle drei stießen an.

»Weißt du, was sich alle fragen?« Wallner sah Kreuthner über den Rand seines Weißbierglases an. »Wie hast du das mit den Kabelbindern gemacht?«

»Kann ich dir leider net verraten. Vielleicht brauch ich den Trick noch mal.«

»Ja, der Fall könnte bald eintreten«, stellte Wallner fest und machte sich daran, das Abendessen zuzubereiten.

Manfred nahm ihm die Pfanne aus der Hand und sagte: »Ich mach schon. Der Kartoffelsalat is im Kühlschrank.«

»Was passiert jetzt?«, wollte Kreuthner wissen.

»Jetzt essen wir erst mal was«, sagte Wallner.

Während des Abendessens erzählte Kreuthner von seiner Flucht und was er dabei erlebt hatte. Eine gewisse Verbitterung schwang mit bei dem Bericht.

»Des is vielleicht a feiges G'schwerl in der Mangfallmühle. Die ham mich das letzte Mal g'sehen, des sag ich dir.«

»In nächster Zeit wirst du da mit Sicherheit nicht verkehren. Andererseits – du musst die auch verstehen. Wer will schon gern ins Gefängnis. Wenn du eine Bewährung am Laufen hast, bist du halt vorsichtig. Und dein Freund Johann Lintinger ist ganz schön in die Mangel genommen worden. Er war bei der Entführung vom Gansel dabei. Deshalb steht er unter Verdacht, dass er was mit seinem Tod zu tun hat.«

»Des is doch ois a Schmarrn.« Manfred säbelte leicht erregt an seinem Halsgrat herum. »Der Leo is doch koa Mörder net. Des musst doch sehen, wennst noch a bissl a Hirn im Schädel hast.«

»Wenn ich immer sehen könnte, wer ein Mörder ist, würde es mir die Arbeit sehr erleichtern.« Wallner wandte sich Kreuthner zu. »Du könntest uns ja sagen, was du am Tatort gemacht hast. Tust du aber nicht.«

Kreuthner schwieg.

»Aber mal was anderes, wo wir gerade zusammensitzen. Und da frage ich auch dich.« Wallner sah seinen Großvater an. »Bei der Geburtstagsparty war doch diese Frau, von der du erzählt hast. Habt ihr gesehen, wie die mit Gansel in einem Zimmer verschwunden ist?«

Beide Angesprochenen nickten.

»War da noch jemand dabei?«

Kreuthner ließ das Besteck sinken und dachte nach. »Jetzt, wo'sd es sagst: Des war so: Erst ham s' an Marius gerufen, dem g'hört des Hotel.«

»Marius Fitschauer? Den wir bei der Witwe des Opfers getroffen haben?«

»Genau. Den kenn ich ja noch von früher. Aus der Zeit mit der Philo. Also, der Marius war zuerst da, hat mit der Frau geredet, dann sind's irgendwann zu dritt dag'standen, also der Marius, der Gansel und noch einer so um die sechzig. Der ganze Trupp is dann weggegangen und in einem Raum verschwunden. Ich schätz, das war des Büro vom Marius. Er hat wahrscheinlich g'sagt: Hier könnt's in Ruhe reden. Er selber ist aber zurückgekommen. Und ich mein, die beiden anderen waren ziemlich nervös. Also, der Gansel hat die Hosen voll g'habt. So was seh ich.«

»Der andere auch?«

»Der war a bissl cooler. Aber dem is auch der Stift gangen.« Kreuthner zog die Augenbrauen zusammen. »Was is mit der Frau?«

»Erstens weiß ich's nicht. Zweitens dürft ich es dir auch nicht sagen.«

»Aber die könnt was mit dem Mord am Gansel zu tun haben?«

»Wir werden es rausfinden. Mit wir meine ich die SoKo.«

Nachdem der Halsgrat verspeist war und Kreuthner noch ein Bier getrunken hatte, sagte Wallner: »Leo – es ist so weit.«

»Clemens – des kannst net machen.«

»Ich mach's wirklich nicht gern, aber es ist das Beste für alle Beteiligten. Du musst dich stellen.«

Kreuthner atmete durch und schüttelte den Kopf.

»Du willst doch den Leo net etwa verhaften?« Manfred stand mühsam auf und stützte sich am Küchentisch ab. »Nicht in meinem Haus! Der Leo is unser Gast. Und mir werden nicht das heilige Gastrecht verletzen.«

»Ich fürchte doch. Das Strafrecht geht hier vor. Und bitte reg dich nicht so auf. Wir klären das wie Erwachsene.«

»Keine Ahnung, was du damit meinst«, sagte Kreuthner, »aber ins G'fängnis geh ich net.«

Kreuthner stand jetzt auf. Wallner war allerdings schneller und ging in den Flur hinaus. Dort schloss er die Eingangstür ab und warf den Schlüssel in ein dafür vorgesehenes Kästchen in der Garderobe. Als er sich wieder umdrehte, stand Kreuthner vor ihm.

»Du wirst jetzt bitte keine alberne Szene hinlegen und nicht versuchen, aus irgendeinem Fenster zu klettern.« Wallner griff nach dem Festnetztelefon, dessen Dockingstation sich an der Garderobe befand, und wählte eine Kurzwahlnummer. Kreuthner sagte nichts, aber sein Blick flatterte. Offenbar überlegte er, wie er aus der Situation herauskommen konnte. »Hallo, guten Abend. Hier ist der Clemens Wallner. Schickt doch bitte einen Streifenwagen. Der Leo ist bei mir.« Kreuthner sandte Wallner einen wütenden Blick. »Ja, er hat sich gestellt. Beeilt euch, bevor er sich's anders überlegt.« Wallner beendete das Gespräch und verschränkte die Hände vor der Brust.

»Ich hab dir echt vertraut«, sagte Kreuthner.

»Nein. Du vertraust mir eben nicht. Du vertraust mir

nicht, dass ich diesen Fall aufkläre und deine Unschuld beweise – falls du unschuldig bist. Jetzt wirst du mir vertrauen müssen.«

»Wenn ich draußen bleib, kann ich dir helfen. Ich kann dieses Mädel finden. Ich kann …«

In diesem Moment hörte man ein Rumpeln aus der Küche und ein lang gezogenes Stöhnen. Wallner überlegte keine Sekunde und rannte los. Manfred war in der Küche auf die Knie gesunken und stützte sich mit einer Hand auf einem Stuhl ab, die andere hielt er an seine Brust.

»Was ist mit dir?«

Wallner beugte sich zu ihm hinunter.

»Mir is schwindlig. Des is alles zu viel für mich. Die Aufregung …«

Wallner blickte zur Küchentür. Dort stand Kreuthner und starrte besorgt auf Manfred.

»Wir müssen einen Krankenwagen rufen.«

Was Wallner nicht sehen konnte, war das wedelnde Handzeichen, das Manfred in Kreuthners Richtung machte. Der verschwand im Flur, unmittelbar darauf hörte man, wie die Tür aufgeschlossen und geöffnet wurde. Wallner nahm's hin und half seinem Großvater auf die Beine, dann beim Hinsetzen auf den Stuhl.

»Gibst mir a Glas Wasser?«

»Klar.« Wallner ging zum Spülbecken. »Brauchen wir den Krankenwagen noch?«

»Ich glaub, es geht wieder.«

Wallner reichte Manfred das Wasserglas und sah ihm lange beim Trinken zu. Schließlich sagte er: »Du hast es gut gemeint. Aber du hast ihm keinen Gefallen getan.«

26

Kreuthner besaß, als er das Wallner'sche Haus verließ, immer noch das Mountainbike vom Schaller-Bauern, das er neben der Haustür abgestellt hatte. Viel Zeit würde ihm nicht bleiben, vielleicht fünf bis zehn Minuten, bis die Fahndung auf vollen Touren lief. Doch das war Zeit genug, um mit einem schnellen Fahrrad Miesbach zu verlassen und auf kleine Nebenstraßen zu gelangen. Die nächtliche Dunkelheit hatte den Vorteil, dass man Autos rechtzeitig kommen sah.

Selbst auf den Nebenstraßen war noch so viel Verkehr, dass Kreuthner sich ein Dutzend Mal in die Büsche schlagen musste, bevor er den Schaller-Hof erreichte. Die legendäre Daunenjacke des Miesbacher Kripochefs, die er bei seiner Flucht hatte mitgehen lassen, leistete ihm dabei gute Dienste, denn die Kälte war beißend.

Auf dem Hof war alles still. Nur in der Wohnküche flackerte bläulich Fernsehlicht. Es musste etwa zwanzig Uhr sein. Kreuthner hoffte, dass die Bauern sich von der *Tagesschau* informieren ließen und nicht von *Heute* oder noch früheren Nachrichtensendungen. Dann bestand eine gewisse Chance, dass sie noch nichts von der spektakulären Flucht gehört hatten, bei der ein Mordverdächtiger in der Nähe von Weyarn mit einem Polizeiauto getürmt war. *Wenn* dem so war … Kreuthner lehnte das Fahrrad an die Scheunenwand und hoffte, dass er es nicht mehr brauchen würde. Dann ging er zu der hölzernen Schiebetür, hinter der er heute Mittag den Streifenwagen zurückgelassen hatte. Sie besaß kein Schloss und konnte ohne Weiteres zur Seite geschoben werden, was allerdings Kraft erforderte und ein schabendes Geräusch verursachte. Kreuthner drückte die Tür vorsichtig auf. Es rumpelte lauter, als er erwartet hatte. Kreuthner hielt inne und blickte zum Haupthaus, ob sich dort etwas tat. Aber anscheinend hatte ihn niemand gehört. Er warf einen Blick ins Innere des Holzschuppens – der Streifenwagen war noch da. Gerade als Kreuthner das Tor weiter aufschieben wollte, hörte er, wie jemand gegenüber die Haustür öffnete. Er drückte sich schnell hinter die Ecke des Schuppens.

Ein Mann um die vierzig kam aus dem Haus und zündete sich eine Zigarette an. Es musste der Jungbauer sein. Nachdem die Zigarette brannte und er ein paar Züge genommen hatte, holte er ein Handy aus seiner Hose, ließ das Display aufleuchten und wählte eine Nummer.

»Guten Abend. Schaller hier. Ich hab grad in den Nachrichten gesehen, dass es heute bei uns in der Gegend eine Flucht gegeben hat, mit am Streifenwagen. Mein Vater hat gesagt, heute Mittag wäre jemand am Hof vorbeigekommen, also a Streifenwagen, und der wär a bissl merkwürdig gewesen …«

Aus dem Haus hörte Kreuthner die Stimme des alten Schaller: »Den Wagen hat er hierg'lassen!«

»Warten S' amal«, sagte der junge ins Telefon. »Mein Vater hat was wegen dem Wagen gesagt. Ich geb'n Ihnen mal …«

Der Mann ging zurück ins Haus.

Kreuthner schoss aus dem Schatten hinter der Scheune hervor und drückte – jetzt ohne Rücksicht auf die Lärmentwicklung – das Schiebetor auf, so schnell es ging, setzte sich in den Wagen und fuhr los. Die Wagenschlüssel hatte er vorsichtshalber behalten. Im Rückspiegel sah er, wie die bäuerliche Familie ihm von der Eingangstür aus nachblickte.

Wallner hatte die Zentrale in Miesbach von Kreuthners abermaliger Flucht in Kenntnis gesetzt und sich dumme Fragen, wie denn so was passieren könne, verbeten. Dann hatte er gewartet, bis der Streifenwagen, den er schon vorher zur Abholung von Kreuthner angefordert hatte, eingetroffen war. Er schilderte den Beamten, was er im Groben auch schon der Zentrale mitgeteilt hatte, nämlich Kreuthners derzeitiges Erscheinungsbild und dass er vermutlich keinen Pkw habe, sein Aktionsradius also wahrscheinlich begrenzt sei. Schließlich hatte sich Wallner noch davon überzeugt, dass es seinem Großvater gut ging und er in der Lage war, allein ins Bett zu gehen.

Die meisten Büros der Polizeiinspektion waren dunkel. Nur die Nachtschicht bevölkerte das Gebäude, als Wallner eintraf. Er begrüßte die Beamten und sagte, er wolle die nächste Zeit hier zur Verfügung stehen. Vielleicht könne er helfen, Kreuthner zu finden. Eine junge Beamtin namens Johanna Gruber brachte ihn auf den neuesten Stand der Entwicklungen.

»Der is kurz nach acht auf am Hof in der Nähe von Weyarn gewesen.«

»Kurz nach acht?«, fragte Wallner nach. »Wo ist denn dieser Hof?«

Johanna zeigte ihm auf einer altmodischen Karte des Landkreises, wo sich Kreuthner hinbegeben hatte.

»Das sind ja sechs, sieben Kilometer! In zwanzig Minuten. Dann war der jedenfalls nicht zu Fuß unterwegs.«

»Wir vermuten, er hat a Mountainbike gehabt. Das hat ihm der alte Bauer heut Mittag geliehen.«

Wallner staunte.

»Es war wohl so, dass der Leo da mit dem Streifenwagen aufgetaucht ist und gesagt hat, er müsst an Flüchtigen verfolgen und er bräucht a Fahrrad. Und wenn er keins kriegt, muss er's beschlagnahmen.«

»Und der Streifenwagen?«

»Den hat er dagelassen. Die Schallers, so heißen die Bauern, haben anscheinend den ganzen Tag keine Nachrichten gehört. Erst heute Abend ham s' es aus der *Tagesschau* erfahren. Und genau da, wo sie anrufen, hat sich der Leo den Wagen wieder geholt.«

»Dann ist er jetzt mit dem Streifenwagen unterwegs?«

»Vielleicht denkt er sich, dass es in der Nacht net so auffällt«, sagte Johanna. »Ich hab's jedenfalls noch mal an alle Kollegen rausgegeben. Der Wagen ist ja schon zur Fahndung ausgeschrieben.«

»Das war auf alle Fälle richtig. Ihr habt die Kollegen auch informiert, dass der Flüchtige eine blaue Daunenjacke trägt?«

»So eine wie deine?«

Wallner sah die junge Kollegin sehr ernst an. »Das *ist* meine.«

»Ah, drum! Hab mich schon g'wundert, dass du im Mantel kommst. Hat er die geklaut?«

»Hat er.«

»Wahrscheinlich hat er sich denkt, dass du ohne deine Daunenjacke das Haus net verlassen kannst«, feixte ein anderer Kollege von hinten. Johanna kicherte verstohlen.

»Findet ihr nicht, dass das Thema ist ein bisschen zu ernst ist für Witze? Im Übrigen hat er auch noch meine Bergschuhe gestohlen.«

»Habt's dieselbe Schuhgröße? Wie praktisch«, stichelte der Kollege weiter.

»Nein, mein Großvater hat noch zwei Paar von meinen besten Bergsocken draufgelegt.«

Es klingelte. Ein Blick auf den Monitor zeigte, dass eine Frau vor der Tür stand. Es war Karla Tiedemann. Sie hatte offenbar ihre Karte nicht dabei. Johanna ging nach draußen, um sie reinzulassen.

»Nix für ungut wegen der Jacke«, sagte der spaßige Kollege und deutete auf sein Headset. »Die fragen, ob du eine Idee hast, wo der Leo mit dem Streifenwagen hingefahren sein könnte.«

Wallner nickte nachdenklich. Währenddessen kamen Johanna und Tiedemann herein.

»Oh – Herr Wallner! Machen Sie Überstunden?«

»Ich versuche Schadensbegrenzung.«

»Ich habe gehört, dass Kreuthner aufgetaucht und dann wieder geflüchtet ist. Da dachte ich, ich schau mal vorbei. Was ist denn genau passiert?«

»Ich erzähl's Ihnen gleich.« Wallner wandte sich an die Kollegen von der Nachtschicht. »Ich könnte mir vorstellen, dass er zum Schrottplatz vom Lintinger gefahren ist. Er muss ja den Streifenwagen loswerden und sich ein anderes Auto besorgen. Beim Lintinger kennt er sich aus.«

»Ich geb's weiter«, sagte Johanna.

Nachdem er sich den Streifenwagen vom Schaller-Hof wiederbeschafft hatte, war Kreuthner klar: Er würde nicht viel Zeit haben. Die Fahndung nach dem Wagen lief ja ohnehin seit den Mittagsstunden. Allerdings würde man jetzt noch intensiver danach suchen, und sie wussten, in welchem Umkreis sich Kreuthner ungefähr befand. Die Zeit würde, so hoffte Kreuthner, knapp reichen, um den Schrottplatz von Johann Lintinger zu erreichen.

Der Platz lag im Mondlicht, Schnee glitzerte auf den Autowracks. Kreuthner wusste, wo Lintinger seinen Schlüssel versteckt hatte, und verschaffte sich mühelos Zutritt zum Gelände. Es war Kreuthner klar, dass die Polizei ihn in nächster Zeit auch hier suchen würde. Aber es half nichts. Er musste den Streifenwagen loswerden, gegen ein anderes Fahrzeug austauschen und hoffen, dass er das schaffte, bevor die Kollegen aufkreuzten.

Kreuthner wusste, wo Lintinger die Wagenschlüssel aufbewahrte. Drei Schrottfahrzeuge musste er ausprobieren, bis er einen klapprigen Lieferwagen fand, der noch fuhr. Der bekam eilig rote Nummernschilder, und Kreuthner machte sich auf den Weg in die Nacht. Er konnte sich denken, wo die Polizei Kontrollen aufbauen würde, und fuhr ein paar Umwege.

Wallner und Karla Tiedemann saßen in dem Raum neben der Telefonzentrale, sodass sie schnell erreichbar waren, wenn es Neuigkeiten gab.

»Hat Kreuthner Sie überwältigt?«

»Nein. Das hätte er nicht gemacht. Er neigt eigentlich nicht zu Gewalt.«

»Herrn Sennleitner hat er die Nase gebrochen.«

Wallner nickte. »Ist eher untypisch. War vielleicht die Situation. Nein, mein Großvater hat einen Schwächeanfall bekommen. Ich hab wohl die falschen Prioritäten gesetzt.«

»Ich bitte Sie! Das Leben Ihres Großvaters geht ja wohl vor. Wie alt ist er denn?«

»Einundneunzig.«

Tiedemann war erstaunt. »Wahnsinn. Andererseits – wenn er Ihr Großvater ist, muss er ja mindestens so alt sein.«

»Ja, bei uns in der Familie kriegt man früh Kinder.« Wallner rührte in seinem Tee herum. »Na, jedenfalls hab ich die Sache gründlich verbockt.«

»Finden Sie wirklich?«

»Ich hätte das irgendwie anders anpacken müssen. Ich dachte, ich könnte Herrn Kreuthner davon überzeugen, sich freiwillig zu stellen.«

»Warum sollte er? Er wird lebenslänglich bekommen. Das ist nun mal die Mindeststrafe, auch wenn er sich stellt.«

»Es ist eben die Frage, ob er tatsächlich verurteilt wird. Wir sind noch längst nicht am Ende der Ermittlungen angelangt.«

»Sie haben ihn doch selbst verhaftet.«

»Wegen dringenden Tatverdachts. Wir verdächtigen ihn. Er ist noch nicht überführt.«

Tiedemann sah Wallner etwas skeptisch an.

In diesem Augenblick kam Johanna aus der Telefonzentrale.

»Du hast recht gehabt«, sagte sie. »Der Leo war beim Lintinger am Schrottplatz.«

»Das heißt, er war nicht mehr da, als unsere Leute hingekommen sind?«

Johanna nickte. »Die holen jetzt den Lintinger, damit der uns sagt, welchen Wagen der Leo vom Schrottplatz mitgenommen hat.«

»Ja, gute Idee. Aber die sollten sich nicht zu viel davon versprechen.«

»Weil die z'sammhelfen?«

»Weil bei den meisten Fahrzeugen von Lintinger irgendwas faul ist. Das heißt, der wird kein Interesse haben, dass wir den Wagen finden. Aber versucht es einfach mal.«

»Das heißt, Kreuthner ist jetzt mit einem unbekannten Fahrzeug auf der Flucht?«, fragte Tiedemann.

»So ist es. Kann also dauern, bis wir ihn finden.«

Tiedemann nickte nachdenklich, dann sah sie Wallner an. »Wollen wir noch einen Wein trinken gehen?«

Wenig später saßen sie in einer Pizzeria in der Miesbacher Innenstadt, die Einrichtung eine Spur zu rustikal, aber das Licht war sparsam und bildete einen angenehmen Kontrast zur Neonbeleuchtung in der Polizeiinspektion. Die Weinkarte bot keine Sensationen feil. Tiedemann trank einen Pinot Grigio für vier Euro fünfzig, Wallner ein Weißbier.

»Ich wollte mich noch bei Ihnen entschuldigen«, sagte Tiedemann, nachdem sie angestoßen hatten.

»Wofür denn?«

»Für mein Interview. Das hätte ich mit dem Pressemann abstimmen sollen.«

»Warum haben Sie es nicht gemacht?«

»Weil ich es nicht leiden kann, wenn sich andere in den Vordergrund spielen. Da mach ich's lieber selber.«

»Sie meinen Herrn Tischler?«

»Ja, den vor allem.«

»Dann sollten Sie sich bei ihm entschuldigen. Er hat sich bestimmt am meisten darüber geärgert. Nachdem Sie ihm schon seine Rede über die herausragende Bedeutung des Falles gestohlen haben.«

»Er wird's überleben.«

Tiedemann lächelte Wallner gut gelaunt an. Oder genauer gesagt: mit diebischer Freude. Wallner fielen jetzt Dinge an ihr auf, die er vorher nicht bemerkt hatte. Details, die untergehen, wenn das Gegenüber Vorgesetzte, Kollegin oder sonst jemand ist, mit dem man in erster Linie beruflich zu tun hat. Etwa, dass der Ansatz ihrer blonden, dünnen Haare, die sie halblang trug, ziemlich weit oben lag. So weit, dass man sich als Mann Sorgen um die Zukunft seiner Frisur hätte machen müssen. Als Frau hingegen hatte man keine Sorgen, nur eine schöne hohe Stirn. Wallner jedenfalls fand sie schön. Tiedemanns Nase wiederum hatte einen dezenten Höcker, was ihr etwas Dynamisches gab und zusammen mit dem leicht vorspringenden Kinn ein Gesicht formte, das auf Charakter mit Kanten schließen ließ.

»Ihnen macht das Spaß, oder?«, sagte Wallner

»Was meinen Sie?«

»Dieser Clinch mit Tischler.«

»Ein bisschen.«

Wallner roch einen Rest Parfüm, der von Tiedemann herüberwehte. Es roch blumig – Rose oder Maiglöckchen, dazu ein Hauch Orange. Er hatte es tagsüber nicht an ihr wahrgenommen. Vermutlich hatte sie nur sehr wenig davon aufgelegt, gerade so viel, um es selbst zu riechen.

»Wieso sind Sie eigentlich nach Miesbach gegangen?«

»Ich mag die Gegend. Und ich mochte die Aufgabe. Eine

ganze Behörde mit vielen Mitarbeitern zu leiten, hat mich gereizt.«

»Verstehe«, sagte Wallner. »Aber nach dem, was man über Sie sagt, hätten die Ihnen sicher auch eine noch größere Behörde gegeben.«

»Kann sein. Aber ich … ich hatte meine Gründe.« Sie nahm einen Schluck Wein, und Wallner fiel auf, dass sie relativ kräftige, aber lange Finger hatte, die Nägel besaßen eine praktische Länge und waren mit Klarlack überzogen. »Sie hatten doch auch schon bessere Angebote, habe ich gehört.«

»Ja, es gab mal Anfragen«, sagte Wallner. »Aber nichts Aufregendes.«

»Seien Sie nicht so bescheiden. Sie hätten die Mordkommission in Frankfurt haben können.«

»Schon. Aber was mach ich in Frankfurt?«

»Sind Sie so heimatverbunden?«

Wallner antwortete nicht gleich.

»Oder liegt's an Ihrem Großvater?«

»Auch. Ja.« Er knibbelte am Bierdeckel herum. »Wissen Sie – er kocht für mich. Ohne ihn in Frankfurt wäre ich verhungert.«

Tiedemann lächelte mit nach unten geschlagenen Lidern. »Ist doch gut, wenn man jemanden hat, auf den man nicht verzichten möchte.«

»Ja«, sagte Wallner. »Das ist jedenfalls ein guter Grund zu bleiben.«

Wallners Handy vibrierte einmal. Er warf einen Blick auf das Display.

»Gibt's was zu Kreuthner?«

»Nein. Das war Janette Bode. Sie hat sich bis jetzt Überwachungsvideos aus Bayrischzell angesehen und will morgen früh mit mir drüber reden. Scheint was entdeckt zu haben.«

27

Kreuthner verbrachte die Nacht in dem Transporter, den er sich auf dem Schrottplatz besorgt hatte. Er war nach München gefahren, um ein paar Dinge zu organisieren, und hatte die Maria-Theresia-Straße im noblen Bogenhausen am Rande des Isarufers zum Parken gewählt. Der Wagen würde zwar auffallen, denn so heruntergekommen war sonst kein anderer in der ganzen Straße. Andererseits war das hier das exakte Gegenteil von einem sozialen Brennpunkt, es würde daher kaum ein Streifenwagen vorbeikommen. Und wenn, dann würde sein Fahrzeug nicht auf der Fahndungsliste stehen. Falls sie inzwischen seinen Besuch auf dem Schrottplatz bemerkt hätten – Johann Lintinger würde der Polizei nie im Leben sagen, welcher Wagen fehlte. Soweit sich Kreuthner erinnerte, gab es für den Transporter nicht mal einen Brief.

Es war beißend kalt, und Kreuthner hätte gern den Motor laufen lassen. Leider stand die Benzinanzeige bedenklich nahe bei null. Und so musste er eine Nacht lang frieren. Entsprechend früh erwachte Kreuthner. Es war halb sieben und noch dunkel, als er sich auf den Weg zum Isarufer machte, um dort mit einem Obdachlosen ins Geschäft zu kommen. Ein Interessent war rasch gefunden. Und so wechselte Wallners blaue Daunenjacke für einen nicht ganz so molligen alten Wintermantel und eine Inka-Mütze den Besitzer. Wallner hatte wahrscheinlich ordentlich gejammert wegen seiner Jacke, sodass auch der letzte Dorfpolizist wusste, was Kreuthner trug. Die neuen Kleidungsstücke hatten einen etwas strengen Geruch, aber Kreuthner selbst hatte auch schon länger nicht mehr geduscht, und die Flucht war schweißtreibend gewesen.

Von der Isarbrücke machte sich Kreuthner zu Fuß auf in die Innenstadt zum Bahnhofsviertel, das er kurz vor acht erreichte. Die meisten Geschäfte waren um die Zeit noch geschlossen. Das aber, welches Kreuthner im Sinn hatte, würde offen sein. »Güners Handy Shop« stand über der Tür. Das Schaufenster, vor dem noch das heruntergelassene Rollgitter hing, war mit Handymodellen aller Marken und Preisklassen gefüllt. Ein weiterer Hinweis lautete »Handyklinik«, passend dazu wurden im Schaufenster beispielhaft die Tarife für diverse Dienstleitungen genannt, wie »iPhone X – Display tauschen – € 89,90«. Vor der Tür hing kein Rollgitter mehr. Claus war also da.

Claus Heldenstein hatte den Laden von einem ehemaligen Geschäftspartner gekauft, als der eine mehrjährige Haftstrafe antreten musste. Eymen Güner wollte die Familie während seiner Abwesenheit versorgt wissen und feilschte nicht allzu lange um den Kaufpreis. Der Laden war ideal für Heldensteins Zwecke. Er brauchte eine neue Basis für seine weitverzweigten Geschäfte. Eigentlich war er Gebrauchtwagenhändler der alten Schule mit Standplatz an einer Münchner Ausfallstraße. Aber das Geschäft war die letzten Jahre durch die Internetkonkurrenz vor die Hunde gegangen. Handys verkaufen und reparieren – das klang nach Zukunft. Außerdem übernahm er von Güner einen jungen Mann, der sich in der Materie auskannte und den Laden zur Not auch allein führen konnte.

Kreuthner sah niemanden, als er den Laden betrat. Aber der Geruch von frischem Kaffee hing in der Luft. Kreuthner drückte auf eine Klingel auf dem Verkaufstresen. Nach einer Weile hörte er schleppende Schritte, dann erschien aus dem hinteren, dem Kunden nicht einsehbaren Bereich des Ladens ein Mann von etwa siebzig Jahren, mit Weste, Jeans und Cowboystiefeln, die weißgraue Mähne zum Pferdeschwanz gebunden. In der Hand hielt er einen Kaffeebecher mit der Aufschrift »METALLICA … AND COFFEE FOR ALL«.

»Ist noch net auf«, raunzte er Kreuthner an. Und als Kreuthner zur nicht abgeschlossenen Tür wies, fügte er hinzu: »Auf is, wenn Öffnungszeit is. Steht groß am Fenster.«

»Macht ja nix. Is mir eh lieber, wenn sonst keiner da is. Ich hätt nämlich was mit dir zum bereden.«

Der Mann setzte seine Metallica-Tasse auf dem Counter ab und betrachtete Kreuthner mit Argwohn. »Mir kennen uns aber net, oder?«

»He, Claus – natürlich kennst mich.« Kreuthner wies mit beiden Händen auf sein Gesicht und sah sein Gegenüber mit großen, auffordernden Augen an. »Is a paar Jahr her.«

»Tut mir leid, aber da klingelt gar nix.«

Claus nahm einen Schluck Kaffee und beäugte Kreuthner argwöhnisch beim Trinken über den Tassenrand hinweg.

»Ich bin der Leo – dein Patenkind.«

Claus verschluckte sich in einer Weise, dass ihm der Kaffee durch die Nasenlöcher schoss.

Nachdem er sich mit einem Papiertaschentuch gesäubert hatte, sah er Kreuthner konsterniert an. »Was für a Patenkind?«

»Leo!«, sagte Kreuthner.

»Leo *who*?«

»Geh komm! Ich bin der Kreuthner Leo. 1972 war die Taufe.«

»Und ich war Taufpate? Echt jetzt?«

Kreuthner nickte.

»Da ham die mich abg'füllt, oder ich hab schlimmes Zeug geraucht. Ich und Pate? Wer is deine Mutter?«

»Die Kreuthner Marianne.«

Claus verengte die Augen zu Schlitzen und schien nachdenklich zu werden. »Ja, Scheiße, irgendwas war da. Die Marianne!«

»Is leider schon lange verstorben.«

»Tut mir leid.«

»Tja – viel Kontakt ham mir ja net g'habt. Aber meine Mutter hat mir einiges von dir erzählt. Deswegen hab ich deinen Lebensweg immer a bissl verfolgt.«

»Ah geh.« Claus musterte Kreuthner und hielt dabei seine Metallica-Tasse wie zum Schutz vor sich. »Jetzt weiß ich auch wieder, wieso ich diese dämliche Patenschaft übernommen hab.«

»Und warum?«

»Sie hat gesagt, dann hängt s' mir net die Vaterschaft an. Ich hab's zwar net glaubt, dass ich das war. Da gab's genug andere. Aber man weiß ja nie.« Er setzte seine Tasse ab und verschränkte die Hände vor der Brust. »Wenn ich dich so anseh, dann würd ich sagen: nie im Leben. So was setz ich net in die Welt.« Er machte eine beschwichtigende Geste. »Is net bös g'meint, es is nur …«

»Kein Problem. Das mit meinem Vater is eigentlich geklärt.«

»Ah ja?«

»Der Pirkel Max is mein Vater.«

»Der Max, der alte Loser, der hat amal was zustande gebracht? Gibt's ja net!« Claus' Heiterkeit verebbte so schnell, wie sie gekommen war. »Tut mir leid. Wollt nix gegen deinen Vater sagen. Was kann ich für dich tun?«

»Mei – ich steck a bissl in der Klemme.«

Claus wich deutlich mit dem Oberkörper zurück, als wollte er einem drohenden Boxschlag entgehen. »Aha?«

»Ich bin ja eigentlich Polizist, aber im Augenblick …«

»He, Moment!« Claus schien in diesem Moment eine ungeheure Erkenntnis zu dämmern. »Polizist? Heilige Scheiße! Du bist der Typ, der den Abgeordneten abgeknallt hat!«

»Nein. Ich hab den net … die behaupten das, aber das stimmt net …«

Claus stürmte an Kreuthner vorbei zur Ladentür, blickte mit Panik im Gesicht nach draußen, als erwartete er, dort ein sturmbereites SEK zu sehen, und schloss hektisch ab.

»Du spinnst ja wohl, hier aufzutauchen. Geh vom Fenster weg!«

Claus zog Kreuthner zur rückwärtigen Tür. Dahinter befand sich ein winziger Gang, der mit Stapeln von Handykartons gefüllt war. Von hier gingen eine Toilettentür ab und eine in ein kleines Büro, das ebenfalls vollgestellt war, aber noch Platz bot für einen Schreibtisch, der aussah, als hätte ihn in den Neunzigern eine AOK-Niederlassung entsorgt. »Da rein!« Er schubste Kreuthner in das Büro-Kabuff und zog die Tür hinter sich zu.

»Was willst du hier? Mir kennen uns überhaupts net.«

»He, sorry – ich bin dein Patenkind.«

»Is mir doch scheißegal. Du verziehst dich jetzt, und zwar ausm Klofenster. Wenn dich jemand hier sieht, bin ich wegen Fluchthilfe dran. Ich hab genug Ärger mit den Bullen.«

»Na, na, na! So einfach geht des net. Du hast da mal was geschworen.«

»Hä?«

»Du hast geschworen, dass du dich um mich kümmerst, wenn meine Eltern tot sind. Mein Mutter is schon lang tot, und mein Vater hat vor Kurzem erst an Hirntumor überlebt. Der kann sich also auch net um mich kümmern.« Kreuthner blickte Claus intensiv und mit Verzweiflung im Blick an. »Ich hab niemanden mehr auf der Welt – nur noch dich!«

»Wie alt bist du?«

»Neunundvierzig.«

»Da kann man sich um sich selber kümmern.«

»Ich bin auf der Flucht und ehrlich gesagt – am Arsch.«

»Kann man so sagen. Die Bullen in ganz Europa suchen dich, und auf deinen Kopf is a Belohnung ausgesetzt. Und da erwartest du …?« Claus stockte und dachte offenbar kurz nach. Am Ende seines Sinnens legte sich eine unerwartete Milde über sein Antlitz, und als er Kreuthner anblickte, lagen mit einem Mal Erbarmen und Empathie in seinen Augen. »Hast ja recht«, sagte er und nickte scheinbar tief bewegt. »Bist echt a arme Sau. Komm, setz dich. Schauen wir mal, was wir für dich tun können.«

Kreuthner spürte eine so überwältigende Erleichterung, dass sich nach all der einsamen Zeit auf der Flucht endlich eine Seele seiner annahm, dass sein sonst bestens funktionierendes Misstrauen wie auf Propofol dahindämmerte.

»Also erzähl – was hast'n jetzt vor?«

»Folgender Plan: Erst mal brauch ich was zum Haarefärben. Kann ich das hier machen?«

»In der Toilette is a Waschbecken. Was hättst denn gern?«

»Blond halt.«

Claus betrachtete Kreuthners Kopf, und seine Mimik signalisierte Zustimmung.

»Dann bräucht ich a Handy und a bissl Kohle.«

»Was heißt … a bissl?« Claus war instinktiv wieder in den Abwehrmodus zurückgeschnappt.

»Was kannst mir denn geben?«

»Na ja … ich mein, man muss natürlich berücksichtigen, dass die Wahrscheinlichkeit, dass ich's wiederkrieg in den nächsten zwanzig Jahren … also die schätz ich jetzt nicht so hoch ein.«

»Darum geht's ja. Ich will meine Unschuld beweisen. Ich muss nur jemand Bestimmtes finden, und dann müssen die mich freilassen, verstehst. Dann kriegst dein Geld – mit Zinsen.«

»Ah ja … wenn des so is.« Claus zog sein Portemonnaie aus der rückwärtigen Hosentasche und fingerte im Scheinefach herum, wobei er es so hielt, dass Kreuthner nicht sehen konnte, was drin war. Schließlich legte er zwei Zwanziger auf den Tisch. Kreuthners Körperhaltung fragte, ob nicht ein bisschen mehr ginge. Claus zögerte und legte dann mit einer Was-soll-der-Geiz-Attitüde noch einen Zehner drauf.

»Haarfärbemittel besorg ich dir auf meine Kosten.«

»Danke.« Kreuthner steckte die karge Bargeldgabe ein. »Handy?«

Ein generöses Lächeln zeigte sich in Claus' Gesicht. »Da hab ich genau das Richtige für dich. Erste Sahne für flüchtige Verbrecher.« Beschwichtigende Geste. »War a Spaß.«

Kreuthner signalisierte mit einer Handbewegung, dass das kein Problem für ihn war.

»Prepaidhandy. Hundert Prozent anonym. Is hier eigentlich verboten. Ich hab die Karte aus Holland.«

»Sehr gut!« Das war absolut nach Kreuthners Geschmack.

»Und für mein Patenkind – umsonst.«

»Wow!«, sagte Kreuthner und dachte dabei, dass es ja auch kaum Sinn machen würde, wenn er mit den fünfzig Euro das Handy bezahlen müsste. »Und jetzt hab ich noch a Frage.«

»Schieß los.«

»Es gibt da eine junge Frau, die hab ich mal mit dem Gansel gesehen.«

»Der Typ, wo erschossen worden is?«

»Genau. Die Frau war ziemlich hübsch und wollte was vom Gansel. Die hat den … belästigt, gestalkt. Wie auch immer. Du hast doch gute Kontakte ins kriminelle Milieu, wenn meine Informationen stimmen. Hast du da irgendwas gehört? Ich mein, es wär a großer Zufall, aber …«

»Wie hat die ausg'schaut? Typ Sekretärin? Oder Nutte?«

»Ziemlich lange Fingernägel, Tattoos, osteuropäischer Akzent.«

»Vielleicht a Stripperin?«

»Kann sein.«

»Dann fragst amal den Oli Matischik. Der is Geschäftsführer vom Vegas. Ich geb dir die Adresse. Sag einfach, du kommst vom Claus.«

Kreuthner bedankte sich überschwänglich. Dann besorgte Claus Haarfärbemittel. Und während Kreuthner auf der Toilette ein anderer wurde, bereitete Claus das Handy vor. Aus Gründen der Vorsicht bestand er dann doch darauf, dass Kreuthner sich über das Klofenster verabschiedete, allerdings nicht, ohne dass er ihn auf das Herzlichste in den Arm genommen hätte.

Am Ende winkte er noch einmal in den Hinterhof hinaus, wo Kreuthner seiner jetzt wieder einsamen Wege ging. Dann schloss Claus das Fenster, atmete durch, setzte sich an seinen Schreibtisch und wählte eine Nummer.

»Grüß Gott, Heldenstein mein Name. Es geht um den flüchtigen Polizisten, der den Abgeordneten umgebracht hat … ja, ich kann Angaben machen, die zur Ergreifung des Mannes führen … ich fürchte, ich muss da mit jemand anderem reden. Wer ist denn der zuständige Staatsanwalt? … Ah, der Herr Tischler. Das trifft sich. Können Sie mich direkt verbinden?«

Das war nicht möglich. Aber Claus bekam eine Telefonnummer, unter der sich jedoch nur die Zentrale meldete. Claus erklärte, welch entscheidende Rolle er in der Mordsache Gansel zu spielen gedachte, und bat, dies dem Staatsanwalt auszurichten.

28

Tischler war gleich morgens um neun in Miesbach eingetroffen, um sich über die neusten Entwicklungen im Mordfall Gansel zu unterrichten. Er saß mit Wallner, Janette und Mike in einem Besprechungsraum und war noch nöliger als sonst.

»Wie muss ich mir das vorstellen? Der Mann ist in Ihrem Haus und kann wieder entkommen? Hätten Sie ihn nicht niederschießen können?«

»Nein, hätte ich nicht. Ich nehme meine Dienstwaffe nicht mit nach Hause. Außerdem hat mein Großvater wegen der ganzen Aufregung einen Schwächeanfall erlitten, und ich musste mich um ihn kümmern. Sehen Sie es mir nach, dass das Leben meines Großvaters sehr weit oben auf meiner Prioritätenliste steht.« Wallner hatte einen Augenblick tatsächlich darüber nachgedacht, ob es für Manfred nicht Konsequenzen haben müsste, Kreuthner zur Flucht verholfen zu haben. Es handelte sich immerhin um Strafvereitelung in einem Mordfall. Eine Sekunde später war Wallner freilich die Absurdität dieses Gedankens bewusst geworden. Leichte Bauchschmerzen hatte er trotzdem – wie immer, wenn etwas nicht den korrekten Gang der Dinge ging.

Irgendwann hatte sich Tischler wieder beruhigt, und Janette konnte die Früchte ihrer nächtlichen Videoanalyse präsentieren. Sie saßen vor einem großen Bildschirm, auf dem im Augenblick das Standbild einer Straße bei Nacht zu sehen war.

»Ich habe die Aufnahmen mal zusammengeschnitten. Die erste kennen Sie bereits.«

In das Standbild kam Bewegung. Ein großer BMW fuhr an der Kamera vorbei.

»Das ist der BMW des Mordopfers.« Janette deutete auf den Timecode. »Neunzehn Uhr fünfzehn. Herr Gansel ist auf dem Weg zum Tatort.«

Ein Zucken im Bild kündete von einem Schnitt. Ein weiteres Fahrzeug passierte die Überwachungskamera.

»Das ist elf Minuten später, neunzehn Uhr sechsundzwanzig. Der Wagen ist ein Audi Q5, bei der Farbe sind wir uns nicht ganz sicher. Die Bildqualität ist ziemlich schlecht. Aber wir tippen auf Navarrablau Metallic. Leider wissen wir noch nicht, wem der Wagen gehört. Die Nummernschilder kann man nicht erkennen, weil die Autos nur von der Seite zu sehen sind.«

»Was ist an diesem Wagen interessant?«, wollte Tischler wissen.

»Er ist eines von vier Fahrzeugen, die in der Zeit, die wir ausgewertet haben, die Kamera zwei Mal passiert haben.«

»Und die anderen Fahrzeuge?«

»Die anderen beiden außer dem Wagen von Gansel und dem Audi sind der Wagen von Herrn Kreuthner und ein Lieferwagen, den wir durch seinen Firmenaufdruck identifizieren konnten. Ein Handwerker, der Werkzeug bei einem Kunden vergessen hatte. Er hat es geholt und ist wieder zurückgefahren. Der Kunde hat das bestätigt. Außerdem passt auch der Zeitablauf nicht zu den drei anderen Fahrzeugen. Es lagen nur sechs Minuten zwischen Hin- und Rückfahrt.«

»Und bei den anderen?«

»Herr Tischler ...« Wallner war kurz davor, unfreundlich zu werden. »Wollen wir nicht einfach Frau Bode weitermachen lassen? Ich bin sicher, Ihre Fragen werden alle beantwortet werden.«

»Ja, ja, bitte! Machen Sie!«

»Nachdem wir also den Lieferwagen aussortiert hatten, blieben noch diese drei Fahrzeuge: Gansel, Kreuthner und der Q5. Kreuthner sehen wir hier.« Janette zeigte die nächste

Sequenz. Kreuthners alter Passat kam an der Kamera vorbei. »Neunzehn Uhr siebenundzwanzig. Wobei hier die Sekundenanzeige interessant ist: Das war lediglich vierzehn Sekunden nach dem Q5.«

»War das in der anderen Richtung auch so?«

Wallner fragte sich, woher Tischlers ständige Ungeduld kam, sagte aber nichts.

»Da kommen wir gleich dazu«, zügelte diesmal Janette die Ungeduld des Staatsanwalts. »Was wir schon wissen, ohne es auf Video zu haben, ist die Ankunftszeit von Gansel am Tatort. Laut seinem Navi war das um neunzehn Uhr fünfundzwanzig. Er brauchte also zehn Minuten von der Kamera bis zu dem Hotelrohbau. Wir sind das mal abgefahren, und das ist die Zeit, die man bei mäßigem Verkehr für die Strecke benötigt.« Janette wandte sich wieder dem Computer zu. »Und jetzt schauen wir mal, wie das mit der Rückfahrt aussieht.«

In diesem Augenblick fing Tischlers Handy an zu brummen. Er hatte es auf leise gestellt, aber die Vibration war an. Er warf einen Blick auf das Display.

»Wenn mein Büro anruft, muss es wichtig sein. Tut mir leid, ich muss da rangehen.«

Er nahm das Gespräch an und begab sich nach draußen, und Wallner vermutete, dass in Tischlers Welt wohl deutlich mehr Dinge wichtig waren als in seiner.

»Was gibt es?«, sagte Tischler, während er das Büro verließ. »Und das konnte er nicht der Polizei sagen? … Ach, der Heldenstein. Was für ein Zufall. Ja, ich ruf ihn an.«

Tischler drückte das Gespräch weg und rief eine WhatsApp-Nachricht auf, die gerade hereingekommen war und Claus Heldensteins Handynummer enthielt. Dann schloss er die noch einen Spaltbreit offene Tür zum Besprechungsraum und wählte die Nummer.

»Hier Tischler. Ich grüße Sie, Herr Heldenstein. Sie wollten mich sprechen?«

»Herr Tischler! Das freut mich, dass Sie so prompt zurückrufen«, sagte Heldenstein. »Wir haben ja im Augenblick wegen dieser lästigen Hehlereig'schicht miteinander zu tun. Wie schaut's denn da aus?«

»Man sagte mir eigentlich, Sie würden mir verraten, wo wir den Verdächtigen im Mordfall Gansel finden.«

»Ja, ich kann Ihnen in der Tat sagen, wie Sie Herrn Kreuthner finden. Aber vielleicht reden wir erst über das Verfahren. Was halten Sie von einer Einstellung gegen Auflagen?«

»Ich soll Ihnen für Ihre Information bei dem Hehlereiverfahren entgegenkommen? Wir sind nicht auf dem Bazar, Herr Heldenstein.«

»Ich will nur, dass Sie noch mal mit Abstand drüber nachdenken. Ich meine, wir reden hier von zehn Handys.«

»Wir reden von gewerbsmäßiger Hehlerei.«

»Im Augenblick reden wir von zehn Handys, und für Hehlerei müsste ich ja gewusst haben, dass die gestohlen waren. Ganz ehrlich? Ich hatte keine Ahnung, und man sieht es den Handys ja nicht an.«

»Das zu beurteilen sollten wir dem Gericht überlassen.«

»Das ist ja eben die Frage – ob wir das dem Gericht überlassen sollten. Um des lieben Friedens willen würde ich ja eine Einstellung gegen Auflage akzeptieren. Sie haben den Fall vom Schreibtisch, und ich kann damit leben, wenn auch mit Schmerzen.«

Tischler überlegte. Heldenstein wollte seine Information über Kreuthner gegen Straffreiheit verkaufen. Die Hehlerei von zehn Handys war Tischler ziemlich gleichgültig im Gegensatz zu der Info über Kreuthner. Das wäre ein hübscher Erfolg, den er sich ans Revers heften könnte. Aber so billig wollte er sich dann doch nicht verkaufen.

»Einstellung ist indiskutabel. Strafbefehl, fünfzig Tagessätze.«

»Zwanzig. Sonst muss ich Insolvenz anmelden.«

»Reden Sie keinen Unsinn.«

»Jetzt san S' net so herzlos. Dreißig.«

»Fünfunddreißig. So, was ist jetzt mit Kreuthner?«

»Ich bin mir wirklich keiner Schuld bewusst, aber ... na Schwamm drüber, mach ma's so. Okay – zu Ihrem flüchtigen Mörder. Die Belohnung steht ja noch?«

»Ich dachte, es geht Ihnen um das Hehlereiverfahren.«

»Na, irgendwie muss ich Ihren Strafbefehl ja finanzieren.« Claus lachte, aber Tischler fand es nicht lustig. »Okay, im Ernst – die Belohnung gibt es noch?«

»Ja, natürlich.«

»Gut. Ich sag Ihnen jetzt, was wir beim Kreuthner machen und wie Sie ihn finden können. Es wäre aber nett, wenn Sie ihm nicht unbedingt sagen, mit wessen Hilfe Sie ihn gefunden haben.«

»Weil ...?«

»Es gibt da eine persönliche Beziehung zwischen Herrn Kreuthner und mir. Sie werden es nicht glauben, ich bin tatsächlich sein Patenonkel. Aber bei Mord hört sich die Verwandtschaft natürlich auf ...«

In die Besprechung kehrte Tischler mit der beschwingten Attitüde eines Mannes zurück, der soeben einen Sieg errungen hatte, bei dem selbst verbohrteste Neider nicht umhinkonnten, ihm Applaus zu zollen.

»Und? War's wichtig?« In Wallners Ton lag eine Prise genervte Langeweile.

»Wie man's nimmt«, sagte Tischler. »Herrn Kreuthners Freigang neigt sich dem Ende entgegen.«

»Sie wissen, wo er ist?«

»Noch nicht. Mein Informant hat Kreuthner ein Handy

gegeben, das man per GPS orten kann. Ich treffe ihn nachher in München. Dann übergibt er mir die erforderlichen Informationen.« Was Tischler nicht sagte, war, dass Heldenstein die Behörden erst dann in die Lage versetzen würde, die Ortung vorzunehmen, wenn der ausgehandelte Strafbefehl rechtsgültig beim Amtsgericht beantragt war. »So. Dann schauen wir uns noch ein bisschen Ihre Videos an«, sagte Tischler gönnerhaft zu Janette und badete dabei sichtlich in seinem kleinen Triumph.

Janette schaltete die Videoaufzeichnung wieder ein. »Die uns interessierenden Fahrzeuge haben die Kamera jetzt alle in Richtung Tatort passiert. Jetzt geht es darum, wer wann zurückkommt.«

Ein dunkler Wagen rauschte durchs Bild. Janette stoppte die Aufnahmen, und auf dem Standbild war der Audi von vorhin zu sehen.

»Neunzehn Uhr fünfzig, der Q5 kommt zurück. Vierundzwanzig Minuten sind vergangen, seit er die Kamera in der anderen Richtung passiert hat.«

Die nächste Aufnahme zeigte Kreuthners Passat.

»Neunzehn Uhr fünfundfünfzig. Kreuthner kommt zurück. Er hat achtundzwanzig Minuten gebraucht. Es sieht so aus, als wäre er allein im Wagen. Kann man aber aus der Perspektive nicht mit Sicherheit sagen. Und hier …«, Janette spielte die nächste Aufnahme ein, »… sehen wir den Wagen des Mordopfers.«

Gansels BMW fährt auf dem Bildschirm vorbei, Janette stoppte das Video.

»Neunzehn Uhr neunundfünfzig.«

Tischler starrte auf das Standbild.

»Wer im Wagen sitzt, kann man nicht erkennen? Sie haben doch so Programme, wo unscharfe Bilder wieder scharf werden.«

»In dem Fall leider nicht. Die Kamera ist relativ weit oben

installiert. Dadurch wird beim Fahrer der Kopf abgeschnitten. Was man sagen kann, ist, dass der Fahrer wahrscheinlich über einen Meter achtzig groß war. Vielleicht auch eine große Frau. Gansel war eins zweiundsiebzig. Aber der war zu dem Zeitpunkt ja vermutlich schon tot.«

»Gut«, sagte Tischler. »Aber was wir jetzt definitiv wissen, ist, dass Herr Kreuthner einen Komplizen hatte, der den Wagen des Opfers weggefahren hat.«

»Was heißt definitiv?« Wallner lehnte sich über den Tisch in Richtung Tischler. »Definitiv wissen wir erst mal gar nichts von dem, was sich an diesem Hotelrohbau abgespielt hat. Man kann genauso gut annehmen, dass der Mann, der Gansels Auto gefahren hat, auch sein Mörder war. Vielleicht hat Kreuthner nichts mit dem Tod von Gansel zu tun. Vielleicht hat er was damit zu tun, ist aber nicht der Täter. Wir sollten uns zu diesem Zeitpunkt nicht auf irgendetwas festlegen, das nicht bewiesen ist.«

»Ich weiß, es fällt Ihnen vielleicht schwer, in Herrn Kreuthner den Täter zu sehen, aber …«

»Nein, Herr Tischler«, ging Wallner dazwischen. »Ich würde es genauso sehen, wenn wir irgendeinen anderen Verdächtigen hätten. Schauen wir uns die Fakten an und ziehen wir nur die Schlüsse, die auch zwingend sind. Mehr sage ich nicht.«

»Na gut. Wie geht es jetzt weiter?«, wollte Tischler wissen.

Janette schaltete den Bildschirm aus. »Im Augenblick sind wir dabei herauszufinden, wem der Q5 gehört.«

»Das heißt, wir checken landesweit, wer einen Q5 in Navarrablau fährt?«

»Wir können natürlich nicht jeden einzelnen überprüfen. Das sind Tausende. Aber jeder sollte sich mal die Liste mit den Fahrzeughaltern durchsehen. Vielleicht fällt einem ja ein Name auf.«

29

Die Kälte war immer noch schneidend, als Kreuthner durch die Straßen der Innenstadt lief, um zu seinem Wagen zurückzugelangen – jetzt erblondet und mit neuem, wenn auch versifftem Wintermantel. Die Haarfarbe und sein mehrere Tage alter Bart machten ihn zu einem anderen Menschen, und er hoffte, dass die Fotos, die sie im Fernsehen und im Internet von ihm zeigten, so wenig wie möglich seiner jetzigen Erscheinung ähnelten. Er hatte dennoch stets ein wachsames Auge auf die Umgebung, und wenn er Polizisten sah, nahm er auch größere Umwege in Kauf.

Von den fünfzig Euro, die er von Claus Heldenstein bekommen hatte, investierte Kreuthner zwanzig in Sprit und hatte es so in nächster Zeit bei laufendem Motor einigermaßen warm. Als Standort wählte er den IKEA-Parkplatz in Brunnthal vor den Toren der Stadt. Dorthin würde sich kein Streifenwagen verirren. Und der Parkplatz war riesig.

Das Handy ließ er zunächst ausgeschaltet. Zum einen, um Strom zu sparen, zum anderen, weil er nicht einschätzen konnte, ob jemand in der Lage sein würde, ihn über das Handy zu orten. Als er es dann einschaltete, ging der erste Anruf nach München-Bogenhausen.

»Leo!«, sagte die weibliche Stimme am anderen Ende der Leitung. Sie klang freudig überrascht, auch ein wenig erleichtert. »Du bist das wirklich, oder?«

»Ja«, sagte Kreuthner.

Dann sagte eine Weile keiner etwas. Kreuthner hatte die Füße auf dem Armaturenbrett und die Eisblume auf dem Außenspiegel im Blick.

»Geht's dir gut?«, fragte schließlich Philomena.

»Geht so. Ich sitz im Warmen. Und du?«

»Ich hab mir Sorgen gemacht.«

»Musst net.«

»Ich mach mir immer noch Sorgen.«

Wieder schwiegen beide.

»Wie sie mir gesagt haben, dass du geflohen bist, hab ich an damals denken müssen. Wie der Chuck hinter uns her war.«

»Ja, spinnst du! Da ist mir echt der Stift gegangen«, sagte Kreuthner, und ein wohliges Gefühl von überstandener großer Gefahr erfüllte ihn.

»Hat man dir nicht angemerkt.«

»Hat man schon, oder?«

»Nein. Du hast immer so getan, als hättst du alles im Griff.«

»Auch als die mich verprügelt haben?«

»Klingt vielleicht komisch, aber ... selbst da hatte ich irgendwie den Eindruck, du kriegst das hin.«

»Mir ham's ja auch hingekriegt.« Kreuthner sah auf der Straße, die am IKEA-Gelände vorbeiführte, einen Polizeiwagen entlangfahren. »Damals jedenfalls.«

»Leo ...?«

»Ja ...«

»Warum haben die dich verhaftet?«

Kreuthner zögerte. »Die denken, ich war's.«

»Du hast den Philipp nicht umgebracht. Das weiß ich einfach.«

»Hab ich auch net. Aber ... na ja, ich war am Tatort.«

»Wann?«

»An dem Abend, wo es passiert ist.«

Schweigen am anderen Ende.

»Ich hab ihn gesehen.«

»Den Philipp?«

»Ja.«

»War er da schon ... ich meine, hat er noch gelebt?«

»Nein, da war er schon tot.«

Wieder war da Stille am anderen Ende der Leitung. Kreuthner registrierte das. Vor allem registrierte er, dass Fragen, die sich jetzt eigentlich aufdrängten, nicht gestellt wurden.

»Du hättest die Polizei verständigen müssen.«

»Ja, hätte ich.«

»Hast du aber nicht.«

»Nein.« Es hatte angefangen zu schneien. Schneeflocken stoben über den endlosen Parkplatz, wurden gegen die Windschutzscheibe geweht und schmolzen sogleich, denn die Scheibe war warm vom Gebläse der Heizung. Kreuthner überlegte, was noch zu sagen war. Was wollte er eigentlich? Wenn er es recht bedachte, wollte er nur eins: Philos Stimme hören. »Ich hab mir gedacht, das kann dumm ausgehen. Wo ich doch mit dem Philipp den Streit gehabt hab bei der Feier, verstehst? Und dann kommt auch noch raus, dass ich da unter falschem Namen war und wie ich an die Einladung gekommen bin. Also ich hab überlegt und überlegt, und am End hab ich gedacht, es is schlauer, wenn wer anders den Philipp findet.«

»Hätte ich vielleicht auch so gemacht«, sagte Philomena. »Die werden sicher rausfinden, wer den Philipp wirklich erschossen hat.«

»Ich hoff's.« Kreuthner betrachtete den grauen Dezemberhimmel durch die tanzenden Flocken. Wehmut überkam ihn. »Denkst du noch an früher? "

»Ja. Oft.« Es entstand eine Pause, und Kreuthner meinte, Philomena seufzen zu hören. »Ich denk dann, was wohl gewesen wäre, wenn mich mein Vater nicht nach Amerika geschickt hätte. Ob wir dann noch zusammen wären?«

»Ich glaub net. Ich bin ein komischer Vogel, weißt.«

»Natürlich weiß ich's. Das fand ich ja gut an dir.«

»Vielleicht hättst es irgendwann nimmer gut gefunden. Is nämlich anstrengend. Also, haben mir andere Frauen gesagt.«

»Hm … vielleicht …«

»Ich denk mir, es is gut so, wie es is. Wenn du net nach Amerika gegangen wärst, wärma nimmer z'samm. Und so – hamma uns wieder getroffen, und hinter mir is die Polizei her, und du hast deinen Mann verloren, aber – mir ham nur super Erinnerungen. Verstehst, was ich mein?«

»Nicht ganz.«

»Wenn damals aus uns a Paar geworden wär, dann wären mir schon längst auseinander. Und wahrscheinlich täten mir uns gar nimmer mögen. Und so mögen wir uns immer noch. Und zwar jetzt. Was früher war – da kannst dir nix für kaufen. *Jetzt* is es gut. Darauf kommt's an.«

Am anderen Ende der Leitung hörte Kreuthner ein Lachen. Es war leise und voller Zuneigung – jedenfalls in Kreuthners Ohren.

»Du bist echt verrückt«, sagte sie. »Die wollen dich für den Mord an meinem Mann lebenslang einsperren. Und für dich is alles gut. Kannst du mir ein bisschen davon abgeben?«

»Logisch. Wenn mir uns das nächste Mal sehen. Ich muss langsam Schluss machen. Sonst orten die mich noch. Ich meld mich!«

30

Maria saß auf dem Bett in ihrem Apartment und hielt den braunen Umschlag in der Hand. Er wog schwer, obwohl es nur ein paar hundert Gramm waren. Die Summe machte wohl, dass er sich so schwer anfühlte. Fünfundzwanzigtausend Euro. Das war viel Geld. Geld, das man nach Ungarn schicken konnte. Und sich ein paar neue Schuhe und Kleider kaufen, eine Miu-Miu-Handtasche – na gut, vielleicht sollte sie's nicht übertreiben –, auf alle Fälle aber das italienische Akkordeon mit dem Cassotto-Klang. Und dafür würde sie sich sogar von ihren langen Fingernägeln trennen. Sie freute sich seit vielen Jahren auf den Tag, an dem sie es sich würde leisten können. Und leisten hieß, nicht den letzten Cent dafür ausgeben. Jetzt war es endlich so weit – und sie freute sich nicht mehr. Warum nur? Sie hatte Geld angenommen für etwas, das sich sowieso nicht ändern ließ, ob sie es nahm oder nicht. Aber es hatte ihr von Anfang an aufs Gemüt geschlagen.

Heute hatte Maria von einer Kollegin, die öfter als sie die Nachrichten im Internet las, erfahren, dass der Landtagsabgeordnete Philipp Gansel tot war. Jemand hatte ihn erschossen. Die Nachricht hatte sie zutiefst erschreckt. Hatte der Mord etwas mit ihrem Geld zu tun? Wahrscheinlich nicht. Aber wenn doch? Sie musste unbedingt mit jemandem reden.

»Maria …« Seine Stimme klang angenehm ruhig wie immer. »Was kann ich für Sie tun?«

»Ich hab Sorgen«, sagte sie mit immer noch leichtem Akzent, aber ihr Deutsch war in den letzten Jahren sehr gereift und hatte sogar eine bayrische Färbung angenommen.

»Warum haben Sie Sorgen?«

»Na, warum? Der Herr Gansel ist tot.«

»Ja, das stimmt leider«, sagte er, und es klang, als müsste es, da bedauerlich, bedauert werden, würde aber ansonsten keinen Einfluss auf den allgemeinen Fortgang der Dinge nehmen.

»Ist es wegen dieser G'schicht?«

»Nein, sicher nicht. Da müssen Sie sich keine Sorgen machen.«

»Das sagen Sie jetzt, damit ich mich nicht beunruhige.«

»Nein. Es besteht wirklich kein Grund zur Sorge.«

Sie brauchte ein wenig, bis sie zum nächsten Gedanken kam, er ließ ihr die Zeit.

»Wissen Sie – ich fühl mich nicht gut.« Sie machte eine Pause und lauschte, ob es eine Reaktion gab. Es gab keine. »War das richtig, dass ich das Geld genommen habe? Erst hab ich geglaubt, ja. Jetzt zweifel ich ein bissl.«

»Ich kann Sie verstehen. Es würde mir auch so gehen. Wenn man immer nur mit sich selber redet, entwickelt man solche Schuldgefühle. Aber versuchen Sie, die Dinge rational zu sehen, auch wenn es vielleicht schwerfällt. Erstens: Das Geld haben Sie keinem Armen weggenommen. Es wurde Ihnen von jemandem angeboten, wenn nicht gar aufgedrängt, der mehr als genug davon hat. Richtig?«

»No ja, das stimmt wohl.« Es war mehr seine ruhige Art zu sprechen, die ihr ein bisschen Erleichterung verschaffte.

»Zweitens: Sie haben Gutes dadurch bewirkt, dass Sie nichts tun. Wir beide wissen nicht, was vor zehn Jahren geschehen ist. Vielleicht weiß es niemand. Aber wenn die Dinge jetzt aufgewühlt würden – das könnte Menschen ruinieren. Menschen, die sich nichts haben zuschulden kommen lassen. Hab ich recht?«

»Wahrscheinlich. Sie ham meistens recht.«

»Und drittens: Wie sieht die Alternative aus? Wenn Sie

zur Polizei gehen – würde dabei irgendetwas herauskommen nach all der Zeit?«

»Weiß nicht.«

»Ich weiß es auch nicht. Aber die Wahrscheinlichkeit geht nahe null. Und selbst wenn, kommt am Ende vielleicht nur heraus, dass sie nicht mehr lebt.«

»Aber dann kann man es der Familie sagen.«

»Ja, das stimmt.« Es entstand eine kleine Pause. »Sie sind nicht glücklich mit Ihrer Entscheidung, nicht wahr?«

»Nein.«

»Statt des Geldes hätten Sie lieber Gewissheit, was damals mit Ihrer Freundin passiert ist.«

»Können Sie das verstehen?«

»Ja, das kann ich verstehen. Ich mach Ihnen einen Vorschlag: Sie unternehmen noch einen Versuch, sie zu finden, und ich helfe Ihnen dabei. Ich verfüge über andere Mittel und Kontakt e als Sie. Gehen wir es einfach noch mal an – und wenn wir dann immer noch nicht wissen, was geschehen ist, dann tun Sie, was Ihr Herz Ihnen sagt.«

»Das … das klingt gut. Okay. Wir machen das so.« Maria fühlte, dass er gerade eine große Last von ihrer Brust genommen hatte und sie wieder freier atmen konnte. »Sagen Sie – Sie haben den Herrn Gansel doch am Samstag noch getroffen?«

»Äh … was meinen Sie?«

»Ich hab Sie gesehen. Bei Vittorio.«

»Sie waren am Samstag da?«

»Ja, mit ein paar von den Mädels. Ich hab nicht stören wollen. Wir waren am Tisch hinter Ihnen.«

»Ist ja witzig.« Er zögerte. »Ich hoffe, Sie haben nicht zu viel von unserem Gespräch mitbekommen. Das waren Geschäftsgeheimnisse.«

»Nein, nein. Ich hab nur gehört, dass Sie sich verabredet haben. Haben Sie ihn noch mal gesehen, bevor er … gestorben ist?«

»Nein. Leider nicht.« Es schien, als wollte er noch etwas sagen, tat es dann aber nicht. »Gut. Ich muss Schluss machen. Lassen Sie uns morgen telefonieren, wie wir weiter vorgehen. Ich bin sicher, wir bekommen heraus, was Sie wissen wollen.«

»Ich hoffe es. Dann bis morgen.«

Maria war mit einem Mal beunruhigt. Sie hatte das Gefühl, während der letzten Sätze des Telefonats hatte sich seine Stimmung geändert. Und sie wusste nicht, wie sie das deuten sollte.

31

Kreuthner fuhr langsam durch die nächtlichen Straßen des Gewerbegebiets im Münchner Osten. Nicht zu langsam, das konnte Verdacht erregen, aber mit mäßigem Tempo. Er fuhr eine Straße entlang, auf der am frühen Abend noch erstaunlich viel Verkehr war, und am Eingang der Tabledance-Bar Vegas vorbei, die ihm Claus Heldenstein genannt hatte. Das zweistöckige Gebäude war unauffällig, keine Neonreklame, nur ein für die Branche dezentes Schild über dem Eingang. Kreuthner suchte sich einen Parkplatz in der Nähe. Parkplätze gab es um die Zeit reichlich.

Ein kräftiger junger Mann in Smoking öffnete Kreuthner die Tür und musterte ihn etwas erstaunt. Kreuthner hatte sich inzwischen in eine exotische Erscheinung verwandelt: Semmelblondes Haar, Sonnenbrille für drei Euro neunundvierzig und ein Wintermantel, der merkwürdig roch. Unter dem Mantel: Hemd, Anzug und Krawatte, die allesamt einerseits von einem bekannten Designer, andererseits aus der Kleiderkammer der Inneren Mission stammten. Ursprünglich hatte sich Kreuthner dorthin begeben, weil er hoffte, man würde ihn umsonst einkleiden. Allerdings hätte er dafür seine Bedürftigkeit belegen müssen. Das Problem gedachte Kreuthner zunächst zu lösen, indem er sich von einem der Menschen, die die Kleiderausgabe wieder verließen, ihren Nachweis über Wohngeld oder Hartz IV borgte, verfiel dann aber auf einen besseren Gedanken. Er meldete sich als freiwilliger Helfer und wurde mit dem Sortieren der angelieferten Kleidung beauftragt. Nach zwei Stunden hatte er die besten Stücke für sich zur Seite gelegt und quittierte seine ehrenamtliche Tätigkeit wieder. Der Anzug machte in der Tat etwas her, allerdings hatte Kreuthner die Stiefel von Wallner behalten, denn er würde auf seiner Flucht viel Zeit im Freien verbringen, da waren zu dieser Jahreszeit Halbschuhe unzweckmäßig. Vielleicht waren es gerade die Stiefel zum Anzug, die Kreuthner in den Augen des Türwächters als exzentrischen Dandy erscheinen ließen. Jedenfalls gab er Kreuthner ein Zeichen, dass er eintreten dürfe.

»Ich bin nicht zum Vergnügen hier«, sagte Kreuthner und bemühte sich um passables Hochdeutsch. »Ich möchte mit Herrn Matischik sprechen. Claus Heldenstein schickt mich.«

»Und Sie sind?«

»Äh … Melsung. Meinrad von Melsung. Das Von lassen wir Adeligen normalerweise weg. Nur, wenn Sie mich anmelden …«

»Schon klar«, sagte der junge Mann. »Worum geht es?«

»Um eine der Frauen, die hier arbeiten. Das Nähere würde ich gern mit dem Herrn Matischik persönlich besprechen.«

»Aha.« Der junge Mann betrachtete Kreuthner mit Argwohn. »Warten Sie hier.«

»Ach Gott!«, sagte Olivier Matischik, als ihm der junge Mann die Nachricht von dem Dandy überbrachte, der mit ihm reden wollte. »Ist das so ein Mädel-ich-hol-dich-hierraus-Typ?«

Der junge Mann zuckte mit den Achseln. »Is eher so a Durchgeknallter. Schwer einzuschätzen.«

»Okay. Soll an der Bar warten. Sag, ich bin in fünf Minuten da.«

Der junge Mann im Smoking verließ das Büro. Matischik griff zum Telefonhörer und drückte eine Kurzwahltaste.

»Servus«, sagte Matischik und spähte nach draußen. Er hatte Sicht auf einen kleinen Ausschnitt der Bar, und dort saß jetzt, mit dem Rücken zu ihm, Kreuthner. »Hier ist so ein komischer Typ reingekommen und will mit mir reden. Wegen einem der Mädels hier ... nein, keine Ahnung, um wen es geht. Ich dachte, du weißt vielleicht was. Ich geh ungern ahnungslos in so ein Gespräch ... Mittelgroß, dunkler Anzug mit Krawatte und Bergstiefeln ... ja, Fakt, der hat Bergstiefel zum Anzug an ... na gut. Dann hör ich mir mal an, was er will, und meld mich wieder.«

Kreuthner saß etwas nervös an der Bar und betrachtete die Darbietungen auf der Tabledance-Bühne.

»Was magst denn trinken?«, fragte die Frau hinter dem Tresen und lächelte Kreuthner an. Sie war eine schon etwas reifere Schönheit mit ausgesprochen hell blondierten Haaren und hatte eine mütterliche Ausstrahlung, die Kreuthner irgendwie gefiel.

»Nix im Augenblick.« Kreuthner lächelte zurück und betrachtete die glitzernden Flaschen mit Alkoholika aus aller Welt, die hinter der Bardame aufgereiht waren. Eine gewisse Wehmut überkam ihn und auch Durst.

»Hab mitgekriegt, dass du ein Von bist. Was bist denn? A Graf oder Baron?«

»Freiherr. Is aber net so wichtig. Mir san volksnah.«

»Aber an Schotter habt's trotzdem, oder?«

»Ja, sicher.«

»Warum dann nix zum Trinken?«

»Weil ... weil des Geld, des steckt bei uns in die Schlösser. Das kannst dir net vorstellen, was das kostet. Jede Kleinigkeit ... Zugbrücke kaputt – bist gleich zehn Riesen los.«

»Und das Dach erst.«

»Ja, um Gottes willen! Da darf ich gar net dran denken.«

Die Bardame nickte voller Verständnis. »Dann vielleicht a Bier?«

Kreuthner überlegte, und das Wasser lief ihm im Mund zusammen, wie der hopfige Geruch eines frisch gezapften Bieres gewissermaßen in seiner geistigen Nase aufstieg.

»Ja, komm, gib mir eins.«

Die Bardame machte sich ans Zapfen.

»Bist schon lang hier?«

»Fuchzehn Jahr im Januar.«

»Da hast ja einiges gesehen, oder? Auch Promis?«

»Schon einige. Aber langsam reicht's auch wieder. Nächstes Jahr mach ich meinen eigenen Laden auf.«

»Gratuliere. So mit ...« Kreuthner wies auf die Tanzfläche.

»Nur zum Trinken.« Sie stellte das Bier vor Kreuthner, holte eine Visitenkarte aus ihrem Ausschnitt und legte sie neben das Glas. »Vielleicht kommst ja mal vorbei. Ab ersten März.«

»Du, Gitti – tu mir die Gäste net abwerben«, sagte eine Stimme von hinten. Es war Olivier Matischik, der sich jetzt neben Kreuthner auf einen Barhocker setzte. »Was kann ich für Sie tun?«

»Erst mal einen schönen Grüß vom Claus Heldenstein. Der hat gemeint, Sie könnten mir helfen.«

Matischik machte eine Geste, die besagte: Reden Sie.

»Ich such eine junge Frau, blond mit Tattoo, eins sechzig groß. Haben Sie so eine hier?«

»Ist jetzt ein bisschen allgemein die Beschreibung. Warum suchen Sie die Frau denn?«

»Die war bei einer Geburtstagsparty am Tegernsee. So vor zwei Monaten. Und da hat sie mit einem Herrn Gansel gesprochen. Dazu würde ich sie gern was fragen.«

»Gansel? Ist das nicht der, den sie umgebracht haben?«

Kreuthner schwieg.

»Sie sind aber nicht von der Polizei, oder?«

Kreuthner überlegte eine Sekunde, dass er ja durchaus von der Polizei war, wenn auch suspendiert und zur Fahndung ausgeschrieben. »Nein. Sonst hätte ich mich ja ausweisen müssen. Es ist eher privat bei mir.«

»Tja – tut mir leid. Aber ich kann Ihnen da nicht weiterhelfen.«

»Hier gibt's keine Frau, die blond is und eins sechzig und Tattoos hat?«

»Im Augenblick nicht. Nein.« Er wies auf Kreuthners Bierglas. »Nach dem Bier würde ich Sie bitten zu gehen.« Matischik stand auf und blickte kurz zur Bardame. »Geht aufs Haus.«

Kreuthner sah Matischik nach, wie er in seinem Büro verschwand und die Tür hinter sich zuzog. Dann wandte er sich an die Bardame.

»Du kennst auch niemanden hier, der blond ist und ...«

»Nein«, sagte die Frau hinterm Tresen. Es war ihr anscheinend nicht entgangen, dass ihr Chef nicht vorhatte, Kreuthner zu helfen.

»Verstehe.« Kreuthner sah sich im Raum um. Bis auf den Bühnenbereich war es überall schummrig dunkel, und die wenigen Anwesenden waren mehr zu erahnen, als zu sehen.

»Am besten trinkst jetzt aus und gehst, bevor's Ärger gibt.« Die Barfrau hatte beide Hände auf den Tresen gestützt, und ihre kobaltblau lackierten Fingernägel trommelten auf der schwarzen Granitplatte. Kreuthner hatte verstanden.

»Dann vielen Dank.«

Er ließ sich vom Barhocker gleiten und warf noch einen letzten Blick in die Runde. Da fiel ihm eine Frau auf, die in Richtung des Büros unterwegs war. Ihrem Outfit nach arbeitete sie als Tänzerin. Kreuthner war nicht ganz sicher, beeilte sich aber, zu ihr zu gelangen, ehe sie das Büro des Geschäftsführers erreichte.

»Servus!«, sagte Kreuthner, als er vor ihr stand. Und jetzt war er sicher, dass es die Frau war. »Können wir kurz reden?«

»Ich muss eigentlich ...« Sie deutete in Richtung der Bürotür.

»Nur ganz kurz. Sie waren doch vor zwei Monaten auf der Feier von dem Herrn Gansel am Tegernsee.«

Die Frau starrte ihn erstaunt an. »Nu – und wenn? Bin viel auf Partys.«

»Sie waren das. Ich hab Sie gesehen.«

Die Frau schwieg. Eine Hand legte sich auf Kreuthners Schulter. Es war der junge Mann im Smoking.

»Sie wollten doch gehen«, sagte er.

»Gleich«, versuchte es Kreuthner und drehte sich zu dem jungen Mann um. In diesem Augenblick ging auch die Tür vom Büro auf, und Matischik kam heraus. Als er Kreuthner sah, blieb er stehen und steckte die Hände in die Hosentaschen. Kreuthner machte eine beschwichtigende Geste. »Ich war grad auf dem Weg nach draußen«, sagte er und setzte sich in Bewegung.

Matischik sah ihm nach, bis er draußen war. Dann winkte er die Frau zu sich ins Büro.

»Was wollte der Typ von dir?«

Maria zuckte die Schultern. »Weiß nicht. Ein Spinner.«

»Hat er nichts gesagt?«

»Dass er mit mir reden will. Aber dann ist der Lennard gekommen.«

Matischik nickte und schien ihr nicht wirklich zu glauben. »Ein Kunde hat dich für heute Abend gebucht.«

»Okay …?«

»Nicht hier. Du musst hinfahren.«

»Kenn ich ihn?«

»Nein. Ist aber ein netter Typ. Echter Gentleman. Mach dir keine Sorgen.«

Maria nickte, sah aber nicht glücklich aus.

»Ist das ein Problem?«

»Nein … ich denke nicht.«

»Gut. Dann mach dich fertig. Geht in zehn Minuten los.«

32

Maria saß in der Garderobe und dachte nach. Um sie herum andere Mädchen, die sich für ihren Auftritt anzogen und schminkten. Zigarettenrauch hing im Raum. Ashley mit dem großen Nasenring trank Bier aus der Flasche. Georgina tippte etwas in ihr Handy. Maria blieben nur wenige Minuten, um eine Entscheidung zu treffen. Wer war der blonde Mann, der sie angesprochen hatte? Vielleicht hatte er sie wirklich bei der Party gesehen. Sie konnte sich nicht an ihn erinnern. Allerdings konnte sie sich kaum an jemanden erinnern. Sie war zu sehr damit beschäftigt gewesen, den Abgeordneten Gansel zu finden und ihn zu fragen, was damals geschehen war. Matischik wollte den Mann offenbar loswerden und hatte ihn rausgeworfen. Und jetzt hatte sie einen privaten Auftritt bei einem Unbekannten. Das Gefühl, das in ihre Eingeweide kroch, schnürte ihr den Atem ab, und ein Kribbeln zog sich vom Unterleib bis in die Füße. Es war Angst. Große Angst. Eine Scheißangst. Maria versuchte, in den Bauch zu atmen und das würgende Gefühl zu unterdrücken, das vom Magen kam. Sie musste weg von hier. Wohin? Das wusste sie nicht. Das würde sie überlegen, wenn sie weg war. Sie zog ihre High Heels aus und schlüpfte in die Winterstiefel, streifte den Pullover über und zog ihren Kunstpelzmantel an. Ein Blick in die Handtasche, Ausweis, Führerschein, Geldkarten, Kreditkarte, Schminksachen, Handy – und das Handy, das sie für besondere Anlässe bekommen hatte. Vielleicht würde sie das benutzen, wenn sie erst mal draußen war.

»Bin für heute Abend weg«, sagte sie in den Raum hinein. Das Mädchen am Handy tippte wie in Trance weiter, Ashley mit dem dicken Nasenring nickte und trank aus der Bierflasche, und dem Mädchen, das gerade zur Bühne ging, war's einerlei. Lennard war nicht zu sehen. Maria nahm den Hinterausgang.

Die kalte Luft schnitt ihr ins Gesicht, als sie die Stahltür öffnete, die nach hinten auf den Parkplatz ging. Die Nacht war sternenlos, nur wenige Laternen spendeten Licht, das sich in gefrorenen Pfützen spiegelte. Im Schatten lagen Reste von dreckigem Schnee. Marias Wagen stand etwa hundert Meter vom Eingang entfernt. Matischik wollte nicht, dass sein Personal direkt am Hintereingang parkte, denn da kamen auch Lieferanten, und die sollten freie Bahn haben. Maria hielt mit vorsichtigen Schritten auf ihren Wagen zu, die Augen zu Boden gerichtet, um nicht auf dem Glatteis auszurutschen. Sie war in sich versunken, nur auf ihre Schritte konzentriert, und hoffte, dass sie die nächste halbe Minute nichts hören würde außer dem Geräusch ihrer Stiefel. Sie ging wie ein Roboter, setzte Fuß vor Fuß, hatte keine anderen Gedanken, atmete ein und aus und ein und aus ... Auf halbem Weg hörte sie ein metallisches Geräusch hinter sich. Jemand hatte die Stahltür geöffnet.

»Maria!«

Fuß vor Fuß, einatmen, ausatmen.

»Wo willst du hin? Bleib stehen.«

Es war die Stimme von Matischik. Sie sah nach vorn, noch fünfzig Meter zum Wagen. Sie drehte sich um. Matischik und Lennard standen vor der Stahltür des Hintereingangs.

»Lass den Quatsch!«, rief Matischik und gab Lennard ein Zeichen. Der setzte sich in Bewegung.

Maria ergriff blanke Panik. Sie rannte los. Nach zehn Metern geriet sie auf eine Eisplatte, die Füße wurden ihr weggezogen, sie landete seitlich auf einer Pobacke und rutschte zwei Meter über den Asphalt. Ein Blick zurück. Auch Lennard strauchelte beim Laufen, konnte sich aber mit Mühe auf den Beinen halten. Sie hörte ein brummendes Geräusch, war sich aber nicht im Klaren, wo das herkam. Es war ihr egal. Sie versuchte aufzustehen, rutschte dabei wieder aus, Lennard kam näher, sie konnte den Ärger in seinen Augen sehen – und dann war er mit einem Mal weg. Etwas hatte sich zwischen Lennard und sie geschoben. Ein weißer Transporter. Der Wagen hielt an, die Beifahrertür wurde geöffnet, und ein Mann winkte ihr aus dem Wageninneren zu. Es war der Mann, der sie vorhin auf den Abgeordneten Gansel angesprochen hatte. Er sagte etwas wie: »Komm rein!« Sie überlegte nicht, sondern kroch auf allen vieren den einen Meter zur Wagentür und kletterte in den Fahrgastraum. Am Fahrer vorbei sah sie Lennard auf den Wagen zurennen, straucheln, rutschen, schließlich knallte er gegen die Fahrertür. Der Mann am Steuer gab Gas, noch bevor Maria ihre Tür geschlossen hatte. Sie fiel von selbst zu. Der Wagen schlingerte beim Beschleunigen, erreichte dann aber griffigen Untergrund, und wenige Sekunden später hatten sie eine Straße erreicht.

»Hallo«, sagte Kreuthner und lächelte Maria zu.

»Hallo«, sagte Maria, ihr Blick war reserviert, sie wusste offenbar nicht, was sie von ihrem Retter halten sollte.

Kreuthner hatte jetzt die Wasserburger Landstraße erreicht, eine der großen Münchner Ausfallstraßen. An der nächsten Ampel bog er links ab, um in wenig befahrene Seitenstraßen zu gelangen.

»Kann ich dich irgendwo hinbringen?«

Maria sah Kreuthner neugierig an. »Na, das is a Service. Kannst mich nach Giesing fahren. Da wohnt a Freundin, ich übernacht bei ihr«, sagte sie schließlich.

Sie fuhren eine Weile schweigend an Mehrfamilienhäusern aus den 1970er-Jahren entlang. Die Ödnis der Fassaden wurde ab und an von Weihnachtsglitzerbeleuchtung unterbrochen.

»Warum waren die hinter dir her?«

»Weiß nicht.« Sie sah ihn von der Seite an. »Vielleicht hast a paar blöde Fragen gestellt.«

»Ich wollte nur wissen, ob du in dem Laden arbeitest.«

»Das war offenbar a blöde Frage – vom Matischik aus gesehen.«

»Was geht den Matischik der Gansel an?«

Maria zuckte mit den Schultern und klappte ihre gewaltige Handtasche auf.

»Darf ich rauchen?«

»Wennst mir auch eine gibst.«

Nach einer Weile förderte sie eine Packung superdünne Zigaretten der Marke Vogue zutage.

»Die sind mehr für Frauen«, sagte sie.

Kreuthner warf einen Seitenblick auf die Packung.

»Des a no!«, seufzte er. »Is wurscht. Mach mir eine an.«

Sie zündete zwei Zigaretten gleichzeitig an und steckte Kreuthner eine davon in den Mund. Er inhalierte tief und genoss den Serotoninschub, den das Nikotin durch jede Zelle seines Körpers schickte. Kurz darauf war die Fahrerkabine so vernebelt, dass Kreuthner das Fenster öffnen musste.

»Puh!«, sagte er. »Hab seit drei Tagen keine mehr geraucht. Hab gar net g'wusst, dass des Zeug so dröhnt.«

Maria blies Rauch aus den Nasenlöchern und sah in die Nacht hinaus.

»Noch mal zurück zum Gansel: Was hast du damals bei der Geburtstagsfeier mit dem besprochen?«

»Na, du bist mir einer. Ich kenn dich gar nicht. Da werd ich dir private Sachen erzählen!« Sie breitete fragend die Hände aus. »Wieso?«

»Weil die glauben, dass ich den Gansel erschossen hab. Wenn ich wüsst, was du mit dem Gansel geredet hast, dann wüsst ich vielleicht, was wirklich passiert is.«

Maria drehte sich weg. »Vielleicht.«

Kreuthner sah Maria an. Sie starrte nach vorn aus dem Fenster und rauchte hektisch. Viele Gedanken schienen ihr gleichzeitig durch den Kopf zu gehen. Kreuthner hätte gern gewusst, was sie zum Reden bringen würde.

»Okay. Du kennst mich net. Und du musst auch net mit mir reden. Aber vielleicht tätst ja mit jemand von der Polizei reden. Mit dem Kommissar, wo in dem Mord am Gansel ermittelt.«

Sie wandte ihm ihr Gesicht zu, und Kreuthner meinte so etwas wie Interesse darin zu erkennen. Deshalb ergänzte er: »Guter Mann. Super Kriminalist. Bissl a Paragrafenfuchser, wennst verstehst, was ich mein.«

»Klingt lustig. Was ist das?«

»Einer, wo immer alles ganz korrekt macht. So richtig deutsch. Der weiß gar net, wie man Schmiergeld schreibt.«

Sie nickte und schaffte es, dabei an ihrer Zigarette zu ziehen. Dieser Aspekt des unbekannten Kommissars schien ihr zu gefallen.

»Wie kann ich mit ihm reden?«

Kreuthner überlegte kurz. Dann fuhr er an den Straßenrand, stellte den Motor ab und nahm sein Handy aus dem Mantel. Normalerweise hatte er kein Problem damit, während der Fahrt zu telefonieren. Aber er wollte vermeiden, deswegen einer Polizeistreife aufzufallen.

Kreuthner schaltete das Gerät ein und wählte Wallners Nummer. Es meldete sich die Box.

»Servus, Clemens. Ich bin's, der Leo. Ich hab hier die Frau, die ich bei dem Geburtstag vom Gansel g'sehen hab. Die möchte gern mit dir reden. Ruf mich unter dieser Nummer zurück. Und beeil dich!«

Er drückte das Gespräch weg. Maria sah ihn an.

»Und jetzt?«

»Warten, bis er anruft.«

33

Wallner schlenderte über den Weihnachtsmarkt. Er mochte das nächtliche Treiben und die Lichter, und meistens traf er Bekannte, mit denen man einen Glühwein im Stehen trinken konnte. Vor allem aber liebte Wallner die süßen Gerüche, die ihn allenthalben umwehten. Die Stände mit dem Christbaumschmuck jedoch, den echten Wachskerzen, den Nussknackern und den Lebkuchen nahm er nur im Vorbeigehen und ohne besonderes Interesse wahr. Wallners Leidenschaft gehörte den mit Zuckerguss überzogenen Nüssen, von denen er drei Tüten gekauft hatte. Auch Manfred liebte gebrannte Mandeln, insbesondere aber Cashewkerne. Sie mussten frisch und warm sein. Dann konnte Manfred sie relativ problemlos kauen.

An einem der Glühweinstände sah Wallner Karla Tiedemann mit einem etwa sechzigjährigen Mann stehen. Der Mann war attraktiv und mochte in jungen Jahren ein Frauenschwarm gewesen sein. Aber irgendetwas war eigenartig an ihm, ohne dass Wallner hätte sagen können, was es war. Es hätte ihn interessiert, in welcher Beziehung der Mann zu Tiedemann stand. Aber er wollte sich aus dem Privatleben seiner Chefin heraushalten und beschloss, nicht an den Tisch zu gehen. Doch kaum hatte er den Entschluss gefasst, sah Tiedemann in seine Richtung und winkte ihm dezent zu. Jetzt musste er zumindest Guten Tag sagen.

»Hallo, Frau Tiedemann«, sagte Wallner und blieb einen Meter vor dem Tisch stehen.

»Grüß Gott, Herr Wallner.«

»Ach – hallo!«, sagte der Mann, als wäre gerade ein alter Bekannter an den Tisch getreten. Er lächelte zwar, seine Augen verharrten dabei aber in einem irgendwie argwöhnischen Modus.

»Herrn Wallner kennst du noch nicht«, sagte Tiedemann. »Er ist der Leiter der Kripo hier.« Tiedemann wandte sich jetzt Wallner zu. »Das ist mein Mann Wolfgang.«

»Sehr erfreut«, sagte Wallner und war ein wenig erstaunt. Aus irgendeinem Grund hatte er angenommen, dass Karla Tiedemann Single wäre. Vielleicht, weil irgendwer gesagt hatte, sie habe eine Zweizimmerwohnung gemietet, und man so etwas in ihrer Gehaltsklasse eher selten als Paar bewohnte. »Bin gerade auf dem Weg nach Hause.«

»Okay …«, sagte Tiedemann, und es hatte den Anschein, als wollte sie Wallner nicht aufhalten.

»Kommen Sie doch her«, sagte Wolfgang Tiedemann. »Sie stehen so weit weg, ich seh Sie kaum.« Er winkte Wallner zum Tisch, und als er über seinen Spruch lachte, wirkte er mit einem Mal entspannt. Tiedemann hingegen versteifte sich, wenn Wallner ihre Körpersprache richtig deutete.

»Vielleicht … wollen Sie einen Glühwein mit uns trinken?« Tiedemann bemühte sich, ein höfliches Gesicht zu machen. »Wir wollen Sie aber nicht aufhalten.«

»Ja, vielleicht einen schnellen Glühwein gegen die Kälte. Ich muss eigentlich nach Hause. Mein Großvater wartet ungeduldig auf die gebrannten Cashewnüsse.«

In diesem Augenblick trat ein Mann von etwa vierzig Jahren an den Tisch. Ebenfalls äußerst attraktiv, und seine Kleidung wirkte auf Wallner teuer und als wäre sie erst vor einer halben Stunde gekauft worden. Der Mann hatte drei Glühwein dabei und wollte sie auf den Tisch stellen. Wolfgang bedachte ihn mit einem kurzen Blick, und der Argwohn kehrte in seine Miene zurück.

»Mach doch mal ein bisschen Platz, damit Dennis die Gläser abstellen kann«, sagte Karla Tiedemann und legte ihre Hand auf die ihres Ehemannes. Wolfgang rückte zur Seite.

»Das ist Dennis Osterberg«, sagte Tiedemann zu Wallner. »Dennis – das ist Clemens Wallner, der Leiter der Kripo Miesbach. Ich hab ja schon viel von ihm erzählt, nicht wahr?«

»O ja, sie spricht in den höchsten Tönen von Ihnen.« Dennis lächelte.

»Das freut mich. Wir hatten nämlich ein paar Differenzen, und ich hatte schon befürchtet, dass mich Frau Tiedemann nicht mehr mag.«

»Ja«, sagte Tiedemann, »es gab tatsächlich ein, zwei Augenblicke, da hab ich Sie nicht so gemocht. Aber ich habe beschlossen, Ihnen noch eine Chance zu geben.«

»Sie hatte immer schon ein großes Herz«, sagte Dennis. »Soll ich Ihnen auch einen Glühwein holen?«

»Das ist ausgesprochen nett von Ihnen. Aber ich geh selber.«

Wallner stand in der Schlange vor dem Glühweinstand und warf einen Blick zurück zu Tiedemanns Tisch. Sie war im Gespräch mit diesem Dennis, während Wolfgang, dessen Hand Tiedemann immer noch hielt, sich so gut wie nicht an dem Gespräch beteiligte. Wer war Dennis? Ein Verwandter wohl nicht, denn das hätte Tiedemann bei der Vorstellung erwähnt. Und was war mit Wolfgang los? Wie hing diese *Menage à trois* zusammen? War Dennis Karla Tiedemanns Lover? Beäugte ihn Wolfgang deswegen so misstrauisch? Aber warum waren sie dann zu dritt unterwegs? Eine Menge Fragen für ein so kurzes Treffen. Wallner checkte die Urzeit auf seinem Handy, er wollte Manfred nicht zu lange warten lassen. Auf dem Display war eine Meldung, dass vor einer halben Stunde jemand angerufen hatte. Das Handy war auf lautlos gestellt, weil Wallner auf dem Weihnachtsmarkt nicht gestört werden wollte. Die angezeigte Nummer sagte ihm nichts. Der Anruf kam von einem ausländischen Handy. Er spielte die Sprachnachricht ab: »Servus, Clemens. Ich bin's, der Leo ...«, kam es aus dem Lautsprecher. Wallners Puls beschleunigte sich.

Sie standen in einer Seitenstraße in Giesing, nicht weit weg von dem Haus, in dem Marias Freundin wohnte, und warteten auf Wallners Rückruf. Kreuthner ließ den Motor laufen, denn draußen wurde es immer kälter.

»Der hat's Handy sonst immer an«, erklärte Kreuthner. »Des dauert nimmer lang, dann ruft er zurück.«

»Und der ist Kommissar? Glaubst ja selber nicht.«

»Ja, logisch is der Kommissar. Wieso denn nicht?«

Maria stellte mit gespreiztem Daumen und kleinem Finger Kreuthners Telefonat nach: »He, hallo, hier is der Leo! Ruf mich mal zurück«, polterte sie mit tiefer Stimme, um dann mit Normalstimme fortzufahren: »Des is a Schlawinerspezel von dir. Zum Kommissar sagst doch nicht Du.«

»Wennst ihn lang genug kennst, sagst eben schon Du. Und ich kenn den Mann seit ... ewig.«

»Du kennst an Kommissar! Warum? Hat er dich mal verhaftet?«

»Nein, sondern weil ich selber ...« Kreuthner stockte. »Obwohl – eigentlich hat er mich verhaftet.« Er wandte sein Gesicht Maria zu und deutete auf das Smartphone in ihrer Hand. »Vorgestern hat er mich verhaftet. Kannst ja nachschauen. Gib Gansel, Mord und Verhaftung ein.«

Maria blickte skeptisch drein, nahm dann aber ihr Handy in Betrieb und tippte die Suchwörter ein. Dann scrollte sie einen Internetartikel nach unten, blickte zu Kreuthner und sagte: »Du bist wer?«

»Leonhardt Kreuthner.«

»Ah! K. is Kreuthner, wie?«

»Ja, das bin ich.«

»Nein. Bist net du. Den Kreuthner hat die Polizei verhaftet.«

»Ja, vorgestern. Aber inzwischen bin ich nimmer verhaftet.«

»Wieso?«

»Mei … bin abg'haut.«

Maria sah Kreuthner mit großen Augen an. Dann gab sie neue Suchwörter in ihr Handy ein und starrte darauf. Und was sie dort las, versetzte sie in ausgelassene Heiterkeit: »Ha, ha, ha! Jessas na!« Maria zeigte auf das Display, dort war ein Zeitungsartikel mit der Überschrift *Verdächtiger flieht* zu sehen. »Das bist du?«

Kreuthner nickte.

Sie sah Kreuthner jetzt bewundernd an. »A so ein Hund! Bist a echter Rambo.«

Kreuthner machte eine unbestimmte Geste, der man aber entnehmen durfte, dass er mit dem Vergleich einverstanden war.

»Na Servas.« Maria kramte nach ihren Zigaretten. »Bin ich mit am flüchtigen Mörder unterwegs.« Sie fand die Schachtel in den Eingeweiden ihrer Handtasche und bot auch Kreuthner eine an. »Bist du gefährlich?«

Kreuthner zuckte mit den Achseln, während er Maria Feuer gab. »Net für Frauen.«

Sie nickte ernst, schien aber zu überlegen, ob sie nicht aussteigen sollte.

»Eigentlich für gar niemand. Ich bin ja nur abg'haut.«

Maria stieß eine blaue Wolke in Richtung Wagenhimmel. »Dann is gut. Mit Männern, wo abhauen, kenn ich mich aus.«

Eine Weile rauchten beide vor sich hin. Kreuthner checkte sein Handy, aber es hatte sich nichts getan.

»Jetzt, wo mir uns besser kennen, kanntast ja schon mal was erzählen«, schlug Kreuthner vor.

»Nein, nein. Ich red nur mit der Polizei.«

»Ich bin von der Polizei.«

Maria lachte kurz auf. »Polizei! A rechter Schmarrnkübel, das bist.«

»Ich bin Polizist! Hast es net g'lesen?«

Maria zögerte kurz, dann rief sie den Artikel wieder auf. Mit zusammengekniffenen Augen, denn sie hatte die brennende Zigarette im Mund gelassen, überflog sie den Text. Schließlich schüttelte sie den Kopf. »Polizist is er auch noch. Was hast denn da für an Schmarrn gemacht?«

Kreuthner breitete seine Hände in einer schicksalsergebenen Geste auseinander.

»Hör zu! Ich erzähl dir jetzt was. Aber nicht, weil du a Polizist bist, sondern weil ich hab so a Gefühl, du bist a arme Sau. Und da müssma zusammenhalten.«

»Okay. Ich höre …«

Sie überlegte und schien im Kopf noch einmal ihre Geschichte durchzugehen. »Es is schon lange her, ich tät sagen, so zehn Jahre …«

Wallner kam mit leeren Händen zu Karla Tiedemanns Tisch.

»Ist der Glühwein aus?«, fragte Tiedemann.

»Keine Sorge. Was die haben, reicht noch für den Abend. Ich habe einen Anruf bekommen und muss leider weg.«

»Ich hoffe, nichts wegen Ihres Großvaters.«

»Nein, dienstlich.«

Tiedemanns sah ihn äußerst interessiert an.

»Herr Kreuthner hat sich gemeldet.«

»Ah ja? Wo?«

»Er ist bei mir auf der Box. Ich rufe ihn gleich zurück und hoffe, dass ich ihn zur Vernunft bringen kann. Außerdem …«

»Ja?«

»Er hat eine Frau ausfindig gemacht, die wir suchen.«

»Okay …« Tiedemann schien zu überlegen, ob sie angesichts der neuen Entwicklungen ins Büro fahren sollte, sagte dann aber mit Seitenblick auf ihren Mann: »Viel Erfolg!«

Der Anruf kam unerwartet, während Maria ihre Geschichte erzählte. Beide starrten einen Moment die Nummer auf dem Handydisplay an, bevor Kreuthner den Anruf entgegennahm.

»Ja Servus, Zeit wird's«, sagte er ins Telefon.

»Wie geht's dir?«, sagte Wallner.

»Ich hab's warm, a hübsche Frau sitzt neben mir, und mir rauchen eine nach der andern. Besser geht's net.«

»Das heißt, die Frau ist jetzt bei dir?«

»Ja.«

»Bist du irgendwo in der Nähe?«

»Was meinst du?«

»Kannst du – oder könnt ihr jetzt nach Miesbach kommen?«

Kreuthner überlegte sehr lange.

»Komm, Leo – du hast es geschafft abzuhauen und wahrscheinlich einen Wagen zu organisieren und ein Handy. Aber mal ernsthaft – wo willst du hin? Irgendwo, wo du die Sprache sprichst. Da kommt außer Bayern höchstens noch Österreich infrage. Auf lange Sicht hast du keine Chance. Bring die Frau her und stell dich.«

»Okay«, sagte Kreuthner. »Ich bring die Frau nach Miesbach. Und dann schaun ma weiter.«

Wallner hätte Kreuthner auch raten können, sich der Münchner Polizei zu stellen und die Aussage der Frau dort protokollieren zu lassen. Aber erstens wäre die Hemmschwelle für Kreuthner bei dieser Variante deutlich höher gewesen. Und zweitens wollte Wallner als Erster mit der Frau reden. Ihm war klar, dass Tischler es nicht gut finden würde, wenn er jetzt eine andere Spur verfolgte. Für Tischler war die Anklageerhebung gegen Kreuthner ausgemachte Sache.

»Wir fahren nach Miesbach«, sagte Kreuthner zu Maria. »Da kannst mit dem Kommissar reden. Der macht extra Überstunden für dich.«

Maria nickte. »Ich geh schnell zur Freundin hoch. Ich brauch an Schlüssel, wenn ich wiederkomm. Die arbeitet nachts.«

»Alles klar. Beeil dich.«

»In einer Dreiviertelstunde samma da«, sagte Kreuthner ins Telefon, während Maria den Wagen verließ.

Nachdem sie zwei Schritte in Richtung des Hauses ihrer Freundin gemacht hatte, knallte es.

Maria blieb stehen, sah sich aber nicht etwa nach der Quelle des Geräusches um, sondern stand einfach. Kreuthner kam es vor wie eine Minute, aber wenn er es im Nachhinein bedachte, war es wohl eher eine Sekunde, höchstens zwei. Dann sank Maria, als hätte jemand den Stecker gezogen, auf den Gehweg.

Kreuthner stieß nach einem Schreckmoment die Fahrertür auf und rannte zu dem leblosen Körper. Er kniete sich nieder und drehte Maria, die seitlich auf dem Bauch lag, zu sich. Dabei griff er in etwas, das warm und glitschig war. Kreuthner starrte entsetzt seine blutverschmierte Hand an und beugte sich zu Marias Ohr.

»Maria! Kannst du mich hören?« Sie sagte nichts. Die Augen waren geschlossen. Kreuthner tätschelte ihre Wange. »Maria! Wach auf! Sag was!«

»Gehen Sie von der Frau weg«, kam mit einem Mal eine männliche Stimme von hinten.

Kreuthner drehte sich um. Mehrere Pistolen waren auf ihn gerichtet, Polizeibeamte in Uniform und in Zivil standen um ihn herum.

»Stehen Sie auf und nehmen Sie die Hände hoch«, sagte der Mann, der ihm an nächsten war.

34

Es ging auf zwanzig Uhr zu, als Wallner in der JVA München Stadelheim vorfuhr. Für jemanden, der aus Miesbach kam, lag sie günstig, denn die Autobahn führte fast bis vor die Tore des Gefängnisses. Noch näher hatte es Kreuthner gehabt. Er war keine zwei Kilometer entfernt verhaftet worden. Wallner hatte einen Teil der dramatischen Ereignisse am Telefon mitbekommen. Nach Kreuthners Verhaftung rief er bei den Kollegen in München an und bat um Auskunft. Da die Ereignisse taufrisch waren, erfuhr er zunächst nur, dass Kreuthners Handy seit einiger Zeit aktiv gewesen war und man es geortet hatte. Zehn Minuten später rief ein Münchner Beamter Wallner zurück und sagte, Kreuthner sei verhaftet worden und dass er bei der Verhaftung anscheinend um sich geschossen habe. Auf Wallners ungläubige Nachfrage musste der Kollege zugeben, dass er über den genauen Ablauf der Aktion noch nichts sagen könne. Es seien aber definitiv Schüsse gefallen.

Jetzt saßen sich Wallner und Kreuthner in einem Vernehmungsraum gegenüber. Wallner hatte darauf bestanden, zunächst allein mit Kreuthner zu reden.

»Wie geht's dir?«, begann er das Gespräch.

»Wie soll's mir gehen?« Kreuthner verschränkte die Hände vor sich auf der Tischplatte und starrte sie an.

»Schon klar. Jetzt sitzt du wieder im Gefängnis. Das hättest du auch einfacher haben können.«

Kreuthner schwieg dazu.

»Was macht eigentlich meine Daunenjacke?«

»Hab ich getauscht. Mit a bissl Glück findst den Typ noch. Wohnt unter der Wittelsbacher Brücke.«

»Der wird die Jacke nicht freiwillig rausrücken bei den Temperaturen.«

»Bestimmt net.«

Wallner wurde ein bisschen wehmütig bei dem Gedanken an seine gute alte Daunenjacke mit der tierfreundlichen Synthetikfüllung. »Was soll's, betrachten wir's als Spende.«

»Ich bezahl sie dir.«

Wallner machte eine wegwerfende Geste. »Jetzt erzähl mal – was ist passiert? Die sagen, du hast geschossen?«

»Schmarrn, wieso soll ich auf das Mädel schießen?«

Wallner zuckte mit den Schultern. »Hast du eine Idee, wer es dann war?«

»Vielleicht die Leut aus der Tabledance-Bar. Irgendwer, der was dagegen hat, dass sie redet. Wie geht's ihr?«

»Sie hat schwere innere Verletzungen. Der Arzt konnte mir nicht sagen, ob sie es überleben wird, hat aber Hoffnung. Im Augenblick haben sie sie in ein künstliches Koma versetzt. Wir werden sie also in nächster Zeit nicht vernehmen können.«

Kreuthner nickte und atmete durch. »Is echt a nette. Die hat des net verdient.«

»Weißt du, was sie mir sagen wollte?«

»Das meiste. Also, die G'schicht is die …« Kreuthner zögerte, denn ihn überkam ein Verlangen. »Kann ich an Kaffee haben? Und Zigaretten?«

»Zigaretten? Die paar Kubikmeter Luft hier drin sind jetzt schon schlecht.«

»Komm! Die sperren mich lebenslänglich ein, wenn's blöd läuft, und du machst an Aufstand wegen a paar Zigaretten?«

Wallners Augen rollten Richtung Decke.

Nach einigen Minuten hatte man die gewünschten Artikel gebracht. Kreuthner zündete sich genussvoll eine Zigarette an und trank den Kaffee dazu.

»Jetzt geht's besser.« Er blies eine dicke Rauchwolke in Richtung Deckenlampe. »Also – es is a G'schicht, die is ungefähr zehn Jahr her. Damals sind öfter Politiker in der Bar gewesen. Meistens zusammen mit einem anderen Mann, von dem aber keiner gewusst hat, wer des war. Der Geschäftsführer hat's gewusst, hat aber keinem was gesagt. Und eines Tages war da wieder so a Politiker. Irgendwas Wichtiges. Aber sie war noch net so lang in Deutschland, und Politiker hat's keine gekannt, also die Merkel vielleicht. Dieser Politiker – der war schon älter, sagt sie –, der hat noch an jungen Burschen dabeig'habt. Auch einer in Anzug und Krawatte. Vielleicht der Assistent oder so. Und an dem Abend hat der Politiker gesagt, er hätt gern eins von den Mädels auf der Bühne für a private Vorstellung. Oder auch mehr. Und dieses Mädel war a Freundin von der Maria. Ich weiß gar net, wie die Maria mit Nachnamen heißt …«

»Szegedi«, half Wallner aus. Er hatte inzwischen einen kurzen Bericht auf sein Handy bekommen.

»Ah ja. Jedenfalls waren die befreundet. Die Maria is eigentlich aus Ungarn, hat aber a rumänische Mutter und kann a bissl Rumänisch, und das andere Mädel war aus Moldawien, und da reden die scheint's auch Rumänisch.«

»Hat sie gesagt, wie das andere Mädchen geheißen hat?«

»Valentina Gutu.«

»Und diese Frau Gutu sollte eine Privatvorstellung für den Politiker geben? In einem Nebenraum, einer Art Séparée, oder wie muss man sich das vorstellen?«

»Eben nicht. Sondern die is mit dem weggefahren.«

»Okay …« Wallner wedelte den Rauch fort, der von Kreuthners Zigarette herzog. »Is dir schon mal aufgefallen, dass Zigarettenrauch immer zu Nichtrauchern zieht?«

»Ja, des is wie bei Hunden. Wenn die merken, dass einer mit Hunden nix anfangen kann oder allergisch is, dann gehen die immer zu dem.«

»Interessante Parallele. Da sollte mal einer eine Doktorarbeit drüber schreiben. Aber wir waren bei dem Mädchen Valentina, das mit dem Politiker weggefahren ist.«

»Es weiß halt keiner, wo die hingefahren sind. Irgendein großes Haus oder eine Villa. Die Mädels, die schon mal da waren, ham net gewusst, wo des liegt, weil die sind immer nachts gefahren, und die Scheiben waren verhängt.«

»Dieser Politiker ist also öfter mit Tänzerinnen weggefahren?«

»Ob des jetzt der Politiker war oder der andere, wo keiner gewusst hat, wer des is – da hat sie sich nimmer dran erinnert. Egal. Die Valentina Gutu is jedenfalls mit dene wegg'fahren, und danach ist sie nie wiederaufgetaucht.«

»Frau Szegedi hat aber wahrscheinlich versucht, sie zu erreichen?«

»Ja, hat sie. Aber das Handy war immer ausgeschaltet. Die Maria is dann zu dem Geschäftsführer und hat gefragt, was mit der Valentina is. Und der hat gesagt, sie wär nimmer in der Stadt. Er hätt gehört, sie wär wieder nach Moldawien zurück.«

»Hat sie den Politiker wiedergesehen oder den unbekannten Mann?«

Kreuthner schüttelte den Kopf. »Sie is kurz darauf nach Frankfurt gegangen und hat die ganze G'schicht vergessen. Aber dann, vor einem Jahr, hat sie ein anderes Mädchen aus Moldawien getroffen. Und die Maria sagt zu der: ›Du – ich hab mal eine aus Moldawien gekannt. Die war auch Tänzerin. In München.‹ Und das andere Mädel sagt: ›Hat die vielleicht Valentina geheißen?‹ Na ja, da hat sich dann rausgestellt, dass die andere mit der Valentina in dieselbe Schule gegangen ist und dass ihre Eltern sie immer noch suchen. Die Maria hat dann die Eltern auch angerufen. Ergebnis: Valentina Gutu is vor zehn Jahren verschwunden, und keiner hat jemals wieder was von ihr g'hört. Und das hat der Maria keine Ruhe gelassen. Inzwischen war sie wieder in München. Und eines Tages sieht sie im Internet ein Foto von einem Politiker, und sie denkt sich: Den kenn ich doch. Das war der Gansel.«

»Und was hat das mit der Valentina-Geschichte zu tun?«

»Das war eben der junge Typ, der vor zehn Jahren bei dem Politiker dabei war, verstehst? Der und der Politiker und der unbekannte Mann sind mit der Valentina an dem Abend weggefahren. Also war klar für die Maria: Der Gansel weiß, was mit der Valentina passiert is.«

»Und? Hat er's gewusst?«

»Angeblich nicht. Sie hätten sie nachts wieder nach München gebracht und vor ihrer Wohnung abgesetzt. Später hätt er dann gehört, dass die Valentina nach Moldawien zurück is. Und mehr wüsst er net. Trotzdem hat er Maria Geld angeboten, weil er hat net gewollt, dass es rauskommt, dass er damals in der Bar war.«

»Hat sie ihm geglaubt?«

»Schätze nicht.«

Wallner ließ das Gehörte etwas sacken. Dann sah er auf sein Handy, auf dessen Display der vorläufige Bericht zu lesen war, den man ihm geschickt hatte.

»Du hast den Kollegen gesagt, die Maria wäre verfolgt worden. Hat sie gesagt, warum?«

»So weit sind mir net gekommen. Da hast du dann angerufen.«

»Gut. Wir werden uns die Bar sowieso vorknöpfen. Gibt es sonst noch was, was ich wissen sollte?«

»Wahrscheinlich wird der Matischik nix rausrücken. Des is der Geschäftsführer. Also, freiwillig net. Aber frag mal die Barkeeperin. Des is eine, wo schon a bissl älter is. Hellblonde Haare.«

»Warum glaubst du, dass die uns was erzählt?«

»Weil die noch länger in dem Laden is wie der Matischik.

Die weiß mit Sicherheit was. Und im März macht s' ihre eigene Kneipe auf. Das heißt, um ihren Job in der Bar muss die keine Angst mehr haben.«

»Und wenn sie ihr eigenes Lokal betreibt, kann sie keinen Ärger mit der Polizei brauchen.«

Kreuthner nickte.

»Guter Tipp.« Wallner machte sich eine Notiz.

Kreuthner drückte seine Zigarette im Aschenbecher aus. Es war schon die zweite, und im Raum hingen blaue Nebelschwaden.

Sie schwiegen eine Weile.

»Alles okay so weit?«, fragte Wallner schließlich.

Kreuthner zuckte mit den Schultern. »Manchmal hab ich schon Angst, dass ich hier nimmer rauskomm.«

»Wenn du es nicht warst, kommst du hier wieder raus. Ich werde nicht zulassen, dass Tischler dich vor Gericht zerrt, nur weil er einen schnellen Erfolg will. Ich – lass – es – nicht – zu! Glaubst du mir das?«

Kreuthner nickte. Aber er wirkte traurig. »Vielleicht soll's aber auch sein. Weißt – ich hab so viel Dusel g'habt bei dem ganzen Scheiß, den ich angestellt hab in meinem Leben. Irgendwer hat mich immer rausgehauen. Oft warst du des. Und vielleicht sperren die mich jetzt für was ein, was ich gar nicht war. So als Ausgleich mal andersherum.«

»Ich werde rausfinden, was passiert ist. Und ich werde auch rausfinden, warum du in der Nacht da warst und es mir nicht sagen willst. Es sei denn, du willst es mir jetzt sagen.«

Kreuthner schüttelte den Kopf. »Clemens – hau ab und mach deinen Job.«

35

Es war Samstag um halb neun Uhr morgens, als Wallner Karla Tiedemann in der Teeküche traf. Er hatte sich gerade einen Kaffee aus der Maschine eingeschenkt, sie hatte einen Teebeutel dabei und wollte an den Wasserkocher. Sie hatte ihm schon um acht eine WhatsApp-Nachricht geschickt und sich erkundigt, was letzten Abend in München los war. Wallner hatte geschrieben, er treffe sich im Büro mit Tischler, der, obwohl Wochenende war, extra aus München anreiste. Ob sie vielleicht Lust habe, dazuzukommen. Tiedemann hatte Lust.

»Tut mir leid, dass ich mich gestern so schnell verabschiedet habe. Wir hatten gar keine Gelegenheit zu reden.«

»Kein Problem. Bin sehr gespannt, was rausgekommen ist in München.«

»Tischler müsste gleich da sein. Gehen wir in mein Büro?«

»Nehmen wir meins«, sagte Tiedemann auch dieses Mal, »das ist größer.«

»Gut, dann hole ich meine Unterlagen.« Wallner wollte schon zu seinem Büro gehen, hielt aber noch einmal inne. »Es war sehr nett, Ihren Mann kennenzulernen und diesen – wie hieß er noch?«

»Dennis. Dennis Osterberg.«

»Ist das ein … ein Freund der Familie? Oder irgendwie verwandt? Falls die Frage nicht zu privat ist.«

»Nein, überhaupt nicht«, sagte Tiedemann, und Wallner hatte den Eindruck, dass sie es doch war. »Er ist ein Freund meines Mannes.«

»Ah ja.« Wallner hätte gern gewusst, was dahintersteckte. Die beiden Männer lagen in ihrem Alter sicher zwanzig Jahre auseinander. Aber vielleicht sagte Tiedemann auch nicht die Wahrheit, und Dennis stand in Wirklichkeit ihr näher als ihrem Mann. Wallner wollte das Thema jetzt nicht vertiefen, zumal er das Gefühl hatte, dass es Tiedemann unangenehm war. Ein bisschen fragte er sich auch, warum ihn Tiedemanns Privatleben eigentlich so interessierte. Doch er verdrängte den Gedanken schnell. »Also bis gleich.«

Tischler machte einen für seine Verhältnisse entspannten Eindruck. Was daran lag, dass er sich einen großen Fahndungserfolg persönlich gutschreiben durfte. Er, er und nur er hatte es erreicht, dass man den flüchtigen Kreuthner mittels eines Handys hatte orten können. Tischlers schwerste Aufgabe bestand jetzt darin, bescheiden zu wirken und so zu tun, als würde er die ganze Sache als nichts Besonderes erachten. Und an dieser Aufgabe scheiterte er grandios.

»Es war klar, dass er das Handy irgendwann einschalten würde. Die Kollegen in München waren schon fast am Verzweifeln. ›Kinder, ihr müsst Geduld haben‹, hab ich gesagt. ›Kreuthner ist nicht dumm und hat viele Jahre Polizeierfahrung. Aber glaubt mir – irgendwann wird er das verdammte Ding einschalten.‹ Dass er dann ausgerechnet mit Ihnen telefoniert hat, entbehrt übrigens nicht einer gewissen Ironie.« Wallner war angesprochen. »Es war sehr hilfreich, dass das Handy so lange an war. Wie haben Sie das hingekriegt?«

»Das hab ich gar nicht hingekriegt. Kreuthner hatte mir auf die Box gesprochen und um Rückruf gebeten. Da musste er das Handy ja anlassen.«

»Witzig.« Tischler lachte kurz und zufrieden. »Na, jedenfalls haben die Kollegen nicht schlecht gestaunt, dass ein Staatsanwalt auch Fahndung kann. Das hätte einem Staatsanwalt keiner zugetraut. O-Ton Waldleitner. Sie kennen ihn?«

Kriminalhauptkommissar Stefan Waldleitner war Leiter der Mordkommission in München. Natürlich kannte Wallner ihn. Und so, wie er Waldleitner kannte, hatte dessen Bemerkung vermutlich von Spott und Ironie getrieft, was zu erkennen Tischler aber im gleißenden Licht seiner eigenen Großartigkeit nicht möglich gewesen war.

»Ja, natürlich. Wenn Waldleitner das sagt, dann wird das schon stimmen.«

»Na ja, so weit, so gut. Ich denke, wir konnten damit Schlimmeres verhindern. Tragisch, dass vorher fast noch jemand sterben musste.«

»Was meinen Sie damit?«

»Das wissen Sie doch – Kreuthner hat bei seiner Verhaftung diese Frau angeschossen.«

Tiedemann sah erstaunt zu Wallner.

»Steht das im Bericht?«, fragte Wallner.

»Das hat mir der zuständige Polizeibeamte gestern Abend gesagt.«

»Da habe ich allerdings etwas andere Informationen.«

»Nämlich?«

»Es ist vollkommen unklar, wer auf die Frau geschossen hat. Klar ist nur, dass es Kreuthner nicht gewesen sein kann.«

»Weil ...?«

»Dem Einschusswinkel nach kam der Schuss nicht aus dem Wagen, und eine Untersuchung auf Schmauchspuren bei Kreuthner war negativ. Außerdem wurde am Tatort keine Waffe gefunden. Zwischen dem Schuss und Kreuthners Verhaftung lagen vielleicht zwanzig Sekunden. Dabei war der Wagen die ganze Zeit unter Beobachtung der Polizei. Wie hätte Kreuthner da eine Pistole verschwinden lassen sollen?«

»Und dann stellt sich doch die Frage, warum Kreuthner das hätte tun sollen?«, mischte sich jetzt Tiedemann ein. »Er hat die Frau doch gesucht, damit sie eine Aussage macht, oder?«

»So ist es«, sagte Wallner. »Er wollte sie nach Miesbach bringen, damit sie mit mir redet.«

»Das höre ich jetzt zum ersten Mal.« Tischler nippte ein wenig indigniert an seinem Kaffee. »Was für eine Aussage? In unserem Mordfall?«

»Ja.«

»Da wollte ich eh mal fragen: Sind wir da weitergekommen?«

»Wir checken gerade, ob der Audi Q5, der auf den Videoaufnahmen zu sehen ist, irgendwie mit dem Mord an Herrn Gansel in Verbindung steht. Aber es sind über tausend Fahrzeuge, die infrage kommen. Das kann noch etwas dauern.«

»Und dieser Herr Lintinger? Kreuthner muss ja einen Komplizen gehabt haben, der den Wagen des Opfers vom Tatort weggefahren hat.«

»Johann Lintinger war es jedenfalls nicht. Er war zur Tatzeit im Wirtshaus zur Mangfallmühle.«

»Wer sagt das?«

»Der Wirt der Mangfallmühle – der allerdings sein Sohn ist. Und etliche Gäste. Worauf in dem Fall auch nicht viel zu geben ist. Allerdings wurde die Haftentlassung eines anderen Gastes im Lokal gefeiert, und davon gibt es Videos in den sozialen Netzwerken. Lintinger ist darauf eindeutig zu erkennen.«

»Na gut. Dann war es jemand anderer. Sie bleiben ja dran.«

»Natürlich.«

»Und was ist das jetzt mit der Frau?«

Wallner berichtete, was Maria Szegedi nach Kreuthners Angaben aussagen wollte. Sowohl Tiedemann als auch Tischler hörten interessiert zu, wenngleich Tischler gegen Ende der Schilderung wieder in seine nervöse Zappeligkeit verfiel.

»Sehr interessant«, sagte er schließlich. »Wenn diese

Moldawierin tot ist, haben wir vielleicht noch einen Mord, von dem ich aber nicht weiß, ob er in meine örtliche Zuständigkeit fällt. Nur – was hat das mit dem Mord an Gansel zu tun?«

»Da gibt es einige Möglichkeiten. So wie es aussieht, hatte Gansel vor zehn Jahren irgendetwas mit dem Verschwinden der jungen Frau zu tun und Maria Szegedi kürzlich Geld gegeben. Wir haben mal seine Konten gecheckt. Er hat vor ein paar Wochen tatsächlich Aktien verkauft und dann fünfundzwanzigtausend Euro in bar abgehoben. Wer so viel Geld für das Schweigen einer Zeugin bezahlt, hat ja wohl etwas zu verbergen.«

»Vielleicht wollte er tatsächlich nur, dass seine Besuche in einer Tabledance-Bar nicht publik werden.«

»Interessiert das wirklich jemanden? Außerdem ist es zehn Jahre her.«

»Das sehe ich auch so«, sagte Tiedemann. »Sie müssen zugeben: Es ist wesentlich wahrscheinlicher, dass Herr Gansel Dreck am Stecken hatte. Und zwar im Zusammenhang mit dem Verschwinden der Frau aus Moldawien.«

»Ja, gut.« Tischler lehnte sich zurück und verschränkte die Arme vor der Brust. »Das ist vielleicht ein Grund, ihn zu erpressen. Aber keiner, ihn umzubringen.«

»Das ist erst mal richtig. Aber es waren damals ja noch andere beteiligt. Nach den Schilderungen von Frau Szegedi hat Gansel bei der Sache nur eine Nebenrolle gespielt. Hauptfigur war ein circa sechzig Jahre alter Politiker.«

»Dessen Namen wir aber nicht kennen?«

»Gansel war damals Assistent von Jürgen Mangold.«

»Dem Wirtschaftsminister?«

»Dem ehemaligen Wirtschaftsminister.«

»Was macht der jetzt?«, wollte Tischler wissen.

»Der ist vor zwei Jahren gestorben«, klärte ihn Tiedemann auf.

»Tatsächlich? Ist mir ganz entgangen. Aber Sie haben mir immer noch nicht gesagt, wo da ein Motiv für den Mord an Gansel sein soll.«

»Schauen Sie: Die Sache mit dem Mädchen wird nach zehn Jahren plötzlich wieder aufgewühlt. Alle Beteiligten geraten in Panik. Aber betroffen ist zunächst nur Gansel, weil Frau Szegedi ihn erkannt hat. Er kauft sich zwar frei, aber keiner kann jetzt sicher sein, dass die Sache nicht doch noch auf dem Tisch eines Staatsanwalts landet. Möglicherweise bekommt Gansel Gewissensbisse oder er war nur unwesentlich oder als Zeuge beteiligt und hat keine Lust, seinen Kopf für andere hinzuhalten. Er wird mit einem Mal zum Sicherheitsrisiko. Und für andere geht es vielleicht um eine Mordanklage. Also beschließt jemand, es ist besser, wenn der nervöse Abgeordnete von der Bildfläche verschwindet.«

»Das ist schon möglich.« Tischler checkte mit einem Seitenblick sein Handy, ob Nachrichten eingegangen waren, waren es aber nicht. »Die Frage ist jedoch: Wie hoch ist die Wahrscheinlichkeit dafür? Gibt es Spuren vom Tatort, die auf jemand anderen als Täter hinweisen? Gibt es Zeugen, die einen anderen Täter gesehen haben? Nicht dass ich wüsste. Auf der anderen Seite wissen wir von jemandem, der zur Tatzeit am Tatort war, ein Mordmotiv hatte und schon einmal gegen das Opfer gewalttätig wurde. Vielleicht sind wir mit der Moldawierin auf der Spur eines weiteren Verbrechens. Aber das sollten wir den Kollegen in München überlassen. Wenn sich ein Zusammenhang mit unserem Fall ergibt, werden sie uns das schon sagen. Im Augenblick sehe ich hier nur zwei Tatbestände, die nichts miteinander zu tun haben.«

»Sie sind also der Ansicht«, sagte Tiedemann, »wir sollen die Spur dieser verschwundenen Moldawierin nicht weiterverfolgen?«

»Wir haben nur begrenzte Ressourcen zur Verfügung, und die können wir nicht für Ermittlungen verbrauchen, die höchstwahrscheinlich zu nichts führen.«

»Da Herr Wallner der Ansicht ist, dass diese Ermittlungen durchaus zu etwas führen, schlage ich vor, Sie lassen die Ressourcen meine Sorge sein.«

Tiedemann beschenkte den Staatsanwalt mit einem breiten Lächeln. Der war sichtlich angefressen.

Wallners Handy brummte. Es war die Nachricht einer Münchner Kollegin. Kriminalhauptkommissarin Michaela Koch schrieb, man habe ein Überwachungsvideo mit interessantem Inhalt ausfindig gemacht.

36

Es war Samstagnachmittag, und Wallner saß mit neuer Daunenjacke in einem Dienstwagen der Münchner Kripo. Er hatte den Ausflug in die Großstadt genutzt, um einen Herrenausstatter aufzusuchen.

Inzwischen waren die Temperaturen wieder im Plusbereich und der Himmel über München von bleigrauer Tristesse. Am Steuer des Wagens saß Michaela Koch. Wallner schätzte sie auf Mitte fünfzig, ihre ergrauenden Haare trug sie offen. Auf dem Beifahrersitz ein etwa zwanzig Jahre jüngerer Mann, Kochs Kollege Kriminalhauptkommissar Mehmet Bahar. Die Münchner Kollegen erachteten die Angelegenheit als so dringlich, dass sie auch an einem Samstag bereit waren, sie zu klären. Im Augenblick war man auf dem Weg zur Tabledance-Bar Vegas.

»Is scho a merkwürdiger Ort, so a Tabledance-Bar. Was is'n eigentlich der Kick dabei?« Michaela Kochs Frage war an ihre beiden männlichen Mitfahrer gerichtet.

Herr Bahar wand sich ein wenig. »Nackte Haut, schätze ich mal.«

»Also, nur Anschauen is schon so erregend, dass Geld keine Rolle mehr spielt?«

Koch hatte über den Rückspiegel Wallner ins Visier genommen.

»Muss ich die Frage beantworten?«

»Nein, nein. Ich will's ja bloß verstehen.«

»Ich denke, man muss konstatieren, dass Männer und Frauen unterschiedlich gestrickt sind.«

»Scheint so. Und net, dass Sie mich falsch verstehen – ich habe nix gegen nackte Haut.«

»Das habe ich gar nicht so verstanden.«

»Im Gegenteil.«

»Im Gegenteil?« Wallner hatte ein bisschen Angst, was jetzt kommen würde.

»Mein Mann und ich, mir betreiben seit vielen Jahren FKK.«

»Tatsächlich.«

»Ja, des is so ein belebendes Gefühl, wennst mal Sonne und Luft an den Körper lasst. Also, an den ganzen Körper. Auch die Stellen, die sonst nie einen Lufthauch verspüren, verstehen S'?«

»Kann's mir gut vorstellen«, sagte Wallner und hoffte, dass sie bald ankommen würden.

»Ich weiß, viele Menschen ham da Vorurteile. Aber das sind Leut, die des noch nie g'macht haben. Schauen S' einfach mal bei uns vorbei. Auch gern mit Familie.« Koch hatte Wallner wieder im Rückspiegel ins Visier genommen.

»Meine Familie besteht im Wesentlichen aus meinem Großvater. Und der ist einundneunzig. Ich kann ihn selbst im Sommer kaum überreden, seine Strickjacke auszuziehen.«

»Die Einladung gilt übrigens auch für dich, Mehmet.« Koch tatschte dem jungen Kollegen auf den Oberschenkel.

»Oh – vielen Dank. Vielleicht bring ich ja meine Großeltern mit. Die leben in einem kleinen Dorf in Anatolien. FKK ist da noch nicht so bekannt. Aber die sind bestimmt interessiert, ihren Horizont zu erweitern.«

»Im Augenblick ist es ja eh ein bisschen kalt dafür«, versuchte Wallner, das Thema abzuschließen.

»Überhaupts net. Der Körper sollte mindestens einmal am Tag der Luft ausgesetzt werden. Grad im Winter. Das stärkt das Immunsystem.«

Wallner versuchte, sich vorzustellen, wie der Dezemberwind Körperteile umspielte, die sonst nie der Luft ausgesetzt waren, und steckte die Hände in die Taschen seiner neuen Daunenjacke.

Dann hörte er den erlösenden Satz: »So – hier müsste es sein«, und Kommissarin Koch bog in eine Seitenstraße ab, wo alsbald das bescheidene Schild der Tabledance-Bar über einem Hauseingang auftauchte. Sie verließ die Straße und fuhr auf die Rückseite der Bar, wo sich ein Parkplatz befand, der um diese Zeit fast leer war. Koch deutete aus dem Fenster auf ein Gebäude, das ebenfalls an den Parkplatz grenzte.

»Da oben ist übrigens die Kamera.«

Olivier Matischik hatte in sein Büro gebeten, das eigentlich etwas zu klein war für eine Viererkonferenz. Aber in der Bar waren noch die Putzleute zugange. Matischiks Gesicht war auf eine Weise von Gram gezeichnet, dass Wallner die Regung für echt hielt. Ob es freilich Sorge um seine mit dem Tod ringende Angestellte war oder Sorge, dass sie wieder aufwachen könnte, oder generell Sorge, dass jetzt erhebliches Ungemach auf ihn zukam, war schwer zu sagen.

»Ich hab davon gehört. Das ist wirklich furchtbar. Wissen Sie, wie es ihr geht?«

»Sie liegt auf der Intensivstation. Wir hoffen, dass sie bald vernehmungsfähig ist.« Kochs Statement, das sie auf Hochdeutsch abgegeben hatte, war ziemlich optimistisch, denn wie es aussah, würde Maria Szegedi noch lange nicht mit der Polizei reden können. Aber die Möglichkeit auf eine baldige Aussage würde den Druck auf Matischik erhöhen.

»Weiß man, wer es war?«

»Wir ermitteln noch.« Koch blieb beim Hochdeutsch, zog eine Brille aus ihrem Mantel und setzte sie auf. »Kann es sein, dass Frau Szegedi gestern vor Ihnen geflohen ist?«

»Wer sagt so was?«

»Wir sind nicht hier, um unsere Ermittlungsquellen mit

Ihnen zu besprechen«, sagte Bahar. »Es reicht, wenn Sie einfach unsere Fragen beantworten.«

»Dafür müsste ich aber wissen, als was Sie mich vernehmen. Brauche ich einen Anwalt?«

»Weiß ich noch nicht«, sagte Koch und holte einen Laptop aus ihrer Aktentasche. »Schauen wir uns das doch mal an.«

Sie rief ein Video auf. Es zeigte den Parkplatz, auf dem sie gerade den Wagen abgestellt hatten, und den Hintereingang der Tabledance-Bar. Es musste von der Kamera stammen, auf die Koch ihre Begleiter aufmerksam gemacht hatte. Sie drückte auf Abspielen. Nach wenigen Sekunden öffnete sich die Stahltür am Hinterausgang der Bar, und Maria Szegedi kam heraus. Sie ging in eine bestimmte Richtung, allerdings konnte man ihr Ziel nicht sehen, es befand sich außerhalb des Bildausschnitts. Als Szegedi etwa zwanzig Meter gegangen war, öffnete sich die Stahltür erneut, und ein junger Mann im Smoking erschien, gefolgt von Olivier Matischik. Matischik rief in die Nacht hinein, Maria Szegedi drehte sich um und fing an zu rennen. Matischik sagte etwas zu dem Mann im Smoking, worauf der hinter Szegedi herlief. Man sah Szegedi straucheln und fallen, ähnlich rutschte der junge Mann auf einer Eisplatte aus, konnte sich aber noch auf den Beinen halten. Die Frau versuchte aufzustehen, glitt wieder aus, der junge Mann kam näher, dann – wie aus dem Nichts – schob sich ein weißer Lieferwagen ins Bild und verdeckte die Frau. Der Mann im Smoking lief jetzt auf den Wagen zu, geriet wieder auf eine Eisplatte, rutschte und knallte gegen das Fahrzeug. Unmittelbar darauf fuhr der Wagen los und verschwand.

Koch hielt das Bild an.

»Sieht irgendwie bedrohlich aus für die Frau«, sagte sie. »Warum ist der junge Mann ihr hinterhergerannt?«

»Sie hatte einen Auftritt und ist einfach gegangen. Ich war sauer und wollte wissen, was los ist.«

»Sie haben also keine Ahnung, warum die junge Frau das Lokal verlassen hat?«

»Nein. Was weiß ich, was da war. Einige von den Mädchen sind leider nicht die Zuverlässigsten.«

Koch ließ eine Pause eintreten. Bewusst, wie Wallner das einschätzte. Viele Menschen verspürten in solchen Pausen den Drang, etwas zu sagen, um die Stille zu überbrücken. Oft erlangte man dadurch überraschende Statements. Matischik konnte allerdings mit der Stille umgehen. Wallner vermutete, dass er nicht das erste Mal von der Polizei befragt wurde, auch wenn sein Vorstrafenregister sauber war.

»Nun gut«, sagte Koch schließlich, »vielleicht bringt ja Frau Szegedi Licht in die Sache, wenn wir mit ihr reden können. Meine Kollege Wallner hätte im Zusammenhang mit ihr aber noch eine andere Frage an Sie.«

Wallner hatte einen Notizblock vor sich. Er wollte keinen Mitschnitt auf dem Handy, weil das die Mitteilsamkeit mancher Zeugen einschränkte. Matischik gehörte ziemlich sicher zu dieser Art Zeugen. »Es geht um einen Vorfall, der schon einige Zeit her ist. Wie lange sind Sie Geschäftsführer dieses Lokals?«

»Seit vierzehn Jahren.«

»Gut, dann müssten Sie es noch mitbekommen haben. Vor etwa zehn Jahren arbeitete eine Frau aus Moldawien hier. Sie hieß Valentina Gutu. Erinnern Sie sich?«

Matischik ging anscheinend in sich und kramte in den Tiefen seines Gedächtnisses. »Ja, kann sein, dass sie hier gearbeitet hat. Aber in dieser Bar haben Hunderte von Frauen gearbeitet. Ich kann mich nicht an jede erinnern.«

»Vielleicht hilft es, wenn ich Ihnen sage, dass Frau Gutu eines Tages verschwunden war. Sie ist angeblich in ihre Heimat zurückgegangen.«

»Ach die ... ja, da war mal ein Mädchen aus Moldawien, das war plötzlich weg. So was passiert öfter.«

»Wie haben Sie erfahren, dass sie nach Moldawien zurückgegangen ist?«

»Wahrscheinlich von einem anderen Mädchen, das mit ihr befreundet war.«

»Frau Szegedi war mit ihr befreundet.«

Matischik zögerte. »Stimmt. Maria hat es mir gesagt.«

»Sicher?«

»Ja, warum?«

»Weil Maria Szegedi sagt, sie hätte es von Ihnen erfahren.«

»Meiner Erinnerung nach war es umgekehrt. Aber das ist bestimmt zehn Jahre her. Warum ist das jetzt noch wichtig?«

»Weil Valentina Gutu nie in Moldawien angekommen ist. Sie wird immer noch vermisst.«

Matischik zuckte mit den Schultern.

»Können Sie sich an den letzten Abend von Frau Gutu erinnern? Bevor sie verschwunden ist?«

»Ich bitte Sie! Das weiß ich doch heute nicht mehr.«

»Okay. Gedächtnisstütze: Sie sollte privat für einen Gast Ihres Hauses tanzen. Und zwar nicht hier, sondern … nun ja, wo genau, wissen wir nicht. Aber sie ist mit dem Gast weggefahren.«

Matischik blickte Wallner immer noch an, als löse diese Information nicht das Geringste in ihm aus.

»Bei dem Gast handelte es sich wahrscheinlich um den ehemaligen Wirtschaftsminister Jürgen Mangold. Und er war in Begleitung seines damaligen Assistenten Philipp Gansel.«

Weiterhin Schweigen, aber Wallner bemerkte, dass Matischiks Anspannung zunahm.

»Philipp Gansel wurde vor Kurzem ermordet, wie Sie vielleicht erfahren haben.«

»Was wollen Sie jetzt von mir wissen?«

»Ob dieses Mädchen aus Moldawien vor zehn Jahren mit dem Wirtschaftsminister und seinem Assistenten weggefahren ist.«

Matischik breitete stumm die Hände auseinander.

»Hat Jürgen Mangold hier früher verkehrt?«

»Kann sein. Aber ich führe keine Gästeliste.«

»Es war noch ein dritter Mann dabei. Er soll häufig hier verkehrt haben. Die Tänzerinnen kannten seinen Namen nicht. Es hieß aber, dass Sie ihn kannten. Wer war das?«

»Keine Ahnung, wen Sie meinen. Irgendjemand, dessen Namen die Mädchen nicht kannten, ich aber schon? Da gibt es einige Gäste. Welchen genau meinen Sie?«

»Der, der an einem Abend vor zehn Jahren mit Jürgen Mangold, Philipp Gansel und Valentina Gutu zusammen diese Bar verlassen hat.«

»Halten Sie mich für einen Gedächtniskünstler? Die Frage ist absurd.«

»Ich bin mir ziemlich sicher, dass Sie sich noch erinnern können. Immerhin ist Frau Gutu von diesem Ausflug nie mehr zurückgekehrt. So was merkt man sich.«

»Ich würde sagen, wir beenden jetzt das Gespräch. Weitere Anfragen in Zukunft bitte an meinen Anwalt. Ich gebe Ihnen seine Karte.«

Auf dem Weg zum Wagen kam den drei Kommissaren eine sehr blonde Frau in den Vierzigern mit Zigarette im Mundwinkel entgegen, und sie schien die Stahltür anzusteuern, die als Hinterausgang der Bar diente.

»Ach, entschuldigen Sie«, sagte Wallner. »Wollen Sie da rein?«

»Ich weiß«, sagte die Frau und sog an ihrer Zigarette, »das ist kein Ort für anständige Frauen. Aber ich arbeite da. Was bleibt mir übrig?«

»Zufällig hinter der Bar?«

»Natürlich, Süßer. An der Stange willst du mich nicht mehr sehen. Also – was will die Polizei von mir?«

Wallner war leicht konsterniert. »Woher wissen Sie, dass

wir von der Polizei sind? Ich meine, ist es was an unserer Kleidung?«

»Ist doch egal. Komm – ich muss arbeiten.«

Wallner sah zu den anderen beiden, die sich wohl auch fragten, was mit ihren Klamotten nicht stimmte. »Sie haben ein gutes Auge. Ich bin Clemens Wallner von der Kripo Miesbach.« Er zeigte seinen Polizeiausweis vor. »Und das sind meine Kollegen aus München, Frau Koch und Herr Bahar. Wir sind hier wegen eines Mädchens, das vor zehn Jahren mal im Vegas gearbeitet hat. Valentina Gutu aus Moldawien.«

»Ist lange her.«

»Sie standen damals schon hinterm Tresen.«

Das war keine Frage, sondern eine Feststellung, und die Frau schien sich etwas zu wundern, dass Wallner das wusste.

»Dabei fällt mir ein: Ich hab Sie gar nicht nach Ihrem Namen gefragt.«

»Brigitte Aubinger. Muss ich auch meinen Ausweis vorzeigen?«

»Nein, Sie sehen ehrlich aus. Zurück zu Frau Gutu. Die ist vor zehn Jahren vermutlich zusammen mit dem damaligen Wirtschaftsminister Mangold eines Nachts von hier weggefahren und nie wiederaufgetaucht. Können Sie sich daran erinnern?«

»Nein.«

Wallner sah sie skeptisch an.

»He, Mann – ich muss in dem Laden noch arbeiten.«

»Aber nicht mehr lange, hört man.«

»Ach – hört man?«

»Ja. Und wenn man ein eigenes Lokal betreibt, dann ist es besser, wenn man als kooperationsbereit bekannt ist. Ich weiß nicht, was für ein Lokal das sein wird. Aber wenn es eins ist, in dem Leute verkehren, die es mit dem Betäubungsmittelgesetz nicht so genau nehmen, dann sollte man als Wirtin über jeden Zweifel erhaben sein.«

Frau Aubinger betrachtete Wallner eine Weile unschlüssig. »Okay. Vielleicht fallen mir ja ein paar Dinge ein«, sagte sie schließlich. »Aber die werde ich nicht vor Gericht wiederholen.«

Wallner nickte. »Wo sind die mit dem Mädchen hingefahren?«

»Keine Ahnung. Aber es war nicht ungewöhnlich, dass Mädchen Privatvorstellungen gegeben haben. Die, die mal da waren, haben was von einer Villa erzählt.«

»Der Minister hat also öfter Tänzerinnen mit nach Hause genommen?«

»Nein. Die Sache hat immer bei einem Typen stattgefunden, der oft in der Bar war und alle möglichen Leute gekannt hat. Unter anderem auch den Minister.«

»Sie wissen aber nicht, wer das war?«

»Nein. Hat gut ausgesehen und sich auch anständig benommen. Typ Gentleman. Ist aber schon ewig nicht mehr da gewesen.«

Wallner hatte plötzlich eine Idee. »Sie sagen, Villa?«

Brigitte Aubinger nickte.

Wallner googelte auf einem Handy Kajetan Glaubert und holte ein Foto von ihm auf das Display.

»War das der Mann?« Wallner zeigte Frau Aubinger das Foto.

Sie betrachtete das Bild, nahm einen letzten Zug aus ihrer Zigarette und ließ sie zu Boden fallen. Dann sah sie Wallner ins Gesicht und nickte fast unmerklich.

37

Die Besprechung fand in Tischlers Büro in der Arnulfstraße statt, da Wallner ohnehin schon in München war. Aus dem Fenster sah man auf den Starnberger Bahnhof, einen Seitenteil des Hauptbahnhofs. Die Dämmerung legte sich langsam auf die winterliche Großstadt, und an den Geschäften war jetzt die Weihnachtsbeleuchtung angegangen. Tischler saß an einer mehrseitigen Liste, als Wallner das Büro betrat.

»Die Liste mit den Q5?«, sagte Wallner, nachdem er einen kurzen Blick auf das Papier geworfen hatte.

»Ja. Setzen Sie sich doch.« Tischler wies auf einen Besucherstuhl. »Ich hab sie mir mal kommen lassen. Es geht immerhin um einen wichtigen Politiker, und in dem Bereich kenne ich ja nun einige Leute.«

Ah, tatsächlich, dachte Wallner, sagte aber: »Sehr gute Idee. In der Richtung muss man wahrscheinlich suchen. Sind Sie schon auf etwas gestoßen?«

»Ein Caterer, der regelmäßig Rotarier-Events beliefert.«

»Interessant.«

»Nun ja, ich wüsste jetzt nicht, wo da der Zusammenhang ist. Aber wir sollten auf alle Fälle mal nachfragen, wo der Mann zur Tatzeit war. Ich hab's schon angestrichen.«

Wallner vermutete, dass man dieses Verhalten in Amerika wohl als Behinderung der Justiz bewerten würde, denn es diente Tischler ausschließlich dazu, sich wichtigzumachen, und würde wertvolle Arbeitszeit eines Polizeibeamten kosten, ohne irgendetwas zu bringen.

»Wie kann ich Ihnen sonst helfen?«, fragte Tischler.

»Es gibt wichtige Informationen zum Verschwinden der jungen Frau aus Moldawien.«

»Im Zusammenhang mit dem Fall Gansel?«

»Das weiß ich nicht. Möglicherweise. Wir haben in Erfahrung gebracht, wer damals mit dabei war, als Mangold und Gansel mit der Frau die Tabledance-Bar verließen. Es war Kajetan Glaubert.«

»Der Lobbyist?«

Wallner nickte. »Ergibt ja Sinn. Er hatte anscheinend schon damals mit Gansel zu tun. Und er war auch bei dem Gespräch dabei, das Gansel bei seiner Geburtstagsparty mit der Frau geführt hat, die jetzt angeschossen wurde. Außerdem – und das hatten wir noch nicht erwähnt – hatte meine Kollegin Frau Bode bei unserem Besuch bei Herrn Glaubert versehentlich eine Tür geöffnet, die in ein Zimmer mit privater Tabledance-Bühne führte.«

»Versehentlich?«

»Auf der Suche nach der Toilette.«

»Und was wollen Sie?«

»Einen Durchsuchungsbeschluss für die Villa von Herrn Glaubert.«

»Okay …« Tischler ließ einen Stift zwischen Zeige- und Mittelfinger hin- und herwippen. »Woher wissen wir, dass Glaubert damals, als das Mädchen verschwand, mit dabei war?«

»Von einer Mitarbeiterin der Bar. Sie hat Glaubert auf einem Foto identifiziert.«

»Und das hat sie zu Protokoll gegeben?«

»Nun – hier kommen wir zu einer kleinen Schwachstelle. Die Information ist eher inoffiziell. Die Frau arbeitet schließlich in der Bar und will keinen Ärger.«

Tischler sandte einen gespielt gelangweilten Blick über den Tisch. »Herr Wallner …«

»Seien Sie kreativ. Die anderen Hinweise sind auch nicht ohne: Herr Kreuthner sagt zum Beispiel, Herr Glaubert sei bei der Party über das Auftauchen der Frau äußerst besorgt gewesen.«

»Ist er Psychologe?«

»Nein. Aber für mich ist klar, dass Glaubert in der Sache drinsteckt. Offenbar ist er regelmäßig mit Politikern in diese Tabledance-Bar gegangen und dann mit ihnen und einem oder mehreren Mädchen zu sich in die Villa gefahren, wo die Sache weiterging. Und Valentina Gutu ist von einem dieser Ausflüge nie mehr zurückgekehrt. Möglicherweise finden wir dort etwas.«

»Kann sich sonst noch jemand an Glaubert erinnern? Tänzerinnen der Bar zum Beispiel?«

»Ich weiß nicht, wie lange das her ist. Aber gute Idee. Man müsste Tänzerinnen ausfindig machen, die vor zehn Jahren im Vegas gearbeitet haben. Da wird es welche geben, die vielleicht reden wollen. Immerhin ist eine von ihnen verschwunden. Aber die muss man erst mal finden. Das ist aufwendig und braucht Zeit. Ich fürchte, Glaubert ist jetzt schon alarmiert.«

»Was ist mit dem Geschäftsführer?«

»Der redet nicht. Haben wir schon versucht.«

»Ist Glaubert vielleicht an dem Laden beteiligt? Wäre ja naheliegend, wenn er seine Kunden regelmäßig hinführt.«

»Werden wir im Handelsregister checken. Ich nehme allerdings an, dass das, wenn überhaupt, eine stille Beteiligung ist. Der Mann ist ja nicht dumm. Aber wir prüfen es. Würde es denn was ändern?«

Tischler zuckte auf eine Weise mit den Schultern, dass man es als »könnte schon sein« verstehen durfte.

»Was Schnelles fällt Ihnen nicht ein?«

»Nein. Ich brauche mehr Verdachtsmomente. Nicht nur Zeugen, die im Koma liegen oder aus anderen Gründen nicht aussagen können. Sie kennen den Job doch.«

»Ja, ich weiß. Ich hatte gehofft, Sie zaubern wieder mal ein bisschen.«

Tischler badete sichtlich in Wallners Lob, war aber dennoch im Augenblick machtlos.

Wallner stapfte über die Straße zum Hauptbahnhof. Es nieselte wieder, und die Welt war ganz außerordentlich ungemütlich, aber aus der Halle kam ihm der Geruch von Zimt und Vanille entgegen, wie ihn gebrannte Mandeln verbreiten. Den Stand gab es nur in der Vorweihnachtszeit. Er überlegte, ob er Manfred schon wieder eine Tüte mitbringen sollte. Jeden Tag gebrannte Mandeln oder Cashewnüsse waren bestimmt nicht gesund. Andererseits – was sollte er für seinen Großvater befürchten? Karies? War bei den paar eigenen Zähnen, die er noch hatte, kein Thema mehr. Und wenn der Zucker ihn dick machte – ein paar Kilo mehr wären jedenfalls kein Schaden.

Wallner steckte gerade zwei Tüten mit frisch gebrannten, noch heißen Nüssen in die Taschen seiner neuen Daunenjacke und freute sich darüber, wie sie ihm den Bauch wärmten, als das Klingeln des Handys ihn aufschreckte.

»Herr Tischler – was gibt's?«

»Sie werden es nicht glauben, aber ich habe in den Q5-Listen tatsächlich etwas entdeckt.«

»Sehr gut. Ich hatte allerdings ein bisschen gehofft, Ihnen wäre ein Kniff für den Durchsuchungsbeschluss eingefallen.«

»Möglicherweise können wir das gleich miterledigen.«

»Jetzt bin ich aber neugierig.«

»Eines der Fahrzeuge …«, sagte Tischler und machte eine kleine dramatische Pause, »… ist auf eine Firma namens KXG Consulting zugelassen.«

»Eine amerikanische Firma?«

»Es handelt sich um eine bayerische Unternehmensberatung mit Sitz in München. Und KXG steht für …« Tischler verstummte.

»Machen Sie es nicht so spannend«, sagte Wallner nach ein paar Sekunden.

»Kajetan Xaver Glaubert.«

Jetzt war Wallner kurzzeitig sprachlos.

»Überrascht?«, fragte Tischler mit spöttischem Triumph in der Stimme.

»Ein bisschen. Was bedeutet das jetzt?«

»Erst mal gar nichts. Wir müssen herausfinden, wer mit dem Wagen an dem Tag gefahren ist. Aber wenn es Glaubert war, dann krieg ich den Durchsuchungsbeschluss.«

»Am Samstag werden Sie da niemanden erreichen«, sagte Wallner.

»Halten Sie sich am Montag für eine Hausdurchsuchung bereit. Schönes Wochenende, Herr Wallner.«

38

Am Sonntag saß Manfred im weißen Hemd beim Frühstück. Die schon seit Jahren zu weite Anzughose wurde von Hosenträgern gehalten, die Krawatte war bereits gebunden, und Manfred hatte sie nach hinten über die Schulter geworfen, damit sie nicht mit Eigelb oder Kaffee besudelt wurde. Vor der Brust hing zum Schutz des frisch gebügelten Hemdes eine riesige weiße Damastserviette, die einstmals zur Aussteuer von Wallners Großmutter gehört und vermutlich seit fünfzig Jahren unbenutzt in einer Truhe vor sich hin geschlummert hatte.

»Und? Freust dich schon?« Wallner köpfte sein Ei und war froh, dass er nicht auf sein Hemd achtgeben musste.

»Bissl nervös bin ich. Wenn des so a feines Hotel is – des bin ich ja net g'wohnt.«

»Ich bitte dich – als Freiherr ist man in diesen Locations doch zu Hause.«

Manfred gab ein unartikuliertes Geräusch von sich und strich Erdbeermarmelade auf seine Semmel.

»War der Leo auch eingeladen?«

»Eigentlich nur ich. Aber auf der Einladung steht mit Hand geschrieben, dass ich gern den Herrn von Melsung mitbringen darf.«

»Was sagst du, wenn dich jemand nach ihm fragt? Dass der Mann gar nicht Herr von Melsung ist oder dass er gerade im Gefängnis sitzt?«

»Da fällt mir schon was ein.«

Manfred führte die Semmel zum Mund, und schon kleckerte Erdbeermarmelade auf den Damast.

»Pass auf!«, sagte Wallner. »Die Marmelade tropft.«

Manfred hielt inne und legte die Semmel eilig weg, während Wallner aufstand und den Spüllappen holte.

»So was Blöd's aber auch!« Manfred begutachtete die Serviette mit dem roten Klecks.

»Ja, wenn man die Marmelade auch fingerdick auf die Semmel schmiert.«

Wallner wischte die Serviette ab, und das Frühstück konnte fortgesetzt werden.

»Gut, dass ich die Serviette umgebunden g'habt hab. Und dass du's weißt: Ich schmier die Marmelad immer so dick, weil sonst schmeckt's nach nix. Vergunnst es mir net auf meine letzten Tage?«

»Nein, schmier so viel, wie du willst. Ich gönn dir jeden Bissen.« Wallner legte seine Hand liebevoll auf Manfreds Unterarm. Dann widmete er sich wieder seinem Ei. »Sag mal: Wenn du den Leo nicht mitnimmst, hast du ja noch einen Platz frei.«

»Äh …« Manfred versteifte sich, das konnte Wallner sehen. Er wollte auch nicht ernsthaft vorschlagen, dass Manfred ihn zur Verlobungsfeier ins Hotel Überfahrt mitnahm. Aber Wallner hatte irgendwie das Bedürfnis, seinen Großvater ein bisschen aus der Reserve zu locken. Vielleicht als kleine Strafe dafür, dass er sich als Adeliger ausgab, was Wallner zwar harmlos, aber nicht in Ordnung fand. »Versteh mich net falsch. Es is net so, dass ich dich net dabeihaben will. Ich tät dich natürlich jederzeit mitnehmen. Is doch klar. Nur in dem Fall … verstehst?«

»Nein …?«

»Na ja, die denken doch, ich bin a Adeliger. Und des muss halt irgendwie zusammenpassen. Und da hab ich a bissl die Befürchtung bei dir …« Manfred suchte verzweifelt nach Worten.

»Dass ich den Adel nicht so richtig rüberbring? Also glaubwürdig.«

»Äh … ja.«

»Weil?«

»Schau – des hat was mit Ausstrahlung zu tun. Ich hab die halt. Des sag jetzt net ich, des sagt der Leo. Die Leut schauen mich an und denken sich: Aha, adelig. Ich glaub, des is bei mir so diese – wie hat man früher g'sagt: Nonchalance. Ja, des is des richtige Wort: Nonchalance.« In Manfreds Aussprache klang es wie *Nohschalaaaß*.

»Was bedeutet das?«

»Des weiß ich jetzt nimmer genau. Aber des is jedenfalls das, was du eben net hast.«

»Weil die Leute *was* in mir sehen?«

»Mei, ich sag amal – eher den Beamten. Des is jetzt net bös gemeint. Beamter is ja was Gutes, verstehst?«

»Natürlich. Ich bin gern Beamter.«

»Siehst es! Und so muss halt a jeder bei seinem Leisten bleiben.«

»Ich Beamter – du Freiherr. Jetzt hab ich's verstanden.« Er zwinkerte seinem Großvater zu. »Ich wollte ja auch nicht mitkommen. In dieser Gesellschaft würde ich mich gar nicht wohlfühlen.«

Manfred schien beruhigt und unternahm einen zweiten Anlauf in Sachen Erdbeermarmelade.

Das Hotel Überfahrt befand sich an einem der schönsten Plätze des an schönen Plätzen nicht armen Tegernsees, dem Malerwinkel, an der kleinen, am Südende des Sees gelegenen Egerner Bucht. Von dort sah man auf die Kirche Sankt Laurentius. Um die Kirche herum war der Friedhof, auf dem die Gebeine von Ludwig Thoma, Ludwig Ganghofer und die des unvergessenen Right Honourable William Lord Ponsonby, dritter Baron Ponsonby von Imokilly in der Grafschaft Cork ruhten, um nur einige zu nennen. Dahinter erhob sich mächtig der Wallberg, und im Osten wachte seit über 150 Jahren die Kapelle auf dem Riederstein über das Idyll.

Auch dieses Mal hatte Manfred den Rollator zu Hause gelassen und begnügte sich mit dem Stock, was allerdings ein zuweilen wackeliges Unterfangen war. Wallner führte seinen Großvater am Arm in das Hotel, und alsbald traf Manfred auf Bekannte. Sabrina und André winkten ihm schon von Weitem zu. Die beiden standen an einem Stehtisch. Noch bevor Manfred und Wallner am Tisch anlangten, hatte André einen Barhocker herbeigeschafft, auf den Manfred gesetzt wurde.

»Des is mein Enkel Clemens«, stellte Manfred seine Begleitung vor. »Er bringt mich nur her und holt mich später wieder ab.«

»Ah – der junge Freiherr!« Sabrina sah Wallner mit großen, lustigen Augen an und erwartete anscheinend irgendein freiherrliches Statement von ihm. Wallner fühlte sich ausgesprochen unwohl in diesem von Kreuthner angelegten und von Manfred weiter gepflegten Lügensumpf.

»Hallo«, sagte Wallner, lächelte höflich und fügte hinzu: »Ich lasse meinen Großvater jetzt in Ihrer Obhut. Aber nach dem, was er mir erzählt hat, ist er ja in besten Händen.«

»Schade«, sagte André. »Ihr Großvater erzählt so hinreißende Geschichten, vor allem von den Schlössern der Familie. Ich bin sicher, Sie haben da auch noch die eine oder andere Anekdote auf Lager.«

»Da war er noch viel zu jung«, sagte Manfred. »Der weiß kaum was über die Schlösser.«

»Fast gar nichts, wenn ich ehrlich bin. Für mich ist das, als hätten sie nie existiert. Na ja, ich wünsche Ihnen eine schöne Feier.«

»Da is er ja!«, rief eine intensive Frauenstimme durch den Saal. Traudel, die Verlobte oder demnächst Verlobte, kam auf die Gruppe zugestöckelt. »Grüß dich, Manfred, schön, dass du da bist.« Es gab je ein Busserl links und rechts, und Wallner musste Manfred festhalten, damit er nicht vom Stuhl kippte. Als hätte Traudel ein Startsignal gegeben, gruppierten sich jetzt auch andere Gäste um Manfreds Tisch. Wallner verabschiedete sich und machte, dass er wegkam.

Auf dem Weg nach draußen hörte Wallner von irgendwoher jemanden sagen: »Jetzt ist er da – der Freiherr!« Daraus schloss Wallner, dass Manfred bereits einem weiteren Kreis der Gäste bekannt war, was ihn ein wenig erstaunte. Aus der Art und Weise, wie der junge Mann, den Wallner jetzt als Urheber der Äußerung ausmachte, das Wort Freiherr betont hatte, schloss Wallner … nun ja, es hatte irgendwie amüsiert geklungen. Der junge Mann hatte zu einem anderen jungen Mann gesprochen, beide vielleicht Verwandte der Gastgeber. Und der Dialog ging weiter, weshalb Wallner seine Schritte verlangsamte.

»Ist das der Typ, der behauptet, er wär Adeliger?«, sagte der zweite junge Mann.

Der erste: »Ja. Der ist total lustig. Und der erzählt einen Scheiß, das kannst du dir nicht vorstellen.«

Die beiden jungen Männer setzten sich jetzt gut gelaunt in Richtung von Manfreds Tisch in Bewegung.

In Wallners Magen bildete sich ein dicker Klumpen, und das Atmen fiel ihm mit einem Mal schwer. Er machte sich auf den Weg zurück zum Tisch. Als er dort ankam, war Manfred gerade dabei, Fragen aus dem Publikum zu den Familienschlössern zu beantworten.

»Des war in Niederbayern. Irgendwo bei … wie hat jetzt der Ort g'heißen? Ich kann mich nimmer so gut an Namen erinnern, man wird ja net jünger. Aber des gibt's eh nimmer, weil, des is abgebrannt.«

»Haben Sie es nicht wieder aufgebaut?«, wollte jemand wissen.

»Was glaubst, was des kostet! An Champagner hamma noch aus'm Keller gerettet. Und der war eh das Wertvollste an der oiden Hütt'n.«

Heiterkeit brach aus.

Inzwischen hatte sich auch der künftige Bräutigam Christopher dazugesellt. Traudel bemerkte Wallner, während sie hingerissen lachte, und ging ihm entgegen.

»Ham S' noch was vergessen?«, fragte sie.

»Könnte ich kurz mit Ihnen beiden reden?«

Sie gingen ein paar Meter weiter in den eigentlichen Festsaal, wo für das Essen eingedeckt war. Außer zwei Hotelangestellten war hier sonst niemand.

»Geht's um Ihren Großvater?«

»Ja. Um meinen Großvater.«

Wallner machte eine kleine Pause, in der er überlegte, wie er anfangen sollte.

»Ich find's übrigens wirklich schad, dass Sie net bleiben«, sagte Traudel. »Vielleicht überlegen Sie sich's noch.«

»Nein danke. Ich würde auch bei Weitem nicht so viel zur Belustigung Ihrer Gäste beitragen können wie mein Großvater. Und ich frage mich, offen gesagt, warum Sie ihn eingeladen haben.«

Das Paar machte einen ertappten Eindruck.

»Weil ... weil er ein supernetter älterer Herr ist«, versuchte es Traudel. »Warum sonst?«

»Ich habe eher den Eindruck, Sie haben ihn als Clown eingeladen, damit sich Ihre Gäste über ihn amüsieren. Und das finde ich, wenn ich das auch offen sagen darf, ziemlich unappetitlich.«

»Nein, so ist das nicht«, unternahm Christopher einen Rettungsversuch, während seine künftige Verlobte mit Entsetzen im Gesicht neben ihm stand. »Ich meine, natürlich ist das ... ist das witzig, was er erzählt.«

»Vor allem, wenn alle wissen, dass es frei erfunden ist.«

»Aber das macht doch nichts! Er erzählt es halt auf seine nette Weise.«

Wallner mochte es Traudel fast glauben, und vielleicht war tatsächlich weniger böse Absicht dabei, als er zunächst gedacht hatte. Trotzdem wurde sein Großvater zur Schau gestellt, und das war unwürdig und tat Wallner weh.

»Ich würde ihn am liebsten sofort wieder mit ins Auto nehmen und wegfahren«, sagte Wallner. »Aber mir fällt leider keine Begründung dafür ein. Und die Wahrheit ist so widerlich, dass ich sie meinem Großvater ersparen möchte.«

Wallner betrachtete das Paar vor ihm, das vor Zerknirschtheit troff. Traudel stand kurz vor den Tränen.

»Ich werde Ihnen jetzt sagen, wie das hier weitergeht: Sie werden meinen Großvater mit Respekt behandeln, egal, was er erzählt. Sie werden ihn nicht durch ihre Fragen dazu bringen, irgendwelche Sachen zu erfinden. Sie werden ihm einen grandiosen Abend bereiten und ihm die Wünsche von den Augen ablesen. Am liebsten trinkt er übrigens Weißbier aus einem Weißbierglas mit Henkel. Dann werden Sie ihm nach dem Fest eine Karte schreiben, wie nett es mit ihm war. Und das wird das Letzte gewesen sein, was er von Ihnen hört. Haben Sie das verstanden und alles behalten?«

Wallner erntete ein stummes, aber intensives Nicken, und Traudel sagte leise: »Weißbierglas mit Henkel.«

»Und – wie war's?«, wollte Wallner von seinem Großvater auf der Heimfahrt wissen.

»Schön. Das Essen – Respekt, muss ich sagen. So was Feines hab ich schon lang nimmer g'habt. Und die ham mir ständig neue Sachen gebracht. Des hab ich alles gar net derpackt.«

»Hast auch wieder Champagner bekommen?«

»Ach, des französische Kracherl schmeckt mir doch gar

net. Aber weißt, was die dag'habt ham? A Weißbierglas mit Henkel.«

»Da schau her. Wie viel hast du denn getrunken?«

»Anderthalb. Des zweite hab ich nimmer ganz g'schafft.«

»Was ist eigentlich mit unseren Schlössern? Nur dass ich Bescheid weiß, falls mich jemand fragt.«

»Das mit die Schlösser hat die bald gar nimmer interessiert.«

»Tatsächlich?«

»Ja weißt – so was nutzt sich ab. Am Anfang klingt des ja ganz nobel. Schloss! Hochherrschaftlich und so. Aber am End is es auch nur a Haus.«

»Ja, da hast du wohl recht.«

»Und ich bin auch froh gewesen, dass ich net ständig was hab erfinden müssen. Des strengt fei an.«

»Ich weiß, beim Lügen muss man sich konzentrieren, und das kostet Kraft. Ich finde, irgendwann ist es auch mal gut mit der Hochstapelei, meinst du nicht?«

»Ja, da hast recht. War a schöne Feier, und jetzt muss es auch mal gut sein.«

Wallner atmete erleichtert durch.

Währenddessen nestelte Manfred einen kleinen Zettel aus seinem Mantel. Ein Name mit Adresse und Telefonnummer stand drauf sowie ein Datum.

»Nur zu der Taufe hier muss ich noch. Nette Leut. Hab ich heut kennengelernt.«

Manfred hielt Wallner den Zettel hin. Der stöhnte innerlich und starrte auf das nächtliche Schneetreiben im Scheinwerferlicht.

»Da reden wir noch drüber.«

39

Am Montag gegen zehn Uhr dreißig rief Staatsanwalt Tischler an und verkündete, er habe einen Beschluss erwirkt. Der fragliche Q5 der Firma KXG Consulting werde Mitarbeitern der Firma bei Bedarf zur Verfügung gestellt. Vor zehn Tagen habe sich der Vorstandsvorsitzende Kajetan Glaubert den Wagen für zwei Wochen reserviert.

Um zwölf trafen Wallner und zahlreiche Beamte der Kripo Miesbach vor dem Einfahrtstor ein. Nach dem Läuten meldete sich Herr Sommerfeld in der Gegensprechanlage, und Tischler erklärte ihm, worum es ging. Das Tor wurde geöffnet, und die Ermittlungsbeamten fuhren auf den gekiesten Platz vor der Villa.

An den Stufen zur Eingangstür wartete Glaubert und begrüßte die Beamten.

»Um was genau geht es?«, fragte er.

»Um das Verschwinden einer Frau namens Valentina Gutu«, klärte ihn Wallner auf. »Das ist etwa zehn Jahre her. In dieser Villa verliert sich ihre Spur.«

Er überreichte Glaubert eine Kopie des Durchsuchungsbeschlusses.

»Und wer hat diese Frau angeblich hier gesehen?«

»Das ist noch nicht ganz raus. Vermutlich Sie sowie die Herren Philipp Gansel und Jürgen Mangold.«

Glaubert machte äußerlich einen ruhigen Eindruck, aber Wallner spürte, dass es in ihm brodelte. Vor allem die Erwähnung von Mangolds Namen hatte ihm sichtlich einen Schlag versetzt. Denn das bedeutete, dass die Polizei ihn, Glaubert, nicht nur allgemein mit dem Mädchen in Verbindung brachte, sondern Detailkenntnisse über den fraglichen Abend besaß.

»Sie erinnern sich nicht an den Abend mit dieser jungen Frau? Sie kam aus Moldawien, wenn Ihnen das hilft.«

»Wenn das schon zehn Jahre her ist, dann werden Sie verstehen, dass ich es nicht gleich parat habe. Sofern die Frau überhaupt hier war, was ich sehr bezweifle.«

»Vielleicht erinnern Sie sich, Herr …«, Wallner hatte sich an Sommerfeld gewandt, »… verzeihen Sie, Sie hatten sich bei unserem letzten Besuch vorgestellt, aber …«

»Sommerfeld.«

»Der Name Valentina Gutu sagt Ihnen nichts? Es war ein Mädchen aus der Tabledance-Bar Vegas.«

Sommerfeld wandte sich mit bleichem Gesicht an seinen Arbeitgeber.

»Sie müssen nicht mit der Polizei reden. Abgesehen davon werde ich jetzt Frau Dr. Torabi anrufen. Bis sie hier ist, sollten weder Sie noch ich der Polizei irgendwelche Auskünfte geben.«

Sommerfeld nickte unglücklich. Glaubert sah in die Runde der Beamten, die bereit waren, ins Haus gelassen zu werden und mit der Arbeit zu beginnen. »Wenn es Ihnen nichts ausmacht, würde ich gern das Eintreffen meiner Anwältin abwarten.«

»Bei allem Verständnis für diesen Wunsch – aber es macht uns was aus.« Wallner kam jetzt auf die oberste Stufe der Eingangstreppe und stellte sich neben Glaubert. »Erstens ist es reichlich ungemütlich hier draußen.«

»Oh – Sie können natürlich drinnen warten. Bei Kaffee und hervorragendem Gebäck.«

»Und zweitens«, ignorierte Wallner die Einladung, »kann ich nicht zulassen, dass zehn aus Steuermitteln bezahlte Beamte hier untätig herumstehen, bis Ihre Anwältin kommt. Wenn Sie also so freundlich wären …«

Bereits nach fünfunddreißig Minuten war Frau Dr. Torabi vor Ort, eine etwa vierzig Jahre alte Frau mit schwarzen Haaren, Businesskostüm und einem Kaschmirmantel von Burberry, die bei aller Energie, die sie ausstrahlte, angenehm unaufgeregt wirkte. Wallner hatte noch nie persönlich mit ihr zu tun gehabt, aber von ihr gehört. Sie war Partnerin in einer der Münchner Topkanzleien für Strafrecht.

»Was hoffen Sie hier zu finden? Nach zehn Jahren? Ich meine, selbst wenn die Frau tatsächlich hier gewesen sein sollte?«, fragte sie.

»Vielleicht ist hier noch etwas von ihr, ein vergessenes Kleidungsstück zum Beispiel? Wer weiß?«

Wallner stand an der Tür zu dem Zimmer mit der Striptease-Bühne. Dort war im Augenblick ein Spürhund tätig.

»Es stimmt also, dass Sie hier für Ihre Kunden Privatvorstellungen abhalten?« Wallners Frage war an Glaubert gerichtet.

Glaubert schwieg.

»Selbst wenn es so wäre – strafbar ist es nicht«, sagte seine Anwältin.

»Kommt drauf an, was dabei passiert. Und wie weit die Darbietungen gehen. Eventuell reden wir von Förderung der Prostitution.«

»Sie wissen, dass das Unsinn ist. Und deswegen sind Sie ja nicht hier.«

»Stimmt«, sagte Wallner. »Aber sollten sich zufällig Anhaltspunkte für andere Straftaten finden … na ja, Sie kennen das ja.«

Janette kam zu der Dreiergruppe.

»Hallo, Herr Glaubert. Tut mir leid wegen der Unannehmlichkeiten. Sie waren neulich wirklich ein sehr aufmerksamer Gastgeber. Aber …«

»Sie machen nur Ihre Arbeit, kein Problem.« Glaubert lächelte sie an. »Schade, dass wir uns unter diesen Umständen kennenlernen müssen. Sie sind übrigens eine der wenigen Frauen, denen sogar dieser Anzug steht.« Glaubert spielte auf den weißen Papieroverall an, den Janette bei der Spurensicherung tragen musste. »*Working woman!* Hat was.«

»Hören Sie auf, Sie machen mich ganz verlegen.«

»Ich mein's ernst.«

Wallner verdrehte innerlich die Augen. Ein Blick zu Frau Dr. Torabi bestätigte ihm, dass er damit nicht allein war.

»Hach ja«, seufzte Janette. »Und wo wir uns gerade so nett unterhalten – geben Sie mir vielleicht das Passwort für Ihren Computer?«

»Nichts lieber als das«, flötete Glaubert. Torabis Augenbrauen wanderten nach oben. »Oder was ich eigentlich sagen will: unter anderen Umständen jederzeit.«

Janette nickte mit enttäuschter Miene. »Hatte ich befürchtet. Ich dachte, ich frag einfach mal.« Obwohl ihr Anliegen sich damit erledigt hatte, blieb Janette noch bei der Gruppe. Offenbar fühlte sie sich wohl in der Anwesenheit von Glaubert.

»Was wollen Sie eigentlich auf meinem Computer finden?«, fragte Glaubert in Richtung Wallner.

»Mal sehen. Rechnungen für Grabungsarbeiten oder den Einkauf einer verdächtigen Menge Flusssäure. Videos. Sie glauben nicht, was die Daten eines Computers alles preisgeben, wenn man erst mal richtig zu suchen anfängt.« Wallners Handy brummte. Eine Nachricht war eingegangen. Er checkte das Display. »Der Leichensuchhund ist unterwegs«, informierte er Janette, und dass es Glaubert und seine Anwältin mitbekamen, kam ihm durchaus gelegen.

Glaubert lehnte sich mit hinter dem Rücken gekreuzten Armen gegen den Türstock und schien nachzudenken. Dabei beobachtete Wallner ihn, was Glaubert bemerkte und mit einem kurzen, künstlichen Lächeln quittierte.

»Frau Dr. Torabi, könnten wir mal kurz …« Glaubert verschwand mit seiner Anwältin in einem Zimmer, das gerade nicht durchsucht wurde.

Wallner stand an der Terrassentür und blickte auf den winterlich kahlen, immens großen Garten des Anwesens, als Glaubert mit seinem Rechtsbeistand zurückkehrte.

»Wir würden gern mit Ihnen reden«, sagte Frau Dr. Torabi.

Sie nahmen Platz, und Herr Sommerfeld servierte Kaffee und Plätzchen. Wallner überlegte, ob er ein paar für Janette abzweigen sollte, ließ es aber sein.

»Wir möchten, dass Sie die Durchsuchung beenden«, sagte Torabi. »Die Kundendateien meines Mandanten und seine sonstigen Betriebsgeheimnisse gehen niemanden etwas an und haben auch nichts mit Ihrem eigentlichen Anliegen zu tun.«

»Was davon relevant ist, werden wir zu gegebener Zeit bewerten«, sagte Wallner. »Wenn es keinen anderen Grund gibt, die Durchsuchung einzustellen …«

»Den gibt es.«

Wallner war erstaunt. Frau Dr. Torabi würde das nicht einfach so in den Raum stellen.

»Okay. Was bieten Sie an?«

»Antworten auf die Frage, deretwegen Sie gekommen sind.«

»Sie meinen: Was ist Valentina Gutu zugestoßen?«

Torabi nickte. Ihr Mandant widersprach nicht.

Ein warmer Wind wehte von Süden, und am Himmel standen Schleierwolken. Föhn hatte eingesetzt und schmolz die letzten Reste Schnee, die noch im Voralpenland lagen, von den braunen Wiesen. Da sich die Witterung in den letzten zwei Wochen zwar niederschlagsreich, aber nur mäßig kalt gezeigt hatte, war der Boden nicht gefroren, und die Grabungsarbeiten liefen den Polizeibeamten gut von der Hand. Sie fanden in jenem Teil des Glaubert'schen Gartens statt, der am weitesten vom Haus entfernt lag. Wallner, Glaubert und Torabi standen in einiger Entfernung, um die Arbeiten nicht zu behindern, starrten aber angespannt und schweigsam zum Ort des Geschehens.

»Wir haben was!«, rief einer der Beamten, nachdem man fünf Minuten gegraben hatte.

Der Beamte und Tina knieten sich auf den Boden und untersuchten etwas, das vor ihnen lag. Aus der Entfernung war nicht zu erkennen, was es war. Schließlich stand Tina auf, sagte: »Okay, macht weiter, aber vorsichtig«, und verließ den Grabungstrupp in Richtung Wallner. Der ging ihr entgegen, sie trafen sich auf halbem Weg.

»Und?«, fragte Wallner.

»Ein menschlicher Schädel. Mit langen Haaren dran.«

»Das könnte sie also sein?«

»Vermutlich. Wir werden sehen«, sagte Tina und lief zurück.

Wallner, Glaubert und Torabi hatten wieder im Wohnzimmer Platz genommen. Außerdem hatte Wallner Janette dazugebeten, um bei Unstimmigkeiten in der Erinnerung der Beteiligten eine Zeugin zu haben – so kam sie am Ende noch zu ihrem Plätzchen. Auf dem Tisch lag Wallners Handy, bereit, eine Aussage aufzunehmen. Noch aber lief die Aufnahme nicht. Außerdem stand ein Stativ mit darauf montierter Kamera neben dem Tisch.

»Ich gehe davon aus, dass die Kooperationsbereitschaft von Herrn Glaubert im weiteren Verfahren Berücksichtigung findet«, sagte Frau Dr. Torabi.

»Natürlich«, sagte Wallner. Aber es war eindeutig, dass Glaubert nur dem ohnehin unvermeidlichen Fund der Leiche zuvorkommen wollte. Außerdem war bei der Durchsuchung wohl einiges an Material zu entdecken, das Glaubert noch in ganz anderem Zusammenhang belasten würde. »Im Augenblick gehen wir freilich von einem Kapitalverbrechen aus, in das Herr Glaubert in welcher Form auch immer verstrickt ist.«

»Ob ein Kapitalverbrechen vorliegt, ist noch die Frage. Eine Frage übrigens, die Ihnen auch mein Mandant nicht mit letzter Gewissheit beantworten kann. Da müssen Sie mit anderen reden. Aufseiten meines Mandanten steht jedenfalls kein Kapitalverbrechen im Raum.«

Wallner wandte sich direkt an Glaubert: »Sie sagen also, Sie sind nicht für den Tod dieser Frau verantwortlich?«

»Nein, das bin ich nicht.«

»Die Leiche befindet sich auf Ihrem Grundstück.«

»Herr Glaubert hat sich vermutlich wegen Strafvereitelung strafbar gemacht«, übernahm wieder Torabi das Gespräch. »Das bestreiten wir nicht. Allerdings ist das über zehn Jahre her und damit verjährt.«

»Gut. Dann würden wir uns jetzt gern Ihre Geschichte anhören. Ist es in Ordnung, wenn wir sie aufnehmen?«

»Kein Problem«, sagte die Anwältin.

40

Zehn Jahre früher

Glaubert nahm den Dekantierer mit der Weinflasche und schenkte Gansel nach. In diesem Augenblick wurde es wieder laut hinter der Tür, die vom Salon in den Nebenraum mit der Tabledance-Bühne führte. Neben der Stimme des Mädchens hörte man auch Mangold reden. Sie stritten über etwas.

»Kann es sein«, sagte Gansel, »dass das Mädchen nicht verstanden hat, warum sie mitkommen sollte?«

»Schwer vorstellbar. Dass es für tausend Euro nicht ums Tanzen geht, dürfte ja wohl klar sein.«

Es wurde noch lauter im Nebenraum, und ein Stuhl oder etwas Ähnliches wurde umgestoßen. Dann wieder lautes Reden des Mädchens. Schließlich hörte man Mangolds alkoholverwaschene Stimme »Jetzt stell dich net so an!« schreien.

Gansel versteifte sich. »Sollten wir vielleicht mal nachsehen …«

In diesem Augenblick stieß das Mädchen einen spitzen Schrei aus, gefolgt von einem dumpfen, hölzernen Geräusch. Etwas wie ein Schlag. Dann – nichts …

Glaubert und Gansel starrten beide auf die Tür. Es war still. Fast still. Denn im Hintergrund lief immer noch leise *Je t'aime*. Glaubert stand langsam und irgendwie zögerlich auf und setzte sich in Richtung Tür in Bewegung. Als er zwei Schritte weit gekommen war, wurde die Klinke nach unten gedrückt, und die Tür öffnete sich. Sehr langsam wurde der Türspalt breiter, bis endlich Mangold zum Vorschein kam. Ohne Jackett, das Gesicht rot, die Augen verschwommen, der Mund offen. Gansel stand auf und ging zu seinem Chef.

»Alles klar?«, fragte er.

Mangold atmete schwer, sein Unterkiefer zitterte. Schließlich schüttelte er langsam den Kopf.

»Was ist passiert?« Gansel blickte an seinem Chef vorbei ins Zimmer. Viel konnte er nicht sehen, denn Mangolds massiger Körper versperrte den Zugang zum Raum. Neben Mangolds Schulter erhaschte Gansel im Hintergrund einen Blick auf einen der Füße des moldawischen Mädchens. Er bewegte sich nicht.

»Hing'fallen«, murmelte Mangold. »Blöd hing'fallen.«

Gansel krampfte sich der Magen zusammen. Gern wäre er jetzt verschwunden. Schließlich hatte er mit dem Mädchen nichts zu tun. Auch mit Glaubert nicht und dessen halbseidenem Club. Mit der ganzen Scheiße hier hatte er nichts zu tun. Gleichzeitig wurde ihm klar, dass die Geschichte so einfach leider nicht war. Er befand sich hier an diesem Ort, und folglich hatte er etwas damit zu tun. Außerdem sagte ihm sein Instinkt, dass er bis zum Hals in die Sache reingezogen werden würde, wenn er nicht aufpasste. Als Erstes musste er also wissen, was überhaupt passiert war.

»Darf ich mal?« Er schob Mangold sanft zur Seite. Der gab nach kurzem Widerstand den Weg frei.

Das Mädchen lag vor einem Sofa ausgestreckt auf dem Boden, ihr Oberkörper war unbekleidet, die Augen waren geöffnet und starrten zur Decke. Gansel blieb der Atem weg. Aber er widerstand dem Drang, sich abzuwenden, kniete sich neben den leblosen Körper und nahm den Arm. Er war warm. Aber Gansel fühlte keinen Puls. Er legte zwei Finger an den Hals.

»Und?«, sagte Glaubert, der auf die andere Seite des Sofas

getreten war und entsetzt dreinblickte. Offenbar war das auch für einen Berufskriminellen wie ihn kein täglicher Anblick. Der Gedanke verschaffte Gansel überraschenderweise Erleichterung und sogar ein wenig Selbstvertrauen.

»Kein Puls«, sagte er. »Haben Sie Ihr Handy da?«

Glaubert übergab ihm ohne weitere Nachfrage sein iPhone. Es hatte eine verspiegelte Rückseite. Gansel hielt den Spiegel vor die Nasenlöcher der jungen Frau. Es zeigte sich nicht die geringste Spur von Atemhauch. Gansel schüttelte den Kopf.

»Sie scheint nicht mehr zu atmen. Aber sie fühlt sich warm an.«

»Das heißt nichts. Bis ein toter Körper kalt wird, das dauert.«

Jetzt hatte Glaubert es ausgesprochen: tot. Allein es zu hören, gab Gansel einen Stich in die Magengrube, und er atmete schneller.

»Haben Sie einen Defibrillator?«

Glaubert schüttelte den Kopf. »Der würde auch nichts nützen. Ich fürchte, sie hat sich ...« Er verstummte.

»Was?«

Gansel folgte Glauberts Blick. An der Kante des Couchtisches glänzte schwarz eine feuchte Stelle. Gansel schob eine Hand zu dem Kopf des Mädchens, um dessen Rückseite zu ertasten. Glauberts Gesicht verzog sich vor Abscheu. Aber Gansel zog seine Hand ohnehin im letzten Augenblick zurück.

»Scheiße, ich kann das nicht.«

»Ist auch nicht nötig. Die Frau ist tot.«

Gansel betrachtete den zierlichen Frauenkörper, der vor ihm lag. Dann nahm er Mangolds Jackett, das über der Sofalehne hing, und bedeckte den Oberkörper des Mädchens.

»Wir müssen den Notarzt rufen«, sagte er in Richtung Glaubert.

»Notarzt?« Panik verzerrte Glauberts Gesicht. »Wozu? Der kann ihr auch nicht mehr helfen.«

»Das weiß ich nicht. Ich bin kein Arzt.«

»Na, na, na, na!«, grummelte es hörbar verschreckt von der Tür. »Des könnt's net machen. Kein Notarzt!«

»Aber wenn die Frau noch lebt?«

»Sie haben doch gerade selber festgestellt, dass sie weder Puls hat noch atmet.« Glaubert wirkte ungehalten. »Die ist tot.«

»Das weiß man nie. Manchmal kann man auch so jemanden wiederbeleben.« Gansel sah in die Gesichter von Glaubert und Mangold. Er hatte das Gefühl, als wären sie mit einem Mal härter geworden.

»Kommen Sie mit«, sagte Glaubert und unterstrich die Anweisung mit einem Winken.

Glaubert schenkte sich und Gansel Mineralwasser ein. Sie saßen wieder in dem Raum neben dem Zimmer mit der Leiche. Mangold fläzte sich apathisch in einem Ohrensessel.

»Schrecklich, was hier gerade passiert ist. Aber genau deswegen dürfen wir jetzt nicht die Nerven verlieren. Wir müssen versuchen, logisch zu denken, und unsere Optionen abwägen, verstehen Sie?«

Gansel nickte und fand es interessant, wie selbstverständlich Glaubert von ›wir‹ sprach. Gansel wusste nämlich nicht, inwieweit er für irgendetwas, das heute Abend passiert war, verantwortlich sein sollte.

»Unter anderen Umständen würde ich jetzt natürlich den Notarzt rufen. Aber wie gesagt, die Frau ist tot. Und ein Notarzt muss das melden. Sie können sich selbst ausmalen, was das nach sich ziehen würde.«

»Na ja – wenn es ein Unfall war …«

»So naiv sind Sie doch nicht!« Glaubert beugte sich zu Gansel, warf einen kurzen Blick auf den vor sich hin starrenden Mangold und senkte die Stimme. »Überlegen Sie mal: Ein mit Drogen vollgepumpter Wirtschaftsminister und eine

Stripperin, von der wir nicht einmal wissen, ob sie volljährig ist, und die sich in Anwesenheit des Ministers das Genick bricht. Wollen *Sie* das der Presse erklären? Oder Herrn Mangolds Frau?«

Gansel war ganz und gar unwohl bei dem Gedanken, dass er die Sauerei hier auch noch vertuschen sollte.

»Selbst wenn das Mädchen tot ist – es gibt Angehörige, die man verständigen muss.«

»Haben Sie nicht zugehört?« Glaubert beugte sich noch näher zu Gansel. »Wir können niemanden verständigen. Es geht einfach nicht.«

»Aber irgendjemand wird die Frau vermissen.«

»Sie ist erst seit Kurzem in Deutschland. Die vermisst niemand. Höchstens der Geschäftsführer der Bar. Aber das kann ich regeln.«

Gansel starrte den anderen an, und sein Gehirn jagte das, was er gehört hatte, durch alle möglichen Algorithmen, um zu verstehen, was es für Folgen haben würde. Das Ergebnis war ein Schweißausbruch.

»Okay.« Gansel schluckte. »Was wollen Sie jetzt tun?«

»Wir …« Glaubert zuckte mit den Schultern. »Ich weiß es nicht.«

Mangold war, während sie fieberhaft darüber diskutierten, wie man seinen Arsch retten konnte, eingeschlafen. Der Kopf war auf die Brust gesackt.

»Dann nennen Sie doch mal Ross und Reiter.« Gansel war mittlerweile klar geworden, wie gestrichen voll Glauberts Hose war. Was bedeutete, dass jemand anderer das Kommando übernehmen musste. Und das war dann wohl er, Gansel. »Wir müssen die Leiche loswerden. Das wollten Sie doch sagen, oder?«

»Ja, aber ich bin mir nicht sicher, wie. Haben Sie eine Idee?«

»Vergraben. Aber das ist nicht so einfach, wie viele denken. Der Boden ist meistens hart und voller Wurzeln. Mit einem Spaten kann das Stunden dauern. Das Loch muss tief sein, und wir müssen Steine drauflegen. Sonst wird sie von Tieren wieder ausgegraben.«

»Okay …«

Glaubert klang erleichtert, dass Gansel sich offenbar in bestimmten Dingen auskannte. Er kam vom Bauernhof, wie Glaubert durch Mangold wusste.

»Das läuft jetzt wie folgt: Wir verpacken sie in Plastik. Haben Sie Müllsäcke?« Glaubert bejahte. »Bis morgen müssen wir sie kühl lagern, vielleicht im Keller.« Glaubert nickte eifrig und dankbar. »Ich organisiere inzwischen einen kleinen Bagger. Mit dem heben wir nächste Nacht das Loch aus. Und dann war's das.«

»Wo sollen wir sie … ich meine, wo wollen Sie das Loch graben?«

Gansel dachte kurz nach. »Am besten hier auf dem Grundstück. Da kann uns keiner beobachten, und hier laufen auch nicht so viele Wildtiere herum.«

»Okay. So machen wir es.«

»Was ist mit Ihrem Herrn Sommerfeld?«

»Der kriegt Urlaub. Es ist besser, wenn nur wir drei davon wissen.«

»Gut«, sagte Gansel, setzte sich auf die Couchlehne und betrachtete den schlafenden Mangold. Gansel hatte jetzt auf diesem Schiff das Kommando, und das fühlte sich gut an. Das Mädchen tat ihm leid. Natürlich. Aber an seinem Tod traf ihn keine Schuld. Er musste jetzt nach vorn sehen. Dass das mit der gemeinsamen Leiche schon heute Abend und so wörtlich passieren würde, hatte etwas grausam Ironisches. Ab jetzt war ihm einer der mächtigsten Politiker des Landes verdammt viel schuldig, und das sollte seine Karriere in den nächsten Jahren in einem für Außenstehende erstaunlichen Maß beschleunigen.

Kajetan Glauberts Schilderung der Ereignisse wich in einigen Punkten ein wenig vom Pfad der Wahrheit ab. So war es in seinem Bericht Philipp Gansel, der aus Sorge um den Ruf seines Chefs und um sein eigenes Fortkommen darauf drängte, den Tod der jungen Frau zu vertuschen. Da Gansel mittlerweile tot war, würde man Glaubert kaum etwas Gegenteiliges nachweisen können. Und nachdem vor zwei Jahren auch Mangold das Zeitliche gesegnet hatte, würde Glauberts Version der Ereignisse konkurrenzlos bleiben.

»Könnten Sie die Aufzeichnung jetzt bitte anhalten?«, sagte Frau Dr. Torabi, nachdem ihr Mandant seinen Bericht beendet hatte.

»Gleich«, sagte Wallner. »Ich würde gern noch wissen, wie das mit Frau Szegedi war, die bei Herrn Gansels Geburtstagsfeier aufgetaucht ist. Denn das hängt ja direkt damit zusammen.«

»Moment!« Die Anwältin legte eine Hand auf Glauberts Unterarm, um ihn daran zu hindern, sich zu dem Thema zu äußern. »Das möchte ich erst unter vier Augen besprechen.«

Mandant und Rechtsbeistand verschwanden für zehn Minuten, und als sie zurückkehrten, verkündete Frau Dr. Torabi: »Herr Glaubert wird ein Statement abgeben. Ob weitergehende Fragen beantwortet werden, entscheiden wir dann.« Damit erteilte sie Glaubert das Wort, und Janette nahm die Kamera wieder in Betrieb.

»Diese Frau«, begann er, »die bei der Geburtstagsfeier von Herrn Gansel aufgetaucht ist – eine Frau Szegedi, wie ich heute erfahren habe –, diese Frau war an dem Abend vor zehn Jahren auch in der Tabledance-Bar, als Valentina Gutu mit Herrn Mangold, Herrn Gansel und mir weggefahren ist. Frau Szegedi hatte das mitbekommen und wollte jetzt von Herrn Gansel Auskunft, was mit ihrer Freundin passiert ist. Offenbar konnte sie sich nur an ihn erinnern. Herr Gansel sagte ihr, Frau Gutu wäre damals nach Hause gebracht worden, und was anschließend mit ihr passiert sei, davon wisse er nichts. Er hat ihr trotzdem Geld angeboten, wenn sie nicht zur Polizei geht. Als Begründung gab er an, er wolle nicht, dass seine Besuche in der Tabledance-Bar öffentlich gemacht würden. Soweit ich weiß, hat Herr Gansel der Frau fünfundzwanzigtausend Euro bezahlt. Das ist alles, was ich zu diesem Sachverhalt sagen kann.«

»Sie kannten die Frau vorher nicht?«

»Nein.« Glaubert zögerte. »Ja gut, ich habe sie damals an dem Abend vermutlich in der Bar gesehen. Aber sie war eine von Dutzenden Frauen. Sie ist mir jedenfalls nicht im Gedächtnis geblieben.«

»Sie verkehren nicht mehr im Vegas?«

»Seit jenem Abend nicht mehr.«

»Glauben Sie, dass es zwischen dem Tod von Philipp Gansel und der – ich sag mal – Erpressung durch Frau Szegedi einen Zusammenhang gibt?«

»Wenn wir jetzt unverbindlich über Dinge plaudern, die vielleicht sein könnten, dann sollten wir das *Off the Record* tun«, sagte Torabi. »Schalten Sie bitte die Kamera aus.«

Janette tat nach kurzem Blickwechsel mit Wallner wie gebeten.

»Ich wüsste nicht, wie das zusammenhängen sollte«, beantwortete Glaubert Wallners Frage.

»Der Hintergrund meiner Frage ist ein Video, das wir uns mal ansehen sollten.« Janette hatte inzwischen ihren Laptop aufgeklappt. Wallner gab ihr ein Zeichen, das Video abzuspielen.

»Was wir hier sehen«, sagte Janette, »sind Aufnahmen einer Überwachungskamera in Bayrischzell von gestern vor einer Woche, neunzehn Uhr sechsundzwanzig. Gleich kommt ein Wagen vorbei.« Sekunden später fuhr ein Pkw durchs Bild. Janette hielt die Aufnahme an und spulte zurück, um den Wagen in die Bildmitte zu bekommen. »Das ist ein Audi Q5, Farbe Navarrablau Metallic. Den Fahrer kann man nicht erkennen. Aber kommt Ihnen der Wagen bekannt vor?«

»Ich bitte Sie! Wie viele Wagen dieser Bauart und in dieser Farbe gibt es?«

»Ich präzisiere die Frage gleich«, sagte Janette und spulte weiter vor. Ein Schnitt. Der Timecode zeigte jetzt 19:50 Uhr. Der Q5 fuhr erneut durchs Bild, diesmal von der anderen Seite. »Etwa fünfundzwanzig Minuten später, derselbe Wagen kommt wieder zurück. Bei der ersten Aufnahme fuhr er in Richtung des Hotelrohbaus, wo Herr Gansel getötet wurde. Bei der zweiten Aufnahme kam er von dort. Zwischen den beiden Aufnahmen ist Philipp Gansel vermutlich ermordet worden. Die Firma KXG Consulting ist Ihnen bekannt?«

Frau Dr. Torabi wollte gerade eingreifen, aber Glaubert wusste, dass es keinen Sinn machte, die Frage nicht zu beantworten.

»Ja«, sagte er. »Sie gehört mir, wie Sie vermutlich wissen.«

»Und ebenso wissen wir, dass sich im Fuhrpark von KXG ein navarrablauer Q5 befindet. Würde es Sie überraschen, wenn sich anhand der GPS-Daten herausstellte, dass dieser Wagen letzten Sonntagabend an dieser Überwachungskamera vorbeigefahren ist?«

»Wissen Sie es oder raten Sie bloß?«, schaltete sich Torabi ein.

»Wir vermuten es«, sagte Janette. »Und wir werden es überprüfen. Was wir aber wissen, ist: Der Wagen wurde vor zwei Wochen an Herr Glaubert übergeben und erst letzten Donnerstag zurückgebracht. Das heißt, Sie haben den Wagen in dieser Zeit gefahren.«

»Wo führt das Ganze hin?« Torabis Körperhaltung wurde angespannter.

Hier übernahm wieder Wallner die Gesprächsführung. »Wir würden gern wissen, was Herr Glaubert Sonntagabend vor einer Woche in Bayrischzell zu tun hatte.«

»Zunächst einmal ist es richtig, dass ich mir den Wagen geliehen habe«, sagte Glaubert, obwohl ihm seine Anwältin unmissverständliche Zeichen machte, dass er besser nicht reden sollte. »Eigentlich wollte ich in die Berge fahren, aber daraus ist nichts geworden. Und was Ihre Frage anbelangt: In Bayrischzell hatte ich gar nichts zu tun. Ich war an dem Abend mit dem Finanzminister und seiner Frau im Tantris beim Essen.«

Wallner und Janette waren doch einigermaßen überrascht, ebenso Frau Dr. Torabi, die sich wieder entspannte.

»Dann war also der Q5 an dem Abend in München?«, fragte Wallner.

»Das weiß ich nicht.«

»Sie wissen es nicht?«

»Eine Bekannte hatte ihren Wagen in der Werkstatt. Da habe ich ihr den Q5 für ein paar Tage geliehen, nachdem ich ja sowieso nicht mehr in die Berge wollte.«

»Würden Sie uns den Namen der Frau verraten?«

»Ungern. Aber irgendwann werde ich es ja müssen.« Er sah seine Rechtsberaterin an. Die gab grünes Licht. »Ich hatte den Wagen Philomena Gansel geliehen.«

41

Die Befragung fand am Montagnachmittag in den Räumen der Staatsanwaltschaft statt. Philomena Gansel hatte auf ihre Anwälte gehört und sich geweigert, mit der Polizei zu reden. Einer Vorladung des Staatsanwalts musste sie jedoch Folge leisten. Inzwischen bemühte sich die SoKo, an die Bewegungsdaten des Q5 zu gelangen und mehr über Philomena Gansel herauszufinden.

Gastgeber war dieses Mal Jobst Tischler, allerdings waren die Räumlichkeiten der Staatsanwaltschaft München II auch nicht prächtiger als die der Polizeiinspektion Miesbach. Den Vernehmungsraum hatte man in Grau möbliert, was gut zu dem Wetter passte, das sich draußen vor dem Fenster darbot. Erschienen waren neben Philomena Gansel ein sowohl Wallner wie auch Tischler bekannter Strafverteidiger namens Michael Seidel, der bereits auf die siebzig zuging und im Lauf seiner Karriere nicht wenige prominente Mandanten vertreten hatte. Ebenfalls dabei war der Hotelier Marius Fitschauer.

»Darf ich fragen, in welcher Eigenschaft Sie hier sind?«, fragte Wallner.

»Als weiterer Rechtsvertreter von Frau Gansel.«

»Ich dachte, Sie sind Hotelier.«

»Das ist richtig. Aber ich bin auch Volljurist und zugelassener Anwalt. Solange man seinen Kammerbeitrag bezahlt, bleibt man das, auch wenn man nur gelegentlich praktiziert. Wollen Sie meine Vollmacht sehen?«

»Alles gut«, winkte Wallner ab.

»Dann sind die Formalien ja geklärt«, begann Tischler die Sitzung. »Frau Gansel – der Grund, weshalb wir einige Fragen an Sie haben, ist eine Aussage, die Sie gegenüber der

Polizei gemacht haben. Sie sagten, Sie seien an dem Abend, als Ihr Mann starb, zu Hause gewesen und hätten mehrfach versucht, ihn anzurufen. Als Sie ihn nicht erreichen konnten, hätten Sie ihn gegen Mitternacht als vermisst gemeldet. Habe ich das so weit zutreffend zusammengefasst?«

Philomena sah auf eine Art zu Seidel, die Wallner klarmachte, dass der Anwalt hier das Sagen hatte und dass einige Dinge bereits im Vorfeld geklärt worden waren. Vermutlich wusste sie von Glaubert, was der der Polizei erzählt hatte, nämlich, dass sie am Tatabend einen navarrablauen Audi Q5 im Besitz hatte. Wenn es tatsächlich dieser Wagen war, den das Video aus Bayrischzell aufgezeichnet hatte, dann wusste sie von ihren Anwälten auch, dass man das nachweisen konnte.

»Bevor wir anfangen, über den Tatabend zu reden, sagen S' uns doch bittschön erst mal, in welcher Eigenschaft meine Mandantin vorgeladen wurde.« Seidel sprach ein münchnerisch eingefärbtes Hochdeutsch, das ihn freundlich klingen ließ. Gleichzeitig vermittelte er den Eindruck, dass er nach Jahrzehnten als Strafverteidiger sehr genau wusste, was er tat.

»Das wissen wir noch nicht genau«, sagte Tischler. »Es hängt unter anderem davon ab, was Ihre Mandantin uns zu berichten hat. Ich betrachte sie zunächst als Zeugin, auch wenn unsere Ermittlungen Anlass zu der Vermutung geben, dass Frau Gansel uns nicht die ganze Wahrheit gesagt hat. Aber ich bin offen für alles und gespannt auf ihre Aussage.«

»Sie können also nicht ausschließen, dass Frau Gansel im Lauf der Ermittlungen von einer Zeugin zur Verdächtigen wird.«

Tischlers Haltung sagte: Nein, natürlich nicht. »Ich hoffe, es erscheint es Ihnen trotzdem sinnvoll, unsere Fragen zu beantworten. Es gibt Frau Gansel die Möglichkeit, uns ihre Version der Ereignisse vorzustellen.«

»Nun – um Ihre Ermittlungen nicht in die falsche Richtung, nämlich die unserer Mandantin laufen zu lassen, werden wir möglicherweise einige Ihrer Fragen beantworten.« Seidel lehnte sich zurück und vermittelte einen müden Eindruck, was aber täuschte, wie Wallner aus mehreren Treffen mit ihm wusste. Er war hellwach und konzentriert.

»Gut. Dann fangen wir doch einfach noch mal bei null an, und Sie erzählen uns der Reihe nach …«, Tischler hatte sich wieder Philomena zugewandt, »… was sich an dem Abend ereignet hat.«

»Nein«, meldete sich jetzt Fitschauer, »so sollten wir das nicht angehen. Stattdessen folgender Vorschlag: Ich sage Ihnen jetzt, was an der Aussage von Frau Gansel weiterhin Bestand hat. Sie können dann ergänzende Fragen stellen.« Wallner war klar, was Fitschauer nicht wollte: dass Philomena Gansel den kompletten Ablauf des Abends wiedergab. Denn das waren zu viele Fakten, mit denen man sie – falls sie nicht die Wahrheit sagte – in Widersprüche verstricken konnte. Das vorgeschlagene Verfahren war nicht im Sinne von Tischler und Wallner. Aber Philomena Gansel konnte die Aussage auch ganz verweigern, mit der Begründung, sich sonst selbst zu belasten.

»Na gut, versuchen wir es so«, sagte Tischler. »Bitte, Herr Fitschauer.«

»Frau Gansel bleibt weiter bei ihrer Aussage, dass ihr Mann, das spätere Opfer, mit dem Wagen unterwegs war und sie ihn telefonisch nicht erreichen konnte. Gegen Mitternacht hat sie ihn dann als vermisst gemeldet.«

»Und sie war den ganzen Abend zu Hause?«

»Das hat Frau Gansel ihrer Erinnerung nach nicht behauptet.«

Wallner und Tischler blätterten in ihren Akten, bis sie Philomena Gansels Aussage gefunden hatten, und überflogen sie.

»Kann sein, dass sie es nicht wörtlich gesagt hat. Ich

würde es freilich aus dem Gesamtzusammenhang schließen«, sagte Tischler. »Aber lassen wir die Wortklauberei. Frage: Sie haben Ihren Mann gegen Mitternacht an dem Abend als vermisst gemeldet. Wussten Sie tatsächlich nicht, wo er war?«

Am Tisch setzte Schweigen ein, Blicke wurden zwischen Fitschauer, Philomena und Seidel getauscht, und Letzterer übernahm wieder das Ruder.

»Kommen wir doch mal zum Kern der Sache: Was bitte veranlasst Sie zu der Frage?«

»Hinweise darauf, dass Ihrer Mandantin durchaus bekannt war, wo sich ihr Mann befand.« Tischler stützte sich mit den Ellbogen auf die Tischplatte. Wallner wusste: Er war jetzt im Kampfmodus.

»Dann präsentieren Sie uns doch Ihren Hinweis.«

Das war das Letzte, was Wallner und Tischler tun würden. Denn die Qualität des Videos war reichlich schlecht, und es reichte, wenn die Anwälte das später bei der Akteneinsicht feststellten.

»Es gibt das Video einer Überwachungskamera in Bayrischzell«, sagte Tischler. »Darauf ist ein navarrablauer Audi Q5 zu sehen. Ob Ihre Mandantin den Wagen gefahren hat, wird noch ermittelt. Wenn wir allerdings die GPS-Daten des Fahrzeugs haben und die mit dem Video übereinstimmen, dürfte die Sache klar sein. Nämlich, dass Frau Gansel kurz vor dem Mord auf dem Weg zum Tatort war. Wie gesagt: Jetzt wäre ein guter Zeitpunkt, dass Ihre Erklärung dafür in die Akten kommt.«

Eine Weile wurde auf der anderen Seite des Tisches noch überlegt. Aber Wallner schätzte das als Showeinlage ein. Die Entscheidungen waren bereits vor dieser Besprechung gefallen.«

»Machen wir's kurz«, sagte Seidel. »Ja. Frau Gansel war an dem Abend in Bayrischzell. Sie war beunruhigt, dass sie ihren Mann nicht erreichen konnte, und machte sich Sorgen. Zugegebenermaßen weniger um sein Wohlergehen, sondern weil sie vermutete, dass er ein Verhältnis mit einer anderen Frau hatte. Deswegen fasste sie den Entschluss, ihn gewissermaßen in flagranti mit der anderen Frau zu erwischen, und folgte seinem Wagen.«

»Nach unseren Erkenntnissen hatte Frau Gansel keinen Sichtkontakt zum Wagen ihres Mannes. Woher wusste sie, wo er hinfahren würde?«

Der Punkt schien heikel zu sein. Seidel sah zu seiner Mandantin und nickte. Und so sagte Philomena Gansel das erste Mal selbst zur Sache aus.

»An dem Wagen war ein Peilsender befestigt.«

»Was heißt, ›war befestigt‹?« Tischler schien irritiert. »Hatten Sie ihn befestigt?«

Sie nickte.

»Und wo hatten Sie den her?«

»Von Herrn Kreuthner. Wir hatten mal darüber gesprochen, dass mein Mann mich betrügt. Oder dass ich das vermutete. Er hat mir dann den Sender besorgt.«

»Haben Sie den Peilsender irgendwann wieder entfernt?«

»Nein. Warum?«

»Bei der Untersuchung des Wagens wurde kein Peilsender gefunden.«

Philomena sah die Kommissare ratlos an. Auch der Gesichtsausdruck ihrer Anwälte signalisierte Ahnungslosigkeit.

Wallner überlegte, warum Philomena in dem Punkt lügen sollte, und fand keinen Grund. Doch es gab eine andere Erklärung: Hatte Kreuthner den Sender entfernt, damit er Philomena nicht mehr belasten konnte?

»Nun gut«, setzte Tischler die Befragung fort. »Ihnen ist klar, dass so etwas strafbar ist?«

»Ja.«

»Der Peilsender erklärt natürlich, warum Sie erst einige

Zeit später an der Kamera vorbeigekommen sind«, sagte Wallner. »Sie brauchten ja keinen Sichtkontakt. Sie sind dann zu dem Hotelrohbau gefahren?«

»Ja«, schaltete Fitschauer sich wieder ein. »Frau Gansel ist dort angekommen und hat die Baustelle betreten, in der Vermutung, ihren Mann dort mit einer anderen Frau vorzufinden.«

»Und was hat sie vorgefunden?«

»Die Leiche ihres Ehemannes.«

»Wo befand sich die Leiche?«

Philomena vergewisserte sich durch einen Blick, dass sie reden durfte.

»Eine Leiter führte in den ersten Stock. Dort hat Philipp gelegen.«

»Und er war tot?«

»Ich bin keine Ärztin. Aber er lag leblos auf dem Boden und hatte die Augen auf.«

»Als Sie sich dem Hotel näherten – haben Sie da Schüsse gehört?«

Philomena schüttelte den Kopf.

»War da noch ein anderes Fahrzeug außer dem Wagen Ihres Mannes?«

»Nein, nur sein Wagen.«

Wallner wurde daraus nicht ganz schlau. »Was ist mit Herrn Kreuthner?«

»Herr Kreuthner?«

»Er muss unmittelbar nach Ihnen angekommen sein.«

Philomena schüttelte vehement den Kopf. »Nein, da war sonst niemand außer mir.«

Wallner und Tischler sahen sich an und hatten offenbar ähnliche Fragen im Kopf.

»Als Sie wieder weggefahren sind, haben Sie da ein anderes Auto bemerkt? Vielleicht an der Einmündung zur Straße?«

»Ich war sehr geschockt und in Panik. Deswegen habe ich

nicht mehr viel mitbekommen. Aber wo Sie es sagen – kann sein, dass an der Straße kurz vor der Auffahrt zum Hotel ein Wagen geparkt war. Er hatte die Lichter aus, und ich hab nicht weiter drauf geachtet.«

»War dieser Wagen schon da, als Sie gekommen sind?«

»Ich glaube nicht. Aber mit Sicherheit kann ich das nicht sagen.«

»Gehen wir doch noch einmal in diesen Hotelrohbau zurück.« Tischler blätterte in seiner Akte. »Wie müssen wir uns das vorstellen? Da war ja kein Licht, oder?«

»Nein. Ich habe die Taschenlampe meines Handys eingeschaltet.«

»Hatten Sie keine Angst? Mitten in der Nacht, allein in so einem Gebäude? Das ist doch ziemlich unheimlich.«

»Am Anfang eigentlich nicht. Ich wusste ja, dass mein Mann dadrin war. Und möglicherweise mit einer Frau zusammen. Ich war ... Eigentlich war ich eher wütend.«

»Gut. Und dann sehen Sie, dass Ihr Mann tot ist. Was war da Ihre erste Reaktion?«

»Ich war geschockt. Und – wie gesagt, ich bin in Panik geraten. Ich wusste ja nicht, ob der Täter noch in dem Gebäude war.«

»Es stand doch kein anderer Wagen vor dem Haus.«

»Aber es musste in den letzten zehn Minuten passiert sein. Das hat mir eine wahnsinnige Angst gemacht.«

»Ich würde Ihnen das alles gern glauben. Was ich allerdings nicht verstehe, ist: Warum haben Sie nicht die Polizei angerufen? Dass Sie schnell von dem Hotel wegkommen wollten, ist ja nachvollziehbar. Aber Sie haben auch nicht nach fünf oder zehn Minuten die Polizei verständigt. Nein, Sie sind nach München zurückgefahren, haben bis Mitternacht gewartet und dann erst die Polizei angerufen. Aber nicht etwa, um den Mord zu melden, sondern um eine Vermisstenanzeige zu erstatten. Warum? Und warum haben Sie

Ihren Mann angerufen, obwohl Sie bereits wussten, dass er tot war?«

Rechtsanwalt Seidel gab seiner Mandantin ein Zeichen, dass er die Frage beantworten wollte.

»Wie wir gerade gehört haben, war Frau Gansel in einem Schockzustand. Da läuft nicht alles logisch ab. Man tut Dinge, die man sonst vielleicht nicht tun würde. Abgesehen davon: Nehmen wir an, meine Mandantin hätte den Tod ihres Mannes gemeldet. Dann hätte sie erklären müssen, wie sie ihren Mann denn gefunden hat und woher sie wusste, dass er zu diesem abgelegenen Ort gefahren ist. Mit anderen Worten, dass sie einen Peilsender an seinem Wagen angebracht hatte. Das wollte sie vermeiden. Und weil sie sich nun einmal dafür entschieden hatte, so vorzugehen, wie sie es tat, musste sie auch das Handy ihres Mannes anrufen. Es wäre schon recht eigenartig, wenn Sie eine Vermisstenanzeige aufgeben und nicht einmal versucht haben, den Vermissten zu erreichen.«

»Das klingt alles erstaunlich berechnend, wenn man bedenkt, dass der Ehemann von Frau Gansel tot in einer Baustelle lag«, sagte Tischler.

»Das macht vielleicht den Eindruck«, gab Seidel zu. »Auf der anderen Seite – das soll jetzt nicht zynisch klingen, aber … Letztlich war es egal, ob man die Leiche von Philipp Gansel ein paar Stunden früher oder später findet.«

»Tatsächlich?« Tischler zog die Augenbrauen hoch. »In der Regel denken Eheleute anders über solche Dinge.«

»Nun – in Ihren Augen mag das Verhalten von Frau Gansel ungewöhnlich sein. Ist es vielleicht auch. Aber es ist nun mal das, was sich an jenem Abend abgespielt hat. Und wenn Sie Ihre Ermittlungsergebnisse checken, werden Sie nichts finden, was dagegenspricht.«

»Haben Sie noch einen Moment?«, fragte Tischler, als Philomena Gansel und ihre Anwaltsentourage den Raum verlassen hatten.

»Natürlich.« Wallner überflog seine Notizen.

Tischler zog sein Jackett aus und lockerte die Krawatte, während er sich wieder an den Besprechungstisch setzte. Zuvor hatte er das Neondeckenlicht eingeschaltet, denn es wurde bereits dunkel draußen.

»Da haben sich die Anwälte einen hübschen, schwer zu widerlegenden Plot ausgedacht. Glauben Sie die Geschichte?«

»Ich glaube, dass vieles wahr ist«, sagte Wallner. »Wenn so eine Koryphäe wie Seidel da mitgedichtet hat, dann enthält die Geschichte nur das absolute Minimum an Lügen.«

»Das ist richtig. Fragt sich, welche Teile der Story das sind.«

»Sie glauben, Frau Gansel hat ihren Mann erschossen?«

»Sie. Oder Herr Kreuthner. Die beiden haben das Opfer in den Rohbau gelockt und dann gemeinsam ermordet. Oder wahrscheinlich hat nur einer geschossen. Aber geplant haben sie es gemeinsam. Oder was für eine Erklärung haben Sie?«

Wallner überlegte eine Weile. »Ihre Geschichte klingt im ersten Moment ganz plausibel. Das Motiv wäre …?«

»Gansel ist gewalttätig, sie will aus der Beziehung raus, er lässt sie nicht. Kreuthner spielt den Beschützer, hofft, dass er seine Jugendliebe zurückgewinnt. Vielleicht auch finanzielle Interessen aufseiten der Frau.«

»Letzteres scheidet schon mal aus. Das Geld hatte sie, nicht Philipp Gansel. Sie profitiert nicht vom Tod ihres Mannes. Zweiter Einwand: Das Ganze wäre dann ja geplant gewesen. Kreuthner weiß, dass man Gansels Wagen orten und feststellen kann, dass er bei der Hotelbaustelle war. Außerdem: Warum lässt er mir am nächsten Tag den Hinweis auf die Leiche zukommen?« Tischler wollte etwas sagen, aber Wallner würgte ihn ab. »Wir haben darüber ja schon gesprochen. Und klar – man kann dafür Erklärungen finden. Aber die erscheinen mir offen gesagt weniger plausibel als das, was uns Frau Gansel erzählt.«

»Und warum hat Herr Kreuthner uns von vorn bis hinten angelogen in dieser Geschichte?«

»Abgesehen davon, dass er gewohnheitsmäßig lügt? Er dachte vermutlich, dass Frau Gansel ihren Mann erschossen hat, und wollte sie decken.«

»Schön, dass wenigstens einer bei der Miesbacher Polizei denselben Verdacht hat wie ich.« Tischler klappte seine Akte zu. »Wir müssen ohnehin mit ihm reden.«

»Und es bleibt weiterhin die Frage: Wer hat Gansels Wagen weggefahren? Wir haben die Videos inzwischen mit allen technischen Tricks ausgewertet und wissen, dass in allen drei Autos, die an der Kamera vorbeigefahren sind, nur eine Person saß. Im Wagen von Gansel, seiner Frau und Kreuthner. Zumindest auf der Hinfahrt.«

»Sie wissen aber nicht, wer jeweils im Wagen saß?«

»Im Prinzip schon. Nur bei Gansels BMW auf der Rückfahrt wissen wir es nicht«, sagte Wallner. »Und bevor wir das nicht geklärt haben, gibt es keinen Fall.«

Ein Summen zeigte an, dass eine Nachricht auf Wallners Handy eingegangen war. Sie stammte von Janette.

»Etwas zu unserem Fall?«, wollte Tischler wissen.

»Frau Bode hat sich ein bisschen mit dem Vorleben von Frau Gansel beschäftigt. Die Ehe mit dem Mordopfer war schon ihre dritte.«

»Die beiden anderen Ehemänner sind nicht zufällig erschossen worden?« Tischler grinste schräg.

»Das werden wir morgen wissen«, sagte Wallner.

Im Hauptbahnhof kreisten Wallners Gedanken weiter in einer Endlosschleife, ohne auf ein schlüssiges Ergebnis für die

Lösung des Mordfalles zu kommen. Mit einem Mal hörte er von irgendwo ein Lachen. Es war nur der Schnipsel eines Lachens, den Bruchteil einer Sekunde lang. Und dennoch hatte Wallner nicht den geringsten Zweifel, von wem es gekommen war. Er sah sich um und schickte seinen Blick unruhig durch die große Halle, bis er schließlich hängen blieb. Am Bahnsteig neben einem ICE befand sich eine kleine Menschengruppe. Sie bestand aus einem Mann, einer Frau und einem Kind. Den Mann kannte Wallner nicht, wohl aber die Frau und das Kind. Es waren seine Noch-Frau Vera und seine Tochter Katja. Anscheinend waren sie gerade aus Würzburg eingetroffen und wurden von dem unbekannten Mann abgeholt, der jetzt Katja in die Arme nahm. Vera gab dem Mann einen Kuss, und sie setzten sich mit zwei Rollkoffern in Bewegung. Was er sah, versetzte Wallner einen heftigen Stich. Das war unsinnig, denn er hatte kein Anrecht mehr auf Vera. Morgen war der Scheidungstermin. Wahrscheinlich war sie jetzt schon angereist, um zusammen mit Katja die Nacht bei diesem Mann zu verbringen, einem freundlich aussehenden und attraktiven Bartträger. Hatte Vera nicht gesagt, dass sie keine Bärte mochte? Hatte sie ihre Ansicht dazu geändert, oder wogen die Vorzüge des neuen Lebenspartners den Bart auf? Wallner sah den dreien nach, wie sie auf die Treppe ins Untergeschoss zusteuerten. Er hatte Vera nie gefragt, ob es inzwischen jemand anderen in ihrem Leben gab. Wahrscheinlich, weil er es nicht hören wollte. Und ein bisschen war da immer die Hoffnung, dass auch sie sich noch nicht anderweitig gebunden hatte. Tina hatte recht gehabt. So ganz vorbei war es nie gewesen. Jedenfalls für Wallner. Doch soeben war dieser Schwebezustand beendet worden, und dieses Ende würden sie morgen gerichtlich besiegeln.

Wallner atmete tief durch und blickte zum offenen Ausgang der Halle. Draußen war es dunkel geworden, und Schneeregen wehte durch das Licht der Straßenlaternen.

42

Wallner war auf dem Heimweg, der ihn vom Bahnhof Miesbach über den nächtlichen Weihnachtsmarkt führte. Dieses Mal besuchte er einen anderen Stand, an dem alle erdenklichen Arten gebrannter Nüsse angeboten wurden. Die Mandeln vom letzten Mal waren mit einer zu dicken Zuckerschicht versehen gewesen, jedenfalls nach Wallners Geschmack. Deswegen hatte er den Stand von seiner Liste gestrichen. Wallner mochte es, wenn die Nussoberfläche an einige Stellen durch die Glasur schimmerte. Der heutige Einkauf schien ganz nach seinem Geschmack zu sein.

Während er über den Markt schlenderte und die Gerüche der Essensstände in sich aufnahm, kam die Erinnerung an letzten Freitag und das eigenartige Zusammentreffen mit Karla Tiedemann und ihrem Mann Wolfgang zurück. Er befand sich jetzt fast an der Stelle, wo es stattgefunden hatte, und als Wallner zu dem Stehtisch sah, an dem sie gestanden hatten, glaubte er einem Déjà-vu-Erlebnis aufzusitzen. Wieder war dort Karla Tiedemann, allerdings allein, vor sich einen Glühwein, und sah auf ihr Handy. Wallners erster Reflex war erneut, sich abzuwenden und eine Begegnung zu vermeiden. Aber etwas anderes war stärker. Es war Neugier. Neugier auf Tiedemann und in welcher Beziehung sie zu den beiden Männern stand, die letztes Mal bei ihr waren. Wolfgang war ihr Mann, das war so weit klar. Und irgendwie war es doch nicht ganz klar. Irgendetwas stimmte nicht mit Wolfgang.

Als er wieder zu Tiedemann blickte, sah sie ihn an. Es schien, als würde sie das schon länger tun und darauf warten, dass er aus seinen Tagträumen aufwachte und ihren Blick erwiderte. Sie lächelte und winkte ihm zu.

»Haben Sie sich diesmal allein auf den Weihnachtsmarkt getraut?«, sagte er zur Begrüßung.

»Nicht ganz. Wolfgang begleitet mich.« Sie drehte das Display ihres Handys so, dass Wallner es sehen konnte. Der Mann, den er dort sah, musste Wolfgang sein, auch wenn er ihn anders in Erinnerung hatte. Er wirkte jetzt älter, fast greisenhaft. »Wolfgang? Erinnerst du dich noch an Herrn Wallner? Wir haben ihn letzten Freitag auf dem Weihnachtsmarkt getroffen.«

Wolfgang starrte Wallner misstrauisch an.

»Hallo, Herr Tiedemann!«, lächelte Wallner in die Kamera.

»Hallo«, sagte Wolfgang ohne Überzeugung.

»Herr Wallner ist Leiter der Kripo«, versuchte seine Frau ihn auf die Spur zu bringen.

»War er letztes Mal nicht blond?«

»Das war jemand anderer. Das verwechselst du«, sagte sie.

»Ah ja? Wer war der Blonde?«

»Ähm …« Karla Tiedemann schien Hemmungen zu haben, die Frage zu beantworten. Wallner fragte sich, warum. »Das …«, erwiderte sie dann jedoch, »… war Dennis. Dennis Osterberg.«

»Aha.« Der Name schien Wolfgang nichts zu sagen. Auf dem Display sah Wallner jetzt jemanden hinter Wolfgang vorbeigehen. Es war eine Frau mit Schürze, die ein Tablett trug.

»Ist auch nicht so wichtig. Wir machen jetzt mal Schluss. Bei dir gibt's Abendessen, wie ich sehe.«

Wolfgang drehte sich in die Richtung, in die die Frau mit dem Tablett verschwunden war. »Ja gut. Wann kommst du denn mal vorbei? Ist ewig her, dass du hier warst.«

»Drei Tage, um genau zu sein«, sagte Karla Tiedemann. »Ich melde mich.«

Nachdem sie das Gespräch beendet und ihr Handy weggelegt hatte, sah sie Wallner auffordernd an. »Ich vermute, Sie haben die eine oder andere Frage.«

»Keine, die ich Ihnen stellen würde.«

»Und welche haben Sie ungestellt im Kopf?«

»Hören Sie – das geht mich alles nichts an. Das ist eine Sache zwischen Ihnen und Ihrem Mann.«

»Das ist im Prinzip richtig. Aber Sie haben es nun mal mitbekommen und fragen sich, was da los ist. Mir würde es jedenfalls so gehen.«

»Natürlich frage ich mich das. Aber das frage ich mich bei vielen Menschen. Beziehungen anderer waren mir immer schon ein Rätsel, weil sie oft so verschieden sind zu denen in meiner Welt.«

»Dann wären Sie zumindest nicht überrascht, wenn meine Beziehungswelt etwas – wie soll ich sagen – exotisch wäre.«

»Sie haben ein großes Talent, Leute neugierig zu machen.« Wallner fühlte einen feuchtkalten Hauch in seinem Gesicht. Die Feuchtigkeit schwebte in der Luft und ließ sich auf den Gesichtern der Marktbesucher nieder. Auf Tiedemanns Wimpern hatten sich ein paar winzige Tropfen gelegt. »Tut mir leid, dass ich etwas aus Ihrer Privatsphäre mitbekommen habe. Tun wir einfach so, als wär's nicht passiert. Wir sehen uns morgen im Büro.«

Wallner wandte sich zum Gehen.

»Warum laufen Sie denn weg? Haben Sie Angst vor mir?«

Wallner hielt inne. »Ich will die Situation nicht für unangemessene Einblicke in Ihr Privatleben ausnützen.«

»Vielleicht *will* ich Ihnen ja erzählen, wie es in meinem Privatleben aussieht.«

Sie sah Wallner mit einer seltsamen Mischung aus Herausforderung und ein bisschen Spott an und … flirtete sie?

»Das … würde …«, Wallner rang um Worte, »natürlich alles ändern.«

»Na, sehen Sie. Ich hole Ihnen jetzt einen Glühwein, und dann plaudern wir ein bisschen.«

»Ich kann den Glühwein auch selber …« Aber Tiedemann war schon unterwegs.

Während sie Glühwein holte, schaute sich Wallner um. Es war Gewohnheit. Irgendetwas gab es immer zu entdecken. Einmal hatte er in einer Gruppe Glühweintrinker einen älteren Mann gesehen, der den anderen den Rücken zukehrte und weinte. Keiner seiner Freunde bemerkte es. Er schien schon recht angetrunken zu sein. Hatte der Glühwein eine Erinnerung hochgespült? An seine tote Frau? An den Hund, der gestern eingeschläfert werden musste? Oder war seine Firma pleitegegangen? Wallner würde es nie erfahren.

Sein Blick blieb diesmal an einer auffällig geschminkten Frau mit schwarzen Haaren hängen, vielleicht Mitte vierzig. Als er zu ihr schaute, blickte sie schnell auf ihr Handy, als hätte er sie ertappt. Hatte die Frau Wallner beobachtet?

Der Glühwein kam.

»Sie haben Wolfgang ja auf dem Handy gesehen. Was ist Ihnen aufgefallen?« Tiedemann hob ihr Glas und stieß mit Wallner an.

»Die Frau mit dem Essenstablett. Ist Ihr Mann in einem Krankenhaus?«

»Zunächst einmal ist es nicht mein Mann. Er war es mal. Vor fünf Jahren haben wir uns getrennt, seit drei Jahren sind wir geschieden.«

»Aber Sie haben offenbar noch regelmäßig Kontakt zu ihm.«

»Wolfgang lebt in einem Heim in Bad Wiessee. Ich besuche ihn regelmäßig.«

»Warum lebt er in dem Heim? Er ist doch noch relativ jung.«

»Er leidet an einer Demenz. Sie haben recht, das ist sehr früh. Wolfgang ist Ende fünfzig. Leider schreitet Alzheimer sehr schnell voran, wenn man ihn in jungen Jahren bekommt.«

»Das tut mir leid. Auch für Sie.«

Tiedemann starrte auf die Reste in ihrem Glühweinglas. »Ich komm damit klar. Das ist wie mit Eltern. Auch wenn man sich manchmal nicht so gut verstanden hat – wenn's hart auf hart kommt, kümmert man sich.«

»Man hat ja auch Schönes miteinander erlebt. Das verbindet zwei Menschen auf immer. Finde ich jedenfalls.«

»Das stimmt. Selbst wenn das Ende dann weniger schön war.«

»War es das?«

»Er hat mich betrogen. Über ein Jahr lang habe ich es nicht gemerkt. Das ist hart, wenn du es rausfindest. Eigentlich Grund genug, nie wieder mit Wolfgang zu reden.«

»Er ist jetzt ein anderer Mensch.«

»Nein. Er ist noch derselbe wie vorher. Nur hilfloser.«

»Wie auch immer. Haben Sie deswegen die Stelle in Miesbach angenommen?«

»Es ist einfach praktischer. Ich brauche nur eine Viertelstunde nach Wiessee.«

Wallner nickte und sah Tiedemann an.

»Jetzt wissen Sie nicht alles, aber mehr über mich als die meisten Leute. Wie sieht es bei Ihnen aus?« Sie deutete auf den Ehering an Wallners Hand.

»Das erzähle ich Ihnen gleich. Aber sagen Sie mir doch noch: Was für eine Rolle spielt Dennis Oster…?«

»Osterberg.«

»Genau. Wie passt der da rein?«

Tiedemann strich sich die Haare nach hinten. »Dennis war der Grund für unsere Trennung.«

»Oh …« Wallner konnte sein Erstaunen nicht ganz verbergen. »Und … sind die beiden noch zusammen?«

»Das ist eine interessante Frage. Wolfgang erinnert sich

nur noch selten an Dennis. Ich muss ihm jedes Mal wieder sagen, wer er ist. Ist das dann noch eine Beziehung?«

»Denke schon. Wenn zwei Menschen zusammen sind und der eine wird dement und erkennt den anderen nicht mehr – dann ist man trotzdem noch ein Paar, oder?«

»Ja …« Tiedemann dachte darüber nach. »Irgendwie schon. Ist jedenfalls hart für Dennis. Er tut mir fast noch mehr leid als Wolfgang.«

»Und wie ist Ihr Verhältnis zu Dennis?«

»Am Anfang konnte ich ihn natürlich nicht leiden. Inzwischen sind wir Freunde … oder fast. Na ja, ich denke, schon.« Tiedemanns Aufmerksamkeit wurde mit einem Mal von etwas anderem angezogen. »Entschuldigen Sie, dass ich so abrupt das Thema wechsele. Aber ich habe das Gefühl, uns beobachtet jemand. Eine Frau auf zehn Uhr.«

Wallner wandte sich nicht um. »Schwarzhaarig, ziemlich auffällig geschminkt?«

»Sie kennen sie?«

»Nein. Aber sie hat vorhin schon hergeschaut. Als Sie den Glühwein geholt haben.«

»Ich meine, ich hätte die Frau schon mal gesehen«, sagte Tiedemann. »Und zwar heute. War das in der Polizeiinspektion?«

»Ich war heute in München. Da habe ich sie wohl verpasst.«

Tiedemann wandte ihre Aufmerksamkeit wieder Wallner zu. »Tischler hat Frau Gansel befragt. Steht die jetzt unter Verdacht?«

»Tischler denkt wohl gerade darüber nach, ob es für einen Haftbefehl reicht. Jedenfalls war sie am Tatort.«

Tiedemann sah auf ihre Handyuhr. »Ich muss jetzt leider weg. Bin aber sehr gespannt, was Sie in der SoKo-Besprechung berichten.«

»Das wird morgen Herr Hanke machen. Ich bin vormittags nicht da.«

»Schade. Was Unaufschiebbares?«

»Meine Frau bringt mich um, wenn ich es verschiebe.«

»Klingt nach was Schönem.«

»Da gehen die Meinungen auseinander. Wir haben morgen unseren Scheidungstermin vor Gericht.« Wallner drehte an seinem Ehering. »Das beantwortet dann auch Ihre Frage von vorhin.«

Tiedemann zuckte ein wenig zusammen. »Oh, sorry. Das tut mir leid.«

»Kein Problem. Wo wir heute eh ein bisschen aus unserem Privatleben plaudern, passt das ja gut rein.«

»Dann – viel Glück. Oder wie sagt man bei so einem Anlass?«

Wallner zuckte mit den Schultern.

Als sich Wallner auf den Weg nach Hause machte, war die schwarzhaarige Frau nicht mehr da. Er dachte an den Skiausflug vor einer Woche und dass er damals auch den Eindruck hatte, verfolgt zu werden. In dem Fall allerdings zu Recht.

Gerade als Wallner die letzte Bude vor dem Ausgang des Marktes passierte, tauchte sie auf wie aus dem Nichts. Zehn Meter vor ihm stand sie, dunkle Augen, bleiches Gesicht, umrahmt von einer schwarzen Mähne. Ihre Hände steckten in den Taschen einer weißen Daunenjacke, und ihr Blick flackerte und wirkte auf Wallner beunruhigend. Er hoffte, dass er sich keine Stalkerin eingefangen hatte. Kurz vor ihr hielt er inne.

»Sie stehen nicht zufällig hier«, sagte Wallner.

»Sie sind Kommissar Wallner?«

»Ja.«

Die Frau nickte irgendwie befriedigt, als wäre sie endlich am Ziel einer langen Reise angelangt.

»Ich bin Yvonne Ehlers, und wir sollten reden. Letzte Woche ist ein Abgeordneter namens Gansel ermordet worden, nicht wahr?«

»Was gäbe es da zu bereden?«

»Ich habe Informationen über seine Frau. Nach unserem Gespräch wird Ihnen einiges klar werden.«

43

Dauert das länger?«

»Ein bisschen schon.«

Die Frau trat von einem Fuß auf den anderen. Dass ihr kalt war, hätte Wallner verstanden. Es machte aber eher den Eindruck chronischer Nervosität. Wallner selbst hingegen hatte inzwischen genug in der Kälte gestanden.

»Dann sollten wir irgendwohin gehen, wo es etwas wärmer ist.«

»Ja, in Ihr Büro. Da können Sie meine Aussage gleich tippen, und ich unterschreibe sie. Ich will, dass die Schlampe weiß, wer sie verraten hat.«

»Hören Sie … ich lasse das immer tippen. Die Schreibkräfte sind jetzt aber im verdienten Feierabend.« Wallner hatte wenig Lust, mit der Frau in sein Büro zu gehen. Das gab dem Ganzen einen offiziösen Anstrich. Er wollte sich aber erst mal unverbindlich anhören, was sie zu sagen hatte. Möglicherweise steckten psychische Probleme hinter der Aussage. »Wir könnten da vorn in die Bank gehen«, schlug er vor.

»Hat die jetzt auf?«

»Der Vorraum mit dem Geldautomaten.«

Im Vorraum der Bank war es in der Tat einigermaßen gemütlich, verglichen mit draußen. Allerdings mussten sie zunächst warten, denn ein sehr kräftig wirkender Mann wollte etwas abheben, womit der Automat aber nicht einverstanden war. Sein letztes Geld hatte der Kerl offenbar in Alkohol investiert und zeigte entsprechend rüdes Benehmen, das sich bis zu Faustschlägen gegen die widerspenstige Apparatur steigerte.

»Entschuldigen Sie«, sagte Wallner. »Das ist Sachbeschädigung und außerdem irgendwie furchterregend.«

Der Mann starrte Wallner entgeistert an und lallte: »Mechst was, Burschi?«

»Na ja – wenn Sie hier weiterrandalieren, müsste ich Sie festnehmen. Ich bin leider von der Polizei, und da kann ich nicht einfach wegsehen wie der Normalbürger. Das käme mir aber durchaus ungelegen. Ich würde nach einem langen Arbeitstag nämlich gern nach Hause gehen.« Wallner hatte jetzt seinen Dienstausweis aus der Brieftasche genestelt und zeigte ihn dem Mann. »Seien Sie also so nett und ärgern sich woanders weiter.«

Der Mann nahm den Dienstausweis erstaunt zur Kenntnis, verpasste dem Geldautomaten mit dem Ausruf »Scheißkist'n!« einen letzten Tritt und verließ den Raum.

Wallner schaute nach, ob er sich auch wirklich trollte.

»Was kann ich für Sie tun?«, wandte er sich schließlich an Frau Ehlers.

»Meine Aussage aufnehmen.« Sie hielt ihr Handy hoch. »Ich kann's aufnehmen, und dann schick ich Ihnen die Datei.«

»Danke. Aber das mach ich selbst.« Wallner förderte sein eigenes Smartphone zutage und rief die Audiofunktion auf. Dann stellte er das Gerät in ein Regal für Informationsbroschüren. »So, bitte!«

»Gleich mal vorweg: Wenn Sie das nicht ernst nehmen, was ich Ihnen jetzt sage, dann geh ich zur Presse. Und dann wollen wir mal sehen, wie ernst die das nehmen. Das könnte ziemlich unangenehm für Sie werden, wenn Sie verstehen, was ich meine.«

»Vielleicht machen Sie erst mal Ihre Aussage. Und dann schauen wir, was sie für unseren Fall bringt, einverstanden?«

»Ich sag's nur, weil meine Erfahrung ist nämlich die, dass

die Polizei das überhaupt nicht verknusen kann, wenn jemand anderer was rausfindet. Da gibt's dann immer gleich so 'ne Abwehrhaltung. Das sollten Sie sich wirklich mal abgewöhnen.«

»Ich finde, Sie verurteilen mich etwas früh. Ich versichere Ihnen, dass ich offen bin für jede Erkenntnis, egal wer sie beisteuert, vorausgesetzt, Sie sagen mir jetzt endlich, was Sie mir sagen wollen.«

»Ja, ja, bin ja quasi schon dabei. Muss leider ein bisschen ausholen, sonst können Sie das nicht richtig verstehen.«

Wallner war um eine neutral-freundliche Miene bemüht, während er gegen einen heftigen Drang zu gähnen ankämpfte.

»Angefangen hat das Ganze in meiner Schulzeit. Da habe ich Mario kennengelernt, Mario Peters. Der war zwei Klassen über mir. Und zwar war das neunzehnhundertachtundachtzig bei einem Schulball in Soest. Ich hatte damals so eine ondulierte Mähne. Achtziger! Das können Sie sich nicht ...« Wallners Blick signalisierte, dass seine Geduld endlich war. »Na gut, ist vielleicht nicht so wichtig. Jedenfalls waren wir seit der Schule ein Paar. Und – ich weiß auch nicht – irgendwie hat sich's nie ergeben, dass wir geheiratet haben. Aber wir waren auch ohne Trauschein glücklich, das können Sie mir glauben.«

»Ich vermisse noch den Teil mit Frau Gansel.«

»Jetzt seien Sie mal nicht so ungeduldig. Kommt ja gleich. Also wir – Mario und ich – waren über fünfzehn Jahre glücklich miteinander. Klar, da gab's mal die eine oder andere Sache, die war nicht so schön, wie das halt ist bei Paaren, wenn Sie verstehen ...«

»Ja. Und dann?«

»Ja, dann – dann kommt das Jahr zweitausendzehn. Und ich denk mir: Irgendwie ist der Mario komisch. Hat sich ganz seltsam verhalten ...«

»Weil da eine andere Frau war.«

»Sie sagen es. Genau so war's.«

»Ich will nicht spoilern, aber handelte es sich bei der Frau um die heutige Frau Gansel?«

»Jawoll! Philomena. Was für ein bescheuerter Name! Phi-lo-me-na also krallt sich meinen Freund. Einfach mal so. Nachdem wir über zwanzig Jahre zusammen sind. Und nicht nur das, die beiden heiraten auch noch. Und wie ich dieses Weib gesehen habe, da war mir sofort klar, was die will: nur Geld. Mario hatte nämlich das Baugeschäft von seinem Vater geerbt. Und das war jetzt nicht so Pillepalle, das war richtig groß, mit Baustellen in Dubai und, und, und.«

»Da mag man jetzt drüber denken, wie mal will – aber ich seh da noch nichts, was strafbar wäre.«

»Kommt! Jetzt sofort. Ein Jahr nach der Hochzeit, was glauben Sie, was passiert?«

Wallner schwieg.

»Ein Jahr nach der Hochzeit stirbt Mario. Aber nicht an Krebs oder beim Autounfall. Nein! Wissen Sie, wie er gestorben ist?«

Wallners Interesse war schlagartig geweckt. Er schüttelte den Kopf.

»Er verunglückt auf der Baustelle. Sechster Stock von 'nem Rohbau. Einfach runtergefallen. Nachts!« Sie blickte Wallner mit wilder Zufriedenheit an. »Jetzt sind Sie dran!«

»Irgendwas fehlt da noch.«

»Das kann man sich doch denken, dass sie das war. Phi-lo-me-na! Und jetzt? Dieser Gansel, der Nächste, der im Rohbau stirbt. Nachts! Wie blind muss man denn sein, dass man da keinen Zusammenhang sieht?«

Wallner war sich noch nicht sicher, ob er einen Zusammenhang sehen sollte, aber in Anbetracht der Verdachtsmomente gegen Philomena Gansel musste er hier auf alle Fälle nachhaken. »Was hat die Polizei damals gesagt?«

»Na, das Übliche. Unfall oder vielleicht Suizid. Weiß man nicht. Kann man nicht mehr feststellen. Und ich sag denen noch: Guckt euch die Frau an. Guckt sie euch an! Der Mario war nicht depressiv, und der ist auch nicht so blöd und fällt aus dem sechsten Stock. Da hat eindeutig jemand nachgeholfen. Und zwar die, die die ganze Kohle erbt. Aber die haben mich behandelt, als wär ich so 'ne eifersüchtige, durchgeknallte Ziege.«

Wallner musste kurz überlegen, ob er auf den letzten Satz eingehen sollte. »Das … ist natürlich sehr bedauerlich. Andererseits – wenn es keine weiteren Anhaltspunkte gab …«

»Ach, die haben doch gar nicht richtig ermittelt. Ich! Ich hab ermittelt. Da müssen Sie gar nicht so schauen. Bis nach Amerika bin ich gefahren. Das hat die Polizei nicht gemacht.«

»Amerika?«

»Ja. Frollein Philomena war nämlich schon mal verheiratet. Vor Mario. Mit einem Amerikaner. Todd Finlay hat der arme Mann geheißen.«

»Arm, weil …?«

»Weil er tot ist.« Yvonne Ehlers' Gesichtsausdruck hatte jetzt etwas Triumphierendes. »Zweieinhalb Jahre nach der Hochzeit hat ihn jemand erschossen. Das war zweitausendfünf auf Long Island.«

Ab diesem Moment hatte Ehlers Wallners volle Aufmerksamkeit.

»Ich nehme an, Sie haben mit der Polizei gesprochen?«

»Da können Sie aber von ausgehen. Die wissen bis heute nicht, wer es war. Der Officer hat gesagt, bei so was war's in neun von zehn Fällen der Ehepartner. Es wurde auch gegen Philomena ermittelt. Die sind nämlich nicht blöd, die Amis. Aber Mrs Finlay hat angeblich ein Alibi gehabt. War bei 'ner Freundin. Freundin! Da weiß man ja, was so ein Alibi wert ist. Hat wahrscheinlich was abbekommen von dem Schotter.« Ehlers senkte die Stimme und blickte Wallner konspirativ an. »Der gute Todd war nämlich Börsenmakler. Na? Dämmert was?«

»Können Sie mir sagen, wo das war? Oder haben Sie irgendwelche Kontaktdaten?«

»Klar hab ich Kontaktdaten.« Sie nahm ihr Smartphone zur Hand. »Alles schön zusammengestellt. Und die schick ich Ihnen jetzt, wenn Sie mir Ihre Handynummer verraten.«

Wallner hatte was Besseres zu tun, als Frau Ehlers seine Handynummer zu geben. »Ich geb Ihnen die Mailadresse der Polizeistation. Schicken Sie es da hin, und im Betreff einfach ›Für Herrn Wallner wegen Gansel‹.«

Nachdem er sich von Frau Ehlers verabschiedet hatte, schickte er eine Nachricht an Mike, der ihn morgen Vormittag vertreten würde, schilderte darin kurz, was er gerade erfahren hatte, und bat ihn, die Mail von Yvonne Ehlers an Janette für ihre Recherche in Sachen Philomena Gansel weiterzuleiten.

44

Der Scheidungstermin war unspektakulär. Ein Anwalt reichte Wallner und Vera. Es war nicht viel zu regeln. Keiner von beiden machte Unterhaltsansprüche geltend, und Wallner hatte in einer notariellen Vereinbarung auf ein paar Euro Versorgungsausgleich verzichtet. Nach dem Termin wurde der Anwalt verabschiedet, und Vera und Wallner gingen als geschiedene Leute einen Kaffee trinken.

»Und? Wie fühlt sich's an?«, fragte Vera.

»Noch sehr frisch. Aber okay. Der Schlussstrich unter eine … eigentlich eine sehr schöne Zeit in meinem Leben.«

»O ja, das war es. Jedenfalls für ein paar Jahre.« Sie legte ihre Hand auf seine. »Ich hab mich manchmal gefragt, ob es auch anders hätte laufen können. Aber das bringt nichts.«

»Nein, das bringt nichts. Es ist gelaufen, wie es gelaufen ist. Und auf dem Sterbebett kommt die Zeit mit dir auf die Liste der Dinge, weshalb sich mein Leben gelohnt hat.«

»Hör auf. Ich krieg gleich feuchte Augen.« Vera musste tatsächlich ein Tränchen aus ihrem Auge tupfen. »Schluss jetzt mit den Sentimentalitäten. Wir sind geschieden und bleiben Freunde, okay?«

»Natürlich. Kennst ja meine Anhänglichkeit. Außerdem haben wir ein Kind zusammen. Wir werden uns also nicht aus den Augen verlieren.«

»Kann übrigens sein, dass du Katja in nächster Zeit wieder öfter zu sehen bekommst.«

»Lass mich raten«, sagte Wallner. »Du ziehst nach München.«

Vera sah ihn erstaunt an. »Woher weißt du das?«

»Entschuldige – ich bin einer der talentiertesten Ermittler in Bayern.«

Ein Hauch von Argwohn überschattete für einen Augenblick Veras Gesicht. »Du spionierst mir nicht nach, oder?«

»Nein, natürlich nicht.« Wallner sah sie mit seinem ehrlichsten Blick an. »Ich war gestern bei der Staatsanwaltschaft in München. Auf dem Rückweg habe ich dich und Katja zufällig am Bahnhof gesehen. Jemand hat euch vom Zug abgeholt. So vertraut, wie er mit Katja war ... könnte es dein Bruder gewesen sein. Aber soweit ich weiß, hast du keinen Bruder.«

Eine kurze Weile herrschte Stille am Tisch.

»Trifft dich das jetzt?«, fragte Vera schließlich.

»Nein.« Wallner schob seine leere Kaffeetasse umher. »Gestern hat's mich ein bisschen getroffen. Aber nur, weil es so unerwartet kam. Ich hab den Gedanken daran immer verdrängt.« Wallner drückte Veras Hand und sah sie aufmunternd an. »He, das war doch klar, dass irgendwann jemand kommt und du eine neue Beziehung hast. Ich mach mir höchstens Sorgen, ob der Bursche gut für Katja ist.«

»Hast doch gesehen, wie er mit ihr umgeht.«

»Das kann täuschen. Gerade Hallodris sind oft Typen, die bei Kindern gut ankommen. Womit ich niemanden beurteilen will.« Vera wollte protestieren. Aber Wallner machte eine beschwichtigende Geste. »War nur Spaß. Ich freu mich wirklich, dass du wieder jemanden hast. Ich kenn ihn ja nicht, aber er machte einen sehr netten Eindruck. Seid ihr schon lange zusammen?«

»Wir kennen uns bereits eine Weile. Aber zusammen sind wir seit einem halben Jahr. Er heißt Ingo.«

»Katja ist jetzt bei ihm?«

Vera nickte. »Willst du ihn mal kennenlernen?«

»Das sind ja Vorschläge! Wir sind gerade mal 'ne halbe Stunde geschieden, und schon soll ich mit meinem Nachfolger ein Bier trinken gehen.«

»Ich denke, du machst dir Sorgen wegen Katja.«

»Ein bisschen.«

»Dann schau dir an, mit wem sie demnächst viel Zeit verbringen wird. Bist du jetzt ein Kontrollfreak oder nicht?«

»Kommt halt mal zu dritt raus. Wir machen einen schönen Ausflug, und Manfred kann ihn auch gleich kennenlernen.«

»Das machen wir. Ich ruf dich an.«

Wallner ließ sich Zeit beim Rückweg zum Büro. Ein Lebensabschnitt war beendet. Die Trennung hatten sie schon vor Jahren vollzogen. Aber jetzt war es offiziell, und Wallner fragte sich, ob er sich in diesen Jahren unsinnigerweise geweigert hatte, die Trennung zu akzeptieren. Musste ihm erst ein Richter sagen, dass es vorbei war? Vielleicht war es an der Zeit, einen neuen Lebensabschnitt anzufangen.

Mike hatte schon einiges recherchiert oder besser gesagt recherchieren lassen, als Wallner ins Büro kam.

»In Amerika kann man erst am Nachmittag anrufen, Janette ist dran. Aber ich hab mit einem Kollegen aus Soest gesprochen, der zweitausendelf den Fall Peters bearbeitet hat.« Sie standen in der Teeküche, und Mike hatte einen Aktendeckel unbekannten Inhalts in der Hand. »Der hat erst mal ziemlich allergisch auf den Namen Yvonne Ehlers reagiert. Und wieso wir unsere Zeit mit den Hirngespinsten der Frau verschwenden. Sie wär damals durchgedreht vor Eifersucht, weil die andere ihr den Kerl ausgespannt hat. Ob Unfall oder Selbstmord konnte er nicht eindeutig sagen. Aber für Fremdverschulden hätte es keinerlei Anhaltspunkt gegeben. Er musste allerdings zugeben, dass da ein paar Fragen offen geblieben sind.«

»Abschiedsbrief gab es keinen, nehme ich an.«

»Nein. Und es gab auch keine Anzeichen für eine Depression oder sonstige psychische Auffälligkeiten. Wenn es Selbstmord war, dann kam der aus heiterem Himmel.«

»Und was ist bei der Unfallthese unklar?«

»Zunächst mal, was Herr Peters nachts auf der Baustelle zu suchen hatte. Außerdem war er als Bauunternehmer ständig auf Baustellen und kannte die Gefahren.«

»Alkohol?«

»Nichts. Der hatte keinen Tropfen getrunken. Unfall wäre also auch reichlich mysteriös.«

»Okay. Aber bei dieser Sachlage haben sie doch bestimmt in Richtung Ehefrau ermittelt.«

»Ja. Aber die hatte ein Alibi. War bei sich zu Hause. Und ihre Mutter hat bei ihr übernachtet. Theoretisch hätte sie natürlich nachts heimlich das Haus verlassen können. Es gab aber sonst nichts, was auf sie hingedeutet hat.«

»Hat sie ihren Mann beerbt?«

»Ja, aber das war nicht viel. Was Frau Ehlers erzählt, stimmt so nicht. Die beiden hatten einen Ehevertrag, und sie hatte auch eigenes Vermögen. Geld als Mordmotiv konnte man eigentlich ausschließen. Allerdings gab es einige Vorfälle wegen häuslicher Gewalt während der Ehe. Einmal musste sie ins Krankenhaus und genäht werden.«

»Erstaunlich, dass sie sich treffsicher immer solche Männer aussucht.«

»Ist aber alles andere als ungewöhnlich, wie du weißt.«

»Schon klar. Aber verstehen tu ich's trotzdem nicht. Und den Kollegen in Soest hat das nicht gereicht als Motiv?«

»Wie gesagt – mehr konnten sie nicht finden. Der Kollege war absolut sicher, dass unsere Philomena ihren Mann nicht umgebracht hat. Bis ich ihm von der Geschichte in Amerika erzählt habe. Da ist er dann schon etwas nachdenklicher geworden. Und als ich ihm noch gesagt habe, dass Philomena Peters jetzt Gansel heißt und die Frau des ermordeten Abgeordneten ist … Er nimmt sich noch mal die Akten vor und schickt uns alles, was wir brauchen.«

»Das ist aber mehr als das da?« Wallner deutete auf den Aktendeckel.

»Ja. Das hier ist die Sache auf Long Island. Im Augenblick erreichst du da, wie gesagt, niemanden. Aber Janette konnte ein paar Sachen im Internet finden. Der Fall hat damals einige Aufmerksamkeit bekommen. ›Reicher Börsenmakler erschossen‹ ist natürlich ne Schlagzeile. Und in dem Fall hat Philomena tatsächlich geerbt. Und nicht wenig.«

»War Mr Finlay gewalttätig?«

»Ja, davon ist die Rede.« Mike deutete auf den Aktendeckel. »Und er hat wohl schon seine erste Ehefrau verprügelt, was dann zur Scheidung führte.« Mike gab Wallner den Aktendeckel. »Janette hat alles ausgedruckt.«

»Aber da ist auch nichts bei rausgekommen?«

»Nein. Philomena hatte ein Alibi, wie Frau Ehlers schon sagte. Schmauchspuren konnte man bei ihr nicht finden, und sie hatte auch keine Erfahrung mit Schusswaffen. Außer einem Motiv und einem komischen Bauchgefühl hatte die Polizei nichts.«

Wallner warf einen Blick in den Aktendeckel. »Vielen Dank erst mal.«

»Eine Kleinigkeit ist mir noch aufgefallen.«

Wallner klappte den Aktendeckel zu und sah Mike aufmerksam an.

»Beide Männer sind an einem vierzehnten Juni gestorben.«

Wallners Augenbrauen schnellten Richtung Stirn. »Aha … eigenartiger Zufall.«

»Und am elften Juni hat Philo Geburtstag. Was immer das zu bedeuten hat.«

Wallner zuckte mit den Schultern. »Man wird ein Jahr älter, man gerät ins Grübeln, fragt sich, ob man so weiterleben will, kommt zu dem Ergebnis, dass man was ändern muss, und bringt seinen Mann um.«

Mike nickte heftig. »Ja, logisch! So muss es gewesen sein!«

»So – oder irgendwie anders.«

»Vielleicht doch eher anders. Der Mord an Gansel passt leider nicht rein.«

»Stimmt. Wahrscheinlich ist es nur ein Zufall.«

»Wahrscheinlich.« Mike war es so klar wie Wallner, dass Zufall die unwahrscheinlichste Erklärung war. Nur gab es im Augenblick keine andere.

»Willst du selber mit Amerika telefonieren?«, fragte Mike.

»Nein. Ich bin heute Nachmittag schon wieder in München.«

Kreuthner schien nervös zu sein, was sonst nicht seine Art war. Er spürte offenbar, dass sich etwas getan hatte. Warum sonst würde Wallner ihn sehen wollen? Der Vernehmungsraum war karg eingerichtet, und eine Deckenlampe spendete kaltes Licht. Im Gegensatz zu früheren Vernehmungen von Kreuthner hatte Wallner dieses Mal darum gebeten, das Gespräch aufnehmen zu dürfen.

»Es haben sich neue Entwicklungen ergeben«, sagte Wallner, als die Aufnahme lief. »Wir haben jetzt eine Zeugenaussage, nach der es praktisch ausgeschlossen ist, dass du Philipp Gansel getötet hast.«

Kreuthner beäugte Wallner argwöhnisch. »War der Zeuge vor Ort?«

»Ich spiele am liebsten mit offenen Karten, wie du weißt. In dem Fall aber möchte ich dich nicht mit unnützem Wissen belasten. Sag mir doch einfach, was sich an dem Abend abgespielt hat.«

»Die Philomena hat was g'sagt, oder?«

»Denkbar.«

»Is sie nur Zeugin … oder verdächtig?«

»Du weißt doch, dass ich dir das nicht sagen kann.«

Wallner lehnte sich zurück, Kreuthner dachte nach.

»Okay …«, sagte er schließlich. »Ich erzähl dir jetzt, wie's war. Und zwar so: Ich hab den Gansel an dem Abend in den Rohbau gelockt …«, Kreuthner machte eine Kunstpause, um dem Folgenden noch mehr Gewicht zu verleihen, »… und ihn erschossen.«

Wallner zeigte sich wenig überrascht. »Dein Motiv?«

»Ich hab's für die Philo gemacht. Er hat sie verprügelt und er hat sie einfach net gehen lassen.«

Wallner machte sich Notizen, war aber sicher, dass er sie später nicht brauchen würde.

»Wie hast du Herrn Gansel da hingelockt? Ich meine, hast du ihn angerufen?«

»Genau.« In diesem Moment wurde Kreuthner bewusst, dass er einen Fehler gemacht hatte. »Natürlich net mit meinem Handy. Von am … öffentlichen Telefon.«

»Welches war das?«

»Irgendeins. Das weiß ich jetzt nimmer.«

»Den Ort wenigstens?«

»Ich denk … Tegernsee.«

»Da gibt es meiner Kenntnis nach nur noch einen öffentlichen Fernsprecher. Den müsstest du ja dann kennen.«

»Ich weiß es nimmer. Und wennst drauf bestehst, dann verweiger ich die Aussage.«

»Nun gut. Auf dem Handy des Opfers müssten wir ja einen Anruf von einem öffentlichen Telefon finden. Auf welchem seiner Handys hattest du ihn angerufen?«

»Kein Kommentar.«

»Schade. Aber bitte.« Wallner rückte den Block zurecht und legte seinen Stift sorgfältig darauf ab. »Ich habe noch ein Problem mit dem Zeitablauf. Frau Gansel müsste eigentlich vor dir am Tatort gewesen sein. Und zwar nur ganz kurz vor dir. Hast du ihren Mann in ihrer Gegenwart erschossen?«

»Nein. Ich hab ihn erschossen, bevor sie gekommen ist.«

»Auf dem Überwachungsvideo kommst du aber erst nach Frau Gansel ins Bild.«

»Ich hab sie überholt und bin zuerst da gewesen.«

»Viel Vorsprung kannst du nicht gehabt haben. Von der Kamera bis zum Rohbau braucht man etwa zehn Minuten.«

»Es hat gereicht.«

»Aber sie hätte ja zumindest deinen Wagen vor dem Haus sehen müssen.«

»Ich hab ihn unten an der Straße abgestellt.«

»Obwohl du es extrem eilig hast, stellst du den Wagen an der Straße ab, was dich zusätzlich zwei, eher drei Minuten kostet?«

Kreuthner schwieg.

»Also rennst du quasi in diesen Hotelrohbau, erschießt Philipp Gansel, rennst wieder raus, runter zur Straße, rein ins Auto und fährst weg, unmittelbar bevor Philomena Gansel eintrifft. Ach ja … und den Peilsender hast du auch noch schnell aus Gansels Wagen ausgebaut.«

»So wird's wohl gewesen sein.«

»Komischerweise ist Frau Gansel aber vor dir wieder an der Kamera vorbeigefahren.«

Kreuthner zögerte nur kurz. »Ja, sicher. Ich hab … ich hab zwischendrin angehalten.«

»Ah ja, das erklärt es natürlich. Bleibt nur noch eine Frage …« Wallner sah Kreuthner in die Augen, und Kreuthner war klar, dass jetzt der Todesstoß für seine Geschichte kam. »Wie hast du eigentlich Gansels Wagen vom Tatort weggefahren?«

Kreuthner verschränkte die Arme vor der Brust. »Irgendwas müsst's ja noch selber rausfinden.«

Wallner wartete, ob Kreuthner nicht doch noch zur Vernunft kam. Kam er aber nicht.

»Gut. Dann fasse ich mal zusammen: Dein Geständnis ist voll von Widersprüchlichkeiten. Das, was du mir gerade erzählt hast, kann sich so schlichtweg nicht abgespielt haben. Stattdessen ist eher Folgendes passiert: Du bist aus irgendeinem Grund Philomena Gansel hinterhergefahren, hast gesehen, dass sie in diesen Hotelrohbau geht, kurz darauf kommt sie verstört wieder raus und fährt weg. Dann entdeckst du die Leiche und vermutest, dass deine Jugendfreundin ihren Mann umgebracht hat. Deshalb baust du den Peilsender aus Gansels Wagen aus, weil da vermutlich ihre Fingerabdrücke drauf sind.«

»Sie hat ihn net umgebracht.«

»Das prüfen wir gerade.« Wallner schaltete die Aufnahme aus. »Es tut mir leid für dich. Aber wir haben inzwischen ziemlich deutliche Hinweise, dass sie es tatsächlich war.«

Kreuthner sagte nichts dazu. Wallner konnte erkennen, dass es ihm wehtat.

»Klar ist die Sache noch lange nicht. Bis jetzt ist es nur ein Verdacht.«

Kreuthner sagte weiterhin nichts dazu.

»Ich hätte noch eine andere Frage …«

Kreuthner bedeutete Wallner mit einer Geste, sie zu stellen.

»Dieser Chuck damals vom Waldfest – wie hat der mit richtigem Namen geheißen?«

»Holitschek. Karl Holitschek. Warum?«

»Weil ich mit ihm reden will.«

»Da bist a bissl spät dran.«

»Weil …?«

»Der lebt nimmer.«

»Weißt du, wann er gestorben ist?«

Kreuthner ging in sich. »Des war … kurz nach der G'schicht auf dem Waldfest.«

Wallner horchte auf. »Und wie ist er gestorben?«

»Autounfall mit seinem Jeep. Die Bremsen haben versagt.«

Auf dem Weg zurück telefonierte Wallner mit Tischler.

»Ich habe Ihnen eine Audiodatei geschickt. Da ist meine heutige Vernehmung von Herrn Kreuthner drauf.«

»Hat er endlich was gesagt?«

»Er hat gestanden, Philipp Gansel ermordet zu haben.«

Am anderen Ende der Leitung gab es einen Moment der Sprachlosigkeit. »Wie erfreulich«, sagte Tischler schließlich. »Langsam häufen sich die Täter.«

»Hören Sie sich's an. Und dann veranlassen Sie bitte, dass der Haftbefehl aufgehoben wird. Außer Strafvereitelung werden wir ihm wenig nachweisen können.«

»Aha …?«

»Er wollte Frau Gansel decken.«

»Ich hör's mir an. Und zu Frau Gansel haben wir ja inzwischen interessante Dinge herausgefunden«, sagte Tischler. »Ich denke, wir nähern uns einem Haftbefehl.«

»Ja, das ergibt langsam ein schlüssiges Bild. Von Herrn Kreuthner habe ich übrigens noch etwas erfahren, das nicht auf der Audiodatei drauf ist: Auch Frau Gansels erster Freund hat nicht lange gelebt. Autounfall.«

»Sieh einer an!«

»Ist über dreißig Jahre her. Ich schau, was ich noch rausfinden kann. Und Sie kümmern sich bitte um Herrn Kreuthner.«

45

Wallner war schlecht gelaunt, als er nach Miesbach zurückkehrte, und konnte das kaum verbergen.

»Was ist denn mit dir los?«, fragte Janette, als sie ihn mit einer Tasse abgestandenen Kaffees aus der Teeküche kommen sah.

»Tischler nervt mich«, sagte Wallner und ging an ihr vorbei in Richtung seines Büros.

»Der nervt dich doch immer.«

Wallner blieb stehen und drehte sich um. »Ich hab gesagt, er soll den Haftbefehl gegen den Leo aufheben. Frau Gansel hat schließlich ausgesagt, dass ihr Mann schon tot war, als sie an den Tatort kam. Entweder das stimmt, oder sie lügt und hat ihn selbst erschossen. In jedem Fall ist der Leo damit draußen.«

»Und warum glaubt Tischler das nicht?«

»Na ja, er sagt plötzlich, wenn er an die Videos denkt, das sieht für ihn eher so aus, als wären die beiden zusammen hingefahren und hätten Gansel gemeinschaftlich ermordet.«

Janette überlegte kurz. »Dann solltest du dir mal ansehen, was ich heute ausgegraben habe.«

Auf dem Bildschirm war in schlechter Videoqualität eine Gastwirtschaft von außen zu erkennen. Davor hatte man Stehtische aufgebaut, an denen Gäste standen und Getränke zu sich nahmen. In den Fenstern und an der Fassade glitzerte Weihnachtsbeleuchtung.

»Ich hab die Überwachungskameras gecheckt, die auf dem Weg nach Bayrischzell installiert sind«, erklärte Janette. »Also da, wo die Autos vorher vorbeigekommen sein müssen. Das hier ist in Schliersee. Scheint so eine Art privater Weihnachtsmarkt zu sein. Und wer steht da und trinkt Glühwein? Ich geh mal näher ran.«

Janette vergrößerte den Ausschnitt, und man konnte jetzt Kreuthner an einem der Tische sehen. Er blickt zur Straße, weswegen sein Gesicht gut zu erkennen war.

»Der Leo ... okay. Wann ist das?«

Der Timecode war beim Vergrößern aus dem Bild gerutscht. Janette stellte die Originalgröße wieder her.

»Genau neunzehn Uhr. Und jetzt pass auf!«

Ein Wagen kam vorbei. Es war der BMW von Philipp Gansel. Kreuthner trat daraufhin ein paar Schritte vor zur Straße und sah dem Fahrzeug hinterher.

»Der Wagen von Gansel?«, sagte Wallner.

»Richtig. Anscheinend hat der Leo ihn erkannt und fragt sich, wo der hinfährt.«

»Im weiteren Verlauf kehrt Kreuthner aber an seinen Platz zurück.«

Janette spulte im Schnelldurchlauf vor. »Neunzehn Uhr elf!«

Ein anderer Wagen, ebenfalls ein SUV, passierte die Kamera. Soweit man das bei der schlechten Bildqualität sagen konnte, war er blau.

»Der Q5?«

Janette hielt die Aufnahme an und nickte. »Um elf nach sieben kommt Philomena Gansel hier vorbei. Und schau, was jetzt passiert.«

Kreuthner schien auch diesen Wagen erkannt zu haben, ging wieder vor bis zur Straße und blickte dem Q5 hinterher. Dann holte er das Handy aus seiner Jacke und wählte eine Nummer, wartete eine Weile und machte das Handy wieder aus, ohne gesprochen zu haben.

»Da hat er Frau Gansel angerufen. Aber deren Handy war ja aus.«

Kurz darauf lief Kreuthner aus dem Bild, ohne noch einmal zu seinem Tisch zurückgekehrt zu sein.

»Ich lass einfach mal weiterlaufen«, sagte Janette.

Als Nächstes kam Kreuthners alter Passat ins Bild und fuhr ebenfalls Richtung Bayrischzell.

»Nach was sieht das für dich aus?« Janette hielt das Bild an.

»Jedenfalls nicht danach, dass sie zusammen hingefahren sind. Ich würde sagen: Der Leo sieht erst Gansel, zehn Minuten später fährt dessen Frau in dieselbe Richtung, und der Leo fragt sich, was da los ist. Ihm ist klar, dass Philo ihren Mann verfolgt – mithilfe des Peilsenders. Also ruft er sie an. Aber das Handy ist aus. Er setzt sich ins Auto und fährt den beiden hinterher. Und so kommt er zum Tatort.«

»Würde ich auch so sehen.«

»Schick es bitte an Tischler. Ich rufe ihn gleich an.«

Tischler sah es schließlich ein und ließ den Haftbefehl gegen Kreuthner aufheben, da kein dringender Tatverdacht mehr bestand.

Sein erster Weg führte Kreuthner nicht nach Hause, sondern in die Mangfallmühle, wo man nicht schlecht staunte, den alten Stammgast wiederzuhaben.

»Bist schon wieder abg'haut?«, begrüßte ihn Johann Lintinger wenig enthusiastisch. Und auch der Rest der Belegschaft fühlte sich bei diesem Gedanken offenbar nicht ganz wohl. Denn das bedeutete wahrscheinlich baldigen Polizeibesuch.

»Wir können fei net jedes Mal Geld sammeln, wenn du hier auftauchst.« Schinkinger Joe hatte sich erhoben, und synchrones Kopfnicken zeigte an, dass er für alle sprach.

»Was soll der Scheiß?« Kreuthner blickte konsterniert und auch verärgert in die Runde. »Die ham mich freig'lassen. Ganz offiziell. Wegen Unschuld.«

»Des gibt's ja net!« Schinkinger Joe war mit einem Mal in

herzlicher Stimmung und legte seinen Arm um Kreuthners Schulter. »Wie hast denn das hingekriegt?«

»Ganz einfach: Ich war's ja net.«

Kurze Stille im Raum. Dann begann Schinkinger Joe zu lachen.

»Natürlich warst es net.« Er wandte sich an die Runde. »Hat des irgendwer geglaubt, dass er des war?«

Es folgte ein Sturm gespielter Entrüstung mit Einwürfen wie »Im Leben net!«, »Geh, spinnst jetzt!« oder »Der Leo doch net!«, jeweils gefolgt von einem Lachen, das selbst hartgesottene Filmschurken als dreckig bezeichnen würden.

»Natürlich ham s' dich unschuldig ein'kastelt. Da gibt's keinen, der des net nachfühlen kann.« Schinkinger wurde etwas leiser, sodass es nicht mehr jeder im Raum mitbekam. »Und samma amal ehrlich: Selbst wennst es gewesen wärst … ich mein, man soll ja nix Schlechtes über Tote reden, gell, *nihil nisi bene*, wie's so schön heißt, aber – es hätt nicht den Falschen getroffen, oder?«

Schinkinger Joe klopfte Kreuthner gut gelaunt auf die Schulter.

Kreuthner war etwas verwirrt. »Ihr glaubt's mir net, oder was?«

»Ja sicher glauben mir's dir!«, kam es beschwichtigend von Harry Lintinger hinterm Tresen.

»Was hast'n mit der Puff'n g'macht?«, rief ein Gast mit österreichischem Migrationshintergrund.

Schinkinger Joe winkte ab und geleitete Kreuthner zum Tresen. »Freigelassen wegen unschuldig! Sachen gibt's!« Er wandte sich wieder an alle. »Mein Vater hat immer g'sagt: Wenn einem so viel Gutes wird beschert, das ist schon – eine Lokalrunde wert, oder?«

Der Vorschlag wurde allgemein sehr gut aufgenommen.

»He, bist a echter Kumpel.« Kreuthner klopfte Joe auf die Schulter. »Hätt ich gar net von dir gedacht.«

»Nur dass keine Missverständnisse aufkommen …«, der Angesprochene trat einen Schritt zurück, »… *du* schmeißt die Runde. Is schon klar?«

»Was, ich? Wovon denn? Ich komm grad ausm Knast.«

»Ja, ham mir net für dich gesammelt?«

»Das waren dreiundzwanzig Euro – vor einer Woche!«

»Is des schon weg? Hast Drogen gekauft im Knast?«

»Ich kann mir des net leisten.« Kreuthner wandte sich an Harry Lintinger. »Und jetzt gib mir mal a Bier.«

»Natürlich kannst es dir leisten«, insistierte Schinkinger Joe. »Kriegst doch Haftentschädigung. Fünfundzwanzig Euro pro Tag. Das macht mindestens an Hunderter.« Er wandte sich dem Wirt zu. »Komm, hau die Rund'n raus und schreib's an.«

Kreuthner wollte noch etwas sagen, doch in diesem Moment kam jemand in die Wirtsstube und blieb, nachdem er Kreuthner gesehen hatte, erst einmal stehen. Kreuthner hätte ihn fast nicht erkannt, denn der Mann hatte einen weißen Verband über der Nase.

»Is des tatsächlich wahr?«, sagte Sennleitner mit leicht näselnder Stimme. »Ham s' dich wieder rausg'lassen!«

Die beiden gingen aufeinander zu und umarmten sich. »Der Clemens hat a Nachricht an alle g'schickt.« Sennleitner betrachtete den Kameraden erfreut. »Net dass dich einer aus Versehen verhaftet!« Er keckerte vergnügt über seinen kleinen Spaß.

Kreuthner betrachtete Sennleitners Nase. »Tut mir echt leid. Ich war einfach unter Stress. Da hab ich a bissl fester hing'langt, verstehst?«

»Zahlst mir a Bier, und gut is.«

»Schiacher wie vorher kann der Zinken eh net werden«, versuchte Johann Lintinger zu trösten.

Die Stimmung lockerte sich mit der ersten Lokalrunde, und es begannen ausgedehnte Diskussionen über den Mordfall Philipp Gansel, wobei in dem Fall Sennleitner im Mittelpunkt des Interesses stand. Kreuthner hatte im Gefängnis nichts über die Ermittlungsergebnisse erfahren, während Sennleitner als Polizeiinsider interessante Dinge zu berichten wusste, die er Außenstehenden eigentlich nicht mitteilen sollte. Aber der seltene Umstand, dass alle in diesem Gasthaus an seinen Lippen hingen, korrumpierte. Und so waren die Gäste der Mangfallmühle die Ersten im Land, die erfuhren, dass die Frau des Mordopfers heute verhaftet wurde. Kreuthner hingegen war wieder aufgenommen in den Kreis der Menschen, die ihn doch so enttäuscht hatten, als er ihrer Hilfe bedurfte. Aber mit wem sollte er sonst sein Bier trinken?

46

Am nächsten Tag war die SoKo Gansel damit beschäftigt, Beweise für die Täterschaft von Philomena Gansel zu finden. Ihre Wohnung wurde durchsucht in der Hoffnung, Kleidungsstücke mit Schmauchspuren zu finden, die von den Schüssen auf ihren Mann herrührten. Ihr Handy wurde gecheckt, ob es Anrufe zu verdächtigen Personen gab, etwa solchen, die illegal Waffen verkauften. Mailverkehr und Social-Media-Accounts wurden überprüft, denn manchmal vertrauten spätere Täter ihre Pläne anderen Menschen an, oder es gab Hinweise auf ihre Motivlage.

Währenddessen war Janette weiter damit beschäftigt, eine große Menge Bildmaterial von Überwachungskameras zu sichten. Der Zeitraum, den zu überprüfen Sinn ergab, war zum Glück eingegrenzt. Aber inzwischen weitete Janette diesen Zeitraum aus. Eventuell gab es davor oder danach noch Dinge zu sehen, die für die Lösung des Falles wichtig waren. Hauptsächlich trieb sie die Frage um, wie und von wem der Wagen des Opfers vom Tatort weggefahren worden war. Darauf gab es immer noch keine befriedigende Erklärung. In einem Augenblick, als sich Janette nach endlosen Bildern von nächtlichen Straßen die Frage stellte, ob sie ihre Zeit nicht mit Besserem verbringen sollte, tauchte er plötzlich auf – der Motorroller.

»Mein lieber Clemens«, sagte sie, als Wallner ihr Büro betrat, um zu sehen, was sie entdeckt hatte, »du hättest uns sagen sollen, dass du zur Tatzeit in Bayrischzell warst.«

»Wie bitte? Ich war nicht in Bayrischzell. Erst am nächsten Tag, als ich zum Sudelfeld gefahren bin.«

»Und wer ist das hier?« Janette drehte den Bildschirm ihres Computers in Wallners Richtung. Man sah das Standbild eines Motorrollers, der auf einer nächtlichen Straße fuhr. Auf dem Roller saß jemand mit Helm und einer blauen Daunenjacke. Auf dem Rücken hatte er einen großen Rucksack und einen etwa eineinhalb Meter langen Gegenstand. »Blaue Daunenjacke. Das ist ja wohl eindeutig.« Janette grinste verschmitzt.

»Das ist nicht meine Daunenjacke. Die glänzt ja, als wär sie lackiert. So was trage ich nicht. Was ist das andere Zeug?«

»Ich würde sagen: Auf den Rücken hat er Skier geschnallt, und in dem Rucksack sind vermutlich seine Skistiefel.«

»Und warum interessiert der uns – oder die, könnte ja auch eine Frau sein?«

»Deswegen.« Janette ließ das Bild verschwinden und ersetzte es durch ein anderes Standbild derselben Kamera. Es zeigte den Wagen von Philipp Gansel auf dem Rückweg. Darin der mysteriöse Fahrer, dessen Kopf nicht zu erkennen war.

»Beachte die Daunenjacke, auch wenn nur ein Teil sichtbar ist. Blau und glänzend.« Janette deutete auf die entsprechende Stelle des Bildschirms und switchte zurück zu dem Bild mit dem Motorroller. »Würde sagen, das ist die Jacke.«

»Wie kriegen wir jetzt raus, wer das ist?« Wallner starrte auf den Monitor.

»Hier kann man das Logo sehen. Allerdings sehr undeutlich.« Janette kreiste die Stelle mit dem Zeigefinger ein.

»Schärfer kriegt man's nicht?«

Sie schüttelte den Kopf.

»Sieht aus ...«, Wallner setzte seine Brille ab und schob den Kopf etwas näher an den Bildschirm, »... wie der Kölner Dom. Gibt es so eine Firma?«

»Keine Ahnung. Warum fragen wir nicht Frau Tiedemann? Mit Mode kennt die sich doch aus, wenn man nach ihren Klamotten geht.« Der letzte Satz kam ein bisschen spitz aus Janettes Mund.

»Kommt mir bekannt vor«, sagte Tiedemann und holte eine Brille aus einem Etui.

»Wird nicht besser«, sagte Janette.

Tiedemann versuchte es trotzdem mit Brille. »Stimmt. Nur größer.« Sie verstaute die Brille wieder, und Wallner fragte sich, ob Tiedemann nur eine Lesebrille brauchte oder ob sie aus Eitelkeit halb blind durch die Gegend lief. »Das ist nicht der Kölner Dom. Jetzt weiß ich es wieder! Können Sie mal Moncler googeln? Em O En Ce El E Er.«

Auf Janettes Monitor tauchten Bilder auf.

»Das ist es!«, freute sich Janette. »Ein sehr spitzes M und ein Hahn dahinter. Sieht von Weitem aus wie ein gotischer Dom.«

»Der Umstand, dass ich die Marke nicht kenne, lässt mich vermuten, dass sie teuer ist«, sagte Wallner.

Tiedemann nickte. »Ja, die sind nicht ganz billig.«

»Sehr gut. Dann sind sicherlich auch nicht so viele Daunenjacken dieser Art verkauft worden.« Er wandte sich an Janette. »Kannst du bei der Firma checken, was das für ein Modell ist und an welche Läden die es hier in der Gegend geliefert haben?«

»Und dann abfragen, an wen diese Jacken verkauft wurden? Hoffentlich haben alle mit Karte bezahlt! Das wird ein ganz schöner Aufwand werden. Außerdem müssen wir checken, an wen die Jacken direkt per Onlinehandel gegangen sind.«

»Hat absolute Priorität. Das ist im Augenblick unsere heißeste Spur. Von wann ist eigentlich die Aufnahme des Motorrollers?«

Janette schaltete das Bild wieder zu. »Zwanzig Uhr acht.«

»Also, jemand fährt den Wagen des toten Gansel nach

Bayrischzell, stellt ihn da ab und fährt anschließend mit einem Motorroller wieder zurück. Offenbar mit Skiausrüstung. Und kommt acht nach acht an der Kamera vorbei. In der Richtung geht es auch zum Sudelfeld.« Wallner stockte, ihm kam eine Idee. »Kann man vom Sudelfeld zu dem Hotelrohbau abfahren?«

»Ja, das geht«, sagte Janette. »Ich hab's gecheckt. Man muss Tiefschneeerfahrung mitbringen. Aber es geht.«

»Dieser Mensch da auf dem Motorroller fährt mit Skiern zu dem halb fertigen Hotel, erschießt Philipp Gansel, fährt dessen Wagen nach Bayrischzell, und dann?«

»In Bayrischzell hat er vorher den Motorroller abgestellt oder abstellen lassen. Und damit fährt er zum Parkplatz vom Sudelfeld, wo er seinen eigenen Wagen geparkt hat«, sagte Tiedemann, und die Erkenntnis zauberte ihr ein Lächeln ins Gesicht. »Wow! Gibt es Kameras auf dem Parkplatz?«

»Gibt es. Ich hab mir die Aufnahmen vorsorglich schicken lassen.« Janette klickte eine Videodatei an. Darauf war ein dunkler Parkplatz im Winter zu sehen. Es hatte jetzt angefangen zu schneien. »Der Motorroller ist etwas langsamer als ein Pkw und müsste etwa eine Viertelstunde später dort angekommen sein, also kurz vor halb neun.« Janette spulte zu der entsprechenden Uhrzeit vor.

Tiedemann betrachtete angestrengt das Bild. »Da ist aber kein Wagen zu erkennen. Alles leer.«

»Dem Täter war vermutlich klar, dass es dort Kameras gibt. Er hat also nicht auf dem Parkplatz geparkt.«

»Sondern?«

»Man kann auch etwas oberhalb an der Straße parken. Da zum Beispiel.« Janette deutete auf eine Stelle auf dem Bildschirm. Dort war sehr klein ein schwarzer Fleck zu erkennen. Und jetzt sah man auch, dass sich dort etwas bewegte.

»Was ist das?«, fragte Tiedemann.

»Möglicherweise jemand, der gerade einen Motorroller in

einem schwarzen Lieferwagen verstaut«, sagte Wallner. »Ich nehme nicht an, dass wir da irgendwas Verwertbares erkennen können?«

»Nein«, sagte Janette. »Aber wir checken, auf wen im Landkreis schwarze Lieferwagen zugelassen sind. Kann natürlich ein Mietwagen sein. Aber ich kenne keine Mietwagenfirma, die schwarze Transporter vermietet. Die sind, glaube ich, immer weiß.«

»Es gibt auch schwarze. Ich hatte mal einen«, sagte Tiedemann. »Sind aber wirklich sehr selten.«

»Kümmere du dich um die Daunenjacke«, sagte Wallner zu Janette. »Nimm dir so viele Leute, wie du brauchst. Ich organisier das mit dem Lieferwagen.«

Kreuthner hatte das Bedürfnis, Maria Szegedi zu sehen und zu erfahren, ob sie auf dem Weg der Besserung war. Irgendwie machte er sich dafür verantwortlich, dass jemand auf sie geschossen hatte. Als Normalbürger würde er allerdings kaum an sie herankommen, denn die Polizei bewachte sie, und man musste Nachweise erbringen, dass man verwandt oder der Patientin in sonstiger Weise nahestehend war. Freilich hatte Kreuthner schnell eine Lösung für das Problem gefunden. Sennleitner war ja wegen seiner gebrochenen Nase krankgeschrieben. Folglich brauchte er seinen Polizeiausweis gerade nicht. Die Ähnlichkeit zwischen Kreuthner und Sennleitner hielt sich zwar in Grenzen, doch das Foto auf dem Dienstausweis war nicht sonderlich groß. Sennleitner hatte allerdings eine ausgesprochen markante Nase, die auch auf dem Foto gut zu erkennen war. Aber auch dafür gab es eine Lösung.

Polizeiobermeister Jonas Ginsler war noch jung und hatte viel vor im Polizeidienst. Stundenlang in einem Krankenhausgang zu sitzen und aufzupassen, dass niemand unbefugt ein Krankenzimmer betrat, gehörte nicht dazu. Aber dafür gab es Handys, die für Unterhaltung sorgten. Ginsler hatte sich so gesetzt, dass er geradeaus den Gang entlangblickte, an dessen Ende, etwa fünfzehn Meter entfernt, die Tür war, die in das Zimmer von Maria Szegedi führte. Was sich hinter ihm in der anderen Hälfte des Ganges abspielte, konnte Ginsler nicht sehen, das war ihm aber auch egal. Die Tür hatte er ja im Auge.

Mitten in einem Chat mit Freunden, die um die Zeit wahrscheinlich auch bei der Arbeit waren, spürte er mit einem Mal etwas metallisch Kaltes an seinem Hinterkopf, und eine männliche Stimme sagte leise, aber bestimmt: »Nach vorn schaun, Handy aufn Boden und die Flossen hoch – ganz langsam!«

Adrenalin schoss Ginsler durch den Körper, sein Herz raste, und ein Schweißausbruch überkam ihn. Langsam wie befohlen legte er das Handy vor sich auf den Boden. Er hatte sich verzockt, sich überrumpeln lassen wie ein Anfänger. Was hatte der Mann hinter ihm vor? Wollte er tatsächlich die Patientin, zu deren Schutz er, Ginsler, hier saß, umbringen? Ein würgendes Gefühl stieg in seinem Hals nach oben. In diesem Moment wurde das Metall von seinem Hals wieder entfernt, und jemand lachte.

»He, Kollege – so werd des nix«, feixte ein Mann in Polizeiuniform, der jetzt seine Dienstwaffe einsteckte. »Immer mit dem Rücken zur Wand. Dann gibt's auch keine Überraschungen.« Der Polizist hatte einen weißen Verband über der Nase.

»Scheiße! Ich hab mir fast ins Hemd gemacht.«

»Nix für ungut. Aber des war a Steilvorlage.« Erneut gab der Polizist ein feixendes Lachen von sich. »Ich bin der Sennleitner aus Miesbach.« Der Polizist hielt Ginsler einen Dienstausweis vor die Nase. Der beachtete das Dokument aber gar nicht, sondern starrte auf den Nasenverband.

»Bist du der Typ, den der Kreuthner k. o. geschlagen hat?«

»K. o. hat er mich net g'schlagen. Die Nase hat er mir gebrochen.«

»Ja, ja. Hab davon gehört. Tut mir echt leid für dich.«

»Er hat's net so gemeint.«

Ginsler grinste den Kollegen an. »Aber a Hund is er schon, euer Kreuthner, oder?«

»Das kannst laut sagen.« Der Polizist nickte heftig. »A Hund is er!«

»Aber sag amal – der hat doch Handschellen dran gehabt?«

»Wie er ausm Scheißhaus gekommen is, hat er's nimmer dran g'habt.«

»Kabelbinder, oder?«

Der Kollege nickte.

»Die kriegst doch net runter. Wie hat er das denn g'macht?«

»Keine Ahnung.« Der Polizist lächelte. »Er hat's nicht verraten.«

»Wahnsinn.« Ginsler strahlte vor Begeisterung. »Du – mir ham an Bullenstammtisch in München. Meinst, der Kreuthner hätt mal Lust, dass er vorbeikommt und a paar G'schichten erzählt?«

»Da reicht ein Abend aber net.«

»Das glaub ich«, lachte Ginsler.

»Ich frag ihn. Da geht sicher was.« Der Kollege zwinkerte Ginsler zu. »Du bist der …?«

»Ginsler, Jonas.«

»Ich meld mich. Jetzt muss ich schauen, wie's der Frau Szegedi geht. Wo liegt die?«

Ginsler deutete den Gang hinunter. »Letztes Zimmer.«

Sie atmete ruhig, Schläuche und Kabel gingen von Maria Szegedis Körper zu allerlei Apparaten, die sie am Leben hielten. Sie sah anders aus als vor ein paar Tagen im Auto.

Bleicher und vielleicht sogar ein bisschen schöner, erhabener, wie eine schlafende Prinzessin – wenn man sich die Schläuche und Kabel wegdachte. Kreuthner hatte sich auf einen Stuhl neben sie gesetzt.

»Ich weiß net, ob du mich noch erkennst. Ob du überhaupts noch merkst, dass wer da is.« Kreuthner wartete auf eine Reaktion, es kam freilich keine. »Ich bin der Leo. Erinnerst dich bestimmt. Letzte Woch ham mir jede Menge Zigaretten zusammen geraucht, und es war auch lustig. Ich bin der mit dem weißen Lieferwagen. Eigentlich wollten mir nach Miesbach rausfahren. Aber das hat dann nicht geklappt. Weil … na ja, jemand hat auf dich g'schossen. Aber lass ma des.« Kreuthner hatte mal gelesen, dass man mit Intensivpatienten keine problematischen Dinge besprechen sollte. »Also, ich hoff, du kommst bald wieder raus. Dann lad ich dich auf a Bier ein.« Ein leiser Ton zwischen Wimmern und Stöhnen kam von Maria. »Des mit dem Bier hast g'hört, oder?« Kreuthner lächelte und schaute, ob sie vielleicht die Augen öffnete. Aber Maria verfiel wieder in ihren ruhigen Atem. »Es gibt auch gute Neuigkeiten. Die ham mich zwar verhaftet. Aber gestern ham s' mich schon wieder rausg'lassen. Des is jetzt natürlich mehr für mich gut. Aber vielleicht freust dich ja auch. Ich lass dir meine Telefonnummer da.« Kreuthner zog aus seiner Uniformjacke ein Kärtchen, auf das er seine Handynummer geschrieben hatte. Darüber: *Leo – der mit dem Lieferwagen*. Die Karte legte er auf den Nachttisch. »Wennst aufwachst, ruf mich an. Dann schau ich wieder vorbei.«

Eine Weile blieb Kreuthner noch vor dem Bett stehen und betrachtete Maria Szegedi. Irgendwo war da ein Rest Hoffnung, dass eine Regung von ihr kam, sie vielleicht aufwachte. Aber das war bei einem künstlichen Koma kaum möglich.

Gerade als er gehen wollte, klopfte es an der Tür. Kreuthner sagte nichts. Dennoch wurde die Tür geöffnet, und ein Arzt mit Stethoskop um den Hals trat ein. Der Arzt war offenbar überrascht, einen Polizisten am Bett der Patientin zu sehen.

»Ah, gut, dass Sie kommen«, sagte Kreuthner. »Ich hätt Sie eh noch aufgesucht. Wissen Sie, wann die Frau Szegedi wieder aufg'weckt wird?«

Der Arzt schüttelte den Kopf. »Das kann man jetzt noch nicht sagen.«

Kreuthner nickte und sah noch einmal zu Maria.

»Wenn Sie jetzt bitte …«, sagte der Arzt.

»Ja natürlich«, erwiderte Kreuthner und verließ das Zimmer.

Auf dem Weg nach draußen musste Kreuthner dem Kollegen Ginsel noch einmal hoch und heilig versprechen, Kreuthner zu dem Polizeistammtisch einzuladen. Sie klatschten sich zum Abschied freundschaftlich ab. Dann machte Kreuthner sich durch die weitläufigen Krankenhausgänge auf den Weg nach draußen. Dabei kam ihm der Arzt in den Sinn, der ihn im Krankenzimmer überrascht hatte. Irgendetwas an am Mann war Kreuthner vertraut gewesen. Das Gesicht war es nicht. Nein, es war die Stimme, die Kreuthner bekannt vorgekommen war! Aber welcher Stimme die Arztstimme ähnelte, konnte er nicht ergründen. Es war wie im Fernsehen, wenn ein Schauspieler in einem ausländischen Film synchronisiert wird, und man erkennt die Stimme von einem deutschsprachigen Schauspieler, kann aber nicht sagen, von welchem. Kreuthners Gedanken hangelten sich weiter zu dem Phänomen, dass es Menschen gab, die die gleichen Stimmen hatten, wie Doppelgänger, nur akustisch. Natürlich konnte es auch sein, dass es sich bei dem Arzt gar nicht um einen Doppelgänger handelte, sondern er der war, den Kreuthner mit der Stimme verband. Dann aber musste er sich so verändert haben, dass er äußerlich nicht mehr zu erkennen war.

Kreuthner dachte an den Polizisten und dass es hier Kameras gab. Und dann kam ihm ein Gedanke, der seinen Puls schlagartig in die Höhe schnellen ließ. Wenn er, Kreuthner, jemanden in einem Krankenhaus umbringen wollte, dann würde er sich als Arzt verkleiden und sein Gesicht so verfremden, dass es auf keinem Überwachungsvideo mit ihm in Verbindung zu bringen war. Er blieb stehen, schloss die Augen und versuchte, die Stimme des Arztes noch einmal in seinem inneren Ohr erklingen zu lassen: *Das kann man jetzt noch nicht sagen* und *Wenn Sie jetzt bitte …* Kreuthner war sicher, dass er die Stimme vor nicht allzu langer Zeit gehört hatte. Und da war es – mit einem Mal tauchte in seinem Kopf ein Gesicht auf, das mit dieser Stimme sprach. Kreuthner kehrte um und rannte zurück in Richtung Intensivstation.

Janette hatte es in weniger als einer Stunde geschafft, eine Liste der von der Firma Moncler mit der Daunenjacke belieferten Geschäfte zu bekommen. Es waren nicht Tausende, denn das Produkt war teuer. Aber doch eine dreistellige Zahl. Sie konzentrierte sich zunächst auf die im Landkreis ansässigen Läden und gab den Rest an Kollegen aus der SoKo ab. Die Läden wurden gebeten, ihre Kundenlisten zeitnah zu liefern, was in der Vorweihnachtszeit keine kleine Zumutung war. Allerdings handelte es sich bei einem Teil der Geschäfte um Boutiquen, die ihre Existenz eher dem vermögenden Ehemann der jeweiligen Inhaberin als strammen Umsatzzahlen verdankten. Dort konnte man sich beim Warten auf reiche Kunden auch mal an den Computer setzen. Und so kam es, dass Janette bereits kurze Zeit später drei Listen von Geschäften aus Rottach-Egern an Wallner weiterleiten konnte, der auch einen Blick darauf werfen wollte. Er war schließlich am besten mit allen am Fall Gansel beteiligten Namen vertraut. Die Listen enthielten nur wenige Personen, gaben aber vollständig den Kundenkreis wieder, der die Jacke in dem jeweiligen Laden erworben hatte. Denn dieser Artikel wurde so gut wie nie bar bezahlt.

Wallner überflog die Listen und blieb an einem Namen hängen.

»Janette«, sagte er am Telefon, »ich glaub, ich hab einen Namen. Den sollten wir auch mal in Sachen schwarzer Transporter checken.«

Kreuthner rannte die Strecke bis zum Aufzug. Kurz überlegte er, das Treppenhaus hinaufzustürmen, nahm aber in Anbetracht seiner im Augenblick dürftigen Kondition Abstand davon.

Der Kollege Ginsler wunderte sich, warum der Kollege wieder zurückgekehrt war, und stellte eine entsprechende Frage. Aber Kreuthner hatte keine Zeit und hastete an Ginsler vorbei zum letzten Zimmer im Gang. Als er die Tür aufriss, bestätigte sich seine schlimmste Befürchtung. Alle Geräte waren ausgestellt. Nichts blinkte. Kreuthner lief zum Stationszimmer und schrie eine Krankenschwester an: »Schnell! Bei der Frau Szegedi sind alle Apparate aus! Beeilen Sie sich.«

Der Krankenschwester entwich ein schrilles »Was?«, und voller Entsetzen stürmte sie hinaus, schrie auf dem Gang einem Arzt »Kommen Sie!« ins Gesicht und verschwand im Zimmer von Maria Szegedi. Kreuthner hingegen lief zu Ginsler.

»Was is'n da los?«, fragte der, verwundert ob der Hektik, die sich am Ende des Ganges entfaltete.

»Hast du den Arzt g'sehen, wo in dem Zimmer von der Frau Szegedi war?«

»Ja. Der ist kurz nach dir rein. Ihr habt's euch doch noch getroffen.«

»Hast du den schon mal gesehen?«

Ginsler schüttelte den Kopf. »Ich bin erst seit gestern hier.«

»War der lange da drin?«

»Nur kurz. Aber der war irgendwie hektisch, wie er zurückgekommen is.«

»Wo is er hin?«

Ginsler deutete in eine Richtung. Der falsche Arzt hatte offenbar einen Weg genommen, auf dem er Kreuthner nicht begegnete. »Is was passiert?«

»Kann man sagen«, brummte Kreuthner und zog sein Handy aus der Jacke.

Janette hatte weitere Ergebnisse. In Sachen Lieferwagen gab es einen Treffer.

»Wer ist der Typ?«, fragte sie, nachdem Wallner bei dem Namen aufgemerkt hatte. »Und wieso kennt den außer dir keiner?«

»Marius Fitschauer ist ein alter Freund von Philomena Gansel. Er hat dieses Hotel in Bad Wiessee und eine Anwaltszulassung. Deswegen vertritt er sie im Augenblick. Zusammen mit Seidel.«

»Also, auf das Hotel ist jedenfalls ein schwarzer Mercedes Sprinter zugelassen. Da passt jetzt vieles zusammen. Aber warum sollte Herr Fitschauer Philipp Gansel umbringen?«

»Das müssten wir ihn fragen. Ich vermute aber, er wird nicht sehr gesprächig sein. Ist schließlich Anwalt. Aber ich hoffe, wir finden noch mehr, wenn wir graben. Dass er eine Daunenjacke und einen schwarzen Lieferwagen hat, ist ja schön und gut, beweist aber erst mal gar nichts.«

Wallners Handy klingelte. Es war Kreuthner.

»Servus, Clemens. Du, ich bin grad im Krankenhaus bei der Maria Szegedi.«

»Haben die dich zu ihr gelassen?«, fragte Wallner. »Die wird doch polizeilich bewacht.«

»Erklär ich dir später.« Kreuthner trat ein paar Schritte zur Seite, um außer Hörweite von Ginsler zu gelangen. »Grad hat jemand versucht, sie umzubringen.«

»Wie bitte?«

»Hat sich als Arzt verkleidet und die Geräte ausgeschaltet. Die kümmern sich grad drum. Ich hoff, es ist noch net zu spät. Ich glaub, ich weiß auch, wer das war …«

»Nämlich?«

»Sagt dir Marius Fitschauer noch was? Der war bei der Philo, wie mir das erste Mal da waren.«

Wallner überlegte, ob er Kreuthner sagen sollte, dass Fitschauer es inzwischen auch zum Mordverdächtigen in Sachen Gansel gebracht hatte. Aber da Kreuthner noch suspendiert war, musste er ihn behandeln wie einen Außenstehenden. Und so sagte er: »Ja, ich kann mich erinnern. Er ist inzwischen ihr Anwalt. Du hast ihn gesehen?«

»Schon. Aber der hat total anders ausg'schaut. Mords Maske im G'sicht, falscher Bart und so. Aber die Stimm hab ich erkannt.«

»Wo ist der jetzt?«

»Weg. Gebt's a Fahndung nach seinem Wagen raus. Und wenn die ihn haben, sollen s' als Erstes a Foto von ihm machen. Wahrscheinlich hat er sich noch net abg'schminkt.«

»Okay. Wäre auch gut, wenn wir ein Bild von ihm hätten. Im Krankenhaus gibt's doch Überwachungskameras.«

»Ich organsier a Aufnahme und schick sie dir.«

»Du, Leo – dein Engagement in Ehren, aber du bist gerade nicht bei der Polizei.«

»Kein Problem. Des krieg ich hin«, sagte Kreuthner und legte auf.

Im Krankenhaus war Alarm ausgelöst worden, und man wartete auf die Polizei. Der Täter war freilich längst verschwunden. Kreuthner begab sich mit Sennleitners Dienstausweis in die Sicherheitszentrale der Klinik und verlangte Einsicht in die Überwachungsvideos der Intensivstation der letzten halben Stunde. Der falsche Doktor war gut zu erkennen, hatte allerdings nicht die geringste Ähnlichkeit mit Marius Fitschauer. Kreuthner vermutete, dass er auch die Nase und andere Gesichtspartien plastisch verändert hatte, um etwaigen Gesichtserkennungsprogrammen keine Chance zu geben. Er schickte ein Videoschnipsel und ein Standbild an die Polizeiinspektion Miesbach, wo man sich um die Verteilung an sämtliche Streifenpolizisten im Landkreis und in München kümmern würde.

Zurück auf der Intensivstation, erkundigte sich Kreuthner nach Maria Szegedi. Sie lebte noch. Oder wieder? Zwischen dem Abschalten der Geräte und dem von Kreuthner ausgelösten Alarm hatte wohl nur eine Minute gelegen, sodass keine irreparablen Schäden zu befürchten waren.

»Sie san der Sennleitner?«, fragte Ginslers Chef, der mittlerweile eingetroffen und, so begossen, wie Ginsler dastand, offenbar gerade dabei war, ein paar unangenehme Dinge mit ihm zu besprechen. »Reschpekt!«, fuhr er fort. »Sie san noch einer von der alten Sorte, gell?« Der Chef wandte sich an Ginsler. »Da kannst dir was abschauen. Gebrochene Nase, aber im Dienst. Net sechs Wochen krankgeschrieben. Solche Leut braucht die Polizei. Net so Hallodris wie den Kreuthner. Oder glaubst, der hätt der Frau das Leben gerettet?«

»Der Kreuthner is a koa Schlechter«, hielt Kreuthner dagegen.

»Ja, ich will auch nix g'sagt ham. Er is ja schließlich Ihr Kollege.« Ginslers Chef patschte Kreuthner auf die Schulter. »Aber wenn ich den Höhnbichler Dieter wieder seh, dann sprech ich ihn mal auf seinen tollen Mitarbeiter an.«

»Is wirklich net nötig.« Kreuthner klang fast verzweifelt.

»Auch noch so bescheiden«, murmelte der Chef, als er einen Anruf entgegennahm und sich verabschieden musste.

Eine halbe Stunde später wurde der Pkw von Marius Fitschauer von einer Polizeistreife bei Holzkirchen angehalten. Der Fahrer hatte äußerlich wenig mit dem Foto auf seinem Führerschein gemein. Dafür umso mehr mit dem unbekannten Arzt aus dem Krankenhaus, der auf dem Video zu sehen war, das die Miesbacher Polizei inzwischen an alle Streifenwagen geschickt hatte.

47

Marius Fitschauer verbrachte eine Nacht in der Arrestzelle der Miesbacher Polizeiinspektion. Am nächsten Morgen wurde er in einen Vernehmungsraum geführt. Dort erwarteten ihn Wallner, Janette und Mike. Staatsanwalt Tischler hatte eine wichtige Verhandlung in Garmisch, was Wallner sehr recht war.

Wallner hoffte, dass Fitschauer die vermutlich schlaflose Nacht nicht dazu genutzt hatte, abenteuerliche Geschichten zu ersinnen, in denen er keine Straftaten begangen hatte, sondern vielmehr, um in sich zu gehen und die Ausweglosigkeit seiner Lage zu erkennen.

»Guten Morgen, Herr Fitschauer. Ich nehme nicht an, dass Sie eine angenehme Nacht hatten, hoffe aber, dass die äußeren Umstände zumindest erträglich waren.« Wallner schob Fitschauer eine Tasse Kaffee hin, die er ihm aus der Thermoskanne gezapft hatte.

Fitschauer nickte und nahm den Kaffee stumm entgegen. Er hatte Ringe um die Augen und machte einen angeschlagenen Eindruck.

»Ich würde unser Gespräch gern aufnehmen. Haben Sie etwas dagegen?«

Fitschauer schüttelte den Kopf.

Zunächst fragte er Fitschauers Personaldaten ab, die auch bereitwillig angegeben wurden. Dann kam der kritische Teil des Gesprächs.

»Sie sind Rechtsanwalt, Herr Fitschauer. Ihnen werden schwere Straftaten vorgeworfen, unter anderem Mord an Philipp Gansel und versuchter Mord an Maria Szegedi. Sie bedürfen zwar keiner Belehrung, ich mache Sie trotzdem darauf aufmerksam, dass Sie das Recht haben zu schweigen und einen Anwalt hinzuzuziehen.«

»Ich möchte mit der Kanzlei Seidel telefonieren.«

»Sie wissen, dass die Sie nicht vertreten können.«

»Natürlich. Seidel vertritt ja Frau Gansel. Aber er kann mir jemanden empfehlen.«

Die Vernehmung wurde unterbrochen, damit Fitschauer seine Telefonate machen konnte. Eine Viertelstunde später hatte er eine Strafverteidigerin, die auf dem Weg nach Miesbach war.

»Können wir reden, während wir auf Ihre Anwältin warten?« Wallner hatte das Gefühl, dass Fitschauer kurz davor war, reinen Tisch zu machen. »Nur wir beide. Ohne Kamera und Mikrofon.«

»Über was wollen Sie reden?«

»Ich erkläre Ihnen unsere Sicht der Dinge. Sie müssen keine Aussage machen. Einfach zuhören. Es hilft Ihnen vielleicht, eine Entscheidung zu treffen.«

Fitschauer überlegte eine Weile, atmete schwer durch und sagte: »Meinetwegen.«

Wallner bat die anderen, den Raum zu verlassen, und schenkte Fitschauer Kaffee nach.

»Fangen wir mit dem Mordversuch an Maria Szegedi an. Es gibt Videoaufnahmen von Ihnen in Ihrer Verkleidung im Krankenhaus, einen Zeugen, der Sie in dieser Verkleidung im Zimmer von Frau Szegedi gesehen hat, wir haben diverse Theater- und Schminkutensilien bei Ihnen zu Hause und im Wagen gefunden. Und Sie hatten im Zimmer von Frau Szegedi zwar Handschuhe an, haben sie nach dem Verlassen des Zimmers aber ausgezogen und eine Aufzugtür berührt, wie man auf einem Überwachungsvideo sieht. Wir haben also auch Ihre Fingerabdrücke am Tatort. Die Sache ist anklagereif. Was wir noch nicht haben, ist Ihr Motiv. Wir vermuten, dass das mit dem Mord an Philipp Gansel zusammenhängt.«

Wallner machte eine Pause, falls Fitschauer schon etwas sagen wollte. Der blieb aber stumm und starrte vor sich auf die Tischplatte.

»Dann zum Mord an Philipp Gansel. Wir haben starke Hinweise für die Annahme, dass Sie Herrn Gansel in den Hotelrohbau gelockt und ihn dort erschossen haben. Der Grund dafür ist nicht ganz klar. Aber in Verbindung mit drei anderen Todesfällen wird ein Muster ersichtlich. Sagen Ihnen die Namen Todd Finlay und Mario Peters etwas?«

»Wir hatten doch vereinbart, *Sie* reden.«

»Die beiden Männer wurden ebenfalls ermordet, oder es besteht zumindest der Verdacht. Todd Finlay zweitausendfünf auf Long Island, Mario Peters zweitausendelf in Soest. Beide starben am vierzehnten Juni. Und am elften Juni hat Philomena Gansel Geburtstag. Wir haben uns gefragt, wie das wohl zusammenhängen mag, und sind inzwischen auf eine simple Erklärung gekommen: Frau Gansel alias Finlay alias Peters hat am elften jeweils eine Geburtstagsparty gefeiert. Und zu denen waren auch Sie eingeladen. Wir haben in den Papieren von Frau Gansel noch Gästelisten gefunden.«

Wallner bemerkte, dass sich Fitschauer den Oberschenkel rieb. Das konnte ein Zeichen dafür sein, das er auf dem richtigen Weg war. »Die im Augenblick plausibelste Erklärung ist«, fuhr Wallner fort, »dass Sie bei diesen Gelegenheiten vom Ehe-Pech Ihrer Ex-Freundin Philomena gehört und ihr deshalb geholfen haben, ihre gewalttätigen Ehemänner loszuwerden. Womöglich war es Philomenas Idee, und sie hat Sie darum gebeten.«

Ein unwillkürliches Zucken schoss für den Bruchteil einer Sekunde durch Fitschauers rechtes Augenlid. Entweder hatte Wallner ins Schwarze getroffen, oder der Grund für den Tick war, dass Philomena von Wallner als Mittäterin verdächtigt wurde.

»Schauen Sie, Herr Fitschauer, Sie werden für lange Zeit

ins Gefängnis gehen. Allein für den versuchten Mord an Maria Szegedi. Den Mord an Herrn Gansel werden wir Ihnen auch nachweisen. Und möglicherweise wird Frau Gansel wegen Mittäterschaft oder Anstiftung verurteilt. Ihr Leben, wie Sie es bisher geführt haben, ist vorbei. Und das von Frau Gansel wahrscheinlich auch.«

Fitschauers Kiefermuskeln mahlten.

»Sie sind am Ende Ihres Weges angekommen. Eins können Sie aber noch tun: Räumen Sie das Chaos auf, das Sie angerichtet haben. Und falls Philomena Gansel mit alldem doch nichts zu tun hat, dann sind Sie der Einzige, der uns das sagen kann.« Wallner blickte auf seine Uhr. »Wir haben noch ein bisschen Zeit. Wollen Sie nachdenken?«

Fitschauer wirkte in sich gekehrt, als hätte er Wallners Frage gar nicht wahrgenommen. Aber dann sagte er: »Geben Sie mir ein paar Minuten.«

Sie standen zu dritt im Gang vor dem Vernehmungsraum und beobachteten durch die Glastür Marius Fitschauer beim Kampf mit sich selbst. Er saß beinahe reglos auf seinem Stuhl, und seine Augen schienen durch die Wand hindurchzusehen. Nur sein rechter Fuß zitterte unablässig.

»Glaubst du, er redet?«, fragte Janette.

»Er ist kein klassischer Psychopath«, sagte Wallner. »Er hat es für Philomena getan, da bin ich mir sicher. Er will auf keinen Fall, dass es auf sie zurückfällt. Allein die Vorstellung, dass sie vor Gericht gestellt wird …«

»Vielleicht will er sich die Sache auch von der Seele reden.« Janette schaute kritisch zu Fitschauer. »Wie du sagst: Er ist kein Psychopath.«

Nach etwa zehn Minuten ging ein Ruck durch Marius Fitschauer. Er richtete sich auf, schob die Kaffeetasse von sich und blickte zur Tür. Wallner betrat den Raum und sah ihn fragend an. Fitschauer nickte.

Die drei Kommissare nahmen wieder ihre Plätze ein.

»Also?«, sagte Wallner.

»Sie haben recht.« Fitschauer sprach leise, aber deutlich. »Meine Reise ist zu Ende, und es ist Zeit, die Scherben aufzuräumen.«

»Ihre Anwältin ist noch nicht da«, gab Wallner zu bedenken.

»Ich weiß. Aber ihre Anwesenheit würde nichts ändern. Machen Sie die Kamera an.«

Als die Aufnahme lief, fragte Wallner noch einmal, ob Fitschauer eine Aussage machen wolle, obwohl seine Verteidigerin noch nicht anwesend war. Fitschauer bejahte, und Wallner erteilte ihm das Wort.

»Ich kenne Philomena Gansel, seit wir Kinder waren«, begann Fitschauer seine Erzählung. »Unsere Eltern hatten Hotels in Bad Wiessee, die nebeneinanderlagen. Das Hotel von Philos Eltern habe ich vor einigen Jahren gekauft. Es bildet jetzt den Südflügel unseres Gebäudes. Wir sind also als Nachbarskinder miteinander aufgewachsen, und als wir Teenager waren, wurde aus uns ein Paar. Die Frau, die heute Philomena Gansel heißt, war und ist die Liebe meines Lebens.«

»Entschuldigen Sie, dass ich hier schon unterbreche«, sagte Mike, »aber hatten Sie nicht damals mit Philomena Schluss gemacht?«

»Das ist richtig. Aber um das zu verstehen, müssen Sie auch wissen, warum ich es getan habe. Es gab damals nämlich ein Problem, und das war Richard Söllner, Philomenas Vater. Söllner verachtete unsere Familie. Wir hatten zu der Zeit kein Geld und waren kleine Sandler in seinen Augen. Dass ich Philomena irgendwann heiraten würde, war sein schlimmster Albtraum. Nun – wie gesagt, wir hatten kein Geld. Und nicht nur das: Wir hatten Schulden. An dem Hotel meiner Eltern war jahrelang nichts mehr gemacht worden, es war alt und heruntergekommen, und kaum jemand wollte dort wohnen, und wenn, dann für wenig Geld. Um die Kosten zu decken, musste mein Vater einen Kredit aufnehmen. Aber wir konnten kaum die Zinsen bedienen. Irgendwann kaufte der Vater von Philomena die Schulden meines Vaters von der Bank, was für die Bank ein gutes Geschäft war, denn der Kredit war faul und das marode Hotel als Sicherheit damals wenig wert. Außerdem waren wir schon im Verzug. Eines Tages, ich war neunzehn und hatte gerade Abitur gemacht, Philomena war siebzehn, nahm mich Söllner zur Seite und stellte mich vor die Wahl: Entweder er würde unseren Kredit sofort fällig stellen, was er konnte, denn wir waren, wie gesagt, in Verzug. Dann würde das Hotel zwangsversteigert werden. Oder ich trennte mich von Philomena. Dann könnten wir das Hotel behalten. Es war die schlimmste Entscheidung, die ich in meinem Leben treffen musste. Das Hotel zu verlieren, hätte meine Eltern umgebracht. Das Haus ist seit sieben Generationen im Familienbesitz. Was machen Sie als Neunzehnjähriger in so einer Situation?« Fitschauer atmete tief durch und rang sichtlich um Fassung. »Es hat mir das Herz rausgerissen, aber ich hab's getan.«

Stille kehrte ein im Vernehmungsraum.

»Damals habe ich mir vorgenommen, trotzdem für Philomena da zu sein und sie zu beschützen, solange ich lebe.«

»Und als Erstes haben Sie sie vor Chuck beschützt? Karl Holitschek?«, sagte Mike.

»Dieser Schläger vom Waldfest?«

Mike nickte.

»Nein. Das war erstens nicht mehr nötig, denn Söllner hat Philo bald danach in die Vereinigten Staaten geschickt. Chuck konnte ihr nichts mehr tun. Und den Rest hat er dann selber erledigt. Er ist ja gefahren wie ein Irrer.«

»Aber Finlay und Peters – das waren Sie?«, fragte Wallner.

Diesmal nickte Fitschauer. »Wir hatten vor diesen Geburtstagsfesten lange keinen persönlichen Kontakt. Dann bin ich hingefahren und habe gesehen, was ihre Männer mit ihr gemacht hatten. Ich konnte sie nicht so zurücklassen, in dieser Situation. Die Kerle hätte sie am Ende noch umgebracht. Finlay war übrigens mehr ein Unfall. Ich habe mir eine Waffe besorgt, was in Amerika ja nicht das große Problem ist. Dann habe ich Finlay nachts aufgelauert und ihm mit vorgehaltenem Revolver gedroht, ihn umzubringen, wenn er Philo noch einmal anrührt. Nur – dann hatte er mit einem Mal auch eine Pistole in der Hand. Das ist eben Amerika. Ich hab schneller geschossen. Seine Pistole war, glaube ich, nicht entsichert.«

»Und Peters?«

»Das mit der Baustelle war eigentlich seine Idee. Bei der Geburtstagsparty hat er mit seinen Projekten angegeben und dass er gerade das größte Apartmenthaus in Soest baut. Nachts hätte man da einen sensationellen Blick über die Stadt. Das müsste ich mir unbedingt mal ansehen. Ich bin auf das Angebot zurückgekommen und hab ihn gebeten, Philo nichts davon zu erzählen, weil ich ihr gesagt hätte, ich wär schon abgereist. Tja – dann standen wir da oben hoch über Soest, und ich musste nicht mehr viel machen. Ein Schubs – und Philo war wieder frei.«

»Hat Philomena keinen Verdacht geschöpft?«, wollte Janette wissen. »Jedes Mal, wenn Sie da waren, stirbt ihr Mann?«

»Nein, das hat sie bestimmt nicht mit mir in Verbindung gebracht. Ich war ja jedes Mal angeblich schon weg, als es passierte. Und was heißt schon jedes Mal? Zwei Mal ist keine Serie.«

»Drei Mal schon. Kommen wir zu Philipp Gansel.«

»Bei Gansel habe ich lange nachgedacht, wie ich es mache. Der Plan war eigentlich, dass die Leiche für Monate nicht entdeckt wird. Dann wäre es schwierig gewesen, noch irgendwelche Zusammenhänge festzustellen.«

»Wie haben Sie Herrn Gansel da hinbekommen?«

»Philipp Gansel hatte ein riesiges Problem: Die Geschichte mit dem Mädchen aus dem Strip-Club vor zehn Jahren. Angeblich hatte er mit dem Tod nichts zu tun. Aber er war dabei gewesen, und wenn es rausgekommen wäre … das hätte wohl das Ende seiner Karriere bedeutet. Er hatte zwar schon Geld bezahlt, aber Frau Szegedi wollte keine Ruhe geben und wissen, was wirklich mit ihrer Freundin geschehen ist. Das war also eine tickende Bombe. Ich habe Philipp gesagt, ich kenne jemanden, der sich des Problems annimmt.«

»Was heißt das? Ein Killer?«

»Ich hab's nicht genauer bezeichnet, und er hat nicht weitergefragt. Man hätte es auch so verstehen können, dass die Frau nur eingeschüchtert werden soll. Philipp war es egal, er wollte das Problem einfach weghaben. Jedenfalls habe ich ein angebliches Treffen zwischen uns beiden und dem – ich sag mal: Auftragnehmer – arrangiert. Eben in dem Hotelrohbau. Abgelegener Ort, weil der Auftragnehmer ungern in der Öffentlichkeit gesehen wird. Und ich habe Philipp gesagt, er soll sein Handy ausschalten, damit man hinterher nicht nachverfolgen kann, dass er sich mit dem Mann getroffen hat.«

»Sie waren schon da, als er kam?«

»Ja. Schon lange. Ich bin ja noch bei Tageslicht abgefahren. Wir haben uns auf der Baustelle getroffen. Ich sag: ›Lass uns nach oben gehen.‹ Er fragt: ›Wo ist jetzt dieser Typ?‹ – und ich hab mehrere Schüsse auf ihn abgegeben. Dann habe ich die Autoschlüssel aus seinem Mantel geholt, und wie ich gerade aus dem Gebäude gehen will, kommt ein Wagen.«

»Philomena Gansel?«

»Ja. Ich bin wieder reingegangen, hab mich versteckt. Sie

kommt, sieht sich um mit ihrer Handytaschenlampe, ruft nach Philipp, und irgendwann geht sie die Leiter hoch. Ich hab nur einen erstickten Schrei gehört und denk mir: O Gott, sie hat ihn gefunden. Und dann habe ich erwartet, dass sie die Polizei anruft. Aber das macht sie nicht. Sie geht raus, steigt in ihren Wagen und fährt weg. Ich denk mir: Okay, warte noch ein paar Minuten, dass sie auch wirklich weg ist. Und wie ich gerade gehen will – kommt dieser Leo Kreuthner. Ich bin fast durchgedreht. Wieder das gleiche Spiel, er entdeckt die Leiche von Philipp. Ich denke, der ruft jetzt die Polizei an – und wieder nichts. Verschwindet einfach. Ich bin nicht schlau draus geworden.«

»Im Laufe des weiteren Verfahrens wird sich das vermutlich ändern. Aber was hat jetzt Maria Szegedi mit alldem zu tun?«

»Sie war die einzige Zeugin, die mir gefährlich werden konnte.« Fitschauer machte eine Pause, schien zu überlegen, ob er ein Wasser wollte, ließ es dann aber. »Kennengelernt habe ich sie im Vittorio, einem italienischen Lokal in der Nähe ihrer Tabledance-Bar. Die Mädchen aus dem Club gehen da manchmal vor der Arbeit zum Essen hin. Wir sind ins Gespräch gekommen und uns da immer mal wieder über den Weg gelaufen. Eines Tages fragt sie mich um Rat, weil sie jemanden im Fernsehen gesehen hat – eben Philipp. Und sie erzählt mir die ganze Geschichte von ihrer verschwundenen Freundin vor zehn Jahren. Ich war einigermaßen erstaunt und wollte nicht, dass da ein Skandal draus wird. Nicht wegen Philipp, sondern wegen Philo. Ich habe gesagt, ich mach ihr einen Kontakt mit Philipp, und habe wohl auch erwähnt, dass er bei mir im Hotel seinen Geburtstag feiert. Dass sie dann da auftaucht, war natürlich nicht geplant. Aber gut, so kam es. Eigentlich hatte ich mit der Sache ja nichts zu tun. Aber ich hab sie mir, wie erwähnt, zunutze gemacht. Nur ist mir dann ein Fehler unterlaufen: Um mich mit Philipp in dem Hotelrohbau zu verabreden, habe ich ihn bei Vittorio getroffen. Ich wollte das nicht am Telefon besprechen. Was mir an dem Abend entgangen ist: Maria Szegedi saß am Nebentisch. Ich bin wohl mit dem Rücken zu ihr gesessen. Jedenfalls habe ich das nicht mitbekommen. Sie hat aber gehört, dass ich mich mit Philipp für den nächsten Abend verabredet habe. Das hat sie mir später gesagt. Ich war mir sicher, dass sie wegen der Geschichte mit dem verschwundenen Mädchen irgendwann zur Polizei geht, und dann hätte sie das höchstwahrscheinlich auch erzählt.«

»Das heißt, *Sie* haben auf Maria Szegedi geschossen?«, sagte Mike.

»Ja.«

»Aber woher wussten Sie, wo sie war?«

»Als die Sache mit Philipp und dem verschwundenen Mädchen losging, hab ich sie gebeten, mich mit einem anonymen Handy anzurufen. Das hatte ich ihr gegeben. Ich wusste nicht, wo das Ganze hinführt, und wollte möglichst wenig Spuren hinterlassen. Ein weiterer Vorteil war natürlich, dass ich über die Suchfunktion wusste, wo sie gerade war.«

In diesem Moment klopfte es an der Tür. Eine blonde Frau Mitte dreißig mit Designerbrille und dunklem Kostüm betrat den Raum.

»Schönen guten Tag«, sagte sie. »Ich bin Thalia Walddorf und werde Herrn Fitschauer anwaltlich vertreten.« Sie lächelte kurz ihrem Mandanten zu. »Ich hoffe, Sie haben meine Abwesenheit nicht dazu missbraucht, meinen Mandanten in ein Gespräch zu verwickeln.«

»Kann man so nicht sagen«, sagte Wallner. »Ich fürchte, Sie werden uns trotzdem böse sein.«

48

Der Rest des Tages verlief arbeitsreich. Zunächst rastete Frau Walddorf aus, als sie erfuhr, was ihr Mandant der Polizei alles erzählt hatte, und drohte Schlimmstes für den Prozess an. Aber Wallner spielte ihr den Beginn der Vernehmung vor, als er Fitschauer gefragt hatte, ob er tatsächlich aussagen wolle, obwohl seine Anwältin noch nicht anwesend war, und bat Walddorf, das Weitere mit ihrem Mandanten zu besprechen. Marius Fitschauers Geständnis wurde sodann in schriftliche Form gebracht und von ihm, gegen den Rat seiner Strafverteidigerin, unterschrieben.

Als Nächstes musste die SoKo die Fülle neuer Fakten, die man durch das Geständnis gewonnen hatte, verifizieren. Ein Geständnis war zwar ein entscheidender Schritt in Richtung Anklage. Aber Geständnisse konnten widerrufen werden, und was letztlich zählte, waren überprüfbare Tatsachen.

Als Wallner am Ende eines anstrengenden, aber erfolgreichen Tages seine Sachen für den Feierabend zusammenpackte, veranlasste ihn eine Mail von Janette mit dem Betreff: »Sie hat's wieder getan!«, noch einmal ins Internet zu gehen. Dort konnte er unter der Überschrift »Fall Gansel geklärt: Hotelier als Mörder« ein Interview mit Karla Tiedemann lesen, die bestätigte, dass es eine weitere Verhaftung sowie ein Geständnis im Mordfall Gansel gegeben habe. Ja, gab Tiedemann zu, das sei jetzt der dritte Verdächtige, allerdings der erste, der die Tat gestanden habe. Insofern sei man guter Dinge, die Sache bald abschließen zu können. Bei der Frage, ob es einen Zusammenhang mit dem Anschlag in einem Münchner Krankenhaus gebe, war Tiedemann etwas vorsichtiger: Man habe Hinweise darauf, prüfe aber derzeit noch den Sachverhalt. Und ob es richtig sei, dass der erste Tatverdächtige im Fall Gansel dem Anschlagsopfer das Leben gerettet habe, wollte der Journalist wissen. Das, so Tiedemann, sei nach ihren aktuellen Erkenntnissen tatsächlich der Fall. Die Lehre daraus: Man dürfe sich bei Ermittlungen eben nie zu früh auf einen Verdächtigen festlegen. Der Interviewer hatte offenbar Tiedemanns erstes Interview zu dieser Sache nicht mehr im Kopf, was ihr unangenehme Nachfragen ersparte.

»War ja ein schnelles Statement«, sagte Wallner, als er beim Rausgehen Tiedemann traf.

»Wie wär's mit einem Glühwein?«, gab Tiedemann zurück. »In zehn Minuten an unserem Lieblingsstand? Ich muss noch kurz was erledigen. Dann komm ich nach.«

»Ja, ich kann's nicht lassen«, seufzte Tiedemann. Wallner hatte seine Chefin schon mit zwei Tassen Glühwein am Tisch erwartet. »Aber wie soll ich sonst in Miesbach Karriere machen?«

»Ich find's in Ordnung«, sagte Wallner. »Tischler geht wahrscheinlich gerade die Wände hoch.«

»Scheint so. Vor einer Stunde hat der Polizeipräsident angerufen. Er hatte ein Gespräch mit Oberstaatsanwältin Lea Kesselbach, die sich über mein Interview beschwerte. Er fand das irgendwie auch nicht gut.«

»Was haben Sie gesagt?«

»Er soll sich lieber freuen, dass der Fall gelöst ist. Na ja, am Ende haben wir uns zumindest frohe Weihnachten gewünscht.«

»Was machen Sie eigentlich Weihnachten?«

Tiedemann sog den Duft ein, der aus ihrem Glühweinglas hochdampfte. »Ich bin bei Wolfgang. Was genau passiert, hängt davon ab, wie es ihm geht.«

»Verstehe.«

»Und Sie?«

»Ich feiere mit meinem Großvater und muss ihn davon überzeugen, dass wir lieber elektrische Kerzen an den Weihnachtsbaum machen.«

»Sie hatten mal richtige Kerzen?«

»Immer. Ich geb ihm ja recht. Das echte Weihnachtsgefühl hat man nur mit richtigen Kerzen. Wenn man spürt, wie sie den Raum erwärmen. Und das Licht – das ist einfach was anderes als elektrisches.«

»Aber?«

»Vor zwei Jahren ist fast das Haus abgebrannt, als ich sie kurz allein gelassen habe – den Christbaum und meinen Großvater. Das ist es dann doch nicht wert.«

»Nein. Aber schade. Richtige Kerzen am Christbaum – das kenne ich gar nicht mehr. Was ist mit Ihrer Tochter?«

»Die kommt nur jedes zweite Weihnachten. Dieses Jahr bin ich nicht dran.«

»Zusammen feiern geht nicht?«

»Ach, wissen Sie – einmal im Jahr heile Familie spielen, und der Rest läuft dann wieder getrennt ab … Ich glaube, das überfordert ein Kind.«

»Ja, da haben Sie wahrscheinlich recht. Wie war denn der Scheidungstermin? Wenn's nicht zu privat ist.«

»Der war okay. Wir sind noch einen Kaffee trinken gegangen und haben geredet. Ich werde bald Veras neuen Partner kennenlernen. Und sie zieht wohl nach München, da kann ich Katja öfter sehn. Alles gut, so weit.«

»Aber ein bisschen tut's schon weh, wenn es dann so endgültig ist, oder? Bei mir war's jedenfalls so.«

»Ja«, sagte Wallner und blickte in die Ferne. »Ein bisschen tut's weh.«

Eine Weile standen sie nebeneinander und hingen ihren eigenen Gedanken nach. Dann sah Wallner Tiedemann an und lächelte.

»Wissen Sie was: Wenn am Ende Ihres Abends mit Wolfgang noch Zeit ist: Kommen Sie doch einfach vorbei.«

Tiedemann sah ihm in die Augen, vielleicht ein wenig länger, als man es normalerweise tut, und sagte: »Gern.«

Zu Heiligabend hatte Wallner auch Kreuthner eingeladen. Der hatte zwar schon eine andere Einladung, rief aber am Vormittag an und fragte, ob er noch kommen könne, seine Verabredung habe sich erledigt. Wallner sagte, er freue sich auf den Besuch, und kaufte mehr Hirschgulasch.

Am frühen Abend erschien Kreuthner mit einer Weihnachtstüte.

»Und«, fragte Wallner, »hast du Frau Szegedi im Krankenhaus besucht?«

»Die is leider immer noch im Koma.« Kreuthner betrachtete die Tüte in seiner Hand. »Und mein Weihnachtsgeschenk hab ich auch net dalassen dürfen. Ich hab's jetzt euch mitgebracht.«

»Vielen Dank.« Wallner nahm die Tüte entgegen, warf einen Blick hinein und zog eine Flasche von Kreuthners selbst gebranntem Obstler hervor. »Dir ist schon klar, dass die Frau schwer krank ist?«

»Sie hätt's ja net gleich trinken sollen.«

Als Nächstes förderte Wallner eine Packung Zigaretten und ein Wegwerffeuerzeug zutage.

»Und das hier? Du darfst im Krankenzimmer doch eh nicht rauchen.«

»Ich hab mir denkt, wenn sie's wieder bis vor die Krankenhaustür schafft, dann is sie bestimmt froh, wenn's was zum Rauchen hat.«

»Mag sein. Manfred hab ich übrigens das letzte Mal vor vierzig Jahren rauchen sehen. Vielleicht willst du die Zigaretten lieber wieder mitnehmen?«

Kreuthner steckte die Packung in seine Jacke, die an der

Garderobe hing. Gemeinsam gingen sie dann in die Küche, wo Wallner dem Gast und seinem Großvater ein Weißbier einschenkte.

»Was ist aus deiner anderen Einladung geworden?«, wollte Wallner wissen.

»Ach, die war von der Philo.« Kreuthner hob sein Weißbierglas und stieß mit Manfred an. »Die feiert bei Freunden und hat g'fragt, ob ich mitkommen möcht. Hab natürlich Ja g'sagt. Aber dann hab ich mitgekriegt, wer die Freunde sind.«

»Wer sind die?«

»Die Traudel und der Christopher. Die kenn ich von der Geburtstagsparty im Oktober.«

»Ah, das Verlobungspaar, verstehe.« Wallner warf einen Seitenblick auf Manfred. »Und die kennen dich auch, aber als Meinrad von Melsung.«

»Ja. Des ist mir dann a bissl zu kompliziert worden.«

»Du, die ham mir fei a Karten g'schrieben.« Manfred drehte sich zum Kühlschrank und zog unter einem Magneten eine Weihnachtspostkarte hervor. »Ganz, ganz lieb, was die g'schrieben ham. Ich wollt ja eigentlich nimmer hingehen. Weil, des is mir auch zu anstrengend auf Dauer. Aber jetzt, wo ich die Kart'n g'lesen hab …«

»Nein, nein«, fiel ihm Wallner ins Wort. »Das war schon die richtige Entscheidung. Man muss aufhören, wenn's am schönsten ist.«

Das Telefon klingelte, und Wallner verschwand im Flur. Kurz darauf kehrte er mit einer Neuigkeit zurück.

»Frau Tiedemann kommt gleich.«

»Ich hab denkt, die kommt später am Abend«, sagte Manfred.

»Da hat sich wohl auch was geändert.«

Zwanzig Minuten später traf Karla Tiedemann ein. Sie hatte ebenfalls eine Weihnachtstüte dabei.

»Ist Wolfgang schon müde?«, fragte Wallner.

»Im Gegenteil. Er hat heute einen seiner guten Tage, was kaum noch vorkommt.«

»Aha …?«

»Er erkennt Dennis plötzlich wieder!« Tiedemann machte eine kleine Pause, um die Sensation sacken zu lassen. »Aber vielleicht ist es auch das letzte Mal. Dennis war in Tränen aufgelöst. Da habe ich die beiden lieber sich selbst überlassen.«

Manfred wirkte ausnehmend erfreut über Karla Tiedemanns Ankunft. Die Frau schien nach seinem Geschmack zu sein, und er warf Wallner Blicke zu, die ihn wohl ermuntern sollten, sich ins Zeug zu legen. Aus ihrer Weihnachtstüte holte Tiedemann jetzt eine festlich bunte Panettone-Packung und stellte sie auf den Küchentisch.

»Hier mein kleines Mitbringsel«, sagte sie.

»Vielen Dank«, antwortete Manfred. »Schaut sehr schön aus.« Er betrachtete die Packung etwas ratlos. »Darf man fragen, was des is?«

»Das ist ein italienischer Weihnachtskuchen«, erklärte Tiedemann. »Ich habe als Studentin mal bei einer Agip-Tankstelle gearbeitet. Da gab es die an Weihnachten immer, und meine Familie war begeistert, weil er so ganz anders schmeckt als Kuchen bei uns. Der ist nämlich aus Sauerteig.«

»Ah geh? Ja dann probieren mir den gleich nach dem Essen. Bin schon g'spannt.«

Tiedemann ging mit der jetzt halb geleerten Tüte zurück in den Flur und winkte Wallner, mitzukommen.

»Im Heim hat es einen kleinen Zwischenfall gegeben«, sagte sie mit gesenkter Stimme. »Eine Heimbewohnerin hat von ihrer Familie diese Christbaumkerzen geschenkt bekommen.« Tiedemann ließ Wallner in die Tüte blicken. Dort befand sich eine Packung mit roten Stearinkerzen. »Ist in einem Heim mit Demenzkranken logischerweise streng verboten. Deswegen haben sie die Kerzen konfisziert. Ich durfte sie gegen eine Spende in die Kaffeekasse mitnehmen.« Sie überreichte Wallner die Packung.

Wallner schaute etwas konsterniert drein. »Zu welchem Zweck?«

»Na ja, wenn jeder ein bisschen achtgibt …«

Wallner zögerte.

»Ich würde gern mal erleben, wie das ist – Weihnachten mit richtigen Kerzen am Baum.« Tiedemann sah ihn mit Kinderaugen an.

»Mei – san die für uns?« Mit einem Mal stand Manfred mit seinem Stock im Flur und blickte mit leuchtenden Augen auf die Packung Kerzen.

Tiedemann flüsterte Wallner zu: »Ich pass schon auf.«

»Ja, die sind wohl für uns«, sagte Wallner wenig enthusiastisch und reichte die Packung an seinen Großvater weiter.

»Da ham S' uns des schönste Weihnachtsgeschenk g'macht, was man sich vorstellen kann. Vergelt's Gott!«

»Sehr gern«, sagte Tiedemann. Wallner lächelte gottergeben.

Wenig später saßen alle vier am festlich gedeckten Tisch, und das Weihnachtsmahl konnte beginnen.

»Es freut mich, dass ihr alle da seid's«, begann Manfred eine kleine Rede. »Des is wie früher, wo mir noch mehr waren an Weihnachten. Ich wünsch euch allen an guten Appetit und dass mir an schönen, festlichen Abend haben. Und bevor's losgeht, noch eins: Die meisten hier am Tisch sagen Du zueinander, zur Frau Tiedemann sagen mir Sie. Mei – ich bin a alter Mann und bring des bestimmt irgendwann durcheinander. Deswegen tät ich vorschlagen: Des is der Leo, des is der Clemens, ich bin der Manfred …«

»Und ich bin Karla«, sagte Tiedemann.

Manfred hob sein Glas. »Herzlich willkommen bei uns, Karla.« Dann setzte er den alten Charmeursblick auf, mit dem er schon ganze Generationen von Frauen bedacht hatte. »Und vielleicht kommst ja demnächst öfter.«

Danksagung

Ich danke allen, die es mir ermöglicht haben, diesen Roman zu schreiben. Meiner Frau Damaris danke ich für ihre Unterstützung in Zeiten des Selbstzweifels und ihre wertvollen Anmerkungen zum Buch, Thomas Letocha für seine konstruktive Kritik und guten Ideen zum Plot, dem Ex-Chef der Kripo Miesbach Johann Schweiger und dem derzeitigen Chef der Kripo Miesbach Rainer Kehrer, dass sie mir interessante Einblicke in die praktische Polizeiarbeit gewährten – und hoffe, sie sehen es mir nach, dass ich mir dann doch ein paar dichterische Freiheiten erlaubt habe. Großer Dank gilt auch allen Mitarbeitern des Knaur Verlags, die sich immer wieder mit viel Engagement für die Entstehung und den Vertrieb meiner Romane einsetzen. Im Besonderen danke ich meiner Lektorin Andrea Hartmann, die dieses Mal unter großem Zeitdruck arbeiten musste und dennoch wieder wesentlich dazu beigetragen hat, Geschichte und Figuren stimmiger und diesen Roman besser zu machen.